跨度小说文库
Kuadu Fiction Series

跨度小说文库
Kuadu Fiction Series

Zhi Zhi
Lian

指之恋

孙彦良 ◎ 著

中国文史出版社

自序：我对文学的崇拜

　　每个人都有自己独一无二的面孔，或帅气或丑陋皆是特点。文字亦然，否则就不可以称为小说家，不如，去做生产线上的机器人好了。听说机器人也有感情，但好像也是设计者设计出来的，如果机器人不用设计就可以为所欲为，我想这就是文学。

　　我追求这样的写作自由。有时候看似忽略权威，其实是我不懂，对文学一无所知（无知者无畏）。我对文学不是不崇拜，而是不得不恐惧并伴随着少年开始的宿命挣扎。

　　我出生在巴彦县，拉拉屯将我的少年灌满了新奇和幻想，早春黑土地上天际流动的气浪，盛夏秋虫无所不在的鼓噪，深秋狂风横扫枯叶的萧索，隆冬雪地打冰岔儿的嬉闹，都是刻在生命石碑上的文字。那时候，文学梦是幼稚的、孤独的，甚至是偷偷的，像个盗贼。

　　我的文学梦，就是在这片弥漫着乡土气息的土地上滋长出的。每到猫冬时节，做小学校长的父亲孙福会组织编排曲目参加全县会演，比如单出头、样板戏、二人转，我也能跟着说唱几句，这是"编导"父亲给我的启蒙。村里每年最热闹的，倒是外地马戏团来村演出，一挂马车拉着猴、鹦鹉等动物，偶尔还有老虎，唬得小伙伴们不敢近前，敢靠近一步的都是英雄。那时我跋拉着露脚跟的胶鞋，跟着剧团跑，最爱看一对父女表演轻功，女儿能在父亲身上像球一般翻转，令我羡慕不已，偷着到后台却发现女儿正在被父亲训斥，仅仅因为一个对手撑转的失误。从那天起，我再不看戏，因为恨那个父亲，无缘无故。

　　也就从那时起，我家西院总会传来嘭嘭的敲打声，父亲告诉我，那是王大娘在打被。我不明白为什么王大娘一到半夜就打被，父亲说因为穷，我还是不明白。后来我知道，她是为了省猪胰子，用棒槌敲打被褥，把被上的油腻汗泥打掉，把虱子打飞。自打知道这个缘由后，每次到她家总小心翼翼，担心踩到虱子，疑心鞋底喳喳声就是虱子在呻吟。

这是胆战心惊的想象，诱发了我幻想的灵性。村头一棵百年榆树，是我上学必经的地方，逢雨便在那里躲避。后来母亲不让我在那下面避雨，讲了个故事：一个不孝之子不给母亲饭吃，母亲就说，儿呀，你爹临死前在老榆树洞里藏下一个狗头金。她的儿子贪婪，果然到树下找，树身上缠着红布，上面全是他的名字，是母亲为他一年一条的祈福符。突然，咔嚓一声惊雷，大雨滂沱，闪电如巨斧斜劈下来。这是母亲早设计好的，期待着雷公惩罚她这个不孝的儿子，可是就在这一瞬间，母亲挥手重重地打了儿子一嘴巴，儿子倒在泥水中，母亲却被闪电烧成了黑灰，化成老榆树上一块枯夹皮。

这个故事令我震撼，并渐渐地懂得了什么是故事。少年乡村的夜晚总是不缺乏故事，伴着柴油灯芯噼啪作响，父亲读小说《小兵张嘎》《桥隆飙》《战地红缨》《红岩》等，第二天鼻孔必是黑的。我也谈不上痴迷，倒经常异想天开，甚至躺到空旷的原野上去，以为就到了另一个世界；面向一丝不挂的苍穹，竟然被吓着了——因为我陡然发现自己背负着地球，无依无靠……

后来我知道，文学就是我背负的地球。当我离开这个宇宙的时候，但愿这本集子还在；我的声音消失了，我的文本还在。有读者说我的小说怪怪的，我的人怪怪的，我都不觉得。也许人不是一个面孔，所以给了两只眼睛，两只耳朵，两只手。如果给两张嘴就好了。什么也不用说，唯有写作，以自己的方式，用文字表达对生命、对尘世、对梦想的崇拜，如此才是对文学最虔诚的崇拜，趁年华正午。

目　录

失火的阁楼

一 飘落的红窗幔

秋风卷落掉路边那排法国梧桐小孩巴掌般的叶子，泥巷就像个老人，一下子瘦下去，看了叫人寒心。寒意便日日夜夜站在每一个从这个秋天甬道走过的行人肩膀上。

诗雨客居这条泥巷快半年了。倘若不是到秋天，他还从未注意到对过那栋被梧桐叶遮掩着的阁楼。小楼灰色的墙壁布满雨蚀的痕迹，显出老年似的憔悴。每天一清早，总有一辆灰色的桑塔纳轿车停在院门前，鸣三声喇叭，诗雨便注意到那二楼靠东罩着白纱的窗口，隐约露出一个女人的身影，一晃儿就缩回去了。按诗雨的猜想，那个女人会从那窗口转回身，套上挂在门边的外罩，穿上高跟鞋，然后噔噔下楼，从那扇漆黑的对开门扇里踱出来，很有风度地轻提裙摆，钻进桑塔纳，或者去上班，或者去舞会。

可是那辆车就是在红窗幔遮上之后，就吐出两团蓝烟在后面，倏地拐出泥巷。

诗雨就像个忠诚的和尚每早打扫一遍寺院一样，总是适时地撒开窗帘，看着这一幕。看完之后就对同伴辛露说：那座楼上有个女人。辛露说：这座楼也有女人，在隔壁，在你身边。诗雨就笑了，说：可是，那个真是个神秘的女人。辛露说：有什么神秘的，三头还是六臂？

诗雨确实没有觉得那个女人几头几臂，连面孔的轮廓也未曾看清；但这样的对话重复两次，就再不觉得什么了。突然有一天，那幅红窗幔躺在

1

楼下的那片已经衰败的花丛中，令人疑惑。诗雨很清楚那个窗口对于这个红窗幔的重要性，而诗雨确实看见红窗幔像团火一样飘飘悠悠地落在花丛那枯枝败叶的惨黄中。

诗雨走出楼门，第一次站在灰楼高大的院门外。院门是两扇铁门，紧紧闭着。他正欲伸手去按门框上的铃铛，那辆桑塔纳就从巷口卷着败叶沙沙地开过来，停在他身边。从车里探出个头来，问：劳驾问一下，你认识广丽吗？——穿红夹克的广丽。

诗雨看那一头的白发和额头纵横着的皱纹，猜这个老人至少有五十岁，对于老人提的问题，诗雨茫然地摇摇头。老人慈善地对他一笑，道了声谢，嘀嘀嘀鸣了三声笛儿，就走开了。诗雨看那个窗口，依旧紧闭着，那层白窗纱遮住了室内的一切。他目送着那车拐出巷口，才把衣领往上扯了扯，像个没事人似的，徘徊了两趟，才发觉小角门虚掩着。他一推，吱扭扭地就开了。那吱扭声音不大，却吓了他一跳，四处望望，在这个恬静的早晨，这声音似乎大得能把所有的窗口都吵醒。街头卖果子的那个女人守着冒着白蒸汽的摊子，时间尚早，并没有买主，但她似乎对此早麻木了，就跟巷边那灯柱一样沉默着。

诗雨走进去，走十来步就到了楼下花丛边。院子里似乎许久没有人收拾过，能够看出曾经清洁的院落已经被残叶占据了低洼的角落。花丛杂乱，也似野生的，许久没有人修剪的样子。红窗幔就在花丛中。待他看仔细了，倒吸了一口冷气，转身就走。

二　带血的高跟鞋

诗雨站在巷道上，背靠着梧桐树干，还在心悸不已。他的眼前不断出现那猩红的窗幔纱里裹着的一只带血的高跟鞋。似乎那血还新鲜着，在那水粉色的鞋面上流淌着。他从围墙梅花孔往楼上看，那个窗口又罩上猩红的窗幔，闭得紧紧的，令人疑惑。

此时的泥巷，就像刚苏醒的百足虫。几个楼口或者院门走出许多人来，汽笛声和车铃声以及杂碎的声音与外界对接上了。辛露躲过一辆疾速而过的学生车，跑过来，说：大清早，我以为你去买豆浆去了，等了好久，见你在这傻站着，冲着鬼似的。

诗雨习惯性地把大衣裹了裹，说：八成你认识广丽吧，穿红夹克的广丽？

辛露一愣，诗雨对自己的问话也是一愣，扑哧一声笑了，说：你瞧，我就想着一个老人问我的话了，拿来又问你，你怎么能知道呢。

辛露挎上他的胳臂说：广丽？是哪个广？是哪个丽？

诗雨摇摇头。

他俩走在泥巷上，脚踩着败叶扑棱扑棱的，走向巷口一家小吃的路边，有一个大垃圾箱。就在诗雨一抬头的时候，看见一只水粉色的高跟鞋歪在一堆败叶中，便失声说：那只高跟鞋！

辛露说：这有什么奇怪的？到秋天了，这种鞋过了季节，哪位有钱的阔小姐扔的。

诗雨没再说什么。在小吃部要了两大碗豆腐脑。在往豆腐脑里加拌辣椒油的时候，他恍然看到一摊红鲜鲜的血，就在碗里，不觉干呕起来，弄得邻桌仅有的两位小姐连忙放下勺，瞪了他俩一眼，捂着嘴就走了。

辛露说：你今天起得太早，着凉了吧？要不要去看医生？

诗雨说不用，躺一躺就好了。今天去郊外的采访你自己去吧，有劳了。

辛露嗔怪诗雨对她太客气，不把她当知己。虽然说是这么说，临走还是千叮咛万嘱咐，一旦感觉不好，马上给她打传呼，或者打车去医院。然后他俩在巷口分手了。

诗雨独身一人往回走。走到垃圾箱边就停下了，用脚把那只鞋踢了踢，却见鞋篓里掉出一封皱皱巴巴的信。

三　零乱的呓语

凭着记者敏锐的直觉，他料定这封信与血有关。他转身欲走，腿却异常沉重。他的好奇的天性像海洋植物的触角一样，鲜活起来，四处游动，令他焦躁不安。他还是回转身，却见果子摊的女人正用老鼠一样的目光盯着他，见他回望她，女人马上不经意似的收回目光，百无聊赖地望街。

他拾起信。信是封着的，不曾拆过。信皮只写着一行英文：MY LOVE, MY HEART, HAVING BEEN BREAKED。

他的心正战栗着，迎面走来几个学生正在喊喊喳喳地说笑，打他身边过的时候，说笑声戛然止住，都用异样的目光看着他，走出很远还回头回脑。诗雨把信揣进兜里，沿街道往自己的住处走去，捏着信的手掌都已经潮湿了。

那灰楼在泥巷并不显眼，就像沙砾堆中的一块石子。没有人会注意没有任何特征和个性的东西。诗雨坐在窗前的写字台前，抬眼便看得见灰楼，整个灰楼都在他的视野里，就像挂在墙上的一幅油画，丝毫没有动感，却淋漓尽致地写意着秋天的萧索与肃杀。他忽然理解了为什么秋的呼吸是那么叫人不寒而栗。

诗雨打开信是极小心的。用犀牛刀片顺折线裁开，一张揉得规矩的信瓤就落在桌面上。诗雨打开，见上面的字非常幼稚，但很认真：

死……广袤的宇宙游泳不去是时候什么原因要死的该不该回答他想谁呢坏蛋大坏蛋不要脸王八蛋八月十八日爸爸走了吗还我的书少了一本《哲学的语言》川菜真辣。

诗雨翻过来，见背面写着：

已经半年没出房间一步了，爸爸，你知道吗？我好怕。如果有一天，你真的走了，太阳就永远消失了。爸爸，回来看看小芸吧！如果我再哭，你就把我的眼睛挖掉，种在花坛里。亲亲小芸吧！……

诗雨正看到这儿，门就被砸得咚咚响，听见有人在门外尖叫起来。

四　庞然大物从天而降

诗雨正看这封零乱的信，门被敲得山响，把他吓一跳。正要问是谁，

4

就听门外有女人的尖叫声。原来是房东李大娘砸门的时候，被门上的钉子划破了手指，并不夸张地流出血来。诗雨说：这是你自己的门，就不怕砸出洞？李大娘是极好的人，只是太胖了，走路就像一个油桶立着行走。她的丈夫前年不要她了，带着一个年轻美貌的女人到很远的地方过日子去了，给她留下整整一层的房子，她就开起了旅店，供还在上大学的儿子。李大娘说她要收房费了，下月的。诗雨说，对面那个灰楼是谁家的？李大娘说，谁知道，快给钱吧。诗雨掏出钱，又问：好像有个女人在里面住，却从没见她出来。李大娘忽然变了脸色，就说：你刚来，可别乱走动，那楼里曾经有过凶杀——那还是很久以前，一个大姑娘给一个恶棍奸杀了。李大娘说完唯恐会得上麻风病似的逃走了。诗雨把信夹进随手翻的一本诗集里，就边吸烟边盯着对面的灰楼。除了那个窗口，其他的窗口都挂着一层灰，像得了白内障。他没法再写进一点东西，一上午就是抽烟。他留意到，几乎所有走过那扇门的人，都是匆匆忙忙的，不往里看一眼。有几个孩子玩耍，还没跑到门口，就有女人出来喊叫，喝令孩子回去或上上边去玩。他走下楼，见那个喝令孩子的母亲已经不知去向。

这时，邮差来了，他接过正要往他的信箱里递的信和报纸，说：没有对面楼的信吗？邮差说：那是栋空楼吧。诗雨问：你怎么知道？邮差说：因为从来没有信来。诗雨又问：你知道有个叫小芸的人吗？或者叫广丽的，穿红夹克的广丽？邮差茫然地摇摇头，就推车走向下一个楼口。

正在这个时候，那个灰楼上传来女人的尖叫声，像是一个正被刀削去皮肉或者正从半空坠向地面的那种女人的叫声。他抬眼看那个窗口，见一个影子在挣扎着，他毫不犹豫，扔下手里的纸和信，就向灰楼跑去。进角门，穿庭院，推楼门，上楼梯，拐向右侧，他是那样熟悉，就像回自己的家。待他循哭叫声推开一扇门的时候，一个庞然大物从天而降，把他压在下面。

五　玻璃发卡

诗雨在一声闷响中，就觉得眼前一片漆黑。待他发觉一个东西铺天盖地地把他压在下面，他才感到恐惧，心里叫道：完了！完了！但是，他分明感觉到自己的呼吸，以及面部隐约的痛感，压迫自己不能动弹的也只是棉布之类的东西，而且充满了潮湿的气息。他用手把盖在身上的东西掀掉，却见到一张面具挂在墙上。

他料定自己进的是个仓库，他把摞到棚顶的被褥都弄倒了。仓库里除了被褥，还有几件并不陈旧的家具和一些家什。陈年的尘埃还在空气中翻滚着。有几只老鼠叽扭叽扭钻进了角落里没影了。

诗雨在出来时，踩到一样东西，差点摔了一跤。低头一看，是一枚玻璃发卡。发卡极别致，上面的蝴蝶花依旧闪闪发光。

就在这时，一个声音问：你是谁？跑来干什么？

诗雨吓了一跳。发卡就咣啷啷掉到水泥地上，蹦蹦跳跳的，直滑到一双光脚前才停下来。他抬眼，却见一个女人就站在他的面前。是的，是个女人，从黑色的裙裾上可以看出。但是她的面孔却罩在一张面具里。

诗雨看清女人是人不是鬼，狂跳的心才安静下来。但还没张开嘴巴，那女人又说：你别说了，我知道你了，住在对面，总往这里瞧，是个记者。

女人说着，拿掉面具。诗雨几乎呆了！这个女人杏眼微眯，似夏夜含露之花苞；眼神朦胧，若秋水之波舒缓之粼粼；眉叶轻挑，恍若月弦初上之飘逸；唯是手扯衣袖，略显弱柳之单薄……

诗雨看得呆了一忽儿，支吾说：听到这里有喊叫声，就进来了，对不起，我……听错了。那女人说：你没听错，是我在叫。说着，女人弯腰拾起发卡，送到他面前，说：这发卡是我俩订婚的信物，难道你忘了吗？你在华联大厦买的，给我卡在脑后，还吻了我，就去了国外……

女人说着，就把发卡抱在怀里，发出撕心裂肺的叫声。

六　莫名其妙的对话

女人的尖叫声使诗雨发觉他面对的是个精神病患者，一个疯女人。他本能地要穿过女人的身边逃掉，却被女人拦腰抱住。他越挣脱，女人的手箍得越紧。待楼道里响起脚步声，那个白发老人出现在他们面前，女人才放开他。但是他已经大汗淋漓，狼狈不堪。

老人还是问他是否认识广丽时的和善的目光,平静得就像在望秋水,说:孩子,你终于把封闭的心灵打开了,对吧?

女人点点头。

老人又问:孩子,他是你梦寐以求的男人?

女人摇摇头。

老人不解地问:你不愿意?

女人说:不是。

他终于发现,既惊骇又奇怪。他们分明在说他,而他却无言以对。他没有再跑的意思,甚至再没有认为女人是病女人的念头。

老人说:你就是诗雨吗?

诗雨说:是的。

老人说:你是个很细心的人。我的女儿好久就注意到你,在她的生活中,除了我,她还没接触过第二个人,你就是第二个人。因为她想嫁人了。想嫁给你。很荒唐吧?从小,她就厌烦所有的人,在六岁的时候就一个人住这幢房子,已经有十几年了。除了我和一个关于死亡的传说,还没有谁肯接近这幢楼,这正合她的意。如果她不是偶然见你,她不会成为女人,不会发现她自己是女人……

诗雨吞咽着自己的唾沫,如果不是嘴闭得紧,心就会蹦出来。他看到女人的脸上飞上了红晕,富有光泽的皮肤闪着光芒。

老人说:我明白女儿的心思,如果你不愿意,也请你做她的朋友,常来看她,对吗?

女人点点头。

诗雨走上前去,轻轻抓起女人那白皙、娇嫩的小手,问:你叫什么名字?

女人说:我叫秋泥,你不是知道的吗?

诗雨惊讶地问:你不是叫小芸吗?

七 面具上的文字

辛露回来的时候,已经是傍晚了,她到诗雨的房间,却见诗雨望着天

7

棚在抽烟。辛露边吃着点心边诉说着采访的过程，说了一大堆话，才发觉诗雨并未听。扳过诗雨的头，直盯着他的眼睛，才发现诗雨的眼神里充满了虚无的光。惊诧地问：好了没有？咋的啦？用额头贴他的额头，并没有感觉到烫热。

诗雨推开她的手：没事儿。翻身起来，说：我要出去一趟。

辛露不便问他半夜三更出去干吗，但是感觉诗雨走路轻飘飘的，就像踩着棉花。整个人像变了个样，眉头锁着，脸泣着。诗雨就在辛露的注视中走出了房门口。

那天没有月亮，但街面的灯光还是很亮的。辛露尾随着诗雨，诗雨在楼梯口一晃就不见了。辛露感到从未有过的恐怖。回到房里，忽然见自己的门后挂着一个面具，她扑哧笑了，想这个诗雨还像个孩子，还买面具。她从门上摘下来，却皱起了眉头。

却见面具上密密麻麻地写了不少字。经她反反复复地辨认才看清这么几句：

　　一对男女走在一起不住在一起。那个早晨，叫诗雨的男人在门外徘徊。女人叫辛露，走进诗雨的房间，睡在诗雨的床上。从来没有狗在街上走过。还是那个捡破烂的老头天天第一个走泥巷，哗啦哗啦地翻垃圾箱。春天的花瓣真香啊，爸爸给我的胭脂盒掉地打碎。诗雨真强壮。诗雨。诗雨眼睛小。

　　诗雨走来进了院子。那颜料如血，把他吓坏了。真是一个飞机，就贴着楼顶。那三声喇叭又响了。讨厌的男人。爸爸是男人。但是，还不如诗雨。

　　怀疑。人真讨厌。我憎恶人。人为什么是人？人多脏！人长着眼睛，就像个怪物；还长着胳膊腿，跟动物一样。肮脏。粗俗。无聊。厌倦。

辛露看着看着头皮就有点麻。她把面具放下，倒杯水，就喝了。待抬眼看向窗口，却见一道血从窗台流到地板上。

八　还在滴血的头颅

辛露的窗口挂着一幅只有一个人头的油画。因为逼真，那似乎刚刚被斩下的颈部还在流血。血淋淋哩哩啦啦淌了一地。待辛露看清地板上只是颜料，心跳早按捺不住了。她无法再待在这个房间里，马上跑出来，满走廊喊诗雨。

诗雨就是在这工夫回来的。诗雨打走廊那端走过来，她就嗅到一股特殊气味，从诗雨的身上传过来，待来到她的面前，那气味直打得她喘不过气来。

辛露扑到诗雨的怀里说：我害怕极了！你上哪去了，瞧我的屋子里……吓死我了。

诗雨在辛露的背上轻轻拍抚两下，说：没事，没事。

诗雨走进去，摘下面具和画就返回房间。辛露跟在身后，说：我怕极了！不想再住下去了，明天就走！

诗雨边收拾起画，边回头笑笑说：那你就上当了。她是个很怪的女人。

辛露问：谁？谁是很怪的女人？

诗雨嗯了一声，说：你不知道。

辛露说：让我在你房里住吧——我怕极了。

诗雨说：我待会儿还要出去，你不要再叫我了。——你可以在这儿住。哦，或许你可以明天就回去。就在诗雨回过身的时候，又见一幅画挂在诗雨的门后，仍然是一幅头颅画，跟收起的那张一模一样。辛露也同时看到了，吓得哇地叫一声，就跳到诗雨的背后。

诗雨说：没事没事。

辛露说：咱俩走吧，这画是你画的吗，太可怕啦，我不行了……

诗雨把画捡起来。诗雨把地上的颜料用拖布拖了，却越拖越鲜红！竟然在拖过的地面上，露出一个斗大的"仇"字。

9

九 失火的阁楼

诗雨搂着辛露睡得正香。那时候是午夜，消防车的警铃就把泥巷吵醒了。诗雨和辛露同时把头探出窗外，却见对面的灰楼已罩在火光中了。

辛露说：那楼没人住怎么就失火了呢？

诗雨把辛露的头按回来，关上窗，拉上帘，说：但愿那个美丽的女人幸免于难。

辛露问：哪个女人？

诗雨从床头柜上的烟盒里抽出支烟，点上，长长吁了口气，说：是个很美丽的女人，像人间精灵，只可惜——

诗雨的话还没说完就噎住了。诗雨和辛露同时看到一个戴面具的女人站在床头。黑裙摆下，一双水粉色高跟鞋，皮鞋上带着血，还在淌着……

辛露几乎和诗雨一同怪叫着搂在一起。

那女人说：我是广丽，也是小芸。是你爱的小芸。

诗雨说：小芸？你没事吧？——没事就好。

女人说：虚伪的语言虚伪的身体！虚伪的人类！

说着，抬起左手，一簇豌豆大小的橘黄色的火焰在她的手掌上跳跃着，而后，那火苗从女人白皙手指间滑落，就落在她的脚前。从她的鞋上淌下的血燃烧起来，火舌长长的，顺着她的鞋，噗的一声，扩张开了吞没了她的下身，就像站在莲花瓣中的观音。瞬间，就把她的全身罩上了，随着哗哗剥剥的声响，一副骨架爆裂着坍塌下来，成为一堆燃烧着的灰烬。但是火焰却变成了生命，四处乱窜，从二楼一直到楼顶，他们望着灰楼的火焰跳跃着。

那是个很宁静的秋夜，两幢楼毁于火灾。再后来，诗雨和辛露关于火灾的报道中写道：因空气干燥，离子放电，导致化学纤维骤燃，引起非防火装饰材料大面积燃烧，火势一时无法控制，但无一人伤亡。此报道见于当地晚报头版头条。

少女子男的星期天

一

秋日咨啬的阳台上，栀子花一直谢着，一瓣儿一瓣儿，间奏拉得好长，窸窸窣窣，连累栀子叶儿，忧伤地萎靡着。看来，离仙逝不远了。

"少管我！伺候您的花儿去吧！妈——"

伏在书桌上的子男，将埋在初三课本里的头猛地抬起来，可怜兮兮地喊道。她的眼里并没有哭腔中的泪光，手指着窗口蔚蓝的天方块，那里有自由的雁儿南飞的影儿，一闪而过。这一天，是个难得明媚的星期天，没有补课骚扰就可以忽略任何不快，何况离十五周岁还有一天。还有一天，犹如一道僵尸大战关上关，哪儿弄装备去闯呢？她这么理智地想。

妈妈芸莆侍卫一般威武地站在女儿身旁，用已经过了美丽定义的眼神，望一眼暗淡里的阳台，并未肯让怒气如汗水一般，轻易地挥发掉，混沌的眼底布满血丝，透视着内心的焦虑。真是老生常谈，早恋怎么会如网瘾，打死也戒不掉呢？她愤愤地想。

"说吧。"芸莆将强硬软下来，精心铺设着陷阱，有点儿请君入瓮的意味，口气中生硬的亲情却透着毋庸置疑。

"还说什么？该说的我都说了……"

"说出他是谁，什么情况，老妈不会去找他，也不会去找他的父母，告他的状，更不会拿严重影响学习说事儿。你放心。"

"我还得说几遍？他……他是我假想的，是不存在的！"

"编——你就编吧！你以为老妈是傻瓜？"

"您是傻瓜倒好了，不至于整天神经兮兮，疑神疑鬼，把爸爸逼走了，还想逼走我吗？"

"这怎么叫逼呢？这是对你负责任——不知好歹，和你爸一个德行！放任自流，自由散漫，由着你的性子，你就高兴了？"

芸莆说到气头上，本想大吵起来，配合骤然紧张的气氛，口诛笔伐，却将一沓儿在书包里搓磨烂了的空白卷子抓在手里，犹豫起来，也觉得孩子不完成作业，自然可气，这作业无穷无尽，也着实让人打怵。但是母爱的责任再次战胜狭隘，让自己的气儿飞蹿上发梢儿。

"没有余地！绝对没有商量的余地！"

子男心跳得厉害，仿佛要冲溃膨胀着的胸口，只好抱着膀儿，让自己的心猿意马，从手指爬上手机，跳到空气里，让忧伤冷却下来。想起父亲，勉强苦笑一下：

"我只想有自己的空间和时间，而不是整天裸露在您的视线里，觉得不爽。"

"你出生时是穿着的？嘁——你不裸露给妈妈，想裸露给谁？"芸莆瞪大眼睛，血丝儿要辐射出来，八爪鱼一样向子男的后脑飞来，吓得她后退一步，险些靠倒盆景。

"我只想裸露给我爱的人。"

"嘿嘿，承认了吧！快说说，他是谁？"芸莆步步紧逼。

"真想知道？"

"说吧。"

"说哪一个？"

"你有很多吗？"

"当然很多。否则，在学校这三年，不就白混了？"

"真不要脸！"芸莆的嘴唇在发抖，像烫了热芋。

"什么叫'不要脸'？"子男压不住声音，尖细地吼起来。

"好意思说！有很多什么？"

"您逼问我什么，就是指什么！"

"你终于承认了。"芸莆露出得意却不依不饶的冷笑，"隐瞒不住了吧？我告诉你，你长多大，都是我的女儿，你没有什么能够瞒得过当母亲的，你给我记住！"

子男也讪笑一下，自嘲地说："当然，也请您相信，您的女儿就是有魅力，和您一样。算风骚也行。"

"你真的不要脸了！啧啧——"

芸莆坐下来，把手里一直拎着的纸口袋摔在茶几上，抽出里面花花绿绿的信笺，得意地问："说说吧，这些信，是写给谁的？"

子男看到自己发出的信件，有十几封的样子，又退回到眼前，便惊愕了。"这些信件，怎么会在你那儿？"

"我没有看……"做母亲的这样说的时候，并非完全理直气壮。

子男一把抢过来，不知道往哪儿塞，就仓皇地逃回自己的卧室，哗地反锁上门。

二

也许睡了有一个世纪，称之死过去也行。可恶的是，现在醒了。醒了，世界还在，浮现在眼前，说明眼睛也在。

浑身的疲惫已经结痂，动一下，都要爆裂，并将付出沉重的代价……

子男张开勉强张开的单眼皮，目光透过狼狈的睫毛，还弄不清楚自己在哪儿。但是，可以看清楚眼前，型男靓仔图片组成的墙体世界，浮出一张粉色信笺，用墨笔写着几个字，刺痛了她的混沌神经。上面赫然写道：

妈妈走了。

心一惊，子男完全醒了过来，忽地坐起来，掀掉毛巾被。看到墙上的确多了这么张纸，而且这张纸，因为这四个字，具有了击溃自己的能量！

她到处找手机，却不见了。来到客厅，父母的房间，卫生间，厨房，又进到明亮起来的阳台。阳台上的栀子花还在凋谢着，但是没有手机，也没有妈妈的影子。踅回客厅，用座机给妈妈打手机，就是唱着歌不接；打自己的手机，却在沙发缝隙里把歌唱。

子男用自己的手机给妈妈打电话，还是不接，便打开手机信息箱，找信箱里的信件和短信里的信息，都是写给小刚的……还在。每读一遍，都会让自己感动，被自己感动，会替小刚感动，就觉得自己有了爱。爱，像阳光一样，拥抱着自己，那么温暖。

"我爱小刚！"她自言自语。

"我爱你，小刚！"她虔诚地眨一眨眼。

忽然，她看到开着的卧室门里，型男靓仔们中间的那张粉色信笺，极像耶路撒冷的哭墙，但是她根本没想哭，一个念头就倏地跳进脑海，把清静的水面击成了碎片——妈妈走了！妈妈走了？会像栀子花一样凋谢吗？

这样想，早吓得自己哆嗦起来，走路就觉得空气裹住双腿，铅一样重，阻挡着不听话的思维，挪向阳台。打开阳台窗子，向下张望，没有看到地面有什么死尸，或者一摊血迹，呼吸才均匀些。恰在这时，手机唱起歌来。

子男想到了医院，也想到了太平间，连忙接起来，颤着声问："喂，哪位？"

"是原朝吗？"一个男人苍老的声音，低沉而缓慢。

"打错了！"子男生气地关了电话。只要不是母亲的噩耗就行，她想。她喜欢把手机后背贴在脸颊上，感觉它冰冷的体温，就像躺在冰面上，等待冷藏一千年的样子。就想，这个男人倒有趣，或许是在找条宠物狗哩。

又拨了一遍母亲的电话，若还不接就结束最后一遍，果然没有接，就转拨父亲的电话，或许母亲去找父亲了。他俩是她不放心，或者说不省心的两个人，一个也不会放过，一个也不会和好。

父亲也是关机。

子男要走出家门，却发现门被反锁上了。

这是母亲为这户房屋专门定制的门锁。只锁两个人，一个是爸爸，一个是自己。

她忽然觉得可笑，反问自己：

"为什么找母亲呢？——又不是孩子！"

三

光参考书就可以建道长城了。

子男搬出所有的书籍，堆在客厅里，尤其将参考书工工整整地铺在地板上，垒座墓穴。

小时候，叫城堡。

城堡等于墓穴。城市等于墓地。

然后，她脱光自己，很斯文的，一件一件，犹如凋落着的花瓣儿。还未完全成熟的玉体，在突然强烈的阳光下，闪闪发光。她纵向一跃，就跳进墓穴，然后把课本垒上一圈儿，超过坐着的酥肩，再将几本挂历，横盖上盖儿。

挂历上的美女并不如自己。

但是，她还是亲一下她们，然后将手伸出书缝儿，将事先做好的纸折三角牌放置在上面。上面写着四个字：

　　子男之墓

四

音乐又轻悦地奏响，打碎死寂。诈了尸？她想。

还是手机里，传出真实的声音，那个低沉而缓慢的声音，谦恭地问："打扰了吗？"

子男气愤地说："你打错了！"待要挂断，那个声音却说："你给我写的信，我都给你退回了。今天这封，因为留了电话，才打给你……你不是子男吗？"

子男一惊，转而高兴起来："好哇，您是小刚？"

"叫我原朝吧。"

"您不是找原朝吗？"

"我是在替你找，因为你找得不对。"

子男憋不住地闷乐了："谢谢您。您有什么能耐？"

原朝语气亲切起来，语速也快了："高富帅。"

"嘁——扯！您一定老得走不动了吧？"

"你咋知道？"

子男扑哧乐了："我可以看到您。所以您最好对我真诚，不要虚头巴脑。"

"我真的是走不动了。我的下肢没了。跳楼摔的。没死掉，就残了。"

"现在死也来得及呀。"

"不不。当我在若干年前，为了一个女人，纵身一跳，摔在路面上，失去了双脚，才知道生命是如此珍贵，因为……如果生命不存在了，腿多可怜哪。还有心、肝、肺，都统统会随着尸体，化为灰烬。我活，它们也活。我死，它们也死。"

子男的脸有些苍白。贴着手机，任眼睛湿润了。瞻仰着自己的胴体，泣不成声。

五

弑母的念头一闪，并未因哭泣而破产。

因为原朝就开着电话，放在他的轮椅手扣里。原朝告诉子男，妈妈找上门来了。

原朝是用遥控装置，打开了房门，请这个风韵犹存的芸莆，忸怩地坐下来。他摘下帽子，让她看清自己的秃顶。也用诡秘的目光，引导她多疑的目光，落在满墙的教育成果和光辉年代的老相片上。

"我是老教授。不站起来，还绅士吧？"

"你的孙子呢？"

"他在上学。"

"为什么要缠着我的女儿？"

"我的孙子，才六岁。"

原朝像捡了个天大的笑话，望着这个可爱的女人。中了魔也不过如此。

芸莆语塞，有点儿难堪，却突然觉悟，反问："子男是我的女儿，怎么会想要杀我？"

"也许她要杀的不是你，而是她想象的一个妈妈。你没想到吗？"

"胡扯！她竟然求助的是你这么个残疾人！"

"当一个人不想实现自己愿望的时候，会选择一条不可能成功的路去走，反正也行不通，那么，她的愿望就永远不会实现……"

"那想干什么？吓唬人？"

"一种释放，荷尔蒙堆积，像垃圾填埋到一定时期，爆炸并不亚于原子弹……"

"危言耸听！骇人听闻！"

"不管是危言耸听，还是骇人听闻，我问你，尊敬的女士，你一直和女儿关系紧张？"

"她到了容易受骗上当的年龄。"

"受骗上当的年龄是什么年龄？"

"就是不懂事儿，青春期逆反，心长草……"

"你没经历过这些吗？"

"正因为经历过，才特别害怕，特别在意。"

"那么，"原朝语气严肃得能结冰，"你坏掉了吗？"

"我……"芸莆一时语塞，挣扎了一下，反问，"你觉得我不坏吗？"

芸莆并不为自己的反诘找答案，挺起臃肿的上身，心里已经放弃了这个目标。她搜查的这第九个目标，一样让她失望。她觉得女儿所谓的"亲爱的小刚"，一定另有其人。

"怎么，不和一个残疾人说再见吗？哦，对了——您还没有对此次您的造访，说对不起呢。"

原朝这样调侃着，把假肢安上，将自己推上电动轮椅，来到门口，为芸莆打开房门。同时，又像幽灵一样地问：

"还要继续搜查吗？谁是下一个目标？"

六

芸莆一直找不到失踪的丈夫，心早乱了。没精打采地回到家，一下子被眼前的情形惊呆了。

血流逶迤一地，一直从门底淌出来……

沿着血迹，她冲进客厅，却见客厅中间，整齐的一座书山赫然而立，像堆石灰岩。又见"子男之墓"纸板儿，呼吸没了，心跳如雷，直扑过去，就将书山扑得山崩地裂。抓狂地拨开，才见女儿一动不动躺在里面。

"子男——"芸莆凄厉地喊道。竟然没有留意到子男的一丝不挂，抱起来就往外跑，边掏手机边喊："120！120！"

一进走廊，阴冷的气息袭击子男，让她往母亲怀里蜷缩了一下。自己在母亲怀里，仿佛又童年。暖心复活，就勾住母亲的脖子，抢下母亲的手机：

"妈，放我下来。"

芸莆忽而见女儿没事儿，萎下的神经又鲜活起来，叫道："你作什么妖！"面孔因被捉弄而变形，介于恼羞成怒和喜形于色之间。

"我体验了一次死亡。"

"你咋不真死！"芸莆把女儿扔回屋里，"快穿上，不嫌恶丢人！"

"我又不是你的敌人，怎么总跟我过不去？"

"你就是我的敌人！"

"你愿意生我这个敌人，又不是我求你的。"

子男这样气呼呼地说着，穿上内衣，将绊脚的书籍踢开，坐回到沙发里。芸莆那边叫道："弄的一地什么东西，快拿拖布擦干净。擦不干净，就打折你的狗腿！"

芸莆这样说，竟然想起那个老绅士。

子男也想起那个低沉而缓慢的声音，就说："多么难得的家休一天哪！——现在请您出去，我要学习了。"跳过狼藉一片的客厅，钻进卧室。

卧室没有一丝光。

七

电话再次响起，和子男想的一样，准确及时。

"你好，小朋友！"又是那个低沉而缓慢的声音。

"爷爷！"子男脱口而出，吓了自己一大跳。

"你不是要自杀吧？"原朝忧心忡忡地问。

"您怎么知道？"子男俏皮地反问。

"我看得到，所以，你最好对我真诚，真诚，真诚，不要虚头巴脑。"原朝模仿子男的口吻和语句，将紧张释放出来，逗得子男开心地乐了。

"从三楼跳下去，我怕痛。"

"不但痛，还会爬不起来，爬不动……"

"爬不动？那你怎么办？"

"也得爬。——我现在就在爬行。"

原朝说着，在下楼，一级一级地下，很艰难。走廊里黑乎乎的，到处是住户堆在角落里的杂物，逼着他得很小心，不能分神，防止跌下去。

"爬到哪儿去？"子男懵懵懂懂地问。

"未来。"原朝回答，微笑着。

"爬向未来，得用一生呀，够漫长的了。"

"漫长的，不是人生，而是心路。人生的路，不在乎以什么方式行走，而在乎以什么心态行走。"

子男看到母亲在门后偷听，就远离房门，来到窗口。

"我的心情糟糕透了。——你说的是心情吧？"然后大起声来，让门外听到，"你是我的精神支柱。"又带哭腔，"我……我爱你……"

原朝假肢一松，就撞向地面。手机摔向台阶，四分五裂。过路人帮他拾起，扶他到楼外，坐进电动轮椅上的阳光里。

八

门，锁死了。

但是这次，是从里面锁的，隔开母亲疯狂的摆踹。

像许多孩子一样，子男直等到母亲达到要跳楼的疯狂程度，才慢条斯理地打开一条沟通通道。她早准备好承受母亲理直气壮的责骂，对手机的查看，及对谈话内容的逼问。但是这次不同，芸莆给她递上了一张相片。

"是他吗？"

英俊的男生，明星范儿十足。

"挺帅。眼光不错。哪弄的？"

"他是谁？"

"我正想问您呢，要给我介绍对象吗？"

"少装糊涂。你的日记本里夹的，你怎么会不知道？"

"你凭什么动我的日记？"子男叫起来。这次，她一向忍让的性格，山洪一般暴发出来。她很可怜母亲，因为父亲躲着母亲，父亲因为自己才守着母亲，不经常回家来，以各种借口玩失踪。

"我没有动。只是从这里面掉出来的，就一张。就是这一张，你不否认它的存在吧？"

子男泄了气，懒怠的神经，让她提不起精神来，无聊地说："妈妈，我们谈谈吧。"

芸莆来了兴头，给自己和女儿分别倒了杯果汁和咖啡。"说吧，洗耳恭听。"

子男道声谢。"我有男朋友了。"

"他是谁？"

子男盯一眼相片，觉得还比不上自己卧室的型男，见母亲咄咄逼人的目光，嗫嚅地说："他是个……师哥，邻校的。"

"是个大学生吧？"

"你还看了我的QQ？"

"是的。"

"偷看我的QQ，是无耻的！"

"没秘密，怎么会怕看？"

"我喜欢他，怎么了？"

"你、你……"芸莆头晕目眩，"小小年纪，不知道羞耻！"

"爱，有什么羞耻的？不懂得爱，得不到爱，才羞耻呢！如果人活成这样，等于说，做女人失败，做人也失败！"

芸莆被女儿刺中要害，几近疯癫："你爸爱我，我也爱你爸爸。你少在中间挑拨离间！"

子男失声笑了，泪是因为笑而迸发出的："是呀。我爸爱你，你也爱我爸。正像你爱我，我也爱你一样……"

子男的手指，按下重拨键，那个电话却一直无法接通。

九

夜，被灯光撑远了，也少了些宁静。

哭后的头，空得像穴。来自母亲的哭，还荣誉地挂在书橱、衣架、漫画和玩具上面。似乎语言也张着翅膀在四壁飞翔。不是喜悦，而是悲伤。

几乎所有的同学，都在一夜之间，知道了自己早恋的战争，尤其那个还算英俊的男生，不肯多和自己通电话，闪烁其词。还招来几个嘲讽，仿佛遭了强暴。子男已经打定主意，转学，或者辍学。

但是，在与父亲联系上之前，她不会告诉母亲。青春早到了，未来却终止了。

子男感觉到母亲还没睡，欲去看望一下母亲。毕竟是自己的母亲，向她表达自己大不敬的忏悔，是自己成熟的标志。她这样想着，就走到门边，却并不奇怪地发现，卧室的门早从外面锁死了。她正待要拽一下，突然一个青面獠牙的幽灵，出现在门玻璃后面，尽管她有心理准备，仍被吓了一大跳。

"放我出去。求你了妈妈。"

"我就知道，你总是半夜往出跑。想到外面过夜吗？"

"你说话越来越难听。——我只是偶尔，而不是你说的'总是'——你在诋毁我！"

"不想让我诋毁，就做出个样儿来，给我看看！"

芸莆说完，唰地把门帘儿拉上。

十

月光洒不进有灯光的屋子。

所以，子男关掉灯，让书本作业，连同符号、公式、定理等等，统统埋葬进黑暗里。

窗帘被风拽起，放进不安分的夜虫鸣嘈和马达声声，做夜的背景音乐。美妙绝伦。

突然，手机也配合地奏起音乐来，正合时宜，吓了她一大跳。她越来越学会心惊肉跳。

"是爷爷您吗？"子男喜极而泣，"您怎么关机了？"

原朝气喘吁吁，气息微弱："我来告诉你，你爱的那个人是谁。"

子男一惊，问："你来？来我家了？你怎么找到我家的？"

原朝释然地微笑了："傻丫头，写的信，地址是真的，名字是真的，图片也是真的。你真是个傻丫头。你真容易受骗上当，也容易引狼入室。"

子男跑到窗前，向小区张望。果然见清冷的月光下，一个老者顶着银白的头发，坐在轮椅里，像个绅士，向她挥着手。

"别跳下来。"原朝的声音，在电话里，永远是低沉而缓慢的。

"您的身后，怎么有一条水线？"子男问，有些紧张。

"哦——是我的轮胎破了。我用一只脚蹬着，一直蹬掉了鞋，又把脚趾蹬掉了。我的血，就沿着裤筒儿，淌了一路……"

"您不是早截肢了吗？"

"还剩一只。这只，就留着，来见你。——你别跳下来！"

子男扑到卧室的门上，要去见她的小刚。门还关得死。母亲的面孔再次出现在玻璃后面，问："半夜三更不睡觉，又和谁联系呢？"

子男扑通一声跪下来，哀求道："妈妈，放我下去吧。这很重要。放我下去吧，就这一次，算我求您了！从今往后，我全听您的。您的梦想强加给我，就是我的梦想，我接受了。考上名牌大学，找个好工作，或者出国出家，吃斋念佛，不食人间烟火！"

"你爸总是这么许诺，态度极好，却从不履行诺言。总是承诺，总是犯。你也这么说，怎么知道你不会重蹈覆辙呢？"

"我爸……"

子男哽咽了。

她用桌布掩上玻璃，用书桌倚上门。然后，将事先准备好的消防逃生绳索系在腰带上，爬出窗口，顺着防护栏，跳进阳台。

阳台埋在黑暗里，似不存在。栀子花无声无息，也不存在。

但花香还在，只是无人问津。

肚皮咕噜叫

一

没有了海参崴和双城子，绥芬河就成了边境要塞。

二十世纪六十年代的要塞，在地图上，总是飘逸着一股硝烟味，火炉旁的干草一般，燃烧的气息缭绕，似乎叫神经的东西也快燃烧啦。

在他乡当老师的光夫二十一岁那年，就是在那年那个不很寒冷的夜晚，下了二十年代产的草绿色火车的舷梯，将那年那双汗脚踏在绥芬河无雪的站台上，然后跟唯一的同行者点了一下头，然后木然地望着蒸汽鼻子喷出的一团团白蘑菇，摔在接车员的身上，雪崩一般，在灰色的上空滚出一串串憋闷得发焦的叹息。

这是一天中，这个车站唯一的一次叹息，让光夫还年轻的心脏多了一道皱纹。

据说，人在心脏上的皱纹渐多之后，叹息就少了，人也就成熟了。因而，光夫在后来的日子里，叹息渐少就是再自然不过的事儿啦。

光夫茫然地望向小黄房旁那里的闸口。那闸口由漆成草绿色的铁栅栏组成，两端的活动门是黑色的，开与关就是口令，似乎并没有什么不同。不同的是，它在十二个又六个台阶上边，这是山城地势所逼成的，给人一种总是要向上攀登的感觉，像人的志向。带有黄了巴叽、窄而长的欧式窗棂的候车室，也在十二个台阶上边，被冬日斜阳濡染成银灰色，可以看清银白窗凌跟室内少得可怜的暖气斗争留下的正在融化或者生长的弧形轨迹。

23

于是，光夫就感觉他的翻毛儿皮鞋的鞋底儿，有血在漫溢，叫他根本无法飞越过去。血腥就这样，吃进他的心脏，又多了一道褶皱，少了一声叹息。

边防战士接过他的边防证，审视着他，包括他的衣褶儿。

警觉是一种小孩子对黑暗的张牙舞爪。

同伴说，我孩子的肚子胀得像个猪猡，里面装着一群猪仔。

他不理解地望着同伴，不明白为什么偏偏在这个时候提起他的孩子的饭量。似乎饭量是他牙缝里的沙砾。他让同伴在肩上拍了一下，然后把双手做出抱球的动作，就站在那里，回头看闸门的铁栅栏咣啷啷地把他两吐了出来，就想，没有旅客的车站该有多么孤独和寂寞呀！

在这一刻，他看到通往站前广场的三十六个台阶上，有一团鲜花点缀着初冬的肃杀。伺后他的目光看到熟悉的苏联红军烈士纪念碑，知道上面的一行俄文，是向苏联红军致敬的文字，每次他仰望，都有一种悲壮和奋斗的力量！

他抬头仰望，小镇就在他一步一步登高的山坡上。他发现，微蒙的暮霭中的灯星儿，小镇惺忪的睡眼似的，倦怠地等待着他这个晚归的游子哩。

二

进到矮趴趴的土坯围墙的自家院子的时候，光夫听到叹息盈满潮汐一样退了下去。继而是一阵犬吠，叼住他那疲软的神经，其实是他非常珍爱的翻毛皮鞋。

已经长得雄悍、张牙舞爪的大黄狗取缔了所有景物。

他在强有力的冲击下，跌倒在一堆未及时清除的旧雪上。被阳光噬硬的冰坨儿刺痛他的臂部。好在披着开花黑袄的父亲陈泽正在院角冲土坯撒尿。他的呵斥和他滋在墙坯上的尿力一样有威力。

陈泽说，回来干吗？犯错误了？

光夫说，想家。

陈泽说，学校放假了？

24

光夫说，放了。

陈泽说，狗都撵你。

光夫踢了一脚在他身边尚怀敌意的大黄狗，说，狗东西，我抱养的你，还咬我。狗记性。

大黄狗就又吼起来，却只是吼，并不扑他。他慌忙跑到陈泽的前边，先进了屋。

屋里很暗，却很温暖。这是俄式旧宅，墙厚、窗窄、敞亮、保暖。能住到这个房子全仰仗陈泽在铁路段上的模范行为。那年，陈泽带领突击队，花了一年的时间，掏开了日寇堵死的三号洞，紧紧地握住了苏联老大哥的大手。

黑乎乎的炕上抬起个头，说，儿呀，回来啦！

光夫听出母亲莲花的喜悦，说，咋睡这么早？

同时，他看到一溜儿黑球，是几个脑袋抬起来，叫着哥。

他便不快地说，我爸见我连个笑模样都没有。

陈泽在身后哼了一声。把鞋重重地脱在地上，摔得很响。上炕，赤条条褪光了衣物，钻进被窝儿。

莲花说，上炕睡吧。没事儿。

光夫说，我饿了。妈，还有现成儿吃的吗？嚼巴一口就中。

母亲愣了片刻，说，我去给你拾掇点儿。这时，几个人头又同时竖起来，纷纷说，妈，我也饿，想吃。

母亲莲花说，闭嘴。你们吃还在后头呢，暂时饿不死。你哥他刚下火车，不吃点儿垫巴垫巴睡不着。

小妹光影说，我不吃点儿垫巴垫巴也睡不着！

父亲陈泽没动弹，声音却震得空间黑乎乎地颤，说，都闭嘴！妈拉个巴子的，睡觉！光夫，你也睡！

光夫坐在炕沿边儿，用手摸弟弟光子的脸，觉得手毛茸茸的，就说，光子长胡子啦！

小妹光影说，卡巴裆也长胡子啦。

光子伸手去打光影，光影就咯咯笑着钻进母亲的被窝。

母亲莲花说，你回来得正好。你学也念完了，书也教了一年多了，该成家了，也好帮衬家。妈给你选了个对象。

话还没说完，陈泽在那边瓮声瓮气地说，睡觉，有话明天唠，省点力气吧。

三

他根本没有注意到在他家炕梢儿睡着个姑娘，而且是个朝鲜族姑娘原姬。他在第二天起来穿衣服的时候发现的，当时原姬正在往布上抹糨糊，打袼褙。他忙又钻进被窝，在里面穿上裤衩儿。

他下了地，原姬就跪爬过来，把被齐齐整整垛到炕寝里。把炕用笤帚扫干净，放上方炕桌，把一碗炖土豆端到他面前。

土豆是那个年代，饱满的象征。

原姬是个典型的朝鲜族姑娘。单眼皮撑着眼泡似乎总是肿着，黑眼仁儿在眼缝中随时要掉下来的样子。高颧骨，仿佛有个鹌鹑蛋在里面孵着，还没有出蛋壳儿哩。大宽腰板，在青斜纹儿对襟儿小袄紧裹下能够看到中间的一条缝儿，一直延伸到臀部，平展开，垂下两条线，把屁股分成东半球和西半球，在她走动的时候，两条线便蛇一样柔软地左右摆动，极均匀地增减着两侧的面积。

他猜定这就是母亲给他的未来天地啦。

他问，你叫什么名字？

原姬盯着他愣愣地看，然后摇头。

光夫说，你不会说话？

原姬点点头。

原姬坐到他的身边，一声不吭地纳鞋底。

光夫发现，原姬纳得很费劲儿，顶针儿总是顶不牢，就滑到手指上，刺出血来。针码儿也乱糟糟，没有母亲纳的花纹图案。但每一针都勒得实，在布面上呈星状分布。

光夫问，你来多长时间了？

原姬摇摇头。然后给他盛饭，是紫红色的高粱米，盛得满满的，轻放到他的面前，坐在他身边，冲他微笑，没有一丝羞怯感。

没有羞怯的女孩儿让他觉得很遥远。

就在光夫想着怎样把这个女人放在媳妇的位置上的时候，房门开了。这时候，光夫才看到外面落了清雪。因为俄式房门沉重而高大，因而门开的时候就显得刺眼的亮。母亲在门口出现，就像操南方口音的耍把戏老头那手中的驴皮影，看不清面孔。

母亲莲花说，快把衣服换上。

光夫接过母亲递过来的衣服，是一套灰哔叽中山装，新的。

光夫说，妈，咋的，新做的？

母亲说，你穿吧，看合适不？

原姬为他撑开，帮他穿上。他说，像是小点，紧紧巴巴的。

母亲说，紧就紧巴点儿吧。

光夫说，还做新衣服干吗？我又不是小孩儿。

母亲说，相看对象，可是一辈子的大事，不能随便的。——嘿，还真精神，像个男子汉！

原姬递给他一个小圆镜，同时也递给他一个绽放的笑纹。他看镜中的自己，果然很威武。

光夫说，妈，我可不找哑巴。

母亲说，傻孩子，妈咋会给你找个哑巴？

光夫说，我也不找不会说话的。

母亲就笑了，嘎嘎的，很响亮，因为她第一次听到儿子当她面儿提出找对象的要求。这种感觉是软乎乎的麻，酥酥的，让她兴奋。她说，不会说话，还不是哑巴？——我看你是有点儿要昏头！等到把媳妇娶到家，还不知道昏到什么地步呢！

光夫说，可是——她……

光夫同时用眼光溜一眼原姬，自个儿倒先羞红了脸颊。

母亲莲花就更笑得响，说，不是原姬，净瞎寻思。

四

相看的门户离他家也就十来里的样子，邻村，却是本村的上级，叫公

27

社，小人看大人的样子，就仿佛现在的省城与县城。还是仰视，让光夫想起昨晚一踏上站台，向台阶上的闸口仰望的情景。

母亲莲花猫下腰，用袄袖口蘸雪给光夫把翻毛皮鞋擦了又擦。翻毛皮鞋棕色绒毛已经褪了大部分，像开春正在脱毛的狗，呈出黑亮颜色。母亲一再叮嘱他，见到孙家人，要有眼力见儿，要会说话，要稳稳当当。

雪下得缓慢，因而可以看见被雪线罩着的屋舍。他就想，在这个时候，山上会有狍子在散步，野兔在灌木丛中叽溜溜地跑动，小飞龙低飞着，把枝丫上的积雪扑棱棱地弹落，竖起一道儿雪瀑，也在意欲引起配偶的注意吧？

母亲莲花告诉他，要相看的对象的爸爸就是公社会计孙溶。孙溶的下巴总是留着一撮胡子，因而给光夫的感觉总是不舒服，尽管与他毫无干系。孙溶张嘴就大楂子味四溅，好像每个细胞都还煲着玉米糊糊粥。父亲陈泽也在，正和孙溶盘腿对坐在炕头，边抽烟边唠着嗑儿，很亲近的样子。投向光夫的眼神，却仍然是不满意，令他胆怯。

孙溶看见光夫，像看到儿子似的，核桃似的眼睛上下打量着，就乐得合不拢嘴儿，说，好，好，好，快把玉兰叫过来。

坐在炕沿边儿的李姨跳起来，用手胡乱扑打着藏青旧袄，忙不迭地跑出屋门。

外屋叽叽喳喳的说笑声倏地响起。光夫听到李姨说，扒门缝儿还不把人看扁喽！——要看就进屋大大方方地可劲儿看，眼气去吧。然后，就有脚步响着过来，门开处，李姨手牵着个大姑娘。

光夫第一眼就看到那一身小碎花外罩，像一棵正在招蝶引蜂的桃儿树；之后，他看见一根又粗又长的辫子，很沉重地垂在前胸，直到膝盖。她手捻辫上的红绫子，倚在门边就不动了。头低着，脸上的红光却惹得满屋通红。

光夫感觉呼吸要停止啦。

但是，她冲他更加灿烂地微笑。这让光夫很失望。因为，他看到她的上唇豁了，鼻子偏左，像有一只毒蝎子趴着。

光夫冲出房屋，不知道怎么就跑了，一口气跑回家。

光夫一进门，就见原姬正趴在炕上。

28

光夫问，怎么了？

原姬连忙爬起来，擦着眼泪，就走到外屋，俯在锅台上做饭。

光夫跟出来，问，谁欺负你了？

原姬摇摇头。然后，冲他依旧淡淡地笑着，走进屋，从被垛底下摸出一副鞋垫儿。鞋垫儿是用白帆布夹着棉花缝就的，软绵绵的，暄腾腾的，很温暖的感觉通过手梢儿，爬上他的周身。

她执意让光夫垫上。

她看着光夫垫上，无声地笑了。

光夫说，原姬？——原姬，叫原姬对吗？

原姬点点头。

光夫问，你是朝鲜族人？

原姬点点头，然而马上又摇摇头和手，神色很慌乱。

光夫又问，你是偷着跑过来的吗？

原姬摇头，忧伤在眼圈里打起旋风。

光夫看见原姬的眼仁儿亮了一下，她就转过身去，肩胛很剧烈地抖动起来。

父亲陈泽回到家来，样子已经和狮子差不多，就差下巴没胡子，否则也是立着的。如光夫预料的一个样儿，父亲大骂光夫有眼无珠。然后喝了一瓶二锅头，就把桌子掀了，碗碴儿滚了一地。

母亲莲花劝解就遭了陈泽两个响亮的耳光，像烙锅烙儿一样容易。光夫忍无可忍，终于冲上去，伸臂一搪，就把陈泽撞倒在地。待陈泽醉的身体给原姬扶起来，就见屁股上一片血污洇出来。

就这样，在光夫还在手足无措的时候，新衣服被扒了下来。

母亲莲花说，光夫，这衣服是咱借来穿的。——咳，如果你的这个婚事能成，你还可以继续穿两天，直到把新媳妇……咱家就能过去这个年啦。说着，她就落了眼泪。

光夫就想，女人真叫人费解，似乎她们除了哭，就没想过用别的方式来表现她们的软弱。

这个时候，陈泽躺在炕上，已经醉了过去。鼾声像是起不着火的东风牌手扶式拖拉机。齿轮相互啮合得很随意，断断续续。光夫就感觉满屋子飞着蛾子。

光影突然跳起来，冲原姬就叫喊道，就怨你！就是你把我家的口粮都吃光啦！

原姬愣愣的，她正在给陈泽被碗碴儿扎破的屁股涂些大酱，让光影这么一喊，吓得手一哆嗦，棉团就掉在残缺不全的炕席上。

母亲莲花狠狠地打在光影的头上，说，没你事儿。

光影不依不饶地说，顶属她造（吃）得多。哼，我的口粮再不许你造一口！

原姬的眼圈儿就红了，泪水又涌出来。

晚饭只是炜一小盆土豆。每人三个。光夫把一个大的面的给了光影。原姬没有吃。谁都感觉到，在这个家的空气中，有种东西正威胁着大家，却谁也说不清楚，反正是从未有过的。

母亲莲花破例点起了柴油灯，橘黄的灯豆吐出一缕浓浓的黑烟。麻香的油烟味叫光夫闻起来很舒服。

母亲莲花把几个孩子叫到跟前，围着油灯和一西葫芦瓢玉米，说，孩子们，大家要坚持下去，别怕饿。这瓢粮，是从你们的孙溶大爷家送过的彩礼——一小白面袋子的苞米糁子中舀出来的。不是妈贪心，占人家的便宜，坑人家。妈是想，先借点吃。不能告诉人家，因为光夫没有和人家轧成这门亲。等咱家有了……

她说不下去，借机咳嗽一下。

然后接着说，原姬是个跟你们一样的可怜的孩子，是你们的姐妹，你们要相互爱护。咱吃糠咽菜，她也吃糠咽菜，不能让她喝西北风，懂了吗？

母亲莲花又说，这瓢粮是妈欠人家的。一辈子，妈没欠过人家，只就这一次，妈一定能还上人家。开春鸡下了蛋就顶给人家。——你们要记住：要好好学习，要肯吃苦，要关心别人，要爱我们的国家。

母亲说的时候，语气是那么坚定，让所有人的肚子没有了饥饿的感觉。眼窝只热，却不湿。

母亲莲花说，这瓢粮是给你爸和光子明天上段上上班干活吃的。你们不干活，吃点就不会饿，小孩子饿不死就行。——吃饭的时间，还长着呢。

她露出自信的微笑。

然后，母亲莲花把孩子们一个个撵进被窝，蒙上头，才跟光夫说，光夫，你在学校咋样？

光夫说，挺好。

母亲说，能吃饱吗？

光夫说，能吃饱。

母亲说，那你就走吧。家里这情况，你是看到的，你待在家也没有啥用，早点回去，把工作干好。

光夫说，我惦记家。

母亲说，家有啥好惦心的？有妈呢。

光夫搂着母亲，泪水就流了下来。他万没想到，家里早早地就降临了一九六〇年的饥荒。

一九六〇年是值得回忆和回味的。

停雪之后，就起风了。风刮得糊窗缝儿的黄洋纸呜呜地直叫，像坟圈子里的饿鬼的哭号。

光夫躺在炕头，挨着父亲，目光盯着窗玻璃上青色的冰凌花。光夫躺在炕头，盯着窗玻璃上青色的冰凌湖。

光夫躺在炕上，盯着窗玻璃上青色的巍巍冰山……

肚子的咕咕叫怎么也让他睡不着。

战栗怎么也让他睡不着。

光影在炕梢儿睡梦中时不时地哭着。挣扎的呓语，叫骂，咬牙的咯咯声。

在白天，光影被母亲打过了。当时，光影躲到门后，生嚼苞米粒儿。起初，原姬以为是耗子，待光夫和母亲到门后一捉，把光影就捉了出来，给母亲用鸡毛掸子把屁股打出了血檩子。

光夫一想到血檩子，心上就止不住地出了一道血檩子。

炕在后半夜就冰坨般冰凉彻骨。热气被寒夜从烟囱抽走了。在烟囱中间插放的闸板只能挡一时的凉气。只焐一顿土豆的几块板子能有多点儿热量？

孙玉兰的三瓣嘴——兔子嘴。

到膝的辫子。

肿眼泡儿，黑眼仁儿在眼缝中随时要掉下来的样子。

臀部延伸着的平展开去的线，随原姬的走动而左右摆动，均匀地增减着两侧的面积……

光夫这样迷迷糊糊的时候，父亲陈泽翻了个身，吧嗒着嘴巴，爬起来，坐在炕沿边趿拉鞋。身子在黑暗中显得白花花一片。光夫能听到陈泽粗重的喘息声，呼哧呼哧，风箱一样沉重。

陈泽打开房门，站到门边灶炕前，冲马桶放着尿水。哗哗地响。

还像机关枪一般威力强劲。

中间断了一下，陈泽打了个很长的冷战。

陈泽的一个膝盖跪到炕沿的时候，迟疑了一下。手在胸脯上抓搔着。往炕梢儿望了望，就爬上去。

光影和原姬住的炕梢儿与炕头儿之间，只竖了块尺把儿宽的长条木板，算作屏风。

这时候，母亲莲花说话了，问，干啥？

陈泽说，别吱声。

然后，陈泽的被窝儿就空了。莲花的被窝儿就隆起一座山。

莲花说，轻点儿。

陈泽说，操。

然后，光夫看到山在起伏。一会儿工夫，水流的声音就传出来。陈泽从喉咙里往外发泄着愤怒，威力强劲。渐渐的，他终于知道自己也已经成熟了，像父亲一样。

天色从窗口露出头来。

大黄狗吠了两声。光夫知道，那脚步声，是起早拎着粪筐铁铲捡粪的，猪粪、狗粪、驴粪、牛粪、马粪、羊粪、人粪。他知道，天大亮就没的捡了。这雪天最好捡，打远看见雪地上一个黑点儿，一准儿就是。经常还挂着白霜，冒着热气儿，是一等好粪。

陈泽下山的时候，说，你他妈的真死性。

然后下地，开门，站在灶炕前冲马桶用手弄了一会儿，只才尿出两赶儿尿水。尿臊味就随着他的身体弥漫到炕上。

冰冷的空间显得辽远。

天已亮透。

手扶拖拉机的气门声复起，挂满墙巴儿。

满屋子飞着蛾子。

五

绥芬河在一个坐在榆树下土坯上望着天儿的老汉王久长的嘴里，是这样的：东头李家放个响屁，把西头张家小五的梦给崩醒了。就是说，绥芬河小，芝麻大点儿事儿全镇都知道。

光夫背着那袋苞米走在街上的时候，王久长就问他，咋的，没成？心也别太高喽。

光夫小的时候，得过王久长的糖块，至今那花花绿绿的糖纸，还在光影的掉漆的铁铅笔盒里珍藏着。因而光夫一直对王久长有好感，便站下来，嗯了一声。

王久长说，你家粮多了呗？白给的米都不要，白给的媳妇都不要。

光夫觉得面袋儿突然异常沉重，就放在土坯上，把鞋上的雪泥跺了跺。那雪泥不情愿，甩也甩不掉。

王久长说，婚姻是前世定的，你是挣不过它的。你是老大，你们老陈家的顶梁柱。——唉，书念多了，就没有谱啦。

光夫说，她那嘴……

王久长说，你还挺挑剔的！是个女人就行啦。能生孩儿崽儿，一个炕头一骨碌，一辈子就完了。"丑妻近地家中宝"，你还指望什么？

光夫黯然神伤，长吁一口气。我指望什么？我指望过什么？我能指望什么？

光夫想起，从母亲手里接过这袋粮的时候，母亲很快就转回身去的情景，她是那么迅速地进了屋。锅台上黑黢黢的木锅盖儿升袅着乳白色的蒸汽，透出米香，像孙悟空一样钻进家里所有人的肚子里，在里面拼命地捣、踹、蹬。

33

饥饿能拉长人的嗅觉。

光夫发现，家里人的目光都是滑溜溜的，在他的视网膜上没有留住一个；也没有一个人说话，连光影也只伸手去竹篮里抓过仅有的半个烂菜团，放在嘴里狼吞虎咽。

王久长说，该不是你在那边有了中意的了吧？

光夫摇摇头。这时候的远山铅色的森林，在皑皑白雪的辉映下，显得忧伤而无奈，尽管阳光毫不吝啬，喷洒着无尽的热量。

光夫抬头望着冬日，灰蒙蒙的，并不十分耀眼，发出的光芒却让人心动，仿佛佛光。

光夫没有跟王老汉道别。他心里只是难受，想放声大哭。泪水就顺眼角挤出两滴来，转瞬被朔风吃干了。在路过纪念碑的时候，光夫听到不远处的教堂的钟声。那钟声很有黏性。

粘在他的耳鼓上不肯下来。

教堂门敞开着。

他这样想着的时候，就顺着一个窄石阶，步上去。

进入正门，就是礼堂。有许多人手捧着什么坐在高高矮矮的板凳上面。此时，这些人听到大门的哐当声，都回过头来。然后又纷纷低下头，虔诚地听讲。

他能够听到饥饿在这个空间与牧师的声音一同飞舞。他的鞋底儿一步一膜拜的声音也一同飞舞。

牧师停下来，从眼镜上沿儿射出慈祥的目光，说，感谢主吧。

光夫说，主能给我们富足吗？

牧师说，主是万能的主，一切都能给你们。

光夫说，包括饥饿吗？

牧师慈祥的目光一下子脱落到《圣经》上，土行孙一样游走了。

牧师望向教堂高远的天花板，望向一片菜色的丑陋的面孔，说，这些都是主的孩子，在主的佑护下，没有饥饿和死亡。

牧师话音落处，一个身子后仰过去，后颅重重地砸到红砖地面，发出咚的一声闷响，在祥和的空气中回荡着。四周的人们漠然地望了那人一眼，就又叫回各自的目光在各自的《圣经》上。

牧师说，感谢主吧。极乐世界随时都向主的孩子们敞开着。——感谢主吧！

光夫转回身，从人们身边走过。鞋底儿膜拜地面的声音和着牧师的声音，一同在教堂上空盘旋，惊走了无力远行的灰色鸽群。

光夫白色的面袋儿在人们的注视中，被庞大的教堂破木门，剪在他们不断吞下的唾液里，充饥着灵魂。

六

光夫把面袋放在土炕上的时候，莲花泪水哗地一下子就涌出来了。莲花问，真的同意啦？

光夫说，嗯哪。

莲花连忙把腿儿扔下地儿，趿拉着烫绒面布鞋就往出跑，边跑边喊，快告诉你李姨去。

光夫想告诉父亲一声，可父亲陈泽带着十五岁的光子已经走了。上段上干活儿去了。

原姬在洗衣服。衣服搓得很响亮。

光夫说，我的衣服，我洗吧。

原姬摇摇头。

光影问，哥，你不走了？

光夫说，哥先不走了。

光影说，哥要结婚了？

光夫说，小丫头，别乱说。

光影说，苞米面大饼子都让爸带走了，我一个没要。爸和哥干重活儿，累，吃不饱干不动重活儿。

光夫扳着光影的头，说，好妹妹，懂事啦！

光影说，哥，你把面袋子打开，我不吃，我看看就行。我不吃。咱都不吃，留着哥哥、爸爸回来，给他们吃。吃饱了好干活儿。

光夫的鼻子有些酸叽溜的。他打开面袋。黄澄澄的玉米粒儿散发着清香。这是世界上最美妙的气味！

这个时候，正在洗衣服的原姬放了一个响屁。

洗衣服的原姬又放了一个响屁。

原姬又放了一串响屁。

光影跳过去，指着原姬的鼻子，说，说！你是不是偷吃黄豆了！

原姬惊恐地摇着头。

光影便跑到墙角，掀开装粮食的柜盖儿，头扎到里面，数一小布袋黄豆。然后，伸长脖子喊起来，动了，少了，有人偷吃了！然后，像小老虎似的，向原姬冲过来，叫骂着，吐出来，你给我吐出来……

光夫就想，报复是人的一种天性。

光夫就抱住光影，说，别胡闹。

光夫看到原姬把头放得很低。

光夫看到汗水和着泪水一同滴落洗衣盆里，把胰子泡沫打出许多马蜂眼儿来。

光夫说，老妹儿，是哥吃了一把。哥吃，你喊啥？哥吃不好吗？你也嚼两个粒吧。

孩子是最容易接受谎话的。

于是，光夫从布袋里抓一把黄豆，分两份，分给光影和原姬。

原姬低着头一动不动。

光夫抓起她湿漉漉的大手，说，吃吧。

说，吃吧。

吃吧。

七

北方的冬天是猫冬的箱子。可是，机务段却异常繁忙。陈泽捎回话说，他们开山，这个月恐怕难回来了，直到年底。

立冬第十一天的这天，呼啸的北风肆虐了好几天，终于歇了歇。武队长来到莲花家，匆匆忙忙地说，今年冬天不好过。在秋头子就告诉大家采白菜叶子，里层的苞米叶子，嫩着呢，可救命！你们可倒好，都喂了猪，垫了鞋垫儿。现在多数人家断了顿儿。看今天的天气好，都上山采地皮草去。

一气儿说完，喝了两口原姬递过来的白开水，就匆匆忙忙走了。

武队长走出门槛儿的时候，回头看了原姬一眼。

武队长看了原姬一眼。

原姬要跟着莲花上山去，莲花没让，只带上了光夫和光影。

山上的雪很厚，但经几天来的风抽日晒，表皮儿结了一层硬壳儿，一踩就陷进去，雪末儿就灌进鞋窠儿、裤腿儿。

地皮草一般在灌木丛附近，紧贴地皮儿，黑黝黝的，叶打着卷儿，干巴巴的，像木耳。但比较木耳要小得多，不留神，就像几个黑点儿。

在半山腰儿，碰到了孙玉兰和她的父亲孙溶，光夫便和孙玉兰一起向另一个山坡儿爬去。

响晴的天儿，在午后就落雪了，大雪片漫天飞舞。

一切都像是老天事先设计好的，一步一步惹出许多事来。

后来光夫回想起来，他跟玉兰碰到一块儿就注定了婚姻的无缘。因为当时，看起来孙溶并不很高兴，只是要光夫早点带玉兰回家，他便自己往东山爬去。不久就下雪了，已经说过，那大雪片子有手指盖儿那么大，把天空都遮住了。瞬间天昏地暗。后来据孙溶跟支部交代，他越走天就越黑，就想回家，越想回家却越走越不对劲儿，见不到平地儿，只是树毛子越来越密。当时他就知道坏了事儿。

光夫并不管未来的岳父跑到哪去了。他这天是最愉快的。他和玉兰根本就没有采多少地皮草，但是他在采的过程当中，拉了她的手，又搂了搂她，就感觉从未有过的快感酥满全身。但是雪太大了，他只好恋恋不舍地把她送回家。心下合计着，下次一定要摸摸她的脸蛋。只摸脸蛋，她的脸蛋圆。

待光夫进院子的时候，大黄狗正在啃着块骨头，叫他很惶惑，仿佛光夫要扑过去跟它抢似的。大黄狗用眼睛斜睨着他，从嘴里发出嗷嗷的低音护卫着，叼起骨头钻回了狗窝，咋吆喝也不出来。

屋里黑天儿一样暗。他抖落身上雪片的时候，听见原姬在叫喊。他听到的话语，一句也听不懂，只是那声音里充满了恐怖。

他拉开屋门，却见炕上爬起个身影。黑影很高大，他认出那是武队长。

原姬一骨碌爬起来，说着什么，就扑进他的怀里。

武队长说，我只是跟她闹着玩儿。什么也没动。

光夫说，你等着瞧，有你好看的！——我去找书记！

武队长拦住他，诡秘地说，我正想找书记去呢！你该知道，这个姑娘是打哪儿来的？嗯——是不是特务？

光夫愣了。看着原姬，说，不是！

武队长说，那是什么？

正在这个时候，母亲莲花一脚门里一脚门外就冲进来。她一看这架势，就说，她是我远房姨姥家的孙女，穷得穿不上裤子，投奔我来了。咋，你狗鼻子闻着腥味儿啦？

武队长语塞。

光夫很佩服母亲的随机应变。

更让光夫佩服的是，母亲莲花扯着武队长，到了队部，找到书记，又哭又闹。没出三天，支部会一开，就把武队长给撸了。但是自此，莲花开始望着原姬叹息，这是从未有过的情景。

八

地皮草用水一焯，就伸出叶脉，敦敦厚厚地烹熟，吃起来筋道儿的，只是味儿不太好。但也比榆树皮好吃。那些日子，光夫经常望着雪地上的雪旋儿就想，在地皮上滑行着，缓缓的，真是太慢，太难挨了。在这些日子里，母亲莲花告诉所有人，除了上茅楼儿和上山采菜，不准乱动，省着饿。

这天，书记来了。坐在炕沿上，抽着用报纸卷的蛤蟆头旱烟，说，侄儿媳妇，我有个事儿想跟你合计合计。

莲花说，有话就说，有屁就放。

莲花知道，这是迟早要到来的事儿，因而说话从来没有过的放肆。

书记说，一个事儿呢，就是——你知道了吧？

莲花说，莲花又茶又笨，猜不出来。您就直说了吧。

光夫看见母亲莲花的脸没一点儿血色。

书记说，孙溶在那天大雪天，转了向，溜达到苏联那边去了。头晌，我和边防的去接了回来。

莲花说，那咋？

书记说，这么的呢，他孙溶就不能再在这疙瘩待了。

莲花问，那上哪？

书记说，不能让你们知道。谁也不知道。连我也不知道。

莲花说，玉兰她娘儿几个也跟着走吗？

书记说，一趸儿走。这不，就涉及玉兰和光夫的事儿。我的意思，他俩反正也没有……现在，老大可也不一定就友好，这是政治，懂吗？要站在革命的立场上，捍卫我们国家的尊严，懂了不？

莲花说，你说的，我听不全懂。看来，我儿子光夫的事儿，就吹了？

书记说，吹了好，干净。

莲花说，嗯哪。

书记沉吟一忽儿，又说，再一个事儿，就是……

书记说的时候，盯视着原姬，目光生了根似的。

原姬藏到莲花的背后。

母亲莲花虽然脸色苍白，却忽而笑了，说，我知道，这个孩子，你们总是怀疑。大叔，我的脾气您是知道的，要强。好赖不计，我也是个有好几个年头的党员积极分子，这点觉悟我有。说她是什么什么人，是谣传。那地方到这疙瘩，十万八千里，只有孙猴子才能翻个跟斗到这儿。她这么个小丫头片子，咋能来呢？她会飞？再者说了，光夫老大不小了，没有媳妇咋成？这不是当娘的没正事儿吗？我就合计着，我这个侄女，让她到我这儿来，一来躲躲饥荒，二来看能不能和光夫合得来。合得来，就娶了。不瞒您说，这两个孩子，已经骨碌到一块儿……

莲花说到这儿，顿了顿，把原姬的手就捏在手里，语气很重地说，他俩已经在一个被窝里睡觉了。您要是批准，选个日子，就给孩子们把亲事办了。

书记眼珠子瞪得溜圆，很显然被这个消息给惊呆啦。

光夫想着，母亲从不撒谎，撒谎一次，脸并没有红。一点儿没红。一

39

丁点儿也没红。

书记紫黑的舌头伸出薄唇外，尖儿动了动，然后用眼光审视一下在炕中间隔着的那块长木板，说，就在那边？

莲花说，那有啥！我结婚的时候，就在那边，光夫他爷爷奶奶在这边。比不了你家地方大，南北炕，有帘儿挡。挡有什么用？挡得了眼睛，还能挡得了耳朵？——咳，不耽搁生儿育女就行了呗。

书记说，是呀是呀，不耽搁生儿育女就行。中，去登个记吧。结了，就没人说三道四啦。

母亲莲花从柜底儿翻出一块白花旗粗布，把旧被里儿掏出来，重新絮絮，换了面。又上供销社扯了二尺布，做了两个红裤衩儿，这就是光夫结婚时的全部内容。

乡里乡亲陆续来了许多人，扔下一角、五分钱就走了。莲花没有猪杀来招待他们，就跪在门口，边磕边谢送着。

晚上，莲花在苞米面里掺了一些米糠，做了两大碗宽面，端到光夫和原姬面前。

原姬的脸在饭前，就给莲花净了。原姬躺在莲花的大腿上，闭上眼睛。莲花用牙咬断一根线，折一折，打上劲儿，用一手撑着，用嘴叼着一头儿，用另一只手扯着另一头儿，一拉一揽，就用线把脸上的茸毛剪了下来。这是姑娘成为女人的仪式。

此时，原姬显得异常白净，高高的颧骨上像孵着小鸟儿，光夫能听到喙儿敲击蛋壳的生命之音。眼仁儿依然在眼缝中拘谨地转动着，但分明是一种喜悦在流淌。他能体会到她的幸福的呼吸和心跳。

光夫说，妈吃吧？

莲花说，傻孩子，妈二十多年前就吃过了的。这是长寿面，吃了和和美美，白头偕老。吃吧。

莲花说，吃吧，吃吧。

原姬搂着莲花的肩，就抽泣起来。

莲花说，妈看着你们吃就高兴。对了，原姬，你该叫我一声妈了。你是我的儿媳妇，我是你妈妈。日子难是难点，但是，只要妈在，就让你们快快乐乐的。

光夫说，妈，她不会说话。

莲花说，慢慢学呗。

光夫就牵过原姬的手，然后跪在莲花面前。这一跪，莲花的泪水就止不住了。莲花边用大襟儿擦眼泪边说，起来。孩子，起来。

光夫和原姬磕了三个响头。光夫对原姬说，叫声——妈。妈。

妈。

妈。

妈。

待他俩坐回到桌前的时候，盛满面条的大碗不见了。却见光影蹲在炕角，正在伸出长舌头舔碗底儿。

光夫和原姬都笑了。

这一夜，光夫一直在紧张中熬着。由于几天没怎么进食，已经没有力气行房事。他那东西，只是软着，像小时候玩的泥条。

后来，睡在那边的莲花说，不行，就睡吧。

莲花说，待明天，妈去借一斗白面，给你们烙饼。

莲花说，开始都这样，慢慢就好了。

莲花说，待明天，妈去找书记，批个字儿，到供销社领半斤红糖。是什么糖来着？听说还是进口的哩，肯定很好。红糖补身子，补补就好了。

九

这天半夜，光夫被窗棂的响动惊醒。他问，是谁？

光子回答，是我……哥……快开门……

光夫打开屋门，光子就一头栽到他怀里。光夫看到光子的脸异常红，放着光一般。光夫叫起母亲说，妈，快来，看光子咋的啦？

光子说，没事儿，就是好冷啊。

光夫把光子放在炕头，用被盖严实。母亲莲花伸手摸着光子的头，惊叫着，光夫，快去叫大夫。

光子在发高烧。

等到大夫来到家的时候，光子已在说胡话。

光子说，光影，给你吃。光影，你吃吧，哥不吃。黄豆。别说出去。打死她。让她吃。你吃。都给你吃。哥不吃。吃。吃。吃。吃。吃。

光夫有许多天没看到光子了，光子像变了个人似的，瘦而弱，像没长开的黄瓜。光子一直在说着胡话，伴随着咳嗽。那咳嗽很刺耳。

到天亮的时候，光子醒了，也好多了。光子冲着光夫笑了，找光影。

光夫把光影叫醒。

这时候，光子要光夫把他那不离身的草绿色褪色书包递给他。

书包带儿飞了边儿。

光夫把书包递给光子的时候，觉得挺重，沉甸甸的。

光子咳嗽着，打开书包，拿出一个很大的报纸包。他一层层打开来，将五个整个的和两个半拉馒头，按着大小个儿摆一排，放在了炕上。

炕席残缺不全，露出土坯里的麦秸秆。

光子笑了，望着大家说，这是馒头，白面馒头。我省下来的。给光影吃。光影还没吃过馒头哩。吃吧。你们都吃吧。吃吧。

光子拿起一个馒头，递给光影，说，这个，是前天的。还暄腾着呢。吃吧。

光子拿起一个馒头，递给原姬，说，这个，干净。就是硬了点儿。给你吃，你就吃吧。你吃吧。

光子又拿起一个馒头，递给莲花，说，妈，你……吃吧……

光子就在这个早晨，手里还拿着他带回来的馒头，再不说话了。身体渐渐地凉了。

光夫看到一只大鸟，从光子的身体飞出窗外。

那是个即将十六岁的少年的大鸟，不止一次在光子的想象中茁壮成长，终于飞走了。

大鸟飞走了。

光夫在埋完光子之后，忽然想起教堂来。

莲花说，那里没人，你去干什么？

光夫说，让我去吧。

光夫就踏着雪向教堂走去。

他走上三十六个台阶，就站在了教堂门外。教堂的大破门紧紧关着。

他看到门上有锁。锁已经锈死了。是铁将军。

他疑疑惑惑。

他看到雪地上的确只有他一行脚印，再有的只是老鼠或者麻雀觅食的足迹。

而教堂顶的钟楼早在四十年代苏联红军与日寇作战的时候，就被炸毁了。原来的教堂，如今已经面目全非，只是残存着病塌塌的底楼。最有名的是那钟楼上的铜钟，却早已经不知去向。钟声也已经消失了二十多年。

他通过破碎的窗户往里看，满是尘埃的礼堂破破烂烂，堆着一些破桌碎椅。他弄不明白，那天的牧师，那些个信徒哪里去了？袅袅的传教福音哪里去了？发黏的钟声哪里去了？

这时候，身后有人说话，缓缓的，发滞。

孩子，这里已经废弃几十年啦，在这儿，看什么？

光夫看到王久长瘦小的身子站在雪地上，垂死的气息环绕着他。

光夫说，我那天还来了呢。还看到里面，有许多人在里面听教。——那天你是看到的。

王久长说，扯淡。

光夫说，真的。我还走进去，跟牧师说了好几句话。

王久长说，那就怪了。真是，怪了。真奇怪。

说完，王久长走下窄台阶。台阶破损，可以不称为台阶。

光夫看到远去的王久长，走得缓慢而吃力。

光夫刚要说慢点儿，就见王久长王老汉，一头栽在台阶上，一动不动了。

光夫看到远处山林上空，有灰色的鸟群盘旋，发出"哦——哦——"的呐喊。

他知道，原本它们是不那么叫的。

十

光夫回到家的时候，父亲陈泽正坐在炕头儿抽着烟袋。宽厚的嘴唇向外翻着，裹得烟锅哑哑响。光夫看到陈泽的头发一下子就全白了，像座雪山林。

陈泽说，回来了。

光夫说，嗯哪。

光夫问，我妈呢？

陈泽说，上队上去了。

光夫问，干啥去了？

陈泽说，没事。

光夫问，没事还去干啥？

陈泽说，没事就不能去了？

光夫木然地盯着发无名火的父亲，满脑袋疑惑。

光夫看到原姬给他絮的棉裤瓢子上，针线还斜插在上面，像干死的蚯蚓。

光夫想起在家门口看到的一串儿血点儿，一直落到门外。鲜红。像梅花瓣儿。就问，原姬呢？

陈泽说，光夫，一会儿，你就回去吧。

光夫说，回哪儿？

陈泽说，要开学了，回学校去吧。

光夫说，我不在家过年了？

陈泽说，家有什么好！

光夫问，那，原姬呢？

陈泽说，你那学校好过。回去吧。在家，家里更难。你们出去一个，少一个累赘。

光夫说，我问你，原姬呢？

陈泽叹口气。

光夫便问，咋的了？

陈泽说，你收拾一下，就走吧。

光夫说，原姬呢？

陈泽说，走了。

光夫说，上哪儿？

陈泽说，问你妈去。

光夫问，咋啦？

陈泽说，问你妈去！

光夫急急地问，咋？

陈泽说，大黄狗给领走了杀了吃肉了呗。

光夫问，咋啦？

陈泽说，它把光子的白面馒头都给吃光了，留它干啥？

光夫说，是可恶。

陈泽说，我没管。用铁丝儿穿着嘴巴，让它嘴馋，活该。

光夫问，谁的？

陈泽说，狗的。

光夫咬牙切齿地说，好。

好。

好。

仇恨浸泡着沉默。

最后，陈泽说，你也别介意。

光夫反问，介意什么？

陈泽说，女人有的是。

光夫说，是呀，女人有的是。

女人有的是。

我知道女人有的是。

两个小时后，天黑魆魆的啦。光夫背着光子那个飞了边儿的草绿书包，来到车站，进了闸口。光夫把通行证递给检查员，就过去了。上了车，坐在靠窗的位置上。火车似乎只是在等他，他刚一坐下就开走了。沿着山路，车滑行得很慢，跟爬似的，他想乌龟也比它爬得快。但仅一会儿工夫，就再看不见绥芬河啦。只有朔风卷起清雪，没有节拍地敲打着车窗，越来越猛，让他无法看清外面的世界。

瞌 睡 虫

近年来一直被失眠和疲惫折磨得狼狈不堪的香客，终于可以静静地躺下来，并且躺在专门衍生孤独的席梦思上，打开一本书，读着读着，就被奥雷良诺上校那旷日持久的回忆所疑惑，望着静静衰落的小镇，渐渐地觉得一个黑谷般的夜就从眼皮上面訇然而下……

惊　悸

天空罩着一个不大的巷口，街外一片萧索。经过比量，大概他算得上是街巷里最不起眼的小人物，跌跌撞撞，走在一直可以无限期地走下去的磕磕绊绊的石板路上。那时并不是子夜，反正瑞雪未到，行人还很多，几乎没有一个人肯看他一眼。这让他的自尊心受到了莫大的伤害，于是他故意撞向迎面而来的行人，但却被他们一个个躲过去了。后来，他选择了一个拄着拐杖的老者，撞向他那窄小的后背，老者也像有第三只眼似的，灵巧地跳开了。他觉得人们都不真实，甚至太虚伪，似乎都在互相传递着同一个内容：躲开他！

他想起童年的他在街上噔噔地跑，让大人们惊慌失措追赶时的情景。那种快乐很刺激，让他觉得世界就是他的，那时所有的人和景物就是因他而生的。他在大人们的撕扯中听到大家重复着相同的疑问：这是谁家的小小子？肥头大耳，福相！

不过，那是泥巷，人们的话很容易被随处卷起的尘土阻塞了。尤其坐在如今是霓虹灯的那棵老槐树下，许多人（包括老女人），都争相剥开他的腿，用手去抓他的小雀儿。开始他还是躲躲闪闪，到后来，干脆一见人就主动掏出他的宝贝，让他们尽情地观瞻，而后，冲他们尿尿。再后来，奶奶就严肃地告诫他：再掏出来，就用剪子，咔嚓，剪掉。当时他的冷汗就下来了，奶奶食指和中指的一个剪切动作，让他至今冒着冷汗。

回忆潮水般地退去后，浮在他瞳孔中的世界被霓虹灯拉长了许多触点。他疑惑的是，老邻居老朋友老伙伴都在这条巷口消失了，以至于他很怀疑他们是否还活着，独留下他一个人。而且，已经有许多陌生人占据了他曾经独霸的空间，把他挤到一个很窄小的陋室，锁定为陌生人的局外人。这，让他几乎发狂，他那脆弱的神经在可怕地痉挛。好在由街对面开过来辆破旧的厢式客货车，分散了他的注意力。车厢内是两个铁笼子，分别装着比猪大不了多少的老虎和在动物园经常看得到的那种比狗小也小不了多少的狗熊，都在无精打采地望着他。笼子的中间是三个穿着肮脏的驯兽师，敲锣打鼓地做着广告，这让这条旧得发锈的巷街有了一些生机。

他停下疲惫的脚步。他渴望一切破坏和破坏一切的思维又飞扬起来。尤其是那笼子的锁链，竟然让他怒不可遏，以至于敏捷地跳上车厢，令老虎惊恐得先做出匍匐状，继而做出攻击状，并露出滴血的牙齿。他径直冲那个鼓手说：你不会敲的。然后接过鼓手的鼓槌，不顾他的嘲笑，咚咚敲起来，把更多的人都敲了出来，站在房头指指点点。他感受到了快乐，感到挥舞的手臂和甩动的头发是那样漫不经心又富有诗意。但是，咚嚓一声，鼓就破了。驯兽师们跳起来，老虎也跳起来，锁链就断裂开了。铁栅栏四分五裂，打在他的腿上，让他疼痛难当。同时，驯兽师们都噌噌地跳下车厢，向四处逃去。他也必须跳下去，向突然空无一人的街上逃去。

他感到自己非常迅速，赛过非洲猎豹。但是他还是感到身后有动静，而且有呼哧呼哧的喘息声。他回头，却见一个大洞，翻滚着带刺的舌头和唾液。两排坚硬的牙齿像排冰山撞向他，将他摔向由青砖构砌成的墙壁。

经验告诉他，他终于落入虎口而且在劫难逃！但是，在他的惊惧的目光中，青砖却奇迹般地熔化了，那么坚硬的东西，一触他的肌肤就流质化了。他便从墙壁跃进，几乎没有任何响动，轻得没有风声。倏地，身后熔化的砖石又复合，凝固了，把老虎的头嵌在墙上，像个图腾。

虎口喷出的热浪，将他如草芥的头发掀立起来。

这是他很难相信的事实。在惊惧之余，他才有空闲观察一下四周。这是条很长的幽暗的通道，见不到尽头。被烟尘熏黑的墙壁上，有隐隐约约的荧光闪烁。他借老虎铜镜般雪亮的眼睛，看到一篇墨迹——

　　爱与不爱，我都在这里。

以及：

　　对与错，真是个问题。

以及：

　　冒险或者退缩，选择在你。

以及：

　　生与死，无非是种方式……

以及：

　　注明——从"爱"与"式"的连线，延长，到墙角，往前数第十三块砖，取下来。

他照样子做了。在砖洞里取出一张泛黄的麻纸，上面可见些文字——

　　把手从第五块砖伸进去。

　　他犹豫了一下，最终还是无奈地照着纸条的指示做了。他取下第五块砖，见里面黑漆漆的，甚是阴湿。他试着伸手进去，却抓到一双毛乎乎的手。他发出怪叫，试图抽回来，但是毛手握他握得非常紧，而且牵引着，逐渐往里拉，往里拉，一直把他拉到墙里，进入一个更加黑暗的空间。

悟　道

渐渐的，有了感觉。他觉得就这样走了许久，实在累了，才停下脚步。在黑暗中穿行的毅力一脱离黑暗，马上河堤一般决了，却见不到洪水猛兽。他能看到的，是一个很幽深的花园，在烛光的照耀下，像扇打开的天窗。他同时看到一方平滑的草地上，有四把藤椅和一张八仙桌，围坐着四个几乎一模一样的古稀老人。

老人们纷纷说：坐下来，小伙子。

他摇着头。同时，瞌睡从萎靡中滋生出来，让他站立不稳，就靠坐在一棵老榆树上，头滑向草地。

老人一说：他看起来经过大磨难。这个世纪注定造就不出什么英雄。

老人二说：我反对。也许他是只还在打盹的狮子呢。

老人三暴怒，离开座位，健步走到他跟前。然后打坐下来，瞑目，运气。从他的微眯的眼里流出一缕乳色烟雾，钻进他的太阳穴。

他伸个懒腰，张开血丝遍布的眼白。他疑惑地问老人一：我还记得，你是我们家谱中的祖先，为什么不待在墓地，却躲在这里清闲？

老人们嘻嘻引出一片笑语。有的说是玩，玩过了头，就忘了回去的路。有的说，打小儿就在这世界闯荡，习惯了，没有什么祖坟呀什么的概念，何处不养爷，哪方黄土不埋人？也有的说，这里有比女人、金钱、荣誉更让人留恋的东西，你若是能脱俗，真是我们祖辈的造化呀！

他被拥坐在藤椅上，几乎就湮没在琐碎杂乱的语言中。随着语言而喷出的气流里，他嗅到了枯蒿才独有的浓烈而令人窒息的气味。他几次想站起来，都被老人们按下了。一直没言没语的老人四说：诸位仁兄，安静一下吧。让这个不幸的灵魂安静一下吧。果然，他们都安静了。老人四继续说：花园里的蜘蛛传说他们来了个国王，何不带他去，让他见识见识？

老人们表示赞同，便拉上他的手，向一个回廊走去。他发现，蜡烛在方圆三米的范围点燃起来，照亮一些景物，并随着他们的移动，在方圆三米外熄灭。这很有趣。他猜想，这个蜘蛛肯定是个大怪物，一口能咬掉一条腿肚子。这样想着，他便觉得腿软软的，踩着回廊地板发出咚咚的声音，十分沉重。

他忽然想起时间，他觉得这对于他而言很重要。几十年来，他几乎就是系在表针上过来的，无片刻歇息。于是，习惯性地问老人：几点钟了？

老人们开心地笑起来，似乎遇到天大的乐事儿。其中一个说：没有钟点的。还有一个说：傻瓜才总问几点了几点了。时间难道真的这么重要吗？几个人又笑得不行。他只好莫名其妙地瞪着一双惊诧的眼睛，无话可说。他知道他加入了一群精神病患者中，暂时还真的无法脱身。

他忽然又想起个问题，问：这里是什么地方？

这个问题像个隔音板，把他们的笑声滤掉了，换成他们以同样惊讶的目光盯视着他。其中一个老人说：这还算是个问题吗？

另一个说：没有人起过名字，谁也不知道这是哪儿。记得我刚出生的时候，蜘蛛就说：花园，昆虫，蜡烛……

一个说：是呀是呀，许多人就是在整天琢磨一些无关紧要的琐事中死掉的。有什么意义？活着就务实一点嘛。自从蜘蛛说"爱吧，不要问他是人、动物还是物体；爱吧，从内心、从触摸、从眼神；爱吧，让人悦、让己悦、让所有与之有关的悦"之后，我悟到，迟早会有个年轻人，莽撞地进来，提起这个问题，没有错吧？

一直沉默不语的那个老人四暴怒，说：省点唾沫吧。告诉你，年轻人，这里是这里，也是那里，你想是哪里，就是哪里。他说完，打开一扇木门，里面黑咕隆咚。他喊道：蜘蛛，出来吧。

一道紫光闪过之后，他看到一只蜘蛛从里面爬出来。再细看，蜘蛛的头露出个白发苍苍的老妪面孔，扭扭捏捏。她四肢着地，匍匐而行。她说：啥事？

老人们兴高采烈地围过来，四双手托起她，说：让你见见你的后代。蜘蛛一团身，坐在几只手掌中，用纤手剥开多皱的眼皮，露出一双迷人的瞳孔，问：你就是我的后代？

他早惊慌失措，语无伦次地说：我走失了。让那只老虎撵到这里——或许我是您的后代吧，但是，你们怎么会在这里？这里是哪儿？

傻。蜘蛛说，我早料到我的后代傻。罪魁祸首当然是你的傻猪爷爷。他不该那天喝那么多酒。唉，若是其他小伙子中的任何一个也不至于……

50

他们同时看到蜘蛛滴下一滴泪水。然后，看到蜘蛛用手背沾一沾，在他的头上一轻拍，他就昏过去了。

红　粉

还是这条短却走不到尽头的街巷，无边无际……好在并不只有他一个人，不知疲倦地一直走下去。身边的人都落下了，不知去了何处，到后来，连曾经发生的事儿也消失在土墙泥地里，无影无踪。在这条旅途上，他才开始感到孤单和寂寞。曾经的伙伴在他乡还是在故乡，抑或作古了？他竟然一点也记不起来了。他为自己悲哀，为朋友悲哀，为亲人悲哀。大概只有临死的人才会这样深深地怀旧和眷恋过去！

走过无数个门，来到一个供有神偶的铁艺装饰门前。他感兴趣的还不是那上面的条条框框组成的呆滞的语言，而是一帧精致的被尘土覆盖的相片。他伸手过去，那层尘土便自动脱落了，露出一张俊俏迷人的少女面孔。他几乎还在惊讶不已的时候，少女的眼眶眨动着长睫毛，说：欢迎到欣香阁来，我的服务会使你有回家的感觉……

他双手打着十字，闭紧双眼，默念着，求你，求你，求你，我可以在孤独和寂寞中跋涉下去，坚韧不拔，唯独抗拒不了色诱。

少女说：为什么这么紧张？原本是很快乐的事儿。

他张开祈求的目光，躲躲闪闪地说：苦海无涯，回头是岸。

少女莞尔一笑，说：岸在欣香阁。何况这里只有你和我。

他定定地望着少女闭紧嘴巴，笑容像水波一样逐渐消失，感到非常心痛，继而后悔，最后，还是用手去拉铁门的把手。他并没有用力，门锁却四分五裂，弹簧锁的零部件散落在脚边。一股清香的风从门里吹过来，让他的心旌为之一震，便抬腿走进去。

过了一个回廊，脚下的绵软的墨绿色的地毯没了，廊壁上橘黄的壁灯也没了，四处飘溢的香气消弭。他来到了一个弄堂。地上的尘土有一个世纪那么厚，脚步所落之处，是一个扇形的印痕，腐蚀的气息随着尘埃滚进空中，让他感到压抑。弄堂是由木柱和寸板镶嵌成的，木窗在风的鼓舞下啪啪作响。在尘埃之中，有无数条尘挂儿听到他的脚步声，向角落里蹿去，发出吱吱的声音。他看不到那些老鼠的模样，却发觉这里是鼠的乐园。

　　一路走过去，他来到一扇桃木门前，上面的一小块玻璃布满尘埃。这时候，一个声音说：进来吧。话音落处，玻璃上的灰尘唰地降下，像远景中的瀑布。他分明看到那个房间的一把椅子上，有一个少女端坐着。他判断，还是刚见过的少女。

　　吱呀推开这扇桃木门，豁然见四处清洁而明亮。地板上有少女的倒影和家什的映像。他无法消除心中的疑惑，便走前几步，说：我走错了吗？

　　少女说：没有，我的后代。

　　他很愤怒，说：谁是你的后代？你才多大点儿的小孩儿！

　　她猖狂地笑起来，把椅子扶手拍得啪啪地响，前仰后合地说：你可笑死我了。

　　然后，她走下椅子，叫道：翠翠，给公子倒茶。他看到从角门款款走进个侍女，手端一碗茶，放在他的桌前，然后冲他殷殷地笑。他感到厌恶，便说：你可以下去了。侍女说：祖辈就这么过来的，难道你是个圣人？他问：我的祖辈怎么过来的？侍女笑而不答。那个自称长辈的少女说：在这里，你的那些祖辈做过人本能所做过的一切事，你想看一看吗？他惊恐地摆着手说：不想看。只是不知是哪个长辈？

　　侍女把茶杯端送到他的手里，同时他看到，有个白发老人在杯中，搂着女人推杯换盏。他叫道：不不，他不是我的长辈。

　　少女笑得十分灿烂，说：你再往下看。他看到几缕波光之后，父亲就坐在一个少妇的怀里，边上一个小男孩，咿咿呀呀，坐在金银珠宝中，一个老太婆在鼓舞着小男孩，说：抓周抓周，宝宝禄富。小男孩爬向金银珠宝，让老太婆眉开眼笑。然而，小男孩径直爬过五光十色的金银珠宝，扑在一本书上，那本书就是《红楼梦》。老太婆把书踢出很远，落进火炉里，不一会儿，燃起火来。他的父亲说：随他吧。

　　他赧然。至少不该让他看到祖辈们有失尊严和脸面的事情。然后，少女说：到这里来的人，没有一个人能走出去。他坚定地说：不可能。少女自信地笑得灿烂，说：家谱上安排好了，情钟庸福，官禄寿行，你在周而复始中，始终是一个命运的复制品。

　　这时候，光线一下子暗淡下来，之后，所有的门在墙上消失了。犹如在一口井里。两个女人像看着笼中的狮子一样地戏看着他。

他站起身，头也没回地走向墙壁。墙壁在他的身体的挤压下消融了，然后在他的身后又复原，将他的两个所谓的长辈及那不堪回首的祖辈的垢行断送给了过去。

蓝　鸽

也许是座教堂，也许是某个学校的大礼堂，反正这个地方到处是彩纸花链，在从敞开的窗口吹进的晨风中微微摇摆。大堂里有许多的座位，上面坐着十分专注地听讲的人，让人感到当时的气氛十分肃穆和凝重。好在他很快就适应了强烈的光线，在一个空座上坐下来。他太累了，需要歇一歇。他看到主席台在冬青和大叶兰的掩衬下，显得更加突出和显要。台上有两只麦克风呈孤独状，像对花瓣儿，冲着一张口若悬河的嘴。那人的脸部因为说话而剧烈地变幻着，也因为信念而让眼睛坚定地直视，令所有的人钦佩和服从。他的语言像生有磁铁，让所有的人的思维转向同一个磁场，想挣脱终归无能为力。显然他十分疲惫，揩一下汗涔涔的额头。之后，他感到口渴，端起麦克风边的水杯，喝了一口。水杯上印一朵杜鹃花。他发现，在场的所有人也把手伸在胸前，做出端杯状，放在嘴边呷了一口。他问身边的人：你喝到了什么？他说：思想。他又问：思想，解渴吗？他回答：十分解渴。久旱逢甘露。

这时候，他发现他的手已经不自觉地伸向前座的女人。十分迷人漂亮的女人。这很不合适，与他的道德操守相背离，无法抗拒，但确实发生了，千真万确。他的手感告诉他，他的手穿过她的裙带，什么感觉也没有，再摸下去，应该有大腿的地方没有大腿，应该有心脏的地方没有心脏。记忆中的膏质的性感湖水一样涌来，又湖水一样退了下去，让他索然无味。再伸手去碰跟他说话的人也是一样，在笔挺的西服里，空无一物。

他问：你怎么会是个衣服架子？

他说：扯淡，我在这里已经修炼一百年了。

他又问：修炼什么？

他回答：你想修炼啥就修炼啥，只是不能问太多的话。

这时候，麦克风后的人站立起来，人们也哗啦啦站起来。桌椅的碰撞方才让他有一种真实感。他便跟随着前面的女人，依次走上台，站在那个人面前，让他用手在头顶点一点，然后排在队伍里，开始唱歌。

歌声是从老唱机里传出的那种，让他想起西方教堂的唱诗班。好在他的听力不错，听出那是曾经被列为市歌的一首。他也唱起来，却总是出错，招来别人的冷眼。这时候，他才看到队伍里的面孔都是皱纹纵横、老气横秋，无论男女，都涂着口红，穿 T 恤，男人凸着肚皮，女人袒露双乳，这才让他奇怪自己的目光竟然可以穿透红 T 恤。他便迅速地寻找那个前排的年轻女人，却发现所有的人已经严重老化，尽管穿着笔挺的白色西裤或黑色筒裙，那种老化是实实在在的，根本掩盖不住。但是他们站在一起，还要把脚呈丁字步，肩交叠，错落有致的样子，让他好笑。

领导说：你站出来。

他乖乖地走到队伍前面。

领导又说：你领唱。

他问：唱什么？

领导说：什么都可以。

他搜肠刮肚想了半天，想起儿时妈妈常叨咕的一首歌谣，便轻抬双臂，做出演唱动作——

牛年，山崖，一处草舍
花鸡，雀窝，一堆麦秸
绣脚，走穴，一应百和
娃娃，姥姥，一段传说

领导做着中断手势，让他进入队列。他走进去，却怎么也找不到原来的位置，一直找下去，终于找到了那个熟悉的女人的背影。此时，大家时而朗读，时而吟诵，时而高歌，却唯独这个女人纹丝不动。

他问：你怎么停了？

她说：还不是因为你！

他惊讶地问：我怎么了？

她说：看你那单薄的眼皮，半剑菱眉，就知道你会投胎来找我。我虽然永远告别了花花世界，可是，记忆会让罪过锁在我心里。你知道，你的长相是我们家族祖祖辈辈的特征，连冤大头都说，我们家族的特征会让世界混浊不堪。到头来，权力让你屈服了。这不是你的耻辱，可又会是谁的耻辱呢？

他受到震惊，问道：祖宗，你告诉我，我该怎么做？

她说：悟。一切都在悟。

玫　　瑰

一只芭蕉般大的手掌，在一抹霞光中猛然拍打到他的肩部！惊愕之余，却让他得到了生理的满足。他听得见自己心脏咚咚愉悦的欢歌。他发现，那只大手没有皱纹，没有疤癣，没有老痂，没有霉菌，光亮滑润，像一缕阳光。

他知道自己被爱包围着。一直一直。

他就是在爱的包围中，走下家庭的温床，踩在四处漫逸着腐臭的土地。他十分理智地告诫自己，不能走出这道门槛。门槛是朱红颜色，在古代宫廷里随处可见，尺半高，让人敬畏。但是，门边的蜘蛛在结网，在晨曦中，像流星在编织着夜空。他跨过自己的思维，痴痴地盯着它，问：祖先，祖先都是这么勤劳吗？还是对忠诚的背叛？

她反问：你觉得阳光温暖吗？

他点点头。

她又说：你可以以任何方式离开这栋房子，但绝对不能从门槛上跨过去。

他点点头。他知道他又落入了一层。而且这一层，会给他留下后代。但是他又犹豫了，说：我是你的后代，却没有你那么多的手足，是进化了还是退化了？她停下织网说：你见到左腮有痣的女人，千万别动心。

话不投机。他穿过并不很厚的墙壁，原来自己又回到那条长长的永远也走不到尽头的街上。身后，那栋闪着晨曦的房子缩小着，成了只火柴盒大小的模型。他弯腰捡起来，揣进衣兜里，拉上拉锁。

这时候，他看到街两旁的路灯忽然亮如白昼。一个巨大的牌匾立在不远处的一个巷口。漆成绿底白字的巷牌是"桃花巷"。仿佛有神力相佐，他不自觉地走进去。迎面看见的是一个水磨，上面的石碾辘辘地转着。一位古稀老人翘着山羊胡须，正在大汗淋漓地推着。见他进来，老人说：年轻人，停下脚。然后，回身向一个茅草屋挥挥手。就从茅草屋里探出一个老太婆的头，像把扇子，回身鬼鬼祟祟地牵出个蒙着红盖头的新娘子，往他身上一推，然后老两口抱起新娘，就逃进茅草屋。从磨后走出了媒婆，笑眯眯地告诉他：明年的这个时候，到这个磨边来接你的儿子。

他困惑地问：我的儿子？真的吗？

她讥笑他：傻瓜，那还有错？

他愤愤地说：这叫什么婚姻？根本没有交媾，还是不要的好。然后他继续往前走，来到一个麦田土埂上。站在这里，可以看到油绿的稻田在灿烂的阳光下流动着，隐约见到地平线上的水汽火焰一样飘荡。田间有戴斗笠的农民把腰弯成个弧形，偶尔直起腰，惊飞许多鸟儿，瞬间无影无踪。在红棉树那孤独的几朵红棉花上，喜鹊喜气洋洋地啄理着羽毛，或者向同伴传递着警戒的信号。

动物的爱大多是光天化日的。

他有生以来，第一次感到这是最纯朴而善良的土地，这里生活的人们一定是最纯朴的，是他的至爱。于是，他走进绵软的散发着墨香的土垄，轻轻叩开一处柴门。果然出现一位朴素的女孩儿打开了这扇门扉，给他似曾相识的微笑，同时也让他想起那个在他前排的少女。

他虔诚地说：姑娘，爱我好吗？

女孩儿一言未发，就引他走进一间摆满玉米秸儿的茅草屋，躺在一张散发着玫瑰香气的土炕上。然后，她开始把手搭在他的肩头，然后滑向他的胸襟，开始解他的扣子。他捧着她娇小的面孔，问：就这么简单吗？她反问：你所想的，不是这个吗？

他很是伤心，轻轻地把她推开，走出那个让他伤心的地方。

他还得往前走，无法停下来。一晃，他就须发白起来，令他极度恐慌。他连忙找到一处水面，他看到自己苍老得足以让他做上自己的爷爷。可是他连儿子都没有产出来，他猜想就是那个"唱诗班"传染了他，让他也衰老不堪。他想起一个供异族人购买假发套的药店，便去记忆中大致的方位去找。可是，街巷已经完全陌生了，根本找不到。他便掏出指甲刀，一根一根地修理着花白如草的胡须。之后，觉得该是结婚的时候了，该做一个男人应该做的一些事情了，于是，他走进一个用木荆棘搭建的伪教堂，却被一个黑衣教士撵了出来，听到他歇斯底里地喊：索菲亚尼教堂，正在维修！

他争辩说：我要结婚。

教士忽而和蔼地说：待教堂维修完了吧。

他问：要等到什么时候？

教士说：雨季过后吧。

他走在西式红砖教堂的墙壁下，肃然起敬，便用手触摸着红砖，充满着神圣，感到威严通过手指进入了他的血液。生命的真谛与爱情的忠贞却远远地随着鸽子飞舞，在尖顶塔楼上飞旋的弧线突然变得无关紧要。

他突然急不可耐，喊叫：我要进去，并且马上结婚。同时感到雨季留在砖隙的霉菌向他的手臂铺天盖地地袭来，占据了他的毛孔，僵硬了他的皮表，并有绿色的祥光在他的四周环绕。他抖动全身，希望把更多的霉气抖落给雨季，但是经验告诉他，这是徒劳的，不是用人力所能弥补的。

然而，奇迹又在他的身上出现了——红砖在他的手中开始熔化，仿佛口中的纯天然巧克力。他的手臂可以伸进去，畅通无阻。他抬脚步跨了进去，就像迈过自家的门槛，并使自己进入到一个居室中。

欢迎你。一个老妪坐在床上说。

他试图逃走，却被老妪叫住了。她说：你跑什么？你看到的就是五十年后你的结发妻子，衰老、丑陋、贫困。如果你后悔了，可以马上离开这里。

他讷讷地说：是的，我是要离开这里。我的妻子，梦中情人，绝对不会是这个样子。我的天哪！

老妪很认真地听着，继而笑出声来，悠悠地说：无论如何，你得承认事实，这就是命。

他叫道：我不信什么他妈的命！

她说：好吧，你走吧，出去吧。

他说：好的，我是要出去，马上。他走向红砖，却重重地碰壁，反弹回来，脑门火辣辣的，眼泪飞溅。他试图再次穿过红墙，逃出这个家庭，但是，几次头破血流之后，他坐在地上绝望地痛哭起来。

她告诉他：你有穿越墙壁的能力，可以在时空中梦游，但这只是单向的，是不可逆转的，你永远无法违背命运，从明天走回过去。你到床上去吧，这是咱俩初婚的大床。在这五十年中，在这上面，发生了许多故事。坐下来，咱俩从头说起吧。从头说起。

从头……

罪　　恶

一片橘子红从天空瀑布一般垂挂下来。他终于可以驻足，让无法停止行走的双腿可怜地喘息一会儿，但是他却被眼前的橘红吓住了。隐约中，一座青砖红瓦的住宅呈现出来，然后是一只恶狗向他扑过来。

那狗是笨狗，棕色毛，白蹄花，脑门上有一块黑斑纹，两只星眼透出汹汹杀气，让他无法对抗，只能撒腿就跑。他觉得他的一生就是这种奔波的命，叫作腿的这种器具永远也停不下来，否则，就该和这个世界永诀了。像匹野马。那么，往哪跑呢？显然，他面对昏聩混浊的世界，无处可逃。他便绕着一棵千年古槐跑，只觉得恶狗的牙齿就在他的脚后跟，令其浑身颤抖不止。但是他也奇怪，他竟然一滴汗也未出，笨狗竟然也一声不吭。

终于，他扑到门板上，咣的一声，桃木门洞开，他被摔在地上，一身的绞痛。他正要疗伤，却见恶狗欲飞跃而入。他双手一使劲，把门板合上，一声重撞，恶狗被关在门外。他拉上大木栓。随着木栓咚的一声，他的心才轻松起来，瘫坐在门槛上。

此时，他看到一口大锅，在院中，正喷溅着红彤彤的火光。他走近，看见里面是燃烧着的木炭，再往下看，把他惊呆了。在火炭上面，用竹竿穿着四个光溜溜的小人儿，正被烤得流油。皮肉炸裂的声音，把整个场院的动物植物都惊呆了。陆续有巷子里的闲人站在院门口向天空张望，诅咒着几十年没见过的大雪。

他终于看清这四个小人儿，就是那扇天窗里的平滑草地上四把藤椅上坐着的四位几乎一模一样的古稀老人！他疾呼：救人哪！救人哪！他的喊叫终于有了成效，从弄堂里跑出一个彪形大汉，手持一把竹剑，冲他而来，二话不说，就把他小鸟一样拎起来，过了门槛，扔在纯毛地毯上。他甚至可以感觉到毛毯浑厚的纹路。他抬头，见祭坛上坐着一人，却看不清面孔。

那人瓮声瓮气地说：你闯进来，就是个冒犯伟人的恶少，必须除掉。

他喊冤枉，说：我只是随便走走，怎么会冒犯您呢？我没有想得到什么，你也没有丢掉或损失什么，互无干系，谈何冒犯？

那人说：判你是恶人，是不需要理由的；烧死恶人，更不需要怜悯和同情。在这里，只有一个规则，把街巷瓜分成富庶和贫困，愚昧和落后……让战乱与饥饿永存，才是世界发展的原动力。你不必再多啰唆了，接受一切强加于你的事实吧，弱者。

他再次被彪形大汉小鸡一样拎起来，放在另一个房间的浴池中。浴池里的水清冽碧绿，亲昵地拥吻着他。他眼睁睁地看着衣物溶化掉，看到自己那不很发达的肌肉闪着亮光，而且在盆边，忽然冒出许多女人，雀跃着，欢呼着，类似于蚂蚁啃骨头的情形。他看到她们也是裸露着，可以看到骨骼。

其一说：好吗？

其二说：你知道这水是什么吗？

然后她们更加疯狂地爆笑起来。声音把橘红色的天空震得飘忽不定。他忽然感到非常恶心，他开始往池边游，边游边呕吐。他每呕一次，就有一条比目鱼从喉咙里钻出来，游进池水里。

忽然，一片枪声过后，他看到这些可怜的赤裸的女人飞过头顶，如饺子进入沸水，鲜血染红了池水。一个英俊的男人（亚洲黄种人）伸给他一只强悍而有力的大手，他便一跃而起，站到岸上，还没来得及道谢，就被他竖在唇前的食指止住了发声。他便跟随着他，猫腰沿着墙根儿，来到门边。彪形大汉就站在门后，像个铁塔。他悄悄地说：快救那四个老人，否则就化成灰了。

英俊的男人一语未发，但他的眼神告诉他，他坚毅的信念和无畏的精神正在鼓舞着他，让他赴汤蹈火。显然彪形大汉听到了响动，转过身来，往这边张望。英俊的男人挥舞着竹剑，正刺中彪形大汉的腹部，彪形大汉发出雷鸣般的怒吼，然后，肠子滴着鲜血淌了出来，哩哩啦啦。又一声振聋发聩的怒吼，伴着轰的一声巨响，彪形大汉倒下了，砸塌了半垛院墙，卷起灰尘，橘红色滚滚而来。

他俩跑出来，来到大锅旁，拿着竹柄，把四个古稀老人从火焰中取了出来。

四位老人从竹柄上跳了下来，互相笑嘻嘻地指点着对方的面孔，连推带搡地笑闹。英俊的男人怒叱道：你们在做什么鬼把戏？

老人们纷纷说：调戏你们而已。

他也愤怒了，叫道：难道忠诚都要被调戏吗？未免把玩笑搞得太大，太离谱了！何况还有那么多漂亮女人，都死在了池子里。

老人们更加笑得不行，说：一看就知道，你准是个多情种，真没看错。那里是罪恶之渊，坠入又何妨？那里是淫秽之渊，迷入又何妨？那里是救世之渊，弃之又何妨？

他和英俊的男人面面相觑。

显然，英俊的男人放弃了斗志。因为敌人没了，对手没了，激发他征战的动力，在春风化雨中消逝了。那么，他能做的，只有把利剑，重重地摔在地上，然后，走向一扇门。那门上赫然写着"欣香阁"。

满天橘红的光消失了。铅灰色的云彩浮在天空梦游。远处的山岭被薄薄的雾霭罩了起来，呈乳黛色。一个城市正在他的惊慌失措的眼神中渐渐地走向黑夜。

瑞雪将至。

尾　巴

一直被失眠和疲惫折磨得狼狈不堪的香客，静静地躺在专门衍生孤独的席梦思上，张开惺忪的睡眼，疑惑地看着奥雷良诺上校那旷日持久的回忆，终于明白自己终于醒了过来。

出膛的子弹

　　如果有那么一天，突然天降一子，强壮、英俊、威武，而且和你长得一模一样，你一定也会手足无措。这不是笑谈，这事儿就发生在苏三身上，发生在三十年前。当时，可把一直打光棍的苏三乐坏啦，将这儿子推到父亲苏二的面前：

　　"苏四，你的龟孙子！"

　　理直气壮，一脸得意。父亲苏二一直骂苏三没长心，屁眼大能把心丢了，就因为苏三作为男人没做带把儿的事儿。当看到一直不肯结婚的这棵独苗竟然也会生儿子，偷偷地延续苏家香火，才乐得合不拢嘴，心满意足。对苏三而言，数十年能够保持身上的物件完整没丢失一星半点儿已实属不易，何况还多了这么个天大的物件——苏四。

　　苏三一直单身不仅有主观原因，也有客观因素。再往前追忆，回到苏三重新回到由人民军队接管的工具厂见到父亲苏二的时间节点，苏二正在测试场操作新武器五〇式冲锋枪，他看到厂门口聚了许多人，也好奇地凑过去一看，就认出被五花大绑的苏三和他的干爹青山因企图颠覆人民政权正要被正法！苏二在工具厂举足轻重，才担保下苏三，令苏三逃过一劫，留厂察看，戴罪立功。苏三机械悟性并不比苏二差，但人品却遭到普遍怀疑，只因他整天屁了咣叽，说俏皮话倒是他的特长，像鸟游子只会哨，哪个姑娘愿意嫁他？他似乎并不在乎别人的看法，也不知道上火，反倒通过厂外镇上的姑娘争先恐后要嫁给工具厂人，愿意为这些献身国家军工事业的不是军人的军人献身的可笑择偶现象，不无嫉妒地还在编他的俏皮话——只是这句俏皮话不承想成了经典，流传至今。

　　"女孩儿女孩儿快快长，长大就嫁兵工厂。"

那时，苏三还没有现在这么老，算得上强壮英俊威武，二流子的习性硬生生被苏二给扳上正道，很快也跟随着苏二成了师傅，成了一名枪械制造师，参加抗美援朝会战，将更先进的武器送往前线，因此苏三还立了功。戴上大红花，介绍人也蜂拥而来，只是他因功拿把儿，挑挑拣拣，也和姑娘处却不用心，处处就黄，没个准性，一催便说"结婚不急，不急"。可苏二急呀，着急抱孙子，何况苏二又办了个老伴儿，也怀上了，就更为苏三猴急。苏三顶撞苏二：

"皇帝不急太监急。"

这句大不敬的话儿让苏三结结实实挨了一顿打。挨打后，苏三心里不是滋味，对苏二年近花甲又娶妻生子愈加有意见又不挑明，就这样消极对抗着。直到有一天，五万人的国有工厂不用他会战了，经济效益滑坡，眼见着连高才生也找不上对象，苏三才意识到，斗转星移，寒流来袭，好景不再，老婆孩子热炕头儿的愿望有可能变成奢望，暗自紧张一阵子，四处托人。然而工具厂外，改革开放大潮风起云涌，厂内却风平浪静，每天大家日出而作日落而息，无论是国有职工，还是大集体、小集体，抑或临时工，都过着四平八稳的安详日子，他也就随大溜儿，上班签到侃大山，多了一个爱好，就是用硬杂木制作各式枪模——痴迷到偷车间工具被抓，再次给了他个处分，险些开除党籍和公职，又是苏二为他说情才放了他一马，逃过一劫。

苏三知道，苏二是个老古董，原本是被老婆逼出家门的，比他还窝囊。在五十年前，苏二因找父亲苏一才进工具厂做工的，手里领着还淌鼻涕的苏三。那时工具厂叫奉天军械厂，苏二家有老婆，是大财主千金，在奉天闹匪祸时老丈人被革了命，半截辫子和头颅一同落地；老婆就整天疯癫，抱着娃满屯子溜达，当警察看到她肆无忌惮地露出奶子奶孩儿，就以有伤风化的罪名欲抓捕她，她满不在乎地反问：

"我家娃的奶，你馋啦？"

吓退了警察。晒阳阳的老爷们儿拿苏二媳妇白花花的奶子取乐的时候，苏一才恼火地看到苏二媳妇果然在大庭广众之下掀衣襟儿，旁若无人地奶着孩子，便决定休了这个放荡的女人。

休媳妇是不需要理由的，但要有一纸文书。苏一虽是木匠会画框调线但并不会写字，就到村里账房先生那请先生代写。先生拒绝写休书还把苏一骂得狗血喷头，仿佛是自家的闺女受了辱。苏一灰溜溜地回来，一进柴院就被苏二媳妇堵在家门口，问苏一："老爷，你干吗去啦?"苏一低头不言语，进自己的屋正要对老太婆发火，却见儿媳妇跟进来。

"我叫你老爷，你以为你真是老爷了？我和我当家的生完孩子你就想休我，没门儿!"儿媳念着秧儿，把布鞋脱下来，靠在箱柜上，边从鞋窠儿里掏土疙瘩，边啪啪地在箱板上摔两下，每打一下，苏一的嘴角抽搐一下。

儿媳不依不饶："怎么哑巴啦?"

从此，苏二媳妇在村里打爹骂娘就出了名。苏一很窝火，却也对儿媳无可奈何，把邪火经常发在苏二身上，骂他窝囊废，有时候一骂就刹不住闸，经常骂上三天三夜，不许儿子回媳妇被窝儿。儿媳找公爹理论，破马张飞，正中苏一诡计，逼得苏二崩溃，有一次终于鼓起勇气，抄起铁锹就向媳妇拍去。铁锹被媳妇灵巧地躲过，回手一杵子，打到苏二胸口，苏二就口吐白沫，人事不省。本来苏一早躲在东屋偷听，听着听着觉得动静不对，出来见倒下的不是儿媳，而是苏二!儿子无能至此，苏一悲痛，抄起马鞭，亲自教训这个放荡不羁的儿媳。他一鞭鞭地抽，儿媳在土屋地上翻腾乱滚，直到皮开肉绽。

"你欺负我们苏家没人了吗?"苏一骂道，故意让左邻右舍听得清晰。

儿媳跪下，给公爹磕头求饶："爹，我不敢了。"儿媳带着满身累累鞭伤，背着苏二到郎中家，穴位扎上一针立刻见效。儿媳抱着苏二的头说："这个家，我不能待了。你休了我吧。"轮到苏二诚惶诚恐。苏二还摇摇晃晃站不直溜，却挣着抓一把孩子的屎尿布，到柴院口去浆洗。经过堂屋，被老太婆碰见，老太婆一把薅过来，盆子衣服撒了一地。老太婆骂道："你这个没用的东西，没一点是你爹的种! ——休，马上休!"苏二媳妇倚在门口，忙跑过来，往下抢夺："当家的，不让你动，你偏动。"苏二也一愣，以为媳妇会和老妈针尖对麦芒，没想到媳妇温柔如此，先自泄气，小心地推开媳妇，蹲在地上，哗哗地洗起来。老妈指着儿媳想说什么又说不出话来，儿媳装没看见，不好意思地说："苏三他奶，我怀了。"老太婆一甩搭，踮踮地扭身离开，停在门口恶狠狠地说："怀皇帝也得休!"

苏二洗完衣服进到屋里，媳妇正在哄孩子。苏二一声不吭，从后面就把媳妇裤子扯下掷到地上，饿鬼般扑上去。苏一早从屋里见儿子竟然干女人的活，从柜底抽出木铲杠，气咻咻地奔下屋去，一路见什么踢什么。老太婆让到一边，也还是被带了个趔趄，趴在窗台，哮喘不止。

老太婆还没把气喘匀，就见苏一恼怒地回来，脸上多了条血檩子。她问："咋啦？"不问则已，一问，苏一就对她拳脚相加，劈头盖脸，不一会儿，老太婆就背过气去。苏二闻声冲进来，抱起老妈一看，号啕大哭，老妈软得像一摊泥，眼见着进的气没出的多，到后来就全是出的气啦。

就是在这天，苏二老妈的死掩盖了一个事件，就是苏一撞见儿子媳妇在炕上颠鸾倒凤并盯着媳妇的白屁股看呆了没挪动步直到被儿媳一把挠在脸膛留下一条血檩子才惊醒然后灰溜溜地回东屋就发生了打老婆事件。这件事在发送完老太婆后，被儿媳重新提起，苏二没吭声，苏一也没言语。

"咋的也得给个说法吧？"

"啥说法？"

"看就白看了？"

"不白看又能咋样？"

儿媳扯过一张纸，拍在公爹面前："你把地给我一块儿，我再要个儿子。"苏一仿佛被掏了心肝，牛眼睛瞪得老大，只是摇头。

关于这次怀上的还是下次怀上的争吵以及公爹撞房事件还没平息，苏一家就进来一伙军人，据说是东北军，只抓苏一一个人，原因竟然只是苏一是木匠，同样会点木匠活儿的苏二被媳妇藏在地窖躲过一劫。苏一被带走的过程中，他发现儿媳似乎认识领头的军官，而且唤着春生，很亲切的样子，也像放荡的样子。这都不重要，早被吓尿裤子的苏一还指望着儿媳能救自己，走出村子也没见动静，被押送到一个很偏远的地方还是没释放的迹象，他才绝望地落下两滴泪花，心说：都是这眼睛惹的祸，看什么看，有什么好看的！

当时，队伍里有伤员，打过败仗的样子，他不敢多问，随一些同样倒霉的男人进到一个叫工厂的地方。苏一没见过工厂，只是觉得奇怪，到处有士兵把守，戒备森严，彻底傻了眼，知道此生难以脱身，直到若干年后他才知道，是儿媳把他恶毒地"发配"了，还在后悔看了不该看的东西，后悔也晚了。

自从苏一被抓走，苏二整天胆战心惊，几次追问媳妇，媳妇才说："老爷子发财去啦。"苏二不明白，再追问，媳妇不耐烦地告诉他，她的堂兄弟当了大官，老爷子是官迷，死乞白赖跟着当上了班长发财去了。苏二信以为真，就安心在家种地打工，直到有一天他带着已经四岁半的儿子苏三求老先生起个大名的时候，老先生才告诉他，他爹苏一被抓了壮丁。

对于苏一的失踪，许多村民都是看到的，唯独苏二没看到，一行人穿着国军的服装，带走的不光是苏一，还有村头老管家的三个男人，有个铁匠，他们倒有原则和纪律，专门绑男人，尤其有点活路的工匠，那不是抓壮丁是什么？但是苏二就是不信，只信老婆的，老婆说东就东说西就西。可这回，他觉得老婆太毒了，父亲被抓了壮丁，她却说跟着部队享福去了。五十大好几的人，享福还是受罪，只有天知道。既然老婆撒谎，就一定有事儿瞒着自己。苏二这样想着，就回到家，对正在院子里指挥鸡鸭鹅回窝的老婆说："告诉我，你是不是特意把三儿他爷送给人抓了去？"

时候已经过了有几年，老婆早忘了老头这茬儿，唤着鸡鸭鹅进窝，又吩咐苏三把两个妹妹领进院子。近三年，她一口气连肩儿生了仨，中间还没一个。她对生孩子有瘾，生完还想生，生出一个个小活物，吵着嚷着闹挺也舒心，她跟左邻右舍说："养猫养狗，不如养个祖宗。这一堆里，指不定哪个出息，将来当个省长什么的，我就跟着借光儿抖起来了！"当时一连气，皇帝被推翻，换了总统，总统又当上皇帝，走马灯似的，听起来热闹新鲜，她就觉得各种衙役呀、局长呀，在街上人模狗样，进进出出，十分威风，后来叹口气说，当个局长也成。她今天一看苏二回来有些不对头，也想起那个老家伙，认真地说："不瞒你说吧，当年抓壮丁，那可不是抓，是自愿的，叫什么爱国，跟现在不一样。老爷子说：'你妈没了，我在家也没意思，还是出去散散心吧。'就这样跟我合计着，政府有号召，他就去了。你说他不是享福是什么？"

"他现在在哪？"苏二追问。媳妇冷笑着，心想八成老爷子都变成骨头渣子了，便如实说："部队里有个连长，是我的堂兄，我托他照顾，现在应该在北方吧。"苏二相信了，只是不知道北方是什么地方，媳妇怎么什么都知道。一晃儿过完年，他就跟媳妇商量，要去北方找老爷子，媳妇当然不会同意。她担心，万一把老爷子找回来，这么些的家产不就又回到老家伙手里了嘛。这还不算，老爷子肯定会知道是我把他送进去的，他还不得把我打死。她不让苏二去，然后继续编起瞎话，重提撞房事件："三儿他爷，老不正经，总在我奶孩子时凑过来盯着看……"

苏二不肯相信，但又无法证明，就不爱听，不爱听媳妇偏提，每到媳妇提起此事，苏二就躲开，躲到仓房里干活。他还延续着老爷子的手艺，走街串巷打家具，活儿多的时候，就雇上一半个小劳力，其中一个叫小二的机灵，就收作徒弟。小二最近总受老板娘的气，尤其半夜的尿壶，倒一遍又一遍，只要他的头刚一沾枕头，老板娘就喊："小二，死过去了？倒尿壶！"小二就小跑着进屋，把尿壶拎出门倒掉。他不敢偷懒，只要怠慢一点儿，就会被打得屁股不敢着地。

小二见苏二气色灰暗，知道他又受了气，就说："二爷，现在是新社会、新文化，再怎么的，也不能让女人上房啊。"苏二闷头做事，跟长工一样。他问："你看到老板娘，她在我出外的时候跟什么男人进过里屋吗？"小二摇头："这我倒不晓得，但我知道，她最恨大老爷，所以让他大伯家的人把老爷抓走了——我也是听说……"小二说话是提心吊胆的，知道大掌柜的不会出卖苦力，然而苏二还是变了脸色，吓得小二直求饶。

苏二虽然变了脸色，却不声张。他已经传承了老爷子的手艺，把家具当成艺术来做，不但做工精细，还设计精美，根据料做活，可汤吃面，所以口碑一直很好。只是街坊邻居都知道苏二老婆可是个放荡的泼妇，没人敢惹。小二因此时时纠结，偶尔被老板娘搂着看鸡雏啄米，终于在某一天被苏二撞见，被倒剪手扔到猪圈里，强令跟猪住在一起。第二天一早，苏二看到被猪拱死的小二陷在猪尿粪里，已经断了气。苏二叫另一个长工把小二从猪粪里拽出来，拖到壕沟里扔了却没再回来，村子里倒传说他们家吃人，跟猪肉一起炖粉条土豆。警察到家里来搜查时，苏二老婆会应承打理，送些碎银子就打发了。小二的哥哥来把小二的东西取走了，也得到了一块现大洋。

苏二媳妇平了这许多事，躺在炕上抽水烟袋解闷儿，咕噜咕噜的，很时兴，一般人家抽不起。苏二和她打了个招呼，就出去了，媳妇继续抽她的烟袋，一直到天黑透了，她才觉得不对劲儿，到里屋一看，两个女娃还在，但是儿子苏三却没了。她到处找也没有，就沿街喊苏二苏三，把个村子都叫起来了，仍然没有苏二的影子，也没有苏三的影子。就有人说一定是苏二带着苏三去外村了，不用着急，但是苏二媳妇知道，苏二出外做工，从来不带孩子，媳妇更不带。就在丈夫和儿子丢失的三天后，她正在空空荡荡的柴院里点着栏里的鸭子数，从外面进来一伙土匪，带着长短枪、长短刀，就把她家洗劫一空。当她从锅台后爬起来时，觉得自己的下身没了，一看都是血污，她知道孩子下地了，忙用牙咬断脐带，将孩子擦干净，放在小被里。这时候，她才看到她的两个女娃也死了。她爬到炕上，把三个娃并排放在一起，然后走出家门。

苏二不知道自己家在他走后遭受了灭顶之灾，自己又逃过了一劫。好在他聪明地把苏三带出来，坐了一天一夜火车，来到这个叫北方的镇子，才看到有日本人，吓得他想跑已经来不及了。他没有路条，什么都没有，就被抓了起来。让苏二没有想到的是，翻译官算个有良心的狗腿子，得知他有制作家具的本领，脸色见缓；后来听说要找早年来到这里的苏一，忙叫过一辆马车，把爷俩送进了戒备森严的大墙内，住在一个大杂院里。在这里，他结识了后来成为他铁哥们儿的翻译官大头人。

当时，苏二知道自己进集中营了，是通过报纸知道的，而且也知道外边一直在打仗，只是没想到会有一天，战争就在身边。他觉得自己应该逃出去，便时时刻刻找机会。似乎日本人还算和善，任他到处走动，并送糖果给苏三。苏二听说日本人把毒药放在糖果里，让人吃了浑身溃烂不长肉，所以他代儿子苏三接过来——不接会杀头。但是，苏三已经懂得什么是自己的，见给自己的东西被亲爹抢了去，便放声大哭。孩子的哭声引起楼上秘密会议中一个军官的反感，他命令翻译官把哭闹的孩子扔给警犬，翻译官立刻带人气势汹汹地进入工作区，把苏三从苏二怀里抢过去。苏二愣了，苏三也愣了，不敢哭闹。

工人们都让开，知道即将发生的一幕会多可怕。苏三后来也是因为贪吃，无数次地身陷险境而浑然不觉，这次也是，他没忘了把属于自己的糖果放在嘴里，先吃再说。但是他被士兵的刀柄硌到了肚皮，只感觉到疼痛难忍，又咧嘴大哭起来。苏二一听儿子撕心裂肺的哭声，才一激灵从地上跳起来，这时候后来知道叫大头人的翻译官从后面抱住他，来到后院，告诉他，孩子不可救了，如果他冲上去，会被一起扔进犬圈里。大头人周围聚了几个工人，身上都穿着统一的服装，上面印着带色的字。大头人脱掉制服，给苏二穿上，苏二正要反抗，被大头人抱着从人群中走出，冲远去的那队人马喊：

"他拥戴皇军！他拥戴皇军！"

午休的工人又聚拢来。他们来自四面八方，在这里工作着，竟然觉得有吃有喝，比外面兵荒马乱强多了，万一被当红军打死，连个裹尸席子也未必有。大家还知道，在关东路上，随处可见被丢弃的死孩子。而这里，有俱乐部，有歌舞伎，还有从没见过的新鲜玩意儿……这时，响起一片枪声，砰砰砰。

苏二脸色蜡黄，推开大头人，向前冲去，他只想要回苏三。他看到苏三也回头，一直在哭闹，花花绿绿的糖纸攥着，不撒手。又听到一片枪响，面前出现一长条弹花儿，子弹横飞。工人们纷纷逃入工棚，广场上，就剩下穿着制服的苏二和光着膀子的大头人。苏二看不到岗楼和护墙上向这里瞄准的机枪，看不到子弹向这里扫射过来，就在自己的脚前炸开，没有停止脚步，继续前行，直到听到大头人突然大叫一声才停下来，他看到大头人捂着腿在地上滚。他奔跑过去，扶起大头人，果然见他的大腿被打穿了。苏二从地上抓起一把土面儿，糊在伤口正在向外冒的血洞，血竟然奇迹般地止住了。

苏二站起来，看到士兵向自己围过来，杀气腾腾，如传说的一样，就觉得自己是只羊，掉进了狼群，只可惜，他把儿子亲手喂给了狼。他知道死是死定了，但不能死得难看，所以，他从兜里掏出老婆的木梳，慢慢梳起来。他的这个动作引起小骚动，周围发出大栓拉动的声音。这声音他听过，但一时又想不起，只觉得这金属声音十分悦耳。

苏二继续梳头，梳了有三遍，然后迎着枪林，向那个翻译官走去，生硬地问："我的儿子呢？"

直到苏三长到现在，仍然不记得有过这回事儿，就说苏二老糊涂了，整天愿意说他苏三的不是。苏二也觉得，苏三之所以一生除了没女人缘，什么都好，大概就是一不留神闯进奉天军械厂时吃的那块糖。至今，他仍然后悔那天不该不让他吃，或许他把那块糖全吃完，就会彻底变傻了。那样反倒好，不至于像现在这样，奸不奸傻不傻，又不听话，让他操了一辈子心。

"他叫苏二，是我的儿子。"在众多的面孔中，有一个喊声十分尖利。苏二这时也一眼看到穿着制服的苏一，但显然，老爹苏一的制服很特别。苏一没大变化，还是那么一脸严厉，分开众人，疾步走来。士兵们闪开一条人缝儿，让苏二看清楚了老爹，千真万确，苏二鼻子一酸，扑上去抱住苏一。这时候，他才惊讶地感觉到苏一有一截袖口是空的。刚才在楼上发火的军官，此时转怒为喜，拍着苏一的肩膀说："为什么不提前告诉来的是家属呢？"只这一句话，就把紧张的气氛缓解了，引出一片友好的问候声。这时候，仍然有枪声零星响起，是打靶场传来的。此时只有苏二一个人心惊肉跳，即便被苏一搂着，也仍然瑟瑟发抖。突然，苏二想起什么，到处找苏三，军官得令也派人去寻，不一会儿翻译官回来，两手空空。苏二急了问："真喂狗了？——狗日的！"

苏二这句话，引起军官的不快，以对苏二进行健康检查之名，将苏二关进一间屋子里，一直关了有三天，才把他放出来。当他看到苏三依偎在苏一怀里，爷仁抱头大哭。苏一告诫苏二："把我教你的所有书，都忘了吧，一个字也不要留。"

苏一虽然离家已久，但仍念念不忘他的田地。当知道田地无着时，老泪纵横，骂着丧门星。苏二不明白为什么老爹这么恨自己的媳妇，苏一也不解释，把他那唯一完好的左手伸进贴身口袋，摸出一张地契，递给苏二："看来，我回不去了。如果你有一天能活着出去，就把这个地契交给丧门星，省得她对你使恶毒的手段。记住，你手里没值钱的物件，虽然不能让贪婪的人多看你几眼，却能使你自己人身安全，避免招来杀身之祸。"

苏一在说完这席话不久，就死在一次射击实验中。子弹在膛中爆炸，碎枪件就飞进了他的太阳穴。已经当上学徒跟着父亲造枪的苏二，眼睁睁看着老爹头一歪，像个麻袋一样倒向一堆枪械零件，鲜血在地上淌了一大摊，他想给父亲收起来，却找不到放回去的口袋。

苏二能够在后来成为优秀的枪械师，不能说不和他父亲有关，也不能说不和这阶段的严格管制有关。他把他的木匠手艺发挥到了极致，并得到了皇军的奖赏，一度上了伪满洲国的报纸，并成了伪满洲国英雄，到伪皇城长春领奖。在这次之后，苏二回了趟家乡，才知道老婆走没影儿了，有的说她被一个卖货郎领走了，做了小老婆，也有的说被卖进了妓院，得淋病死了……苏二知道，这多半是咒她。

再说三十年前那场闹剧吧，苏三还没现在这么老，想找媳妇却没有人愿意嫁他。一个人孤独的时候，他就想起当年第一次逃进一个大房子里的情景，他不知道那就是奉天军械厂，还没叫工具厂或五一厂，才四岁半的苏三被眼前的情景吓呆了。只见机械轰鸣，许多砣铁家伙能够咳嗽，像他的爷爷。这些大铁家伙前都有人在忙碌着，上面有铁块在旋转或移动，有的还发出火花，像燃放的烟火。当他看得呆住的时候，被人一下子发现，高处监视的哨兵吹响了哨子，现场大乱。这个场景，倒是让苏三记了一辈子，到老了还记得很扎实。他认为后来独闯日本兵工厂，只有他苏三才是一个人，无论是抗联、土匪还是东北军，都无法做到，并成为他一生骄傲的资本，到处炫耀。后来有人反驳他，说日本兵工厂里根本没有小萝卜头，他说渣滓洞有北方就有，说不清楚，反正苏三就记得他从小就在这些机器中间玩耍，天天玩枪，而且是真枪。天天看，学会了操作，在十四岁那个冬天，苏三开始上台造枪。只是他造一个废一个，被下放去看库房。有一天，一觉醒来，他被一身褴褛的士兵用枪指着，跟一群工人一块儿出了仓库，门锁把仓库锁得紧紧的，不让人靠近。

苏二也在这群士兵中，苏三看到，老爹苏二手里提着他自己制造的冲锋枪，带领着一群人维持秩序。他们的右臂上都缠着红布，宣布一些命令，给每个人发路费，允许这些人回家。苏三发现苏二根本不瞅自己，他就拿不定主意，是跟人群走随大溜儿，还是和苏二打个招呼。苏二的背影离苏三越来越远，待他要冲过去找老爹，被人用枪托拦住，这时候他才发现持枪的士兵没一个日本人，而是高鼻梁蓝眼睛大须子的老毛子。他熟悉，日本人教育他们造枪就是打这些毛子的，可是让他不明白的是，怎么还没打，反被人家给打了。

苏三从兵工厂出来，不敢说自己给日本人做过事，也无处可去，就在街角帮一个药房当小工。没几日，一队人马路过，药房老板被几个人用枪打死了，当他们发现屋里还有个半大小子的时候，就把枪对着他。苏三一看那枪正是自己造的，举手投降说："我会，会修枪，你们杀我没用，留

70

着我吧，我给你们修枪擦枪，对你们有用。"

领头的是一个叫青山的老头，他觉得这个小子倒还乖巧听话，正值招兵买马，便问他："你才多大？愿意参加我们的部队？"苏三忙说愿意，于是他的衣服被从里到外翻了个遍，翻过手掌，见有些儿茧子，知道他是从兵工厂出来的，就把他绑了要枪毙。苏三哭起来，也不争辩，等死。就是在这天，苏三临死前，被脱光了衣服，露出刚发育的身体，竟然引起青山老头的同情，把他留了下来。当看着他把已经破旧的枪支修理一新，并教授大家保养方法的时候，青山才知道这个小子不一般，又产生要杀他的念头。

此时的青山已经老了，他因为长年在外打仗，只能靠吃大烟才能让身体不因疼痛而呻吟。每到这时，苏三都是第一个来到他的身边，给他送上热水，将大烟膏用细嫩的手指挑一块儿，放在青山的嘴里。每到这时候，青山都会故意咬住他的手指，就这样衔着，不让他抽出。

"我真想，一使劲儿，吃了。"青山说。

苏三依偎着他，哭着求他放开自己的手指。青山苦笑着说他傻，只知道顾及那双细嫩的小手，如果身体不存在了，手有何用？也会烂掉。苏三不明白青山在说什么，青山也不解释。当青山知道他就是苏二媳妇的儿子之后，几次把子弹推上了膛，发现苏三警觉地盯着他，他问："干爹，干吗？会有敌人偷袭吗？你睡吧，我给你值夜。"有时候，本来苏三已经睡熟，一听到栓响或子弹上膛，苏三都会一激灵，从睡梦中惊醒，瞪起惊慌的眼神，青山就不忍了。他不是不想要他，而是担心他会落到共产党手里。然而，他又不让他参加任何一次危险的行动，总是把他放在最稳妥的地方，只有一次他的老窝被端，青山想这回这小伙子完蛋了，不承想当他们摸回来时，只看到一地里倒外斜的死尸，而苏三抱着枪一个人藏在树头里，任何人都没发现他，也都在他的枪口之下。青山拥抱了他，知道如果不是苏三，他们这支队伍可能就被歼灭了。

就是这次，青山让苏三第一次尝了女人的滋味。可是让青山没有想到的是，苏三护着自己的裤裆，跳窗跑回到他身边，把他从烟柳巷拉回，第一次冲他发火："你怎么什么脏事都干！"

那个季节，是夏天最炎热的季节，青山允许这支部队到一处隐蔽的山涧中洗澡,他很高兴苏三是个可以做大事的男子汉,只在山顶放了一个岗哨,就在水里教苏三狗刨。水波翠绿,烟波氤氲,大家在嬉戏时,竟然抓出许多活鱼来,准备着一会儿生火,美餐一顿。苏三年轻等不及,青山就掏出匕首剖开鱼膛将鲜肉削给苏三吃。就在这时,从草丛中突然冒出一群军人,没用一枪一炮,就把这支国民党小分队解除了武装。

宣判大会在北方镇广场一角举行,红旗飘飘,声势浩大。这时候,苏三才知道他曾经熟悉的北方镇已经是人民的省,到处是标语和口号,他也听不大懂,反正他已经是土匪之类的敌人,人民正在用武器要消灭他们。这时候,苏三才知道自己已经成了人民的罪人,被解放军押在解放车上游街示众。这天,在人群中有一个中年人一眼看到苏三,不敢相信自己的眼睛,就跟当年苏一见到苏二一样,他拨开人群,大声喊:"苏三!"

他就是已经成为工具厂车间主任的苏二,他没想到失散数年,又看到了自己的儿子。他不顾一切地冲上去,伸手却抓到五花大绑的苏三的裤筒。在队伍里的厂长一把将他推到一边,几名战士上前就把苏二也绑了。苏二叫喊:"干吗?我打下的江山,你们还要镇压我?"厂长严肃地表明立场:"千万不要忘记阶级斗争!"这句语录,不知道是什么时候入心入脑,反正在苏二的心里生根发芽,到老他仍然不糊涂,只要一听到语录,就不再争辩,这是信仰,是不容怀疑的。

"我怀下,揣着一个小,乱了我心。"这是苏二在后来若干年里,一直反复检讨的那个真实的自己,不止一次地自省,甚至在没人的时候,把枪口对准自己的额头,自己的胸口,自己的眼睛,他要把自己不应该有的东西,从自己的肉体中驱赶出去。事实证明,人有一刻放松,精神都会开小差,乱了原则,这是真理。

那天,苏二很有担当,他因为自己的这个不争气的儿子,被押上解放汽车,一同向人民交代罪行,尤其交代得伪满洲国奖状的事儿。当游街临近尾声,全副盔甲的战士将青山及几名匪首带上另一辆汽车,苏三叹口气,低下头,抵在自己的腰间,一动不动,像睡着了;也不理会身边的父亲,他甚至没有一丝惊喜或哀求,因为他知道他天天看到的从枪膛里射出的子弹,就要打在这几个人的头颅上,他不用想也会想象得到会是什么情形,面目全非,血肉模糊,残渣飞溅……突然青山向苏三扑来,疯狂地叫喊：

"让爹再咬一下你的手指……"

苏三抬眼望着青山，面无表情。战士拉扯，却无法挡住已经十分虚弱的青山向苏三突然吐了一口唾沫，大骂道："苏三，我早该知道你是藏在我们队伍里的奸细，早该一枪毙了你!"苏三惊愕地盯着青山，不知道他在说什么，眼泪夺眶而出，什么也看不见。待他睁开眼睛看清楚，青山已经躺在地上挣扎，浑身全是鲜血！苏三欲站起身，却被苏二按住。苏二说："孩子，你完成任务了；孩子，你没事儿。"苏二抱苏三，将苏三的头埋在自己的怀里。

当苏三从监狱里走出大门，被送到兵工厂的时候，他没有往里走一步。这里他太熟悉了，从四岁半就在这里，后来无论搬迁到何处，他都对这里的每一台机器熟悉得不能再熟悉了。他没往里看，就回身往出走，一直走出这个工厂的大门。许多人都停下手里的工作，目送着他消失在铅灰的夜色中。

青山死后，是苏三经历的最长时间的一次失业。他不忧伤，只有淡淡的哀愁。所以他专门找到枪毙青山的地方，从地上捡起一块带血的石头，放在口袋里，然后来到他们洗澡的山涧。将血石头在那个山包上埋下后，在一块巨石上仰躺了一会儿，然后从兜里掏出一把钢锉，用了两个时辰，在上面刻了"青山绿水"四个字。然后，将钢锉扔进山涧，转身走了。

当苏三找到自己老家的时候，老家正在搞轰轰烈烈的抗美援朝支援前线运动。对于他这个外乡人来说，怀疑一切打倒一切，被列为试图搞破坏的敌人，必须抓起来审查。一查，他还真有问题，因为他并不避讳自己参加还乡团的污点。政审就审到了兵工厂，才平安无事。这期间，他就被押在大队的废弃的马棚里。正是数九寒冬，他只能将马槽倒扣过来，把自己盖在马草里取暖。每天凌晨，总会在门口有一小堆马粪，如果他醒得早，还会捡到冒着热气的，他会把这些马粪蛋用手小心翼翼地抱回窝，放在草中取暖。他非常感谢这些不知名的飞马，直到有一天听到动静，爬起来，才看到一个人影一晃儿，在马棚前鬼鬼祟祟，然后就快速走掉了。他走过去一看，马粪正热气腾腾，这才恍然大悟。第二天苏三一直守在门口，当自己快被寒冷冻僵时，嚓嚓的脚步声从小道传来。苏三忙起来，从后面拦住那人，吓得那人"啊"了一声，瘫坐在地上。

"不要吱声。"一个女人的声音。

苏三不相信她是女人，说："我不说出去，那你也得让我知道你是谁呀！"

来人把头巾解开，露出一张在晨光中辨得清的年轻女子的面孔，然后快速围上，要马上离开，被苏三一把拉住。他只是想表达一下谢意，不承想这个女子就瘫倒在他的怀里。她说："你在我家吃过饭，我认出你来了，你就是苏三，我们从前见过面。"苏三猛然也想起，问："你就是书记的闺女？"

自此，这个女子不再在凌晨，而是在半夜来到马棚，到天快放亮的时候离开。这样快乐的日子一直延续到一周后，马棚被民兵团团围住。后来，苏三不止一次地想，为什么他不带她私奔呢？从来没有这个想法。如果不是这个女子精明，耳贴草皮听出有人来，拉他顺着山冈一直跑进树林，早被持枪荷弹的革命战士抓住，大有踏平马棚之势。女子向村里跑，苏三则向县城跑，他没忘记，他是来找母亲的。

当苏三敲开一户小市民家低矮的房门时，看到母亲身边还有三个孩子膝绕着。他的后爸正在因为苏三母亲的地主成分问题而在与之划清界限。直到现在，苏三也不想让自己记住这个后爸的姓名，尤其那张白得如纸的面孔。当时，后爸一见苏三出现就说："刚好，你的儿子领你来了，你可以走啦。"苏三母亲哭泣着说："那我的这几个孩子怎么办？"后爸笑着说："明天，让你家小子做见证人，陪我们到街道，办了离婚手续，这成分才算一清二白。"

苏三不明白他们在说什么，反正已经苍老的母亲在那个冬天的一个上午，非常平静地跟着她的那个丈夫，领着苏三，到街道很快就离婚了。当后爸欢天喜地地要带苏三到附近馆子吃一顿散伙饭时，苏三已经把筷子插入后爸喉咙什么位置都想好了。可是母亲似乎嗅到了苏三的动机，在他没有说一句话、没有做任何表示的情况下，把他大骂一顿。苏三非常伤心，赌气登上了北上的列车，一路上只想着那个山洞和"青山绿水"四个字。当他想到坟墓时，猛然想起已经离了婚的孱弱的母亲，何处安身？他忙在半路下车，又在车站蹲了半宿，候到凌晨，才上了返回的火车。当他进到后爸家时，竟然看到母亲坐在灯光下，周围是那三个弟弟妹妹，后爸就那样白着脸在床上躺着。

当苏三回到兵工厂见到父亲时，苏二正在实验新式武器。对于他的回来，厂子很紧张，紧急一级一级地请示。苏三并不以为然，当苏二来到他的面前，给他一撇子，打得他眼冒金花时，才知道问题很突出，后果很严重。

"要么，你留下来，把你的技术贡献出来，为抗美援朝服务；要么，拉到山跟前，枪毙！"

苏三跪下，抱着苏二的腿说："我愿意，工作……"

自此，苏三一心扑在枪械制造上。他没有告诉苏二自己见过母亲的事儿，只告诉父亲，两个妹妹也许早嫁人了。父亲逼他结婚，可是苏三总是以各种借口推托着。他也有过几次情缘，但都是有缘无分，直到现在，苏三也不愿意提及那段经历。他说有什么好提的，都是在工作。而苏二的说法却不一样。他跟许多人都说过，就是在那次进厂，他同班一个同事，在试枪时走火，把自己动脉打透，没几分钟就死了。从此苏三就一直照顾着那个寡妇，帮她照顾三个孩子上了大学。就这样，谣言不断，谁肯嫁给他？

这时候，苏二当上了厂长，为苏三着急，眼看着快过三十了，就让组织给他指派了一个媳妇。这时候，改革开放大潮风起云涌，原来的"女孩儿快快长，长大就嫁兵工厂"的时代一去不复返了。苏二退居二线，本来已经准备的婚姻在最后一刻吹了。因为苏三下岗了，他参与到上访队伍中，并被列为心理有问题重要嫌疑人之一。当他被开除的告示在厂部门前一张贴，苏三头也没回就走了。他哪儿也不去，就把自己关在屋里开始专心致志地做枪模。这时候，人们才知道苏三在这长达二十年的工作之余，一直在家里偷偷地制作枪模，几乎任何一款投产、实验或失败的枪械，在他的屋子里都有。

苏二不允许人们再提及他过去的辉煌，但也不允许别人诋毁他为之付出一生的奋斗史。他不止一次对苏三说："这，就是信仰。你一事无成，就是因为你没有信仰。"苏三不赞同父亲的话，自从下岗后，开始和父亲辩论，后来开始抬杠，每次都会不欢而散。苏二对他最不满意的，最后总是落到婚姻上，他痛批苏三没有给苏家留个后。又过了一段在枪模世界里的快乐时光，突然家里来了一个女人，后面带着一个半大小子，有十几岁的样子，那表情和说话动静，不用说，和苏三一模一样。当时，苏三就呆了，磕巴着问：

"你、你是谁?"

"我?"女人为终于找到苏三而眉开眼笑，开朗地说，"我是大队书记的闺女啊。"

苏三看看女人，又看看小伙子，仿佛当年望着山涧水面里的自己。回看女人，不好意思地说："对不起，我一直没问过你叫什么。"女人哈哈乐着说："问，你还能记住哇! 反正我知道你姓啥叫啥就行。我就想，只要你不死，我就能找到你。这不，可下找到你啦。也不知道你会给孩子起什么名，我就自作主张，叫苏四，不知道对不对?"

苏三惊得眼睛瞪得牛大，说不清是呆若木鸡还是目瞪口呆，反正他激动得流下了眼泪。苏二从背后出来，抓住苏四的手说："是叫苏四，没错! 有了苏四，就会有苏五苏六。"苏四躲开苏二布满老年斑的手指，问女人："妈，别费劲儿啦，我看这些枪模不值几个钱。"女人平淡地问："算上子弹呢?"

苏三接过话说："更完。"

黑木耳

　　载满木耳椴的四轮拖拉机吃力地爬过几道小岭，就在一处距离木刻楞菌房稍远的道口停下来。像马架子似的简易菌房那里，早有炊烟飘过来，冲淡了荒野杂草的苦蒿味，也冲淡了暮霭的色彩。

　　山民友富从椴木垛上蹦下来，打了个趔趄，险些摔倒。这种情形从来没有出现过，令他暗自一惊，踢一脚山路的沙石，随口骂了一句。其实，他骂的是不饶人的岁月。他对倒车的山杂儿说：儿子！把木椴运到地里，靠东那侧摆齐喽，留个走人的地方。

　　山杂儿熄了火，心火上来，抽动着沾满油渍的鼻头儿，不满地说：这么多……就我自个儿，干不动！

　　友富脸一黑，调陡高：又不是一趸儿让你都扛进去！黑天还早，慢慢倒腾！

　　友富在山杂儿乱蓬蓬的头上重重拍一下，算作一种威严的传递。他背起油锯，拎着猪皮工具袋，摇摇摆摆向菌房走。纤绳从他的肩上松散下来，像一条尾巴郎当着，在地上跳跃，又像条蛇。

　　山杂儿一屁股坐在散发着花香的草棵子里，叼上支烟卷儿，美美地仰面躺下去，就觉得荒草的小手突然把他搂得很紧。那种温柔，让他想起在山里打椴时干爹友富跟他讲第一次摸女人奶子的感觉……

　　我还没摸过呢。他想。

　　这么一想，他就有点克制不住自己，年轻的身体就像要往出长木耳似的。他双手揪起撮儿蒿草，连带一团湿乎乎的沙土，甩出很远。山岗的沙土总是掺杂着大量的碎石，好像这座山被炮轰过。没被炮轰过，哪来的这么多碎石呢？

山杂儿知道干爹猴急地往菌房里钻，是去搞新近贩木耳时领回来的小女人。那个小女人野得很，也傻得很，山杂儿才不屑一顾呢。给他的第一感官只是那高高挺着的前胸，像贪吃猪滚圆的屁股。小女人的屁股似乎更滚圆，一跩一跩的，好像里面装着两袋水。小女人来的最初几天，菌房门窗全部紧闭，他只好到菌房西做菌种的菌室里住，屋棚是油毡纸，一下雨就满横梁跑水流儿。

好在干爹还算没全忘了他。偶尔出来上茅房，还能装模作样叫他一声：小杂儿，过来一起吃饭。

一般干爹这样喊完，也不等他回答，就又钻进屋去。猴急的样子让他想入非非。每到这时，他都会收住跟随着走了一半的脚步，等干爹叫。最初还能在一阵咳嗽后，干爹会再叫上一句，哪怕话里带着郎当，他也可以推开充满怪味的木板门，进菌房里去吃饭。如果没动静，他就收起竖着的耳朵，转身跳木耳椴上木头垛，坐到椴堆上望天。群山上的天空总是很辽阔，像大海，让他对远方有一种说不清的向往。干爹说过，要带他去远方。

那时候，干爹就是好，跟亲爹一样。可干爹也跟亲爹一样，一有了野女人，像变了个人似的。他也知趣儿，主动搬到菌室来住，跟菌种做伴，送饭过来，他就吃，不送就挺着饿。不久，干爹不再把手伸进他的被底问问冷暖，让他的心里空落落的，生出憎恶，就总拿斜棱眼睛剜那野女人。

山杂儿望向蓝天下那栋不起眼的木刻楞，看得见猩红窗帘半掩，及里面的蓝天和青山，就一次次地想象着干爹所讲的像馒头一样的屁股……山杂儿猛然揉碎双手所能抓到的草茎，却无法揉碎自己的痴想。他抬脚猛踢车架或木段，直到痛得蹲下身，捂脚指头，痛苦地大声号叫。

可是没一次干爹会从炕上下来。

他垂头丧气，瘸着蹦向拖拉机，突然打开后厢板，木耳椴争先恐后鱼贯而下，噼噼啪啪的，就着斜坡，向地里跑去。这时候，他就感觉自己在放牧一群乖乖的羔羊，找到了快乐释放的所在。

足足有一百根，在太阳沉入山后前进了"羊圈"，整齐地卧着，让他兴奋不已。他坐在木椴上，用手抚摩着粗糙的皮褶，体味着里面那咚咚的声音。他最会听这种声音，说给别人，都说他呆，可他确确实实能够听得到，美妙而深邃，几乎成了他生活内家的重要部分。他恍然看见，从这美丽的花纹里，一夜之间，就长出许许多多毛茸茸的黄耳朵，在温煦的和风中，扇呼着，听他絮絮叨叨的自言自语。他会脸贴树皮，不顾被木刺刮痛，静静地听着黑木耳的喃喃诉说……

野女人叫丽丽，此时，不知什么工夫走到山杂儿身边，悄没声息。歪头看着山杂儿只顾趴在木耳椴上，痴迷的样子，像在襁褓中睡婆婆觉的婴儿，浅浅一笑，说：山杂儿，吃饭去吧。

山杂儿一愣，方醒，红润飞上五花脸，愠怒道：妈的，光累我一个人！

脚下一蹬，木椴垛就塌了，向丽丽脚下滚去。

丽丽的腿伤，无论丽丽怎么替山杂儿开脱，山杂儿还是被干爹打了一顿。所以山杂儿不但饭没吃上，觉也没睡好，昏昏沉沉，说了半宿胡话，头像要炸了一般。

睁开眼时，他一时不知道自己身在何处。室内满是晨光，似乎又落入黑暗，挣扎着，里面全是林中传来的鸟叫声。沿墙陈放的木架影影绰绰，隐约可见上面杂乱地摆放着的瓶瓶罐罐，瓶口大多用塑料布缠包，里面蓄养着木耳菌，传来菌族拼命挣扎的声音。

都在无声地挣扎。

他强迫自己不想菌的事，就觉得自己和菌没有什么两样，仿佛潮湿在褥底絮了窝，他的背、腋窝、下巴，开始钻心地刺痒。他伸手在浑身抓搔，便把又一茬疤痂抓掉了，留下一片片刺痛。他听到肚子里一声空闷的响声，吓了一跳，才想起馒头，想起丽丽的馒头。可是饥饿黑暗一股脑儿压向他，却仍然无法扼制住他想到丽丽那香喷喷的馒头，胃肠似断了一般煎熬着，似乎呼吸都没了。他顾不得浑身的刺痒与疲乏，拖着沉重的脚步出了门。菌室是厢房，就是南北向同，距离菌房仅五米。他眼睛都没大睁，迷迷糊糊就摸索到房门，拉门把手，里面反挂着。他愣怔，因为门从来是不挂不锁的。但马上他就意识到屋里有隐约的嬉笑声，扒窗户往里一瞧，更大吃一惊！丽丽裸着身子坐在炕里，牵着友富脖子上套的领带，在炕上跪着转圈玩呢。

山柞儿想跑开，脚下却生了根似的，动弹不得。他痴痴地盯着丽丽璞玉般洁白的脊背，和腋下晃动着的酥乳，心里早疑惑着一个问题，就是丽丽面皮黝黑，身子怎么会这么白呢？随着丽丽的嬉笑，他看见酥乳一浪一浪地颤动，上面两粒黑玛瑙溜溜地转着……

　　他莽莽撞撞，醉了似的，沿着院子隐约从黑暗中浮出来的小路，进了木耳地。在他还未完全摆脱眼前晃动的白亮脊背的时候，一脚未踏实，就跌坐在木耳椴上。他索性伏在上面，仰望暗蓝天幕中，星星一眨一眨地往他脸上滴冰凉的泪滴，倾听着木耳椴皱皱巴巴的皮表往出钻木耳的声音。他扑哧一声笑了，心想着自己真是疯啦，木耳菌还未种哩，长的哪门子木耳呢？这么想来，觉得安静多了，从心底冉冉升起莫名的孤独慢慢地暗淡下去。他的心思便只在木耳椴上，就跟搂着童年小伙伴一模一样。想着，椴木真是一种很有灵性的东西，能生长出耳朵来，难怪干爹说，椴木能听懂人的言语。而人却听不懂他山柞儿的话，猜不透他的心思，真是可悲啊！

　　林区的早晨是裹着乳白色奶雾悄悄弥漫来的。

　　山柞儿被飞虫咬醒的时候，突然一激灵，好像特别乏困，只想睡下去。可是浑身刺痒，把他往河岸上捞，最后他只好睁开眼睛。可是似乎没睁开，眼皮被胶水粘在一起。他用手背揉眼睛，才发现手不听使唤，而且奇痒无比。他用手一抓后耳根，上面也是手指肚大小的蚊包。这时候，他终于睁开了眼睛，才发现眼睑夹着蚊子，也意识到，自己是躺在木耳地的园子里，整整一宿。温暖的木耳椴就在身下，因为满身的树皮丘陵而让他有了触觉的现实感。四周的潮气包围着他，让他愈加倦怠，困意又隐隐地从角落里浮了上来。

　　我是趴在茅房上，要看丽丽的屁股吗？他问自己，心怦怦直跳。

　　他刚要跳下来，就听到门响，忙又隐藏起来。

　　踢踢踏踏的脚步声来了。不协调的步子，进了园子。园子一角用木板围着个厕所，那声音是冲这来的。他心里估摸着步子的重度，觉得不是干爹。这个念头一闪，他的头脑就亮堂起来。那脚步一停，他就睁开眼，看见那人一瘸一拐，似乎并无大碍。而浑身上下红色秋衣裤，像团火焰。

果然是丽丽。她一过栅栏，就旁若无人地蹲下来，把白花花的屁股暴露在山崎儿的视野里。

　　山崎儿忽地坐起来。叫山崎儿惊讶的是，黑乎乎的丽丽，屁股竟然也白得像刚蒸出来的大馒头！

　　山崎儿看着看着，发现有点看不清。正要急眼，发现是奶汁般的山岚雾气，从山坳里生起来，向这里铺天盖地地涌来。显然，丽丽听到了身后的动静，连忙提起秋裤。见是山崎儿，就骂了一句什么，问：你怎么在这儿？

　　山崎儿说：我在这儿睡的，对不起……

　　丽丽说：没什么对不起，你也长屁股。

　　山崎儿说：不一样。——我是说，昨天压伤了你的腿，不是故意的，对不起。

　　我看你是故意的。

　　丽丽说着，又背对着他蹲下来，继续把尿尿完。然后，边提裤子边问：你都看见啦？

　　山崎儿说：看见什么？

　　丽丽浅笑一下：我尿尿哇。

　　山崎说：那有什么，大家都尿，谁也不比谁多个疙瘩榔儿。不信，我现在就尿给你看……

　　山崎儿果然掏出家伙就尿，他发现他从来没有这样难尿下去。丽丽在山崎儿尿尿的时候，就搂住了他。山崎儿被动地配合着，竟然产生想摸摸丽丽那白花花暄屁股的愿望。于是，邪念就水泡馒头般地疯长起来。于是就势趴在丽丽身上，手伸进裤腰。果然暄腾，刚出锅的一般，叫他激动得号啕大哭。

　　丽丽去捂山崎儿的嘴巴，已经来不及了，正房的柴门突然大敞四开，干爹友富披着单外衣，气势汹汹地奔过来，大声地问：谁把谁咋的啦？

　　经过一夜的光景，山崎儿发现丽丽变了个人似的。她不再是自己的绊脚石，甚至可怜得跟个丫鬟似的。她眼眶乌黑，头发散乱，从一大早就一瘸一拐，闷头往返于菌房和木耳地之间，运送木耳菌和锯末子。只要她那疲惫的身子一沾凳面，友富马上就像只老虎一般扑过来，扯起她的肩膀，一顿胖揍！当时，友富一直气咻咻地坐在院子里，袖口挽到腋窝儿，不停地咒骂着：真瞎了三麻袋木耳呀！三麻袋极品木耳呀！

山杂儿一直低头在椴木间，佯装什么也没看见，其实全在他的眼里。他用木钻给每个木椴上打下菌孔，一丝不苟。对于友富的叫骂以及丽丽的号叫，他充耳不闻，心里生出一种莫名的、一次比一次强烈的快感。心里重复着一句话：揍！狠点揍！谁让她不要脸了呢？

打够了，友富才骑摩托出去办事。这时候，山杂儿才抬眼去看趴在木耳椴上的丽丽。丽丽的手已经红肿，但仍然抓着木棍往孔里下木耳菌。在她下完的木耳椴上，留下斑斑点点的血迹。山杂儿不忍看下去，埋下头继续干活，只觉得活儿遥遥无期。

丽丽一直躲着他，也不看他一眼，仇恨就写在脸上。经过近一个小时的沉默后，丽丽终于叫山杂儿到她的跟前来。山杂儿用眼角看着地面，停下钻等着。丽丽就说：咱俩跑吧。山杂儿给唬得一怔，钻机就滑向地面，差点砸到脚面。他问：往……往哪儿跑？

丽丽说：我有地方，保准比这好。要吃有吃的，要穿有穿的，更别提玩的，尤其不用再拼死拼活地受累……

山杂儿说：我愿意干活。

丽丽的脸呱嗒撂下来，说：瞅你就是个受苦的命！

丽丽走到他身边，用手抓住山杂儿的手说：我喜欢你。

山杂儿盯着丽丽乌青的眼眶，心里惊愕，她怎么能够还笑得出来？一股鄙夷和嫌恶的情绪涌上心头。他甩掉她的手，跑进屋，一口气儿喝了一瓢凉水。

山杂儿待干爹回来后，瞅机会把丽丽要带他走的话学了，添点油加点醋。山杂儿本想再看一遍丽丽被痛打的惨相，但是，事情没有向他期待的方向发展。夜里再听不到丽丽的号叫声，使他产生一种莫名的失落感。他不敢再看丽丽远远地盯着他的那种憎恨的眼神。

但是，丽丽却借一切机会和他靠近，并想法调样地指使他。山杂儿拗着。这天，丽丽又冲他没好声地喊：桦子快没的烧了，劈桦子去！连名字也省了，赤裸裸地表达着对他的不满。山崩儿梗着脖子，顶撞道：我累了！

丽丽瞪了他一眼，二话没说，噔噔跺着脚，回了菌房。不一会儿，友富披着外衣出来，进到菌室，边剔牙边说：山崩儿，劈桦子去。山崩儿正在修理钻，就说：我忙呢。友富说：先劈桦子。山崩儿说：还剩不多了，赶黑儿得干完。友富带了几分怒，喝道：明天也不迟！山崩儿把钻索性扔在地上。当时友富就停在门口，回头说：你摔谁呢？山崩儿梗着脖子，说：我累了。友富斥道：累了也得干！快去！

山崩儿拗不过，就跺着脚，把步子踏得重重的，出了院子。他登上桦子垛，专拣潮的扔进院子，抢起板斧，嘭嘭地一直劈到天黑。丽丽一直站在一边，背靠着墙，嗑着瓜子。她慢悠悠地说：看不见了吧？我已经告诉你干爹，马上就把灯扯出来。山崩儿气咻咻地把板斧摔在地上，叫道：老子不干了！就跑回了菌室。

不久，友富又来菌室，把趴在炕上耍赖的山崩儿提起来，抢了两个耳光，问他：还犟不犟了？山崩儿一声不吭。友富又打了两下，问：还犟？山崩儿还是不动不躲不哭，只拿眼睛仇恨地剜着他。友富阴了声音，继续问，犟！随之，两声更响亮的耳光震得电灯线直颤。山崩儿仍旧没有吭一声。

半夜，友富听到菌室玻璃瓶粉碎的声音，马上从丽丽身上跳下来，边穿衣服边骂着：兔崽子，还反了你！出了房门，一个影子在他眼前一晃，拖着一串慌乱的脚步声消失在路口。他跨上摩托，一声加速，向远去撵去。

不出山脚，就追到山崩儿。在摩托车刺眼的灯光中，山崩儿扔掉木棒，跪在地上，说：爹，你饶了我吧。

友富也没想到山崩儿突然软了，有些意外，说：你把木耳菌都祸害了？山崩儿说：爹，你饶了我吧，我再也不敢了！友富问：想明白了？山崩儿说：想明白了。友富说：想明白就上车吧。他把摩托车尾甩给山崩儿等着他上来。

友富还要损他什么的时候，山崩儿突然从地上蹿起来，像个猴子一样把双手卡在友富的脖子上，像条疯狗。友富一甩身，就把山崩儿重重地摔在地上，又在山尜儿的身上踢了两脚，然后，把他放在油箱上，返回了院子，扔在菌室门板上。门板一直是山尜儿睡的床，上面只有些草席，和一期快翻烂了的《电影画报》。友富找了一圈儿，没找到锁头，就从木架上取下一截儿八号线，把菌室的门勒死。我让你跑！友富气呼呼地冲里喊。

之后的几天，山尜儿就透过菌室木板缝儿，冲在木耳地忙着钻眼种菌的友富和丽丽叫骂，极尽他所熟练的恶毒的语言。结尾总是：友富，我要杀了你，不再叫爹！友富对丽丽说：捡来的时候，就是个野犊子。

后来，友富没听见山尜儿的叫骂，扒木板缝也看不到人影，就有点心慌，解开铁丝进去，却见山尜儿乖乖地蹲在墙角，像个待宰的癫皮狗。

他走上前，拎起山尜儿的耳朵，看见一张青紫的面孔，像长了苔藓的朽木。丽丽也跟进来，在后面问：快死了吗？友富拍了拍山尜儿的两腮，说：醒不醒了？山尜儿微微睁开眼睛，见到丽丽，伸手就抓住丽丽的前胸，疼得丽丽嗷地惨叫一声。

丽丽流产了，差点死在镇医院。回来的时候，丽丽见放在菌室木板缝前砖头上的馒头不见了，就又送一些吃的过去，有土豆、包子。在她的手刚放下食物的时候，就被一条蛇咬了一下，吓得她啊地叫了一声。定睛看，是山尜儿的手，跟被山火燎过的木棍一样。她扒板缝往里张望。漆黑的室内，一束贼光一闪，吓得她再次惊叫起来。

山尜儿说：是你害了我。

丽丽说：是你害了我。

山尜儿说：但是，我不想杀你，我只想杀了他，王友富！

丽丽在山尜儿再次伸出手的时候，没有躲开。见那指间绿莹莹的菌，不是不知所措，而是抽泣起来。她的抽泣，似乎撞击着小小的菌室，一起摇晃。

山尜儿抖着手，扯开丽丽的衣襟，沿腰际那条优美的曲线，小心地伸进去，然后，叼到一颗黑葡萄，疯狂地吮起来。揉着，吮着，乳汁泉一般地涌进他黏稠的口腔，进入干渴的食道，滋润了五脏六腑……

就在那天傍晚，丽丽从角落里拿起一把锯条，向菌室走去。她把锯条从板缝伸进去，对山尜儿说：我在外面拉，你在里面拉。山尜儿起初不敢，后来见丽丽拉起来费劲，半天锯口也没走上两公分，就在里面一拉一拽。不一会儿，一个窟窿露出来。

出来吧。丽丽说。

山杂儿退到角落里，惊恐地说：不，不不……

几场雨就把春天朦朦胧胧的憨态洗成了丰腴的妇人般的夏。

山杂儿每夜都把头枕在丽丽给他做出的一方窗口，就觉得梦的香甜。他听得见木耳从菌口伸出来的声音。兴奋时，他会大声地喊两声，声音传得很遥远，最后消失在密林深处。但多数时候，他喊的都是木耳，他总是跟丽丽说，他听得见木耳长得更疯的声音，感到异常愉悦。而面对干爹，他一句话也不说，马上闭上嘴巴，躲进角落。

从早到晚，他嘴里一直这样一刻不停地絮叨着。他似乎不想离开菌室一步，只等着丽丽送食物过来，然后在她的身上抚摩一番。他告诉她，他天天跟木耳唠嗑，木耳也跟他说话，也爱听他说话。他说他一直享受着木耳的诱惑，体味着躺在木耳椴上被木耳撑起时的温柔……

山杂儿的手还在丽丽衣服里的时候，友富突然出现在身后，扯开丽丽问：你们在做什么？

山杂儿露出满脸绿了吧唧的苔藓，得意地说：哈哈，你终于看见了？你占了谁的老婆，你的老婆就被谁占！友富举手，山杂儿伸出头，递给他，说：不是说好你给我找的丽丽？友富抓住山杂儿的头，木条就插进山杂儿的颧骨。只听到嘭的一响，皮肉撕开一条口子，并没有血流出。

山杂儿说：别以为我不知道。

友富揪住他的毛球头不放，问：你还知道什么？

山杂儿也不挣扎，冷笑着说：让我看看木耳，我就告诉你。

这时候，他颧骨伤口才渗出血渍，挂在木条上，缓缓地流，没出两公分就滞住了。丽丽从后面试图推开友富，被友富摔倒在地，然后被拖着走过五米长的沙石路，进了菌房，菌房的木门砰地从里面推上。

一声凄惨的号叫声，惊飞了树头里的小鸟。也有两只老鹰，惊慌地盘旋几圈，嘎地哀鸣一声，消失在树隙蓝天中。

山杂儿的脸上，露出了会意的微笑。微笑带着血光。

之后几天里，他可以看见丽丽又低头，忙碌得像蜜蜂似的摘着木耳，便故意大声喊：丽丽，过来，跟我说一说，晚上你嗷嗷地叫，干爹是如何做到的？丽丽不瞅他，就骂他下流。他又问：过来，让我看看你的奶子。丽丽捡木块打他，几次把本来端到窗口的食物倒掉了。他并不生气，一般会说：你来，给我看看木耳，行吗？

一般这种时候，友富都会嘴叼着烟袋，出现在菌房门口，故意大声地咳嗽着。丽丽就不再跟他纠缠，把倒掉的食物再捡回来，从窗口扔进去，看也不看他，就回木耳架里，继续作业。

多数情景，都是他目不转睛地盯着丽丽熟练地把木耳晒到阳光里。他喜欢看木耳在阳光里水灵灵的，像沙滩上的一片贝壳，精美的石头会唱歌……

每每想起旋律，他唱不出，语气变得哀求，伸手冲丽丽说：给我几个，一个也行。丽丽随手从窗口扔进一把鲜木耳，睬也不睬他。

山夵儿捧着木耳，把玩着直到越来越暗，越来越薄，散发出淡淡的蒿草味儿，他才张大嘴巴，吞在口中，咯吱咯吱响地嚼起来。黑浆淌嘴丫儿。他又喊：丽丽，再给我几个。丽丽不睬。山夵儿央求道：再给我几个吧！说着，泪水进出眼眶，继而变成了呜咽。

丽丽没法，抬眼看一眼友富，就抓一把，走向菌室，把鲜木耳放在窗口红砖上。她说：你不算太埋汰……这一次，话音未落，丽丽的手就被山夵儿一把抓住，往窗口里拖。丽丽死命地挣扎。友富奔过来，将一棍子捅进窗口。

山夵儿那被封堵得严严实实的窗口，让丽丽感到恐怖。她能够听见山夵儿在里面的一切声音，跟山风一样强劲。这种恐怖倒让她安心，因为这说明，他那干柴一般的身子，还能燃烧出烈火。

这天，她偷偷地要给山夵儿送点吃的。当她打开堵着窗口的布帘，山夵儿的半个脸孔就出现在那里，眼角挂着暗绿的眼屎，鼻头呈肿状，伤口上仿佛结出一只木耳。她正愣怔着，手里的食物早被山夵儿抓在手里，躲进黑暗里去了。

除了里面传出猪吃食的动静，仿佛什么也不存在。在山夵儿伸手抓干粮的时候，丽丽清晰地看到山柒儿毛茸茸的手，竟然大得像猩猩的。因为出乎意料，她想不起那只手在自己身体上摸来摸去的感觉。她不免哽咽，流下了几滴泪水。

天空中突然乌云滚滚，像要把木屋碾碎，伴着轱辘轰隆隆的声音。在林区，这极常见，尤其对于木耳，极有好处，有了雨水，木耳才会疯狂地生长。山风呼呼地吹得屋椽上的油毡纸啪啪地响。丽丽心里知道，又一场不会小的雨要下来了。她把木桩子用塑料布盖上，将木渣子筛出来，用撮子收回屋里，填进了灶坑。心情懒懒的。

待友富起床洗漱完，吃完饭，她对仰在炕上闭目养神的友富说：山柒儿要跑就让他跑吧。友富说：饿不死就让他待着。丽丽说：这样下去，早晚得死喽……友富说：我把他养了六年，刚能出力就让他跑了，我不白搭了吗？

丽丽没再吭声。望着大滴大滴的雨水打在玻璃上，啪啪地响；而后雨丝渐渐密起来，渐渐大起来，窗口的雨水把一切都模糊了，她才收回视线。她说：最近我总做梦，梦到我爸妈。我好像有种预感，大概他们要死了。友富说：胡说，他们活得好好的，我每次路过都打听，他们早把你忘了。

丽丽透过雨水的玻璃，望着外面，说：我想他们死了。——没死也死了。

突然，她看到晒在房山头的一堆木耳忘收了，已经成了一堆乱乱糟糟的土，连忙推开木门，巨大的风就把木门刮到房脚。友富让她不用管，就把又一扇门堵在那里。丽丽说：我出去，看能收回多少，就收回多少。友富给她让开条缝，她就挤出来。布伞刚撑开，就被风捋走了，手里只剩下伞杆。她扔掉伞杆，向那堆木耳跑去。

可让她失望的是，木耳已经被雨水冲走了大半，剩下的多是从坡上冲下的杂草残叶，也有碎木屑。她只好躲到菌室那里避雨，懊悔地哭泣着，任雨水打透她的全身。她凑近山柒儿的窗口喊：山柒儿，山柒儿。倾盆大雨如注。狂风也不甘示弱，灌得她几乎喘不上气来，也把所有可以松动的东西摇得山响。在一声清脆的霹雷声中，一切被打得粉碎，又消散在黑夜中……她的眼前不断重复出现山柒儿那毛茸茸的手指画面……

她伸手，把八号铁丝破开劲儿，菌屋的门就摇晃得更凶，似乎整个板屋也摇摇欲坠。

她喊：山杂儿。

她见没动静，就继续望着骤雨中的远山，停止了哭泣，什么也不想了，一直望到天色彻底黑下来，才跑回菌房。衣服也没脱，就坐在凳子上喘息。

丽丽说：可别塌了。这雨，可别把菌屋冲塌了……

友富骂道：败家娘儿们。

丽丽没理睬，开始脱衣服，直到仅剩下裤头。友富从黑暗里摸过来，拦腰抱她上炕。她反抗，反抗声被更大的雨声湮没了。雨打屋顶的声音，节奏更快，最后只是一个响动。

雨后的晨曦就像个安详的孩子，恬静而活泼。彩色在所有经过雨水洗礼的物体上闪闪发光。丽丽唤起友富，就去院里扫水。她已经在屋里看到山杂儿的房门开着，却佯装未见，一直扫到跟前，才惊叫着喊友富。

友富穿着雨靴进了山杂儿菌室的时候，一股腐臭、潮湿的气味冲鼻而来，令他几乎窒息。他在黑咕隆咚的屋里转一圈儿，就对愣在门口咚咚心跳的丽丽平淡地说：他妈的，跑了，这个兔崽子！

傍晚，丽丽到木耳地去看木耳的长势。她站在地头，一眼望去，叫她惊讶不已。一片黑黝黝的木耳，像一片黑玛瑙的海洋，在阳光下闪着锃亮的光泽。这是最叫林区人高兴的景致！据山杂儿跟她说，第一年的木耳一般长得不见得怎么好，第二年的才又厚又大又圆。她一想到山杂儿，心就微微战栗一下。

不过她还是觉得很高兴。一个是估摸现在山杂儿该到了很远的地方了，再一个，她真的很喜欢木耳，就像喜欢小孩子一样。她一排排走过去，手在木耳上摸着，那肉墩墩的感觉，有节奏地在她心里跳动着，叫她浑身直痒痒。这时候，她才理解山杂儿为什么会经常手摸木耳椴并总呈现出那种呆劲儿啦。

丽丽再次惊叫友富的时候，友富并未理睬。待丽丽青着脸，冲了鬼似的跌跌撞撞、满身泥水地闯进屋来，他才问：又咋的啦？待友富进了木耳地，但见平展整齐的木耳椴上，鲜活的木耳闪闪发光。木耳丛中，有一处兀自凸起一堆黑乎乎的东西，也长满了木耳！

他看清那是个人形。

他的泪水一下子就涌出来，身子摇了摇，就扶住木栅栏，才不至于跌倒。他颤抖着下唇，张了半天嘴，才吐出四分五裂的名字：山杂儿！……

突然，一面木耳竖立起来，像一棵树。可以看到，许多木耳从"树"上脱落，像缤纷的骤雨。友富惊讶，还没反应过来，一截木耳椴就打到他的后脑，友富轰然倒地。

丽丽冲进木耳地，拉起山杂儿，急急地说：快上拖拉机。山杂儿推开她，走向友富，见他还在挣扎，就背起来，向木菌屋走去。

虹 鳟 鱼

一 而清清基本上就是个阳物的天然俘虏
绝不是被击溃的塔利班士兵

清清打电话给仔仔的时候，是秋阳里的一天，仔仔正在填写一份关于道德建设的表格。仔仔边填边接电话，就把许多项填得马虎。但仔仔不是那种爱发火的人，更何况他从未跟清清发过火。有时候仔仔的妻就说他男不男女不女，仔仔也不发火。不温不火是仔仔在机关二十年的最大收获，他称之为火候。

但是，仔仔对清清的火候并不像他对妻的火候把握得好。他总认为自己是一不小心骑在了一头初出茅庐的牦牛上。这让内情人很为他捏了一把汗。好在仔仔总是有办法。

仔仔唯唯诺诺。放下电话，才想起清清对他的要求——去他曾多次对她提起的边界的那个孤儿河，河里的虹鳟鱼，养虹鳟鱼的白胡子老夏，以及老夏栖身的石头房。仔仔没有办法的时候，总是摇两下头，然后一个关于出差并且非常急并且非去不可的谎话进入了事实的程序。然后，他开着俄产拉达吉普车，加足了油，采购了许多食物，停在清清单位附近的林荫里。清清仿佛自动售货机的拉罐，仔仔的脚刚在刹车板上一踏，她就轻盈地从楼口蹦了出来，像风中要飞的树，许多在古罗马雕塑中被树叶遮掩的东西，张扬溅溢开去，让他喜欢。

清清坐进车，例行公事地吻了吻，说，真他妈的霉气，局长的臭口水喷了我一脸，我还不得不谢谢他。狗屎。

仔仔说，没接上就行。又问，就这么走啦？

清清说，还叫上谁？你老婆，我丈夫？

仔仔便在清清的腿上掐了一把。这给仔仔的感觉真好，让他觉得偷情其实不仅仅是感官的刺激，也不是人人非要走的路，仅仅是作为男性的一种雄性思维或者心理满足而已，这才是最重要的，就像女人修剪着的细而弯的眉毛。

拉达吉普远离城市之后，进入了灌木丛生的山地。还算茂密的枝叶把沙石路挤得瘦窄，裹着淡淡的雾霭，仿佛草木吐出的乳。沙砾在轮胎的滚动中，爆豆似的抽打着底盘，把个宁静的出走搅得支离破碎，把清清絮聒着的关于人情世故的话题也搅得破碎。每逢这个时候，仔仔总是做出倾听的样子，像个忠实的信徒。

这个时候，太阳还在西斜中，似乎一切都在下坠，正在远离光明。但是云很厚，又在堆积着阴霾，和供阴霾肆虐的天空。

仔仔一直这么认为，许多事情都是女人弄出来的。比如现在，在仔仔还没有任何精神准备的情况下，清清的手已经在他的两腿之间游动了。仔仔总认为，两腿之间的，不是神物，不是圣物，但至少是很体面的标志，就仿佛古战场上的旌旗。而清清基本上就是个阳物的天然俘虏，绝不是被击溃的塔里班士兵。

好在一切在继续，什么都在继续，那么就什么都可能发生。

于是，仔仔停下车，用从电视上借来的目光盯视着清清。他发现清清已经成了一摊有光泽的油彩，软软地渗入他的细胞。

这个过程看似简单，其实很复杂，据说有上万个化学反应发生。但发生的，毕竟存在着一个度，未发生的，还将会延续。这时候，最愉悦的，肯定是读者。

重新上路之后，仔仔觉得腿软，像游离开眼神的思维。油门儿喑哑地轰鸣着，得了哮喘似的，让人提不起精神来。昂扬的成分似乎给射光了。于是，仔仔便佩服像清清这样的女人，做过事就像没事人儿似的，是个女人。

这时候，太阳落入云的陷阱，但晚霞还不甘心，正努力把天气也漆成橘色。而雾霭就仿佛一群专和太阳对抗的士兵，逐渐从山林里游击出来，把高高的远山拦腰斩断。仔仔分明感到了树木腐朽的气息让他喘不过气来，但是仔仔不能说，说出去就会招来清清对他的讪笑。

山路蛇形而上，透过树缝所见的远山船一样静静地划移。应该说，这确实是一条很隐蔽的战备路，如果天气好，可以看清林中奔跑的狍鹿，小河沿儿饮水的野鸡，以及枝头啁啾的无名鸟。据说，这条路已经有半个多世纪的历史了，还是日本人侵占东北时修的。据称至今没有维护过，却十分平缓。只是山水冲过，留下了许多蚯蚓样的水沟，让车兴奋地跳跃。而此时路两侧的树却如篷般低压下来，拍打着车篷和窗镜，有一种请君入瓮的感觉。

清清狐疑地问，你没记错吧，这里会有人？

仔仔说，去年来过，没错，那个热情慈善的白胡子老夏，就是在前面不远处，碰到我们坏了车，请我们仨进他的石头房，喝了一斤小烧哩。

清清说，老头儿不会死了吧？

清清说完，兀自拍了一下嘴巴。仔仔很想责怪她，但习惯地咽下了。因为清清总能在无意中说中许多事，仿佛巫婆。不管怎样，淫雨一样的雾气从车缝里钻进来，沁入肌肤，让他心里升起一团慌乱。而且随着时间的推移，车子也显得软弱无力，摇摇摆摆的了，醉汉一样，一直到了一处长满蒿松的水洼。两道车辙深陷其中，像两条水袖。这时候，仔仔才如释重负地说，到了，就是这里，没错。尽量将心里的疑惑拉上拉锁。

到处是草木蓬勃的气息和野虫野鸟的咂嘶。他俩走过水洼，不远处就见一条杂木掩蔽着的河道，却几乎干涸着。石卵像蛤蟆产的子，塞满河床。只有一条弯曲的溪流，像河床仅能维系生命的血管，无精打采地流着。

仔仔惊愕地说，怎么会干涸了？去年的这个时候，在很远，已经能够听到河水的咆哮声了。

清清却做出兴奋的样子说，还行。无论如何，我喜欢。——这多刺激啊。

仔仔莫名其妙地反问，什么啊你就刺激？

说话间，已经翻过了一个山坳，来到一片开阔地。有一户土坯房倒塌着，露出残破的朽木枯梁，像一处荒冢。仔仔记得去年那还是一户人家，三口人，男人就站在敞开的门前，对白胡子老夏说，来主顾了？意思是来淘金的。老夏不无自豪地回答说，城里人，迷路了，车坏了呢，我给修好了。

再往前走，就到了淘金场。一个很幽静的山坳，河床从茂密的灌木丛中钻出，薄雾轻罩着，有一种神秘的玄虚氛围。但现在的淘金场已今非昔比，被掘挖而呈沧桑状的河床依旧，河水却成了涓流，像个丑妇羞愧地从人群边溜过。在河道拐弯或起伏处，有树枝或木板或石头之类拦挡，那是渔人闷鱼的拙作。清清把头摇得像个滚动的毛球，说什么也不信这么小的水流里会有鱼。仔仔便领她到河床，他们就看到了河水洼处有成群的小柳根鱼云一样地浮游。清清便像见到恐龙似的，惊喜地叫着，提起裙子就要下水捞鱼。

仔仔拦住她，吓唬道，鱼还是幼年，你莫要犯强奸幼女罪。那样，水里的鱼魔就会把你的血吸干！

清清显然受到了打击，脸色立刻变得难看起来。但她就是那种不盛苦水只容蜂蜜的蜂箱，不消两秒钟，又是个快乐的公主。

站在高一点的山岗上，可以看清灌木遮掩着的河道，的确是绕着眼前的这座老爷岭在转。听老夏讲，山的这面坡儿是中国，山的那边坡儿是俄罗斯。而这条河是从俄境流进来，转一个半弧，又流出去了。因而这条河又叫绥芬河，是锥子的意思，产一种冷水鱼，叫虹鳟鱼。传说，有一年，一群一尺多长的虹鳟鱼从上游游过来，把一群在河边洗衣服的少妇的下肢咬断吃掉了，血流了半河，有一里多长，石卵至今还是绛红色。于是人们就骂俄国人，天敌一样。

清清听得入神，她那被雾气濡得湿漉漉的睫毛便泛起惊奇出来，饶有兴趣地问，现在还有吗？

仔仔说，当然有啦。所以你不要下水，小心喂了虹鳟鱼。

说话间，便来到一个石头房前。石头房恰好在河道的转弯处，屋子后面是一片小园子，种着一些蔬菜，蓊郁的绿意感染着蒿草灌木丛生的原始荒凉。房屋上面是一层陈旧的茅草，上面用杖杆绑实，一大块塑料薄膜像小媳妇的头巾，把石头房裹得严严实实。屋前一棵老榆树，威风凛凛，傲视着灌木丛，一种中堂上老太爷的气派。

仔仔说，你听。

清清说，听什么？

仔仔说，听鱼叫。

清清说，没听到。

仔仔说，我也没听到。白胡子老夏说，鱼笑是阴天，鱼哭是晴天。

清清说，得得，别阴阳怪气的了！

二　十三条虹鳟鱼恢复常态，君子样地
在河水里快乐地游来游去

石头房的主人已经是年轻人小小了。小小从土炕上爬起来，挂有眼垢的眯缝眼放着幽蓝的光。对于仔仔和清清的贸然造访，他没有显出多少意外，相反，却表现出老相识般的热情。他吩咐自己罗圈腿的丑女人到园子里摘些蔬菜，然后插上电水壶沏茶。清清把眼睛瞪得大大的，看着电就像看见了恐龙，对这么僻远的边界有了脱胎换骨的好印象。

自然，仔仔要问起白胡子老夏，小小告诉说，老夏死了。

仔仔便觉得手里的东西一下子轻飘飘的了，被失恋击中了似的。仔仔在清清的胳膊上软捏了一把，清清便又当了一回哲人似的，不理睬他，倨傲地问这问那。小小有问必答，敦厚老实，这让仔仔多了一丝儿安慰，把带来的烧鸡、火腿之类，一并扔在那所谓的厨房一角，便坐在热乎乎的土炕上，如去年一样，喝起小烧来。

丑女人炒的菜也很香，尤其鱼做得香，只是乱乎乎的，看不清鱼的本来面目。丑女人说，这就是虹鳟鱼，从虹鳟鱼的嘴里掏出来的。他俩并没有理会丑女人话里的意思，只是觉得，丑女人说是别的什么鱼，也得信，因为看不出，但就是香，让一向挑剔十足的清清很惬意。

小屋子里便弥漫着酒香和清清的馨香。

不用说，这是一个销魂之夜。

清清永动机一样，仿佛坐在兴奋岛上，不知疲倦。天刚放亮，仔仔就被清清叫醒，急着去看虹鳟鱼。这要是妻或别的什么人，他也不会发火。他只会把火气咽进肚子里，然后以屁的形式释放出来。

昨夜的雨雾暂时被徐徐的晨风送走了。天空也给抹布擦过了，云一丝儿也没有，显得空洞浅陋。月亮还在西边的半空中悬着，梦游似的。但是，可以感觉到晨曦在山岭上，在鸟鸣中，在湿润的晨风中跳跃。

　　清清拉着仔仔的手拐进河床的时候，却见小小已经站在鱼池边上，向他们招呼说，好早哇，来看虹鳟鱼吗？然后，就望着他俩咻咻地笑。

　　仔仔想不起昨夜跟小小云遮雾罩地侃了些什么，但确实说了许多，让他感觉没有距离感。

　　小小说，一场大水，把河堤冲垮了，引水而成的鱼池也遭了灾。就是这样。

　　清清莫名其妙地问，这里有狼吗？

　　小小说，狼，黑瞎子，狍子，野鸡，多的是。这些动物都是国际居民，不用办护照，说出境就出境，说入境就入境，比人自由多了。

　　清清说，我出去能吗？

　　仔仔说，那你得先变成只狗熊。

　　清清笑骂道，我是狗熊，第一个先吃了你。

　　小小说，我们从来不打这些动物。因为我们信教，不杀生。

　　清清挖苦仔仔说，你也应该信教去。

　　仔仔说，我信不信又有什么区别？杀生是避免不了的了，要不怎么晋职升迁？

　　小小又咻咻地笑着，像是在补充，说，还不可以搞女人哩。小小把"搞"字说得特别重，然后还是咻咻地望着他们笑。

　　仔仔说，那我还不如自杀去得了。上帝让我长了这个玩意儿，不能只做下水道吧？

　　仔仔又想起去年结识的那个慈善的白胡子老夏，问，老夏咋死的？

　　小小告诉说，脑溢血，一个跟头就死了。

　　清清说，别提死，怪吓人的。

　　仔仔说，你不是要找刺激吗？

　　俩人这样笑骂着，便来到鱼池边。曾经的滔滔大河已经变成了一条涓流，淙淙的，把一线天和黛绿的树淡漠地影摄着。

　　仔仔问小小，河水怎么说没就没了呢？

小小说，八成是俄国人改河道了。或者地球渴了，偷着喝了。反正没有了河水，那些采金人就都走掉了。

清清一听说金子，耳朵就长了许多。似乎女人是金子的天然贡品。问，金矿在哪儿?

小小告诉她，面前的百孔千疮的河床，就曾经是金矿。

远远的，他们可以看到淘金用的木槽，棺材样地横七竖八地卧着。

小小养起来的虹鳟鱼，只有十三条。这不是个很吉利的数字，但仔仔想，这跟犹大不会有什么关系。虹鳟鱼也就尺把长，铅青色的鳞身上，隐约有三条猩红色斑带，呈树叶状，像古代某国的战旗，让仔仔感到了一种猎猎之杀气，预感到什么似的，皮肤发紧，便起了一身的鸡皮疙瘩。

仔仔从来不认为自己是个哲人，能够先知先觉。

由于河水流儿小，这样曾经淘过金的一个大坑，便成了现在的这个鱼池。河水从上游流进来，在出口处给沙石堵挡了，形成一道堤，水从上面漫过。虹鳟鱼游不过来，也无法逆流而上，只能乖乖地在池子里面游来游去。鱼排出的卵，经池堤流入下一个水沟，那里便有了上万尾小虹鳟鱼。

小小说，大虹鳟鱼不可以进入下一个水塘，否则，一会儿工夫，就会把小鱼吃个精光。

清清发出不很夸张的惊呼。

像云一样在水里漂游的小鱼中，或石罅里，也可见到大量的黑豆豆，那是小蝌蚪，或游浮着，或浅睡着。

小小从水里捞了几个蝌蚪，扔给了大虹鳟鱼。蝌蚪还没落到水面，在空中还打着翻转，却只见水面哗哗翻起一片水花，十几条虹鳟鱼儿跃出水面，形成了一个美丽的捧月之势，甚为壮观。转瞬间，几个蝌蚪成了鱼腹之食。

十三条虹鳟鱼恢复常态，君子样地，在河水里快乐地游来游去。

虹鳟鱼在水里游来游去。

十分优美。一种动态的，自然的，友善的美。但仔仔却感到从未有过的恐怖。去年见到的一池塘的虹鳟鱼幼崽，竟然仅剩下了十三条!

小小介绍说，据说鱼苗最早是从俄罗斯漂过来的，生性残忍。还没等到长大能食，这些鱼之间相互蚕食，就所剩无几了。这十三条鱼，仿佛是延续印第安人的血统。因为这种鱼太残忍，连自己的幼崽也一概吃掉，所以也仅剩了这十三条。

小小说的时候，仍然咻咻地笑。他咻咻笑的时候，仔仔发现，他连牙齿都不露。

仔仔这时才相信了虹鳟鱼不是被人吃掉，而是让自己吃掉了。看着虹鳟鱼在水里快乐地游来游去，又相信了残杀其实是一种快乐的事，也就理解了希特勒……

清清此时也来了兴致，就仿佛鹰儿找到了草丛中的兔儿，捡起一个废弃的烟盒，跳到水边，捞起几个蝌蚪，扔给游来游去的虹鳟鱼。蝌蚪仍然无法到达河面，鱼儿们就已经争先恐后地跃出水面，一片哗哗声后，鱼儿们又恢复常态，君子样地，在水里游来游去。

清清重复着。鱼儿们也重复着。

仔仔劝阻道，别扔了，太残忍了。

清清说，你还真信教了？冲这点，我准了。

小小咻咻笑着，诡秘地说，那你俩就不能干那事了。

清清说，没关系，我可以再找别人。

仔仔说，屁！

小小就更加笑得咻咻的。仔仔便疑惑，他这么笑，竟然连个牙齿也不露。

小小拾起一个石卵，扔给虹鳟鱼。一片水花过后，连石卵也没有了。小小问，大姐，你也扔一个？

仔仔说，别别，那太残忍，鱼吞下去，嗯——

仔仔手捂喉咙，感到一种窒息，击中了他的胸口。

清清愈加兴趣盎然，似乎找到了同类，一次次地将蝌蚪扔给虹鳟鱼。反溅的水滴溅到她的脸上，发上，一闪一闪。清清说，我喜欢这种鱼。活着就应该这样，舍我其谁。

小小插话儿说，剩下的，肯定是领导啦。

清清拍着小小的肩膀，极为钦佩地说，老弟够得上哲人了。仔仔，你看你是哪一类？——你鱼一样游来游去，吃掉了上司，你就升了。

仔仔说，去去，胡扯什么！

清清便就势偎在他怀里。嘴里呵出的哈气，一团一团地上升，扩散消失，像灵魂。

仔仔不明白自己总是在心猿意马。似乎昨夜的偷欢让他总是心事重重，让他总是想起老夏。他答应老夏第二年再来，他没有食言，而且特意带来了烧鸡给老夏。但老夏不在了，这让他心里更加怅然。他暗自就想，其实一个人给另一个人的印象，仅一瞬儿，便可能烙印终生，想忘也忘不掉；而厮守一生，也许说忘就忘掉了。

三　清清的食指和中指血肉模糊
涂得猩红的纤细指甲没了

山林升起薄薄的雾纱，似乎也就一刹那的事儿，便罩住远山近岭。水面上也升起薄薄的雾纱，无数的水星儿挂着日光，软软地打在脸庞上，湿润而滑腻。天色就朦胧起来，瞌睡一般。

清清的兴致不减，河床上下跳跃。

小小裹着裘衣，和仔仔天南地北地扯。同时把烟吞吐得很有韵味，一团团从口中翻滚出来，在湿润的空气中散开。

这时候，一条很大很大的孤鱼，足有一尺多长，慢吞吞地从草丛里游出来。小小告诉他们，这条孤鱼已经躲过几次袭击了，浑身是伤。因为它大，那些晚辈还拿它没有什么办法。但是这条是唯一的一条长辈，其他的已经被吃光了。

仔仔问，被游人或者你们吃光了？

小小摇着头，诡秘地笑着，被虹鳟鱼他们自己的后代吃光了。

话音刚落，那小群虹鳟鱼呈一条水船状，再次向孤鱼猛扑过去，一片水花四溅，吱吱的鱼鸣和哗哗的水响成了早晨最悲壮的序曲。他们看到，清水里一团猩红的浑团滚动着，从浑团里，几条鱼尾欢快地摆动着，还在撕咬着残刺。须臾之后，鱼儿们游出战场，君子样地，游来游去。

仔仔惊愕地说，给吃了？

小小说，吃了。大鱼吃小鱼，小鱼吃大鱼。

正说着，一个意想不到的变故发生了。清清在兴头上，前倾的身子像个虾。就在她跳来跳去的时候，脖子上的丝巾就脱落了，一点儿声息也没有地淌向水面。在那一瞬间，水面是平静的，这好像是鱼们的阴谋，知道会有美食继后，清清便本能地伸手去抓丝巾，手还在围巾与水面之间，鱼儿们跃出水面，鱼鳞上的荧光四射，把个宁静的清晨搞乱了。

清清号叫着，那种扯心裂肺的号叫让人心惊肉跳。

小小第一个冲过去，扯住清清的胳膊跳到岸上。清清的食指和中指血肉模糊，涂得猩红的纤细指甲没了。

清清扑在仔仔的怀里，哭叫着。

小小喊出丑女人，取来红伤药敷上，用纱布包上。仔仔扶着清清，决定马上返城去医院。

可是，破旧的拉达吉普车仅开出去不远，就像个坏脾气的老牛，熄火不动了。清清越一声声地催促埋怨，发动机的转动越显得无奈。这时候，仔仔发现，还是在去年的地方，车又坏了。

清清的手开始肿胀，伴有发烧，躺在车里，迷迷糊糊地睡着了，像个乖宝贝。仔仔急出了几身汗，也无法把这堆废铁注入活力。忽然，仔仔被一只大手拍了一下，吓了一跳。抬头看，几乎吓飞了魂。仔仔看到，蓬头垢面的一个"猿人"站在他的面前！

那人声音沙哑而羸弱，说，不认识我了吗？我是老夏，你的朋友。

仔仔说，白胡子老夏？你不是死了吗？

老夏说，死了，我是死了。我的金矿，我的鱼池，都死了。

仔仔说，你没死就好。你慢慢说，这到底怎么回事？

这时候，从金场那边，人语和摩托车的声音，怒吼着响过来。

老夏紧张地说，他们发现我不见了，一定在找我。

仔仔问：谁？

老夏说：小小。吞掉我的房子、金场的小小。我的干儿子！

老夏顿足捶胸，悲愤疾首，纸一样白的面孔，完全扭曲了。还想说什么，他见摩托就在树梢后面，便一转身，钻进了路边的灌木丛。

这时候，小小驮着丑女人，在仔仔跟前跳下来，问，你们看到一个叫花子了吗？

仔仔注意到小小手持猎枪，已经是一个杀气腾腾的猎手，黑洞洞的枪口指着他，眼睛对他上下睃着。

仔仔镇静地说，没有。

小小的面孔异常青白，似乎没有一丝血色。他冲车里看了看，说，你肯定知道。

仔仔的腿有些软，但他确实很镇静，知道更大的麻烦在后头呢。说，真的不知道。你不是说他死了吗？

小小说，你怎么知道我是找老夏？

小小诡秘地笑了，说，实说了吧，老夏没死。我们找的就是老夏。实说了吧，我都听到的了。在我的地盘上，别说说话的声音，连鸟拉屎的声音我都听得见。坦白说，他在哪？他都跟你们说了些什么？

这时候，清清从车里滑了出来，依着车门说，我知道。我告诉了，不找我们麻烦吧？

丑女人蹿到清清面前，说，让你们走，你说吧。

仔仔道，不能说！

清清说，他俩曾经帮助过我们。

仔仔说，可现在不是那时候了，情况变了。

清清说，我不管！我只想马上离开这个鬼地方！然后，她抬起弱如垂柳的手臂，指向右侧树林。大家都看到了，老夏已经从那里走了出来。

老夏说，我在这儿呢，没跑。你们放他们走吧，他们什么也不知道。

小小以猎豹般敏捷的姿态冲上前去，一脚把老夏踢倒在草丛里，叫嚣着，想喂鱼，老鬼！

仔仔扯住小小，说，你们不能这样！

清清扯着仔仔，说，别管闲事。她问丑女人，我们可以走了吧？

小小说，可以了。别再回来。

丑女人却突然喊道，小小，不能让他们走，他们什么都知道了。

清清说，我们什么也不知道，真的不知道。

小小又把猎枪抬起来，讪笑说，真的什么都不知道？

仔仔自尊心受了针刺，说，知道又怎样？我们不说，不就没事了？

小小嗤嗤地笑着，说，用什么保证？

老夏爬起来，说，我回矿棚去干活儿。你们别难为他们了。他们是陌生人，不会管我们之间的事儿。

小小说，真的吗？你和这个机关干部认识，而且不是一般的关系，这就让我为难了。

仔仔看清老夏多皱的眼袋里满噙泪花。仔仔走过去，握住老夏的手。老夏的手还是那么厚重，但却无力。

小小说，一起先回金矿吧。你们看，这里多神秘，又安静。这里死一个人，跟死个蚂蚁一样。不是吗？你俩要刺激，这不够刺激吗？错过了，多可惜！

小小的嗓音中还有些童音，稚弱中透出一股野性。他走到仔仔的面前，上下打量着他。面部肌肉突然扭曲了，低吼道，你为什么穿得好？你为什么吃得好？你为什么有老婆，还有这么靓的小妍，死心塌地地跟着你？

此时的小小真的成了一只猎豹，从肺里喷出的呼吸，能够点燃整个山林。他近似咆哮地低吼着，这世间，为什么是这样？

老夏扑通跪下了，说，让他们走吧……

小小哧哧地笑了，说，好吧。然后，扳动机关，枪筒喷出火焰，打在轮胎上，嘭的一声，爆了。

清清冲上去，扭住小小的胳膊，叫道，咱们说好的，让我们走！

小小搡开清清，一指山脚，走吧，从那儿。

四　平静后的清清像做爱中的样子
　　软软的，熔化的蜡人一样

仔仔换好备用轮胎，雨雾浓重地弥漫了整个山谷，仿佛是昨天的翻版。

仔仔试着打火，拉达吉普竟然启动起来，自行恢复了生机。小小的不食言显然深深地伤害了他的自尊心，并且让他气馁，便兀自没了骨气，蔫蔫的。就这样，他们没精打采地走了一段路，仔仔停下了车。清清说，快离开吧。

仔仔说，我要回去接老夏。

清清说，他们有枪，你接不了的。

仔仔说，我可以偷偷去，把他救出来。

清清说，回城里报警，再来也不迟。

仔仔说，那就太晚了。我总觉得不对劲儿。我一定要回去。

清清吼道，你去死吧！

仔仔没再说什么，只是在清清脸上亲了下，从工具箱拿出扳手，目送着清清开着车愤然地消失在林子里。

仔仔的眼底酸楚着，觉得像是有泪花压迫，这让他狠狠地诅骂自己懦夫。懦夫。

仔仔沿着河道走。他在金矿，看到横七竖八的木桩搭就的一个矿棚。里面有一团破棉絮，和一条锈迹斑斑的铁锁链。

仔仔无法确定这是否是老夏的矿棚。

他穿过一片灌木丛，站在那处熟悉的高岗上，看到三个人影，就在那个鱼池边。

老夏跪卧着，双手在空中抖动着，哀求着什么。

手持一段木棒的丑女人，站在他身后，尖厉地喊道，你不是想要回金矿吗？不是想再造个金矿吗？你的金矿在哪？

小小仍然在咻咻地笑着的样子，说着什么。

小小用脚把石子踢进河里，不断地引起鱼们的兴趣。淙淙的小河不断地冒起一片片水花。水响亮的声音在山间回荡。

小小像个侍者，做出恭敬的样子，说，别怪我，这可是你自己找的。不是你看错了我，而是我没有看错你。你跳吧，我已经不需要你了。自己跳吧，这样干净。

老夏说，我什么都给你了，这还换不回来我一条老命？我什么也不要了。什么也不要了。

丑女人说，你想要！臭美！

小小说，跳吧，跳吧。

老夏显然十分激动，吼道，小小，你可是我从街头乞丐堆里领出来的，你可不能没了良心！

小小突然非常生气，吼道，你是让我给你当奴隶！你这么大的产业，让水冲了，你什么也不是了。你还活着有什么意义？你的这点财产，是你孝敬我的。明白了？你跳吧，跳吧！

丑女人说，废什么话。然后抬脚就踢在老夏身上。老夏一栽，就掉进了河里。河水一片欢腾，血墨四溅。老夏甚至没有发出任何声响，就已经成了一片衣物。

丑女人用木棒挑起衣物，一堆尸骨散落下来，又引起鱼们飞跃起来，争先恐后。

很悲壮的鱼葬。

小小看到仔仔了。

小小像猎人一样的目光，一下子就盯住了他。

仔仔听到小小说，去拿枪，就撒腿就跑。

小小在河道上追赶。仔仔感觉他简直就是在飞。跑不出多远，仔仔已经无路可逃了。经过极简单的所谓的格斗，仔仔成了小小的猎物。

仔仔觉得嘴唇一下子抖得厉害，连呼出的白哈气也在颤抖。

小小不屑地说，就你？还不够资格，我在街头行骗的时候，你还没断奶呢。

仔仔很是沮丧。他知道自己面对的，绝不是一个善良之辈。说，好吧，你看到的，我什么都看到了。你想怎么办吧，随你。

小小又露出咻咻的笑，不露一颗牙齿。仔仔就想，也许他压根儿就没有牙齿。

小小说，我可以用石头把你打个稀烂。但是，那会让你很难堪，让我很难堪。你我毕竟称过兄道过弟。你不是喜欢虹鳟鱼吗？你应该再好好看看，再看一看吧。

仔仔完全明白他的意思，不但没有紧张，反而冷静了下来。人离死亡越近，越能有一种从未有过的镇静。

他望向山林，风平浪静的早晨，就是他的墓场了。但是，他还是跌倒了。站起来又跌倒了。他心里说，我太他妈的软弱了，竟然斗不过比自己矮一头的恶人！这着实对他的自信心是一个灭顶之击。

之后，小小从他身上搜走了他从未想到要用的扳手。他彻底绝望了。

仔仔说，你就在这儿，动手吧。

小小说，你真的不想看虹鳟鱼？

仔仔想起从水面泛起的白骨，终于呕起来，肝肺俱裂。昨夜的残渣一同喷了出来。

仔仔哀求道，不要把我喂虹鳟鱼。不要。

小小说，你说呢？

仔仔说，我还有我的朋友。她已经受了伤，在等我送她去医院。

小小又嗦嗦地笑起来。那声音凶残邪恶，让人不寒而栗。

这段路，仔仔几乎是用尽了力气走的。他提醒自己，要找机会，一定要找机会。但是，小小像听到了似的，说，别胡思乱想，你没有机会。

一股气顿时冲上头项，让他一下子清醒了。不就是死吗？哀求无疑是对敌人的褒奖。

仔仔把凌乱潮湿的头发将顺，爬过一道山地，便站在了水劫后的金矿上。他四处望去，只见细小的河水从干涸的河床上，蛇一样地流过。他勇敢起来。他走向那个鱼池。他要看看虹鳟鱼，要看看老夏。

但是，血红的水池里，鱼是看不清了。连白骨也没得见。原本清澈见底，现在却是混沌一片，像末日。一团衣物被水流冲浮在池边，随着水的波动，一鼓一鼓。

仔仔的泪水滴下来。热热的，两条线划过面颊。

小小嘿嘿笑出声。牙仍然没有露出来。鄙夷的神情让仔仔的眼睛红了。

仔仔喊叫道，我绝不是怕死！我不怕死！

仔仔想骂他，痛骂他。但是他从没骂过人。满脑子里找不到一句骂人的语言。

小小说，看完虹鳟鱼，再看看你的情人吧。这多么够刺激。

小小说完，冲石头房喊道，把那个女的带过来。

仔仔几乎呆了。他什么反应也没有，脑中一片空白。果然，可怕的情景出现了。房门哐啷一响，丑女人架着清清，从小道走过来。远远的，看见清清的长发披散着。

仔仔要冲过去，小小用手臂拦住他，仍然嗦嗦地笑着，说，我还够意思吧，说让你见见情人，就让你见见情人。

仔仔说，不要杀她，让她回去吧。

小小说，好吧。那么，只有一个条件，你自动自觉地跳进去。

仔仔看到从混沌中露出的鱼泡，像一个急不可耐的呼唤。隐约中，他看清了，十三条虹鳟鱼在水中游来游去。

鱼似乎一下子长大了许多。

鱼的游动形成了一幅水墨意象画。

小小坐在池埂上，虽然没有用手钳制他，但他却觉得有千斤的力量包围着他，让他动弹不得。

小小一只手伸进水里，抓出一把蝌蚪，扔给了虹鳟鱼。虹鳟鱼争先恐后跃出水面，蝌蚪还没入水，就已经进了他们的肚肠中。

小小这样重复着。

鱼们这样跳跃着。

水这样响亮地流溅着。

仔仔甚至忘记了眼睛的作用，出现了片刻的失明。但是他的感觉还在，他感觉到两个女人的脚步沉重地走过来。他就想，清清一定会骂他浑蛋，懦夫，然后一把推他进虹鳟鱼池中……

一切在这一瞬间已经凝固了。

接着，他听到身后扑通一声。他猛回头，便看到一团黑影落入水中。之后，是撕心裂肺的号叫。

仔仔的心脏剧烈地一痛。

但是，仔仔定睛看时，却见小小在河水里坐起身，狗一样在爬，五六条虹鳟鱼在他的面孔上跳跃。他的皮肉在鱼儿们的跳跃中四分五裂，仅一刹那，小小已经面目全非，血肉模糊，像个盲人，在水里乱作一团。

清清就站在河边。

清清手里握着截木棒，一次次击打在小小的身上。终于，小小的号叫声戛然而止，朽木一样，扑通跌进水中。

有一条虹鳟鱼，趁乱溜进了下个水池。一瞬间，它游过的一个蛇形路径，成了一条清亮的线条，幼鱼和蝌蚪成了它的腹中之物。这让仔仔想起电脑里的游戏。

平静后的清清像做爱中的样子，软软的，瘫在河床的沙石上，熔化的蜡人一样。

仔仔把她背回汽车里的时候，沉沉地吻了她。这是他最为专一的一次。

仔仔想知道她的软手弱脚是怎么把丑女人制服的。清清却说，我只想做爱。

在车里，仔仔和清清尽情地鱼欢了一回。

然后，仔仔启动车，颤抖着出了河道。沿着日本人修的有半个多世纪的沙土路，奔远方的城市而去。

清清已经显得很平静，像什么也没有发生过似的。哼了一会儿歌，突然说，仔仔，我好爱你。

仔仔说，我也爱你。

清清问，就这些吗？

仔仔疑惑地看着她。

清清说，我没有别的意思。把丑女人送派出所后，咱俩就登记吧。

仔仔摸摸清清的头，问，你发烧，是糊涂，还是清醒？——得先送你去医院。

清清推开他的手，说，我知道这不可能，永远也不可能，所以，我想，我们该分手了。

仔仔急急地说，你在胡说什么？

清清说，我是认真的。——爱像竹节，是有阶段的。也许你忘记了，我这么说过。当我要你和我登记结婚的时候，那就是个终止符号。接受吧。

拉达吉普车忽然又熄火了，滑出很远才停下来。卷起的沙粒在轮下的舞蹈平息下来。

清清裹着风衣，脸色青白，无神地望着窗外。仔仔在她面颊上轻吻一下，却见两行清泪流下来。

清清说，你看见了吗？仔仔，那条鱼正在吞食着幼鱼，还有黑珍珠般的蝌蚪，几万条很快就要没了。你该把那条打死。会有一些幼崽钻进石隙里躲过这场灾祸的。若干年后，长大了，然后，把年老的吃掉，成为新的霸主。然后，被更凶残的子孙吃掉。你说，这是真的吗？

骗子与枪手

　　一到枪库前，就嗅到了火药的气味，这是我长期经营枪械所特有的嗅觉。经同伴指点，要交易的枪，就在枪库里。

　　枪库在一处破烂的棚户区中，是苏家老宅，一座小四合院，算得上棚户区别墅。如果不是墙上各种小广告表明这里有人居住，很容易被误以为无人区，破败之象，随处可见。

　　穿过狭窄阴暗、散发着古怪气味的街巷，推开一扇摇摇欲坠的房门，一股潮气扑面而来。同伙小牛回头望我一眼，我心领神会，不出所料，按既定方案进行。

　　小牛那时尚的头型在棚户区背景下像个怪物。只是这个怪物是来淘金的，目光毒辣，伸着贪婪的胡须。正因为他贪婪，我才相中并与其合作。不能与好人合作，因为好人心慈手软，做不来大生意。小牛怕我大意，小声强调，别小瞧这个破地儿。

　　我不需要他反复强调，眼睛留意着周围的动静，就像进入陌生领地的头狼，与迎出来的小伙子握手寒暄。小伙子与小牛年龄相仿，着装也相近，但颜色多是青色，看上去老实巴交。他自称是苏老爷子的孙子，叫苏四，他家四世单传，所以从苏一一直排到苏四，已经过了四代。苏四请我们进院，并表达他可以做主的暗示，小牛主动与我又交换了一下眼色，意思是超乎预料的顺利。

　　我并不急于往里跨步，因为里面确实黑咕隆咚，什么也看不见。刺眼的阳光从低矮屋角斜射过来，如斧劈山。苏四介绍说，你们早不是第一拨到这里来买枪的，我太爷舍不得，否则早出手了。他竟然又叫起太爷来了，我搞不懂，又不便问。我知道他在做并不高明的推销，狐狸尾巴一般都先夹着，迟早会露出破绽。

我借助从身后照射过来的光线，浏览苏四递过来的枪械图片，觉得精致，货地道，但也不至于珍贵到稀有的地步。

小牛早打开手机电筒，照亮黑暗。但因为散光，我过一忽儿才看清地面的状况，将脚小心翼翼地放进去。我一再强调，如果是真枪，是违法的。苏四解释，仿真枪。我说仿真枪，太逼真也不行。突然，另一个声音说，不逼真，能卖上价吗？不逼真，有人买吗？

声音从身后传来的，一扇门吱的一声，在烟熏火燎的石灰墙上打开一个黑洞，从里面冒出一个老头，瘦得跟个棍儿似的。但他的声音尖细，还带着一股傲气。见我愣怔，小牛忙介绍，这是苏四的爷爷苏二。我忙和老人家握手，可伸出的手却落了空，苏二转身头里走进去。

小牛忙解我的尴尬，提醒我这里就是枪库。我的那点儿不快，马上被渐渐清晰起来的陈列惊呆了。只见四面架子柜陈列着各式枪械，分机关枪、冲锋枪、手枪系列，我要的恰是这些，难免心跳加速，仿佛看到前面摆着花花绿绿的钞票。苏四为了证明货真价实，从架子上摘下一支微冲，递给我。

我一握在手里，心更踏实了。

小牛与我交换了下眼色，悠悠地说，这里的房屋快倒了，枪支受潮严重，再不出手恐怕连毛都不会剩下。面对小牛赤裸裸的杀价，苏二显然不快，倔强地说，进棺材也不怕，反正独一无二，你们瞧好吧。苏四在旁，递给我一支手枪，打开保险，里面竟然全是硬木雕制而成，做工精湛自不必说，如果没有老手艺，绝做不出这样的精品。我问，价钱可以再商量吗？苏四嘴里刚冒出个可字，苏二就接过话茬儿说，货卖识家，你别说你不懂。

这样说时，苏二一把抢过手枪，从抽屉里抓一颗子弹，推上膛，冲着屋棚就放了一枪，墙皮唰地掉下一块，爆起一团烟雾，露出半截儿，果然是木子弹。我忙开玩笑说，别把房子打塌喽，谁也跑不出去。苏二得意地说，要不是房子要倒，老太爷根本不会同意卖这些宝贝儿。我不明白他说的老太爷是谁，但我很会揣摩这些百姓心态，一会儿就没耐性了，便指着苏二手里的木枪，告诉他我只想要这种三二把，在工艺店里卖卖试试。小牛故意说，这些都是破烂，我却说不错，可以考虑全包圆了，我竟然忘了小牛这压价的手筋儿，把小牛造愣了。我因为喜欢，已经顾不到他的表情，伸手正要摘一挺机关枪，突然听到一声断喝，放下！

话音落处，一扇窗子哗地脱落，刺眼的阳光照亮屋子，卷起一团尘埃，一方散发着恶臭的垃圾，像幅画一般挂在外面。我正欲夺门而逃，却看到出路架着一杆长枪，对着惊慌失措的我。架枪的是个没有一根头发的光脑袋，顶着阳光，像个太阳。小牛忽地举起双手，往苏四身后躲。苏四抢先一步要埋怨太爷捣乱，光脑袋老爷子不理会，继续大吼，缴枪不杀！声音铿锵有力。

我们就这样，俘虏般被赶出枪库，才看清枪库的墙早倾覆，与主墙合二为一，岌岌可危。我后怕，庆幸被轰出来，否则壮烈了会被人耻笑捞钱淘宝没原则，命都不要。环顾这个恐怖的棚户区，怀疑自己钻钱眼里了，怎么会因为几个破枪模冒生命危险？正欲离开，突然被苏四拉住，目光阴森地问，你知道我太爷是做什么的吗？土匪！我觉得腰部硬邦邦的，低头一看，是一把手枪。

我拿不准这个后生手里拿的是不是真家伙，但我知道，棚户区围着曾经的一座兵工厂，居民都是工厂职工，三五户组合在一起，可以生产出枪械，甚至一家人就是个生产车间，枪模摇身一变成为武器，不是不可能。小牛平时最牛哄哄，此刻先蔫了，从口袋里掏出一张百元钞，讨好地说，兄弟算个见面礼。苏四板起脸，开口要一万元，不容商量。我正要斥其讹人，却被苏二拍一把，顺着他的目光，我看到墙垛上赫然贴着一张告示，古屋危险，擅自进入，后果自负。

光脑袋的太爷仍然铿锵有力地说，这里埋过鬼子，埋过土匪，也埋过仇人。这时，我才看清太爷是坐在轮椅里，叫苏一，低矮却并未觉得不起眼。与其相比，苏二显得单薄得像胶水的山药。苏二上前给苏一整理一下耷拉到地的毛毯，轻声埋怨他又来捣乱，竟然跟苏四一个口吻。苏一并不恼，继续教训着，逻辑有点混乱，说什么人要讲信仰，不能乱来，见面分一半等，把我搞糊涂了。小牛在旁咻咻地笑着，跟他没关系似的，我觉得蹊跷。似乎小牛有所察觉，收起轻松的笑意，提示我说，这里人穷急了，只剩下枪了；还说这些枪并不是真家伙，但要是开起火来，威力差不了多少，如果打我们，跟打西瓜一样。我直视他，问他啥意思，小牛哭丧着脸说，涨价了哥们儿。

我惊讶，不是因为涨价，而是因为看到了小牛的另一面。我不客气地说，涨价就算了，我们走。小牛沮丧地说，别介，这地界不是说来就来说走就走的。我更惊讶，反问，想怎样？我往出掏手机，就被小牛按住，小牛诡秘地说，别冲动，我想办法。小牛说着，到处找苏四，被苏二拦住。小牛没把这个干巴瘦老头当回事，往开推，不承想反被倒剪双手。我上前要帮忙劝解，竟然也被苏二一个扫堂腿，造个嘴啃泥，手机脱手，就被苏二踩住。小牛反身正要回击，就听到噗的一声闷响，我举起手大叫，我要报警！

听到我的叫喊，苏一冷笑着说，两个壮汉，打不过一个干巴老头，你们知道什么原因吗？这里没有警察，只有土匪；没有法律，只有子弹。这时我才看到小牛躺在地上呻吟，他中弹了。苏二上前下了小牛的手机，并骂小牛吃里爬外，小牛正欲狼狈逃窜，被苏二一把逮住，一个木子弹从小牛的腿部掉在地上，沾着鲜血。好汉不吃眼前亏，我问苏一，老太爷，你想怎么样？抢劫可不是做生意。苏一显然也觉得苏二过了，用眼睛剜一下，目光虽然仍然犀利，口气却软下来说，你就算帮帮我，我是英雄，杀过鬼子，美国的，日本的，通通杀过，也杀过汉奸。

我长这么大，还没见过什么英雄，只见过商界枭雄。我声音微颤着问他，到底发生了什么？苏一双手推着轮椅，示意我跟着他进入老宅。这是间半地下室，没有阳光，阴暗潮湿，跟枪库不同，空气中散发着霉味，墙角趴条裂隙，有一道弯曲的阳光射到一墙奖状上，陈旧却依旧显赫。房间简陋而清洁，表明主人是个很细心的人。小牛被苏四架出去，屋子里只剩下老爷子和我，在白炽灯暗淡黄光中显得面目可憎。

苏一用手摸一下额头，自嘲地说，我和你们有钱人相比，简直白活；和你的别墅比，这儿连狗窝都不是。我很惊讶于他怎么会知道我有别墅，并对我了如指掌，令我背冒冷汗。他告诉我这房子有六十年了，是当初参加革命后支边剿匪转到兵工厂分的福利房、英雄屋，上过报纸，所以他一直珍存，觉得没什么比荣誉更重要，比信仰更值钱。他说时，用长枪杆挑开一处窗帘，烟熏火燎，已经失去白布本色，上面斗争字样还依稀可辨，跟他陈腐年龄匹配。苏一自嘲地说，原本这房子的屋面和门外地面是一边平的，不知道怎么回事儿，住了六十年，竟然会沉了一半儿，难道房架骨质疏松了？

我无心感受他的冷幽默，没做反应，环视四周，如入囹圄；觉得凭自己强壮的身体，制服这个老耄不成问题，便和他拉起家常，夸他七十多岁，还这样健硕。不承想他正色告诉我，他七十是在三十年前。我惊讶地盯着他，才发现自己在他面前，是生命的穷人。我试图逃脱，早被苏一一眼看穿，告诉我，你的同伙已经叛变了，这样的叛徒，当年我见得多了，一眼就能识破，策反是侦察兵特长。我清楚他说的是小牛，但我并不会轻易相信，挑拨离间是敌我博弈通用的手段，一点儿都不新鲜。同伙不可背叛，这是生意场的一个潜规则；否则，必死无疑。背叛一次，等于背叛整个行业，踢出圈子是最严厉的惩罚。

我因为被戳穿心思，很沮丧，索性坐下来说，老人不欺负人。苏一摇头嘲笑我说，我已经九十九，人老就是个怪物；你说错了，要不怎么会有倚老卖老？我现在卖的，就是老。你买也得买，不买也得买。当年，我可是土匪，你说我啥没干过？杀人越货，欺男霸女，跟我一起睡的女人，掰手指头算不过来。你想知道我身体缺什么吗？我摇头。他告诉我，他缺良心。

老家伙说话是恶狠狠的，他是在威胁我，这是我听完他慢条斯理的话后产生的第一个念头。这在尔虞我诈的商场，司空见惯，并不觉得新奇，只是一个老英雄，为什么要自毁呢？显然苏一的这些鬼话，云山雾罩，我并不一定相信。这时候，苏二早像个影子似的站在门侧，手里拿着那把手枪，威风凛凛。我失去了逃跑的最佳时机。只不过老家伙的这番话，苏二也似乎吃了一惊，他的刀条脸更加纠成条缝儿，目光如鼠。他上前给苏一递上支烟，点上说，抽两口就掐了，会咳嗽的。苏一不快地说，我还用你啥？你不能光领我的养老金，连口烟也不给吧？苏二一摊手冲我讪笑说，这老爷子，就爱这一口。苏一骂道，最不孝的就是你，哪个丫头都比儿强。

我想我不是来看一出戏的，交易的危险碰到过几次，但没一次像现在这样，不明不白，稀里糊涂。既然一时无法脱身，也没到山穷水尽的绝境，我倒要看看这里面的猫腻有多么神秘，水有多深。不能小瞧这个棚户区。门在这时从外面推开，整扇门就哗啦啦躺倒在屋地上，像一具死尸。苏四虎视眈眈，手挟着垂头丧气的小牛就进来了。苏一配音一般道，按理说，你们商人，还是该懂得，破财免灾。你别指望报警，这里的警察都是兵工厂的后代，当然都是土匪生出来的，血液里都是匪气，与生俱来。苏一这样说时，开始咳嗽起来。能够感觉到他的气力突然短了一截儿。苏二忙给他拍背，安慰着，你不用管了爹，这里有我呢。苏一推开他的手，又勉强扬起声音说，坐牢，我去。我当年坐牢，把鬼子牢坐穿了，也没屈服，还在牢中入了党。他说到最后，已经全是咳嗽声了。

我跟着他觉得嗓子痒痒，喘气只到自己的喉头，不下来。我不能不吱声了，便说，其实，我也是个骗子，没想到你们这么不好骗。小牛抬起完犊子的可怜眼神，哀求说，大哥，你别再装了，再装就出人命了。苏四指着我的头问，怎么你真没钱？我如实说，空手套白狼，是我的内行。我以为这个穷得叮当乱响的地方，会好骗……小牛忽地蹿到我的面前，揪我脖领子问，你不是说你有一百万吗？你骗我！我挣脱开，就被苏四从后面抱摔在地，一只鞋底压住我的左脸。同时屁股挨了两脚，并不重，但很痛。

苏二制止说，他还不死心。小牛继续嚣张地扯我的脖领子，骂咧咧，妈的，我挨这个枪子，可不能白挨。你的工艺品店可值一百万，我可比谁都清楚，你的店儿可在那戳着。你以为这几个爷是好惹的吗？都是穷疯了。人要是穷疯了，可什么都干得出来。现在，竟然轮到小牛跟我叫板，我不觉怒发冲冠，刚要扑向小牛，小牛却突然倒地，背后苏二收起脚，撵他到一边。苏二说，废什么话？你和老四怎么想的我不是不知道，少装蒜！老太爷是随便往出搬的吗？搬出一次，是玩的吗？他可是你们的活祖宗！就这么演戏，给谁看呢？装腔作势就打发了？他没钱？他没钱，你俩出，一人一半——别以为我真不知道你俩背后的小九九。

我呆立，不明白他们在搞什么鬼。虽然他明显在救我，可他盯视我的目光仍然凶残，像一步步逼过来的狮子。然而他的动作却温柔，扶我到沙发里，掸我身上的灰尘，不无威迫地说，这么说吧，你在耍无赖，我知道。无赖，我可见得多了，当年论起来，我才是无赖大王，别他妈的跟老子装，你还太嫩。所以你听好了，你如果想太平，就买下这批枪模，算交个朋友，我还有工厂再做，保你供应。我点头，觉得这才像在谈判。而此时苏一已经喘匀了气，又恢复铿锵声，振振有词地说，还是苏三说得对，看得准。如果他活着，我何至于操这心。

轮椅转过来，老太爷怀里还端着那把长枪，枪口没离开我多远。他的谨慎像一个侦察兵。他见我注意他的枪，开口说，这一把是不卖的。它虽然不是钢制的，但木头也能射杀人，可以打穿洋铁。洋铁你知道是什么吗？他还没待我反应，从窗台哗地扯过一块铁皮说，这就叫洋铁皮。然后，扳动长枪机关，砰的一声，果然将铁皮打穿个洞。我不禁倒吸一口冷气。苏一继续炫耀着，不用担心，这木子弹，一样可以穿透肚皮。

我还在腿发抖，苏一继续说，在六十年前，是组织给我杀人的权力，为了争取自由和民主。苏一因为凶狠过度而浑身抽搐。苏二看到，忙上前阻止，我也担心老太爷一口气上不来，自己把自己气死。苏四趁机上前，把我的手表从手腕上撸下来，正要揣兜儿，一支枪筒架住苏二的手，手表就串在上面，到了苏二手里。苏四赌气离开，踩在门板上，门就散了，险些摔倒。回头冲小牛喊，走！

苏二显然很得意，用嘴哈一下表蒙，在腿上蹭了蹭，又放在耳朵上听了听，然后坐在我旁边，很快乐地说，不用紧张，开个玩笑，我们做个交易吧。我不知道苏二话里话外是什么意思，但友好的气氛是好的兆头。我点头认可。苏二望一眼苏一，将表扔过去，苏一竟然空中接住，瞧一眼，露出轻蔑的神情。苏二不管他，扳着我的肩头说，现在各人顾各人，都这样，没谁笑话谁。我瞪着他的眼睛，希望看透他的心思。苏二似乎主动让我看，笑得很和善，并解释道，其实我们没那么黑，都是小牛在中间捣鬼。这样吧，你也不用一百万，十万，这些你全拿走，怎么样？你大赚了！

我简直想把他叫亲爷了，回搂着他说，我同意。并从鞋底抽出银行卡，告诉他，这里正好是十万，现在就可以到银行去跟我取钱。苏二和我一同站起身，却见苏一堵在门口。苏一问，不用问一问我吗？苏二变了脸色，冷冷地说，一有事儿，你就掺和。瞎参谋，乱干事。苏一变色道，我看着你看了七十来年，你吃亏了吗？苏二说，没吃亏，就差进监狱了！苏一固执地说，不行，我俩还得单独商议一下。苏二不耐烦地反问，有什么好商量的？虽然这样说，他还是顺从地推老太爷出去了。

屋子里只剩下我自己，便转到后窗向外观察。外面是一条狭窄巷道，倒有几棵老榆树，树头在天空里，把阳光遮蔽得严严实实，以为黑天了呢。这时，身后一个声音说，不用看，那里没逃走的路，是死胡同。我回头见苏四坐在门口一把木凳上，发出凳子嚓嚓的声音。他的脸色已经恢复正常，只是他身后的小牛还是那副胆战心惊的样子，向我走来。我正色道，小子，这个圈子你真是不想混了！小牛涎脸说，老哥，这叫激将法、苦肉计，不这样，老头子能把价压下来吗？他小声嘀咕，他家已经内讧，然后大声说，我宁愿受冤枉，只要你可心，买到货真价实的物件，至于劳务费，就凭赏了。我冷冷地盯视他，并不急于表态，连表情也毫无变化。我说，多少钱，我也不买了。

自从结识他，还真没小瞧他，只是他比我预想的还要江湖。其实这笔生意，根本不复杂，可为什么搞得一团糟呢？我喜欢和这种人斗。跟狮子斗，才能战胜老虎。我一指苏四，问，没别的条件了吗？苏四摇头。我正要继续和他交易，一条阴影把门口的天光都挡上了。苏二推着苏一出现在门口，他一边骂着年轻人懒惰，没眼力见儿，一边埋怨厕所脏得下不了脚。这时，我惊讶地发现，老太爷仿佛经霜打了，整个人没有了先前的荣光，但仍然手不离枪，只是换了一种，是把手枪，也许是苏二刚刚用的那支。而苏二此时却笑容满面，恭敬地把老太爷放在阳光下晒着，冲小牛说，孙子，嘿，一场误会，一场误会。苏一也点头迎合着，误会。

苏四从凳子上站起来，我才看到他的左手一直扶着右手，而且从纤细的手指尖往下淌着鲜血！

我会那么点急救常识，在部队学过，欲对他包扎，却被苏一拦住。苏一说，没事儿，小伤，不疼，没教训。苏四苦着脸，眼里满是仇恨，争辩说，我没动手，是他先动的手。苏一瞪眼说，谁先动手也不行，他毕竟是你爷爷！苏四沮丧，伸出手指，让血顺着指尖，像露珠一般滴下。我抓住机会，插话说，这样不行，恐怕伤到血管了。我刺啦撕一角衬衣，给苏四勒住手腕，说，你必须马上去医院。苏二盯着这一切，像个旁观者，悠悠地说，我们家族，没出过对国、对家、对朋友不忠的败类。

老太爷又干咳起来。那从肺内发出的铿锵之声，震得棚上石灰直掉，形成一条条白雾。

小牛忙跑到跟前，给苏一按胸。老太爷推开他，喘着气，想说什么却说不出来。苏二过来指使小牛弄药来，小牛要出去，却被苏四拦住。正撕扯间，发生一声扣扳机的闷响，小牛应声倒地。我正愕然，小牛已经捂着大腿，叫道，太爷，我不敢……

苏一仿佛一下子把咳嗽放净了，恢复常态，声音铿锵有力，骂着苏二软弱无能，苏二骂苏四良心没了，只剩下自己。苏二替苏一把枪放好，温顺地说，现在这些年轻人，不知道咋的了，牲口作的。苏一斜睨他一眼，脸色更加灰暗。他看了我一眼，却毫无内容，似乎觉得当我的面说这些话，很没有立场。苏二心领神会，轻声补充，省着让这俩崽子拼缝。没有创造就天天想，等着享现成的，哪有天上掉馅饼的好事儿？不劳而获，是现在人最大的毛病。

苏一赞同地抚一下苏二的额头，和蔼地说，你也有七十好几了。苏二点头，踢一脚凳腿，凳子就滚到门外。小牛本来就站立不稳，经这一晃，脚下绊在门板上，一头窜出，就扎在一堆垃圾上，爬起来快速地逃走了。苏二回头走近我，突然变了脸色，生硬地说，少了一个，你把他的那份让出来，再出十万，你还有赚头。没有捎客，以后我们交易，也省了。我正张开手做无奈状，苏二脸色又变暖，诡秘地说，你在骗我。你并不止一个店，你还有其他连锁。你很有钱，你根本不差这十万八万。你是真正的买主，要找到货真价实的好货，而我这正是地道的真品行货。你如果同意，我们就用这钱，把这个房子修缮一下，把生意做得再大些，保证供应，如何？

我正要反应，苏一插话说，这是唯一的出路，无论是你还是我。否则你就会和我一道，在房倒屋塌中死亡，明天就会见报，网上也会铺天盖地。老太爷竟然知道网络，让我惊愕不小。他已经不把枪口对着我，大概握枪的手累了，毕竟木头也不轻。他继续讲，仍然铿锵有力，但我告诉你，我是业务厂长出身，做枪是行家里手，搞多种经营也不弱，虽然哪次都以失败告终，但有一样是稳赚的。我失声问，什么？他回答得斩钉截铁，贩枪！

突然，他非常激动，脸红到脖子根儿，整个光脑袋像个火球。他说，这是我六十年的心血，难道还不值二十万？一年三千三，你还亏吗？革命难道就这么不值钱吗？他说到这，戛然而止。空气仿佛凝固了。我看到他眼里满是泪花，老年斑在两腮抽搐时像兔耳一般颤动。

我稳了稳神，为他扶正手杖，还有手杖旁的手枪，让它仍然对着我的方向。我发现，我面对的可能是一个不堪重负的窘况，一个难以维系的光荣和一个无处安放的无奈——其实我也不知道我要表达什么，只是我想要的，不光是一个革命者的过去，还有他的辉煌及他的命根子。然而，我不忍吞噬，就等于自己此行失败。于是，我坐到老太爷身边，把枪口对准自己的腹部，如实说，对不起爷爷，我是个骗子。

枪馆是假的？

是的。

买枪也是假的？

是……

那么，老太爷突然大叫起来，你没有钱？

如果我有钱……就不骗你了。

苏一看一眼苏二；苏二松开把手，自言自语，怎么还？八辈子积蓄也还不清，这个该死的苏三。

我站起身，往出走。走到门边，身后就陡然响起一声沉闷的扣动扳机的声音。

砰——

旦夕祸福

没约，女友就出现在自己的家里，这让他很烦。他所表露出的不快，并没好意思唠到这一点，而是向她大倒工作的苦水。他始终没问她是怎么进来的，后来也忘问了。因为女友不容分说，上来就亲热，激情过后，才告诉他：

"你的能力问题。"

他听出双关语，不好挑明，就说："那就另请高明吧，我不稀罕。"

他也一语双关，借工作暗请她离开。因为他老婆正闹离婚，可能随时来抽查，不得不防。

女友并不在意他说什么，倒头就睡。他睡不着，每次激情狂野，会让他持续亢奋，只能通过看闲书才能化解。所以他伸手去揿台灯，想看会儿小说，却发现没电。他刚离开床去厨房电闸查看情况，却被一条蛇拦腰缠住，重新拉进床里。

"没电啦。"他说。

"我有电。"

女友起腻地说，就扑在他的身上。

"大概跳闸了。"

"跳神也不管。"

"你来干啥来了？"

"你说呢？"

他再次盯着黑咕隆咚的窗口，一直盯到晨光从缝隙一下子泻了一墙面。挂在那里的一小幅山水画，突兀出来，像一个琴键。挨墙一排实木书柜，藏书上千册，其中藏着许多的人物和故事，被书页封在里面，拼命爬也爬不出来。其中暂时没有关于他的故事。他总想写下自己的故事，放在里面，但一见其中端庄摆放的老婆相框，就没了兴致。

他对自己说，算了，现实比故事精彩。

"几点了？"女友软软地问，方才想起时间的存在。他知道她要睡一会儿，激情后她总会幸福地睡上一会儿，像头猪。在这种情况下，她还能够想到看点，说明时间对于她，相当重要。

他懒得动弹，其实早筋疲力尽，甚至不想眨一下眼睛。他不能不顺着她，因为这也许是她最后一回在他面前出现。他这样胡乱地安慰着自己，就去开床头灯。见又没亮，才想起没电的事儿。

他满床头找手机，不知去向，估计又在女友的枕头下。她也爱翻看他的手机，跟老婆没什么两样儿。好在他找到了手表，不是夜光，凑到眼前也徒劳。顺手戴在手腕上，怕一不留神，这块老婆给买的表，又被女友扔进垃圾桶。

女友迷迷糊糊打开手机，犹如彗星当空，她那姣好的面孔，突然悬在黑暗中。然而瞬间又熄灭了，她泄气地对他说："充电。"

他起身给她的手机充电，女友手机突然出现一排短信提示，内容是提醒她今早七点四十某小区某单元某号门不见不散。结尾是个"宇"字。

他问："手机没电，能接信息？"

她说："扯淡。除非闹鬼。"

他说："是闹鬼了。谁是宇？"

女友在黑暗里，沉默了一会儿，问："你在问我吗？"

他说："我不是问你吗？"

女友坐起来："你看了我手机？"

他说："是的。"

女友拿过手机，借朦胧天光，端详着黑暗。

"闹什么鬼？"她说，"你快给我充上电，我有业务。"

他接过手机。她的手机有手机环，跟套一般大小。

女友又抢回手机，还是没打开。她从鼻子里冷笑一声，抓住他的胳膊说："哼——你诈我！"

他亲她一下，说："是诈你。好悬没得逞。"

他走到窗前，打开窗帘，发现外面雾霾很重，根本分不清天空什么颜色。眼睛瞪着墙上的挂钟，一步步凑上去，直到再不能向前了。

"几点了？"女友慵懒地问。她还没睡，还惦记着问几点，说明那个提示短信，应该是真的。

他想着，有点悲哀，就凑近挂钟，告诉她："才三点。"

女友"哦"了声，就发出轻微的鼾声。

他终于找到自己的手机，然后找充电宝，然后给女友充上电。他在今天也要提前上班。他总觉得最近单位要有什么好事儿发生在自己身上，怎么说呢？凭感觉，风水轮流转，今年到我家。

他撳墙上的闭火，吸顶灯竟然无声地亮起来，雪亮一片，把女友照醒。

"你干什么？"她头蒙被，在里面叫，"拉上窗帘。——蠢货。"

他本来想关掉灯，却改变主意。但他得拉上窗帘，觉得外面更加黑暗，里面有个人在窥视着他的床，细看是自己。

"竟然来电了，悄没声的。"他说着，坐回床头，好奇地打开床头灯，吸顶灯却啪地爆了。

"你搞什么鬼？"女友再次被吵醒，抱怨道。

"充电宝有电。"他送还她的手机，"你该离开了。"

"才三点……"

"你还是早走吧。你不是有事儿吗？"

"没事儿。"女友极不情愿地爬起来，因为她不得不去厕所。她跳蹦到厕所，突然大叫一声。他连忙追进厕所，看到女友兴奋地举着手机冲他摇动："你们科长出事儿了。"

他走近，发现她拿的是自己的手机。里面科员的微信就五个字："科长被双规。"

他早知道科长会出事，前后被调查有几个月，折腾七八回，可最终都是安全着陆，平安无事。科长像棵松一样挺拔站立，已经不是什么新闻，是新闻的还真是"科长终于被双规"，现在应该叫"留置"才对。

的确是喜讯。科里四人，除去一副科到乡镇挂职，年限不到，只剩下仨人，科长、他、科员。他是老人参，正科后备，备而不用，压在科长身下太久，历经三茬儿科长碾压，早喘不过气来。科员美女一枚，依附科长，将他夹中间，就像肉夹馍。

女友搂着他的脖子，在他的怀里说："我来，总能给你带来好运。"

话音刚落，门铃叮咚着响起来。他和女友都僵那了。他一看一屋子狼藉，手足无措。女友当然心领神会，跳到地板上迅速收拾衣裤。

门铃还在叮咚地响。

来人是抄电表的，虚惊一场。

他大骂抄表员有病，凌晨三点抄电字。那抄表员是大妈级的人物，她心平气和地告诉他，现在并不早，已经八点半啦。

他一听说八点半，就关上门，告诉女友八点半了。女友早听见，已经上凳子把那停摆了的挂钟摘下，直接扔到垃圾桶里。他看到女友已经把她的痕迹收拾得干干净净，明白她还真是个高手，只是不知道如果老婆真的进来，她会不会从七楼窗口跳下去。

他突然情绪高涨，直扑向女友，吓得女友大叫："做什么？要死人的！"他已经管不了那么许多，什么短信微信，什么七点四十，什么单元什么门，统统抛到脑后。直到女友央求他，他才余兴未消地说：

"记得，不行搞突然袭击。我有心情时，随叫随到。"

他拥吻着女友，亲热地把她送进了楼道，直到电梯门把她夹扁。

他回身关门，门却关不上。一个人站在门口，虎视眈眈。

他说："白天立马交电费。"

他话没说完，就噎住了，因为那人一声不吭，直冲进屋。他想急眼，却见是老婆。老婆一个黑熊坐拍，把他一屁股直接顶出了家门。

"滚！"

坐进办公室，他觉得跟往日最大的不同，就是他无家可归。他觉得好笑，这怎么可能呢？他发现淌了鼻涕，用纸巾一沾，红了一摊，才知道淌鼻血了。

他努力让自己快乐起来。因为自己的桌面被清理过了，文件摆放也整齐，不用问，一定是科员干的。这科员可不是一般的科员，等同于科长，他这个副科长是科员才对。情况一直就是这么个情况。然而现在大不同，从科员主动发信息，到主动服务自己，说明要变天啦。她可是狗鼻子，多远都能闻出酸臭。向自己示好，足以说明此事不虚，板上钉钉。

此时，科员就坐在她的办公桌里，一定等着他的感谢呢。可是他偏不，这就是他的性格。

泡上茶水，铺出文件，想着女友和妻子，长叹口气。科员倒不气馁，觉察到他的叹息，问："科长，怎么还闷闷不乐？替科长难过？"

他浅笑一下："我替自己还难过不过来呢。替科长？咳，我哪里有资格哟。"

科员放下眉笔，看向科长的空椅子。

他也望过去，显然那张桌子虽然规整，却有几天没动过了。阳光中，科长的茶杯盖就那么在茶杯边歪着，好像失散的孤羊。椅子后已经堆了几件快递，显然都是这几天收到的，说明科长无暇顾及。科员的眼神望向他，唬得他忙挪开。因为他竟然走神了，想起了女友，比较而言，才发现科员倒有另一番风味。

科员似乎觉察到了，故意提高音量："事不会小哇！"

他听后，像审判的是自己。突然科员指着他的鼻子，他也感觉到像有个虫子爬，就用手蘸一下，还是鼻血。科员马上卷两个纸筒，帮他塞进鼻孔，看上去像牛魔王，引得科员一阵夸张地媚笑。

他心想，即使你再巧舌如簧，说不准哪一天，把这个场景和对话复述给可能官复原职的科长，你也休想抓住我的把柄儿。

他后仰头，让血流倒控，这是小时候母亲教的。小时候他就经常鼻孔出血，大了也出，但少了。他不想想母亲，那个阴险女人跟抄表大妈如同双胞胎。关于母亲，他不想说什么，父亲最清楚。他放下头，没想到科员已经手举着湿毛巾，送到面前。

他觉得此时这感觉，比射精都爽。

"火力真旺。"科员说，似一语双关。看着科员，想到的是女友火辣的胴体。当他意识到这一点后，忙收起淫念，第一次说声谢谢，心里在想：一旦接过科长位置，第一个给她穿小鞋。得好好回忆一下，当初怎么被穿小鞋的，可以如法炮制。以牙还牙，不算卑鄙。

"能是什么事儿呢？"科员站那没走，身子微晃着。

他经常看到她这样，在科长桌前那微晃。

"什么事儿？"他反问着，就觉得内急。他深知女友这妖精，这次搞他太频了，他仿佛进入了二战集中营。岳父早警告过他，但他只当耳旁风。他曾经不无古怪地这样回岳父：

"你还不是一样，管不住下三路？"

当即岳父就闭了嘴。

"党组会一早就开了，估计你马上就走马上任，提前祝贺……"

说着，科员抬胳膊，似要握手，又似要拥抱。他也抬起手，一时不知如何接招，左右为难。好在这时，他突然觉得又有一股热浪涌向鼻梁，直冲天灵盖，忙指着自己的鼻子，绕过科员还在微晃的身体，奔向走廊尽头的卫生间。

如厕时，他觉得十分困难。

他怀疑自己的前列腺有问题，因为父亲也是这个毛病，可能这毛病跟家风一样，也遗传。他就想，如果这尿，能够像鼻血那样痛快地流，就好喽。那才叫有尿哩。

正苦恼，隔档小便池传来窃窃私语。他听不清，但因为语气低沉，像纸牌屋的密谋，陡增他的好奇心。他伸头看进去，只看见两个人影，头上的吸顶灯嘭地就爆了，厕所里一片黑暗。

他想起自家的灯还坏着，下班后说什么也要到五金店买一套，这样也有进家门的理由。错在自己，向老婆说点软乎话，道个歉不丢人。和好要靠男人，岳父总这样教训他。

黑咕隆咚里，那声音还在说，这回他听清楚了。"科长出事，不可乱讲。"瓮声瓮气。

他一惊，听出说话的是局长。而且听出局长只是一个人，一边尿尿一边打电话。

但是，他又不确定这句话是不是说给自己的，因为他的确没看清楚是不是局长，只是听声音是他，而且因为黑咕隆咚，不知道他是冲电话说，还是对自己讲。

他打了个冷战，明明还有尿，却尿不出。他只好收枪入库，目光也适应了室内光线，看清局长那肥胖轮廓，站在尿池前，哗哗地尿唱起没完没了。他怀疑适才听到的窃窃私语，来源于尿池。

那畅快，着实招他嫉妒，导致他的残余尿水，忽而从要害里鱼贯而出，喷湿了大腿，热乎乎的，像有条蛇在爬，黏住内裤。

他习惯性地点头，边系腰带，边谦恭地从喉咙里嗯哈哟地应着，仍觉得口内咸湿。发出这种复杂的声音，连他自己都不知其意，但却像受到攻击的乌龟，缩起脑袋。他不好在跟前守着，也不好离去迅速，否则，会让局长觉得你厌恶人家的气味。他想了想，搭讪道：

"局长，科长的事，您不会受牵连吧？"

显然，这话不是他想说的，显然不合时宜，而且前言不搭后语，有戏谑之嫌。但说出来了，无法收回去，跟尿尿一样。似乎局长也没想到，脖子一梗，尿唱戛然而止。他真担心，他的一句话，会要了局长宝宝的命，从此得上跟自己一样的毛病。

厕所里片刻死寂。

局长话题一转，发起无名火，骂道："一定有人私用电暖风！"

他忙不迭地道歉，也不知道因为什么。

因为他知道科长跟局长不和，科长出事跟局长不无关系，他的言语有落井下石之嫌。他灵机一动，抢先一步，来到水池前打开水龙头，恭候着局长净手。净手后，他又抢先抽张纸巾，递过去，这时候，可恶的吸顶灯却唰地亮起，眼前一片花白。

待他看清眼前的一切，头嗡的一声大得如气球！

眼前接过净手纸的，不是局长，是处长！就是说，他把处长当成了局长！仿佛把水浇到烙铁上，发出刺啦一声。好在局长比处长大，也可能他这个乌鸦嘴灵验，处长并不会生气。这也可能是处长一直不纠正他的一个原因。只是处长跟局长是冤家对头，长相大相径庭，怎么可能混淆呢？脱光了，剥了皮，把肉剁碎了，哪怕剩下骨头渣子，他也自信能辨得出。怎么会在他方便的时候，就认错了呢？

他这样一直自责着。

科员在他进屋的瞬间，放下正在接听的电话，开始描眉。那神态，又有点神神道道的。他很想发脾气，要她不要鬼鬼祟祟，人前人后一个样，哪怕继续煲她的电话粥。可是科员偏不，继续描她的眉。其实她的眉已经很好看，却越描越难看。

恰在这时，室内的管灯无声地熄了，屋子立刻陷入黑暗。科员先开口说话，她悠悠地说："听说事儿还挺花花。"

显然，科员仍然在拉他进敏感的话题。他哈哈两声，心想，卫生间的一幕，教训深刻！他担心黑暗中，坐在那里的人，不是科员，而是其他什么人，比如纪检书记……这样想着，他就把嘴巴闭得紧紧的，盯着黑暗中影影绰绰的办公设施，叹口气。

他觉得口中突然泛起咸咸的滋味，没当回事儿。

科员说："太黑了！"义愤填膺，却又是一语双关。

他不知道她说的是天色，还是科长，反正话题又敏感。似乎科员并不在意他搭不搭茬儿，继续在黑暗中描眉，带有幸灾乐祸的执着意味。"听说把女人搞大了肚子……"

显然她知道他喜欢什么。他正要搭茬儿，灯管跳跃几下又亮了，办公场景又真实地呈现出来。只是科员脸色居然铁青，妆也乱了。好像灯光刺伤了她的眼睛，她举纤手挡住，然后快速取纸，低下头说："不说话，是为科长默哀吗？"

她尖刻的话，更让他的思维慢如蜗牛。还在琢磨下句该怎么接，科员已另起一行，不快地说：

"我说，你都快要接科长了，怎么连话儿也不说了？"

他忙摇头，表示不是那个意思。这时，他看到自己的腕表，习惯地看一眼，又看了看挂在墙上的圆表，吃一惊。他发现手表的时间，还停留在凌晨三点，让他想起家里墙壁上的挂钟，一奶同胞？

他仿佛找到了话题解尴尬，对科员说："手表，手表坏了。"

科员说："不走字儿！"又是个双关语。

处长走进来的时候，他特意仔细地看了看，确认真是处长。处长再高兴，也不可错叫成局长。处长是转业干部，做事雷厉风行，吩咐他：

"把科长的工作全面接过来，算临时负责吧。待走完组织程序，再上报、考核、评议、任命，真正履职。"

处长说这些话，威严庄重，不容置疑。他不敢相信自己的耳朵，也不相信这座大楼里还有这么大度之人！一泡尿，竟然没有把好事尿没！

他站得笔挺，表示绝对绝对服从。

"你的鼻子怎么了？"处长问，露出关怀。

这时，他才想起插在鼻孔里的纸团，忙说流了鼻血。处长点头，说他看到洗手池里有血迹，以为发生了案件，现在终于找到源头了。他要他把纸团拿下，觉得很难看。他听话地把纸团扔到纸篓里，鼻子奇迹般地不再流血了。

前脚处长走出去，后腿科员就冲过来，吓得他后退，以为她要跟他熊抱。科员俯身端起他的文件盒和台历，放到科长办公桌的左角，顺手拎起科长的茶杯，哗啦一声扔进纸篓，以粉碎宣告结束。

这时，灯管又凑热闹地灭了。

"以后，您是科长了。"

"我……现在就坐过去？好吗？——到什么时候，我还是原来的我！"

这话听起来，觉得别扭。

科员似乎很恼火灯反反复复地折腾人，就出外去了，边走边说："不好……有什么不好？"

他坐着没动，还犹豫过不过到科长桌后坐，反正屋子黑，并不会被人看到。突然电话铃声大作，吓他一跳。老婆在电话里问他："我在民政，你来吧。"

他说："来什么来？别闹了，闹一会儿就行了。我忙着呢。"

老婆说："闹？哼，我可没工夫跟你闹！你不是要当科长了吗？我给你让路。"

他还想说什么，电话就断了，不出所料。他发现右胳膊麻木，甩一甩，竟然顺着指尖，一滴一滴往下淌黑色的液体。

科员出现在门口，然后取衣服离开。她说："没见过这么黑的！"

又是双关语。

他目送她离开，觉得她可怕。这张嘴嘚啵嘚，嘚啵嘚，切不可得罪。

"你怎么突然之间又不说话了？"

科员又返回来，好像就为了问他这句话。

"平时，我的话多吗？"他反诘，很有对抗性。反诘是争取话语权的开始，类似于敲山震虎。他一直告诫自己，勿翘尾巴，闭紧嘴巴，但终没憋住。回头一想，这也是她宠惯的，自己只是顺水推舟而已，作为权力的外在表演，小试牛刀罢了。

"贵人语话迟。"她的话，锋芒毕露，显然在试图释放什么。好像她的心情长了白醭，终于见了光晾晾。这时，走廊灯也无声地灭了，终于跟办公室保持了一致。

"科长，我先走一步。"科员在黑暗里，这样客气地告假。

"先走吧。明天见。"他说，默认了科长的角色。

不久，灯全亮了，他开始整理桌抽屉。他发现科长的抽屉早倒空了，不知道是不是有先见之明。他管不了那么许多，一件一件，就把自己的东西放在里面，心里觉得踏实。

他把日历翻到今天，在上面做个记号。左右看没人，就想打个电话，手拿着电话筒，拿不定主意，是打给老婆，还是打给女友。正犹豫，处长又大步流星地进来，直看着他，怪怪的样子。

他毕恭毕敬地站着听命。

处长说："纯粹是鸡蛋里挑骨头。现在这人，连尾巴都不夹，把屁股全露出来给别人，跟猴子有什么区别？还不如条狗！"好像突然发现他一般，口气缓和下来，"单等局长部署完再拦一刀，这是什么事呢？不脑浆飞溅就出鬼了！如果局长把处长检查过的内容进行删改，板子只落科长身上，此时就是科长的不是。如果问题未指出，但其确实存在且并不为局长所修改，打的就不只是科长，还有处长。最糟糕的是，这棍子一直举着，就在头顶，不砸下来。"处长直逼盯着他问，"你怎么办？"

他云里雾里，不清楚处长在说什么。他摇头，但觉得不好，自己是科长，是要有主见的。于是他说："把棍子撅喽。"

处长思考一忽儿，一拍巴掌。他那油亮的天庭闪着佛光，慈爱地望着他，语重心长地说："顶针你懂吗？"

他摇摇头，老老实实的。他不是不懂这个词，是不懂处长葫芦里卖的是什么药。

处长拍拍他的肩膀，语重心长地说："科长的事儿，不要谣传，以讹传讹，假的也成真的了。"然后指着科长的桌子说，"让你临时代管，但没让你端鬼子炮楼。你明白吗？"

他忙点头："我明白，马上撤出。"

"不叫撤出，叫撤退。"

处长说完，扬长而去。

他愣怔着，像被门弓扣了。他知道，他上了科员的当。

他一直觉得，一早上好好的吸顶灯就坏了，就是一个不祥的征兆。尤其令他沮丧的是，似乎所有的吸顶灯，都集中在今天这一天里坏。还有什么挂钟、手表，也都跟着凑热闹停摆了，跟着凑什么热闹呢？他怀疑这是个系列阴谋，一两件也就罢了，问题是接二连三，不能不让他警惕。

他愤懑。然后打电话到处找科员，并因为她不接听电话而在屋子里团团转。后来他冷静下来，觉得错的还是自己。岳父说得对，"错在自己，向老婆说点软乎话，不丢人，和好是要靠男人的。"

这样想一想，他就原谅科员了。

随着当上科长热情的消散，他想起不走字的手表，终于找到事事不顺的根源。口中干渴，像着了火，并没有引起他的注意，还觉得那咸咸的滋味，仿佛是权力的味道，能够激活浑身每一个垂死的细胞……

那爿修表店就在街对过儿，是个小耳房，准确说是门市的一个旮旯儿。门还是旧木门，龇牙咧嘴。他拉开门时，看到昏暗中一方灯光中的秃顶，正聚精会神在一块表芯上。他搭讪："干吗不换个大门脸？"

秃顶师傅其实很年轻，只是秃顶让他显得成熟。师傅回答："没看到窗上贴着'出兑'二字吗？啥眼神！"一腔不友好口气，像不知去向的科长。这又勾起他的气来，将手表摘下，掷在桌面玻璃板上，彻底把上面的裂纹打碎，发出哗的一响。

"你是第三个。"师傅说，看一眼碎处，并不在意，"都是楼里的官儿，官儿就是老爷，所以叫官儿老爷。你们的时间紧张，所以表针就受累，累

127

着累着就容易坏，要不怎么叫公仆呢！佩服佩服。我会看相，看得出来，老弟你一定有好事儿！"

老师傅人不咋的，话倒有趣。他低声问："您消息灵通？"

师傅戴着显微镜，一眼盯表，一眼看他，目光诡秘。服务行业从业者擅长拉家常，路子野，没人惹。他说："大楼里有个科长出事，咎由自取。"

"嗯？"他互动，发出惯常的含糊不清的音节，来体现高深莫测。闲聊也是掌握信息的渠道之一。他俯下身，屁股刚沾凳面，方凳就吱的一声散掉了。他收身子不及，就倒向墙角，用手一撑，胳膊嘎巴一响，好像断了。

"没事吧？"师傅扶住他。

他痛苦并不明显，至少不好表现出来。身体好像要支撑不住，总找依靠的样子，就歪向靠墙杂柜。柜体由密度板拼接而成，早不牢靠，经他一倚，无声地松散开，露出里面的杂物，多为配件盒子，像蛾子飞走后蜕掉的壳穴儿。

他忙不迭地检讨，一再表达歉意，老师傅只说没事，从黑暗的角落里拽过一把塑料方凳，放在他的屁股边，说："红鼻头，宽嘴，像烹饪的火腿肠，短粗胖……"

他怔着问："你在说什么？"

师傅说："那个犯桃花运的科长，他的长相。"抬眼，将显微镜对着他，说，"我说过，我会看相。"

"用显微镜？"

"用色相。"

"说你？"

"我怎么了？"

老师傅把他的表放在他面前，伸出两根手指。

"两块？"

"两百。那五十不要了。"

他掏钱，发现包里是空的。要扫微信，老师傅说他不会。他说把表放这，去楼里取钱来换表，老师傅亲自给他把表戴上，把他往出推着说：

"不知怎么回事，我觉得我们这是最后一次见面。我想给自己积点儿德，所以不收你的钱。但是我还必须告诉你一件事，实话说，你这块表，压根儿没必要修……"

"为什么?"他愕然。

老师傅摇头，淡淡地说："气色。"

他没明白，再想问，师傅已经关灯打烊了。一路上，他一直在想着老师傅所说的每一个词句，百思不得其解。回到办公室，时间已经过去了整整半个钟头。此时，办公大楼里灯火通明，看来再不会出现电路问题。办公室的灯也亮着，里面却空无一人，那个可恶的科员还没有回来。即使她在，他该如何处理这个小人呢?他坐下，这样苦苦思索着，没有答案。

他坐回自己位置，心有不甘。正如自己所料，今天不会再见到科员了，等回家，慢慢想出治她的办法，来日方长，机会多着，等着瞧吧。

鼻血还在淌，手指也在淌，好像哪出了问题。就像水管子漏水，一定是哪个连接件有沙漏。他要直接办住院，这样可以暂时解决今晚住的问题。

这样想着，他关灯，走出房间，看到局长室的灯亮着。全局，只有局长说过他是个人才，这么多年，他一直觉得局长是个伯乐，就对局长唯命是从。可是局长为什么总不重用自己呢?是沟通得不够吗?借这个机会，沟通一下，或许会推动自己的事，向前迈一步。这样想着，他突然觉得喉咙咸咸的，咽了一口唾沫，满口腥味，吐在纸巾上，仍然是一摊血。

他有点头晕。

他竟然推门而入，吓了局长一跳。局长正在批阅文件，显然没有防备。

"你有事?"局长是个胖子，这回他看得清楚，不会认错。

"我为什么不可以当科长?"他问。他觉得这不是他说的，不该他说，却好像是他说的。他管也管不住自己的嘴。

"你在跟我说话吗?"局长变了脸色。

"我不跟你说话，那我跟跛棱盖儿（东北方言，指膝盖——编者注）说话呢?"他竟然针锋相对，匪气十足!

"你是怎么回事?"局长站起身，把笔拍在桌面上，牛眼睛瞪得像灯泡。

他心说，这下可完了，一切全完了。他努力想挽回影响，向局长道歉，就冲他深鞠一躬，却发现一口血喷出，洒了一地砖。他用手抹一把脸，就直接伸向局长，说：

"你不让我当科长，我就死给你看！"

巴掌向局长的文件拍去，印上一个大大的手印。

保安把他请出大楼，大家都替他开脱，说他恶作剧。连局长也大度地说他是个人才，做事跟别人就是不一样。局长还送他一管笔，就是那管正在使的吸水钢笔，据说来自德国，做个纪念。

他到一楼洗手间，把脸上的血洗干净。衣服上的污渍没办法，权当是现做的迷彩。

出了门，经晚风一吹，他早忘了去医院的事。他手里像宝一般，捧着局长的笔，清醒了些，一遍遍地回忆刚才的一幕幕，开始后悔。他沿着机关大院的通道走，已经很难把道走直，磕磕绊绊，就像一个醉汉，一头扎进绿化带里。他挣扎了几回，摔倒了几次，觉得整个右手臂没有了知觉。但是，他的思维还活跃，更加后悔不迭。觉得自己就是个浑蛋，对不起老婆，对不起局长……

"我应该跟局长道歉，正式道歉才行。"他这样命令自己，努力让自己从绿化带里爬出来。可是那么多的树枝都拦着他，其中还有科员。

"你这个浑蛋！"

他骂，脑中出现的却是自己。

夜幕罩住了路灯，灯光弱小得只剩下那个阴森的月亮在闪光……

树墙间的甬道上，局长匆匆走来。他竟然走的是旁门左道。他躺在树后，一口痰涌出，喷到树林里，然后挣扎着起身，要拦住局长做一下说明。然而他的腿却如吸盘，死死地钉在草地里，纹丝不动。此时，他看向腿，祈求着说，给我一点力量吧！这个局面不能挽回，你还有什么脸面，再跟着我混吃混喝？

腿仍然不听使唤，手也不听使唤。尤其右手，蜷缩在胸前，手臂似水管，没有龙头，里面的血肆意流出。他问它，我的血小板哪去了？没人回答他。

局长似乎听到了林中动静，缓下脚步，向绿化带里看。他在心里喊：

"局长，你不要逃，我不害你，我只是要向你道歉！"可是他发出的，只像病猪的哼哼。

他并不知道自己已经成了一个病猪。

局长掏出手机，并向不远处打着火的汽车招手着喊："过来！"

他心头一热，终于喊出声："局长！"

局长问："你在这儿干吗？"

他要回答，突然听声音不对。局长的声音不这么尖细而冷漠。他努力张大眼睛，一下子吓傻了！原来是处长站在他的面前。

他忽然想起，自己的车也在那里，就摇摇晃晃站立起来，跟在处长后面。他要向处长道歉，因为他把处长叫成了局长。他得罪谁也不能得罪处长，处长可比局长出手毒辣。

可是，处长很快就消失在灯光里。灯光消失，车子也消失在黑夜里。他跌跌撞撞走进停车场，发现偌大的停车场只有他的爱车孤零零停在那里。他要追上处长，追到家也要做深刻检讨。也要向局长检讨，如果自己还活着的话。

他掏出钥匙，要打开车门，车子却没有反应。他摇着遥控钥匙，以为摇着，就能"摇控"开锁，如此尝试一次两次三次，车子仍然锁得死死的。他急了，用左手使劲拉，右手也帮忙，无济于事。将钥匙试了几次，终于插入钥匙孔，手动开锁，警报却大作，嘟嘟狂叫如狮吼。他拔出钥匙，悲伤地问自己的爱车：你跟我六年，怎么不认识我了？

身后有人回答："搞什么破坏呢？"

他一看，是局长站在那里，离自己有两米远，虎视眈眈。他避让，就瘫坐在水泥地上。他往边上爬一爬，好让出车道。

"喝醉了吗？"局长说，"中午怎么可以喝酒？早点回家吧，明天找你算账！"

局长挨近车子，车锁自动咔地一响，四灯闪亮。局长拉开车门，坐进了车里。

"好的……局长晚安！"他说，深深地鞠躬下去。手机滑出口袋，砰地摔到地面，并未四分五裂，被他的头重重地压实。

震动的屏幕，瞬间熄灭。

指 之 恋

一

一辈子，肖荫是个只会恨的普通女人。

在父亲十年祭日的上午，她让越来越爱不起来的儿子大海，带自己驱车来到他姥爷坟前。这一年，她已经站不动了，尽管才五十挂零，仿佛风儿也和她过不去，总故意在她鞋底抹油似的。

没人相信她的年龄，即便熟悉她的人，也猜不透。梳着贝克汉姆头型，那个一直给她染发的发廊小伙儿，盯着她枯草一样的花白头发就是弄不明白，为什么染在别人头发的好产品刷到她头发上面，立刻被吸干了似的不起作用。曾经秀气的脸膛，萝卜突然被霜激了似的，就抽抽起来，皱纹纵横。而眼角尚好，是微翘着，还算有轻佻的影子，却也难掩眼神愤恨。

她扶着儿子强壮的胳臂，费了好大力气才穿过一片阔叶林，依坐到坟头，那上面葱一样高的蒿草结了紫花，打了籽儿。石碑很特别，上面只刻着一首诗，是他姥爷最得意的字画手迹——

樱花红陌上，柳叶绿池边。燕子声声里，相思又一年。

是她让石匠照样刻制的，意思简单，就是不想记得，忘记最好，权当他不曾来过这个世界。怎么可能呢？爱要有个对象，恨也要有个对象。

儿子、媳妇在送纸钱，糊弄老爷子呗。那火焰一团团的，说明通往天

132

堂的是火路。要说这纸钱呀也真亏了，只有牺牲了才有去天堂做信使的权利。那糊烟散发出头发烧焦般的气味，比灌木丛瑟瑟的秋凉还要多一分凄楚的味道。

她问自己："我有那么伤心吗？"同时恶毒地嘀咕着："小心山火！——烧了山倒没啥，燎头皮似的，可别专烧了咱墓地，尤其这块碑，这可是你姥爷笨笨磕磕，一笔一画刻了小一年儿，手磨了七个水泡儿弄成的——他可从没对什么事儿这么用心过。也别说，我还帮他抬来抬去的，宝儿似的。"

她兀自阴阴地乐了。

媳妇永远是那句话："人死了，就别想那么多了，人死灰飞烟灭。"

"我知道这个理儿呀，我还计较什么呢？他也听不到，他也看不到。"

她的心又开始绞痛，伏着个蜈蚣似的。当她看到墓边的空地，占座一样做出个墓穴模样，更让她堵得慌，切齿地问："那是——给我准备的吧？"

"不是。"大海扯谎说。媳妇嘴比刀快，说："是就是呗，有啥隐瞒的？谁还没有到这儿报到的那一天儿？"

她微微蹙起眉头，问："不能不来这儿吗？"

媳妇说："妈，这可是您自己选的地儿。您要是不来，谁来？"

大海用拨火树枝敲一下媳妇的脚下，投一打儿纸钱进火堆里，说："想那么多干吗？快快乐乐地生活着，是最大的幸福。"

"可是——"她盯着墓碑，风冷让她牙齿颤抖，"活着不如死呢。还不如死了，什么也不知道，省了回忆，省了烦恼，也省了招人忌恨！"

这个时节，是远山近岭逐渐走向四季中最艳丽的时刻，俗称五花山，但尚未熟透，像摘早了的果子。山脚下有条小溪，无声地流淌着，多半隐在山林里，草丛里的水蛇一般，偷情而欲逃似的。摇摇欲坠的彩叶不耐烦于各自枝丫上，纷纷堆积到阴沟里去，暂时找到了落差的平衡。乌鸦的影子在树梢上盘旋着，像是一种告别。

"大海。"她叫过儿子，接过拨火枝条儿，示意扶自己伏在碑体上。她那一直缩在袖筒里的"六指儿"，暗褐色，像个雀雀儿，颤颤的，方才露出来。

133

二

肖荫出生后和所有人一样，吮手指吮得咂咯咂溜地响。不同的是，稍大后，她并不是像其他孩子那样，转而去恋玩具、发绳儿、口袋、拨浪鼓、朵朵，而是一直在吮手指头，而且专吮右手拇指。这一吮，就会像刚出生的老鼠叼住妈妈的奶头那样，坚韧而有耐力。

她记得最早的一件事，就是被父亲暴打的经历。打得很狠，还没有离开父亲的妈妈护着她也免不了挨打。因为有妈妈护着，她刚刚萌生的弃意更加坚固了。在五岁的时候，她的右手拇指关节突然鼓出大肉包来，像小男孩的雀雀儿。她记得邻居张爷，花白着胡子伸手在她的胯下，要看她的兜兜儿。她拼命地躲，越躲他越要看，还说：

"莫非，她是个男孩儿，雀雀儿长错了地方？"

可恶的父母同意了张爷的疑问，当着他俩的面儿，把她的裙子脱下来。张爷证实她不是"二尾子"，这让她朦朦胧胧地有些自豪哩。可是，父亲还是打她，一次重似一次。一听到他的咳嗽，她会莫名其妙地抖动，缩进被窝里，像个受惊的小白兔，愈发吮食得甚。

过了许久，她放学路过张爷的院墙，张爷在院里叫她："小荫，进来，让我看看你的雀雀儿。"

她把含在嘴里的肉鬏儿吐出来，亮给他看，辩白说："我这个不是小雀儿！"

张爷笑嘻嘻地说："是小雀，只是不会尿尿，不会打种。"

她不明白他在说什么，只觉得不是好话。可是这话让她开始留意哥哥的雀雀儿，尖尖的长长的，一尿尿很远，还可以在土地上画出各种图案，不一会儿，又神奇地消失了，神秘得像奶奶讲的瞎话儿。她觉得哥哥的雀雀儿真的神奇，就很自卑地觉得自己的雀雀儿不好。她把这个想法在半年后告诉了张爷，张爷告诉她：

"这不算什么。你爸爸的雀雀儿会变化，一会儿大一会儿小，还能生娃娃。"

她天真地问："怎么可以生娃娃？娃娃是妈妈肚皮上割下的肉团儿孵

出来的。"

于是，她觉得更神奇了，便留意爸爸的雀雀儿，果然与哥哥的不同。但她并没有找到小娃娃从哪里钻出来的理由，就去问张爷，张爷就把她搂在怀里，说她真是个天真的孩子。这是她七岁零五天的性启蒙。

三

她总结自己的一生，多半重复遭遇两个无聊：嘲笑和辱骂。只记得八岁的时候，被在自留地里拔草的小学校长踢了一脚，父亲也挨了一脚，听见他说：

"近亲的好事。"

父亲说："可是，她不是我的，你知道的。"

"那是谁的？——唉，你不是认为是我的吧？"

"我哪知道？"

"啥？是我的？若是我的，怎么会这样弱智？怎么可能？"校长瞪起眼睛，说，"哪儿长得像我？没一个地方像我，猴头八相的！快领走！"

她哭咧咧地随气咻咻的父亲回到家。父亲给予她的只有呵斥，并强迫她站在门边不许动，动就打。父亲返身从屋里出来，像拎小鸡儿一样，把她按在门槛上，把她的肉鬏儿扯出来，从背后抽出菜刀，手起刀落，她的肉鬏儿便带着鲜红的印迹，蹦到泥地上，蚯蚓一样地跳舞。血线像小雀喷出的水柱一样画出一个问号，只是不会马上消失。当时，她就晕过去了。

从此，她就晕血。一见血就晕得气短，浑身瘫软，甭说杀鸡，就是看也不敢，躲在屋里，还要找最隐蔽的地方，堵起耳朵，瑟瑟地发抖。

手缠上绷带，方才名正言顺地坐进教室里。她当时并不知道为什么，她就在同学中找"六指儿"，一直没有找到，这才知道自己的与众不同，但并不觉得什么。这样平静的日子也就过了一个学期，因为她总用手挖右手拇指的肉疤儿，校长又狠狠踢了她一脚，她便跑回家，不再上学了。那些日子，父母因为外出筑路，把她放在张爷家。每天，张爷教她写毛笔字，所以她的毛笔字一直很好。

四

人的吸吮来自于母爱，也可称为生存本能。肖荫由来已久的吸吮因为过早没有母爱而成了自恋宣泄的唯一方式。即使后来结婚生子，然后莫名其妙地离婚，都和这一时期的自恋、过度自恋有关，而且密切相关。

关于手指，她听过最恐怖的故事，是张奶在黑夜里讲的，让她失眠，对魔鬼吃了她的"六指儿"深信不疑。从前，有户人家，父母出远门了，只留兄妹两个小孩子在家。有那么一天，来了个老婆婆，慈颜善面，说走累了，要借宿两日。第一宿，婆婆给了兄妹俩许多用花花金纸包的糖果，他们睡得很香甜，一宿无话。第二天半夜，哥哥听到有咯吱咯吱的声音，开始纳闷，就问婆婆："婆婆，是什么动静？"婆婆说："走累了，着了凉，东讨西讨，讨来个萝卜治咳嗽。"一夜无事。第三天，他发现妹妹少了一个小指头。婆婆屋里屋外，干这干那，跟他的妈妈一样，勤快和蔼。晚上，他又听到咯吱咯吱的声音，从炕头传来。他一摸妹妹，还好好地睡在他的身边。他又问："有什么动静了？"婆婆回答的还是一样。第二天，妹妹又少了个指头。他感到非常害怕，总想带妹妹逃走，可是婆婆看得严，说是怕他们走丢了。在妹妹变成秃手后，在一个漆黑的夜晚，婆婆果然摸进他的被窝。婆婆说：

"孩子，婆婆咳嗽，着了凉，东讨西讨，没有讨到萝卜，你的雀雀儿能治我咳嗽。"

他当时就吓尿裤子了。他说："那你把我妹妹的手指还给她吧。"婆婆答应了。他把事先准备好的黏豆包糊在雀雀儿上。婆婆一咬，就把她的假牙黏住了。他用爸爸的渔网缠住婆婆的小脚儿，往里塞进一挂鞭炮，点燃，把门反倚上。屋里一片噼噼啪啪后，兄妹俩看到一缕青烟从糊纸的窗口溜走了。原来是个女鬼。

她不止一次听过这个故事，可以背下来，大概每个农村女人都会讲这个故事。她就觉得这个女鬼就是张奶，因而失眠，恐惧。这样的日子一直到她懂得了自己是女人后才稍稍平静下来。于是，她又开始吸吮她的那截被剁的肉茬儿，每到这时才会安静下来。父亲后来不管她了，随她去，只要她不再哭。父亲明显变老了，因为筑路过程中丢了老婆。从那时起，她一直没见过母亲，好像在这个世界上，压根儿就没有这个人存在过。

她跟在父亲身旁，到过很多地方，后来就到了这里，念了中学。在学校，就认识了她的丈夫。还没有毕业，父亲就和他家父亲喝酒时说："就这么定了。"这让她想起历史书上古罗马的奴隶市场，以及后院种猪场张爷把母猪丢给来人说"留下一个崽就行，不留也行"的场景。

可是她没有反对的权利。她跟着父亲，没有属于闺女的天地，在来事儿的时候，她多半会大惊小怪，被吓抽过去，父亲就给她用报纸垫好，尽量不让她看到，上厕所都要父亲伺候。就这样，夹着一个包裹，她就进了赵家门。

第二天，她的婆婆，总让她想起半夜吃萝卜的老妇，就啪啪地抖着小夫妻身下昨夜铺的褥单，说："这叫什么家风呀！"

她此时才明白，在洞房办事前，婆婆非要把雪白的小褥子铺在他俩身下，原来是用来接处女红的。丈夫把她拖回新房，暴打了她一顿，比父亲还重。婆婆进来爬上炕，对只能呻吟的她实施"光头刑"，剪子被公公抢下来，听到他厉声喝道："家丑不可外扬。"

她扯着公公的衣襟儿，问："什么家丑？我没有家丑哇！"

她争辩道："是你家要娶我，并不是我非要嫁！"

之后丈夫就再也没有上过她的炕，她沉默着，一直等着赵家对她的驱逐。老两口在一起不停地喊喊喳喳，一定是在商量这事。大伯嫂也回来和丈夫说些什么，仿佛她是瘟疫，会大面积传染开来，搞垮这个家族。这期间，吮手指的强迫更甚，而且奇怪地，肉鬏儿迅速地长了起来，和小手指一般大小，区别只是没有指甲。这当儿，公公因心脏病卧炕不起，伴着大肠干燥，日日夜夜地号叫，声音很痛苦，也很恐怖，泻药也不管用。

她来到公公炕前，说："我爸也有这毛病，就是我伺候好的。我肖荫既然进了你们赵家的门，没有被轰出去之前，待一天，哪怕待一秒，也是你们赵家的人。让我尽一天孝心吧。"

她边说边卷起袖头，将痛苦不堪的公公扶起来，温和地说："爹，此时，你和我一样痛苦啊。你莫磨不开，媳妇什么都见过，把裤子褪了吧，撅起来。"

她用螺丝刀给公公掘硬硬的便块儿，婆婆都捂着鼻子。尽管她十分小心，还是不可避免地划出血来。她立刻昏迷起来，但是潜意识一再鼓励着自己，把螺丝刀插进自己的手掌里。

"媳妇，你怎么扎自己？"公公呻吟着问，抓住她的手，用毛巾给她扎起来。

"我看不得血，爹。"她说着，哭了。

"不要弄了，孩子。"

她听公公叫孩子，更哭得抽噎，摇着头，说："爹，你放心，已经好了。我能行，你挺着点。"

公公点点头，拍拍她的胳膊，真诚地说了声："谢谢你孩子，你受罪啦。"

她用温湿手巾给公公焐了十分钟，用了半个小时才把结的痂松动，脓血再次顺着她的手淌进她的袖筒里。但是这次她没有反应那么强烈，只觉得有点晕，就过去了。可是她做的努力还是不行，好像公公压根儿没有存在过肛门一样。这时，她的"六指儿"让她的眼前一亮。她问公公：

"爹，都说这'六指儿'像雀雀儿，确实像。"

"不要说这些，不合适。"

"爹还老正经呢。你说'六指儿'很砢碜吗？"

"不砢碜。"

"就是，丑的不是身体，身体的每个器官都是美的。"

公公的脸色已经被憋得紫黑。他歉意地说："太脏了，别弄了吧。"

她说："不脏，大家都一个样，不能因为肚子全是屎就把它放在家里。人脏的不是屁股，而是人的嘴脸。"

她这样分散着公公的注意力，突然把肉鬏儿从公公的肛门插了进去，听到公公一声惨叫，把院子里的鸡禽都惊得立起脖子。

五

妻子的对称物，是丈夫。可是，自从她治好公公的病，丈夫就不是她的对称物了。在大海出生满月后，丈夫去了南方，又找了个女人，听说是他做销售做的女人。她总在心里寻思，她一定是处女吗？最初，他还往家汇个百儿八十的，后来就少了，再后来就没有了。有一天，公公抱着孙子进来坐，吞吞吐吐地说：

"孩子，要不，你再找一个吧，趁年轻。你是个好孩子。"

她说不，很坚决。她问公公，那个女人有处女红吗？公公摇摇头。她告诉公公，她这样很好，没必要再找男人，她得把赵家的家根儿养大成人，得给两位老人养老送终，丈夫是陈世美也没关系，只是别是因为她才使他们失去儿子，否则她会灵魂不安。她告诉公公，如果有一天丈夫发慈悲，接二老去南方过好日子，她就离开这个家。如果不去，大家还是一家人，永远的一家人。

就在这次谈话中，公公扑通给她跪下了。

之后的十年间，她有过两个所谓的情夫，很短暂，像流星一样。长期独自一人习惯了，她已经不习惯有个男人睡在一边，应付男人索然无味的性欲。

她的脾气愈加古怪而尖刻，第一个报复的就是婆婆。她在婆婆打破一只碗后，就把她一脚踹进了医院。她说："我一定要让她进医院，然后我会花最贵的药治她，然后再送她进医院，直到她站不起来拉倒。"她这么说也是这么做的，每一个错误都会让婆婆住进医院。每次，公公就笑吟吟的，没一点脾气，给老太婆端屎端尿，他对老太婆只说一个字："该！"

父亲仍然要对她指手画脚，并还要按惯例踢她。可是父亲还没有把腿抬起来，已经被她推个仰八叉。父亲咆哮着把手举得高高的，落下却是自己的脸，说道：

"完了，要我老命啊，我不活了。"

她说："她不是没死吗？！哭早了！我们好歹是一家人不是，你操心不怕烂肺子？！"

自此，她在两个家庭飞扬跋扈的地位已经形成。公公婆婆已经百依百顺，父亲也默许了，有时还略带惊喜的味道。只是这个时间段不长，她就一个个把三个老人伺候进了坟墓，而她自己，身体就一日不如一日，眼瞧着就垮掉了。

六

秋凉像磨过的刀刃，从草丛间削过来。媳妇把她的大衣裹紧些，说："妈，回去吧。"

她扶着墓碑，慢慢举起树棒。握枝棒的手像鸡爪，青筋暴现，又如伏着的壁虎。她使出浑身的力气叫喊着："爸爸，你好好看着!"声音惊起了林中觅食的鸟禽。"我想了大半生，终于想明白了，一切都是因为你! 我的血液，我的性格，我的生活，我的家庭，到处都是你和你的影子。你是什么星? 你是什么刹? 你是什么僧?"

话音落处，树棒敲打在墓碑上，发出啪啪的山响，声音的绝望随着业已熄灭的灰烬冒起的缕缕蓝烟，升到天堂里去了。

两个孩子并没有拦她，任由她宣泄着，怒吼着，哭号着，谩骂着。树棒破了，散了，断了，烂了，最后剩下手指，也一直拍打着，拍打着。血就流了下来，淌了下去，溅开来。

她喃喃地说："你不是不喜欢吗? 我就给你，给你，我不要了，都给你。六指儿，五指儿，四指儿，三指儿……"她开始晕厥，嘴角淌下口水来，声音越来越小，最后成了呓语："我就是那个小女孩，被夜婆婆把手指当萝卜嘎嘣嘎嘣吃了。吃吧，吃吧，反正我也不需要了。你拿去吧。"

贪 吃 蛇

第 一 章

1

那年，我被蛇咬了一口。

那年那个草长莺飞的季节，我一个人到野外去散步，就在没有草的街上，被一条一米多长的蛇咬了，咬中我的臀部。

那是片湿地，我并没有在湿地里走。我弄不明白，我哪里得罪了蛇？它不是毒蛇，否则我不会在这里讲这条蛇的故事。我就猜，也许是它真的饿了，或者没有饿，而是馋了，吃素久了，想吃荤。

然而，我并不胖。我瘦得像根棒儿，唯一有厚度的地方，就是臀部。它觉得臀部好吃，所以毫不犹豫就吃了一口。

我是毫无经验的。在这个湿地，所有的植物也是没有经验的，所以我大喊大叫，然后躲过蛇的第二次袭击。我仍然在大喊大叫，就滚到一片沙地上。就觉得一座山从我的头上飞过去。

然后，身后传来一阵抽打的动静，我回头，见一个渔翁手里拎着这条蛇，向我走来。

渔翁：怎么样？

我将捂臀部的手松开，放在眼前，见到一团血渍。我禁不住恐怖地叫一声，将手掌擦在袖筒上，换了只手，捂住伤口，不觉痛得蹦起来。

渔翁：趴下。

141

我抬眼，可怜巴巴地望着他。看到他慈祥却刚毅的目光，不得不听话地撅起屁股。

　　渔翁将我的裤子剥下来，露出往外冒着血水的伤处，抬脚脱下旅行鞋，啪啪啪，打了一通，然后将鞋穿上。

　　渔翁：好了。

　　他竟然不管我，兀自拎着他的战利品。

　　我边提裤子边追上他说：我得上医院。

　　渔翁：到我那儿，趴一会儿就好了。

2

　　我开始发烧，头烫得厉害。

　　我问：我要死了吗？

　　渔翁指着蛇：它才要死了。

　　我看那可恶的蛇，却仍然害怕，不敢看。

　　渔翁用手捏着蛇头，将蛇身盘到自己的手腕上，送到我的面前。我直躲，心想，他想要我的命吗？

　　即使他不要我的命，我的命也是危在旦夕，因为伤口还在流血。

　　渔翁将一把刀递给我，说：你剁下去。

　　我拿起刀，就砍下去。

　　渔翁数着数：九截儿。解恨了吗？

　　我点点头。

　　渔翁：我们把它放在阳光下，显得我很慈善。

　　渔翁：就是这个意思。

3

　　我的发烧是无法抑制的。

　　我爬起来。发现九段蛇不见了。已经干如枯草。

4

　　我的血液流失得很快。

5

渔翁不见了。他住的地方，是一片湿地里的荒岛，我不知道这里是什么地方。我爬起来，要回到城市找医院，便强挪出帐篷，我发现天已经下雨了。

我不得不继续躲在里面，因为我根本搬不动自己。于是，我忽然看到一只狗在产仔。

这条狗肯定是渔翁的，但我一直没有见过它。我没有向它打过招呼，只是现在我才看到它在认真地生产，已经爬出了一只。

这只小家伙眼睛还没张开，就开始爬行，从树叶下的干地，滚进雨水里，它才张开眼睛。然而，我发现它不是走，而是爬行。它爬行也其次，它没腿。没腿也其次，它长着一个光头，高鼻，阔眼。它竟然让我害怕。

我不清楚，我对一个刚出生的狗崽有什么害怕，但事实上，我的确在害怕。

第二个崽，它是自己爬出的，更让我惊讶。因为，它就是一条蛇！它从狗的门里出来，就直接钻进草丛中，不见了，只听得草丛喳喳地响动。

我还没缓过神来，第三个又出生了。第四个，第五个……我早已毛骨悚然，如被咬一样，大喊大叫起来。

6

一条狗，怎么会生出九条蛇？

对于这个问题，渔翁倒不以为然。

渔翁：看吧，是个灾象，在不久后出现。

7

我的血液凝固的时刻，没有人记得。

我的身边，只有渔翁，他对于我的中毒，已经尽了他的努力，但仍然无法留住我的生命。

我气息微弱地说：我将死，我把我的名字告诉你吧。

渔翁：我没有准备墓碑。

我恳求他：一块木板也行。

渔翁：上面写什么？

我想一下，说：路过的人，小心有蛇。

第 二 章

1

土质松软。

我是在这松软的泥土里睡觉的时候，被挖掘机装进车斗里。

雨水早停了，但江水大涨，江面上卷起轻柔的风，将乌云向北驱赶。可以看到江南的城市，像一片墓碑，矗立着，闪着光亮。这光亮变幻着，和乌云相呼应。

我从土里钻出来，我才发现，我竟然可以从箱缝儿探出头来，看到远方的一切。

2

轰隆一声响，我又被卷入翻滚的泥石流中。

我之所以说是泥石流，因为我的浑身被掺在泥土里的沙石硌得生疼，呻吟声让我更痛。

突然，随着一阵翻江倒海，我又进入一个容器，晃晃荡荡地来到一个建筑工地。我主动和一个工长模样的人打招呼。

我很客气地说：老师傅，能送我去医院吗？

老师傅显然大骇，从地上捡起一把铁铲，劈头盖脸地向我打来。

我到处躲，他根本打不到我。显然他愤怒了，从墙边拎起一支消防用的灭火器，向我喷来。

我逃进一个房间，纯粹是被逼的。

这时，我才发现，我竟然真的成了一条蛇！

3

十几个工人已经把整个工棚围住。

我匍匐在桌椅下面，躲避着他们的袭击。其实，我根本不袭击他们。我想告诉他们，我就是个受害者，我不会让我的悲剧在他们身上再上演。然而，他们并不肯放过我，大有消灭我为快的样子。甚至有一个人，还拿来电割枪，将我藏身的桌子一分为二！

我喊：太热了！

几个人被我的喊声吓呆了，怔了一下，纷纷向外跑。

这时候，我看到电割枪还在向外喷着火，一直冒着蓝色的火焰，把木桌椅点燃，发出噼噼啪啪的声音。

我再喊：救火！

我这时候，才知道他们不是为了割桌椅，而是为了割我。

4

人类是聪明的动物，但也有弱智的时候，比如我。

我救了这个房子。但当我从房屋里爬出时候，却发现自己已经主动钻进了一个圈套。

这个圈套，隐形，让你看不见，却真实地存在着。

我知道，我做人，完了。我知道，我做蛇，也完了。

5

一个大笼屉就放在一个热气蒸蒸的火锅上。

我被放进一个玻璃瓶子里，无法站起来，只能盘踞着。

我这时候才看到，不光我一个蛇在此。他们从邻瓶来，问候我。

青蛇：你怎么了？犯什么错误了？

我这才发现，我已经受了重伤，伤口还在流血。受伤的位置，也还是臀部，所以我无论爬到哪里，都会留下一条痕迹。

我回答：我并没有袭击任何人。我只是独自在湿地里走，就受到了袭击，不，是攻击。一条蛇攻击了我。

青蛇：怎么可能无缘无故把你关起来？你是不是得罪了什么人？

我沉默了。

回想自己的人生历程，还没有重要得要把别人拉下马、我踩别人肩膀上去的情况。我总是与人为善，希望和平共处。但是我越是这样，别人越是得寸进尺。

我回答：我的存在，就是得罪人。

青蛇：你觉得你很有才吗？只有有才的人，恃才自傲，才会引起这类的嫉妒。除此之外，谁搭理你？

我摇摇头：我也解释不清楚。我说：我只能告诉你这些。

6

又有条黑蛇来安慰我。

她长得很特别，除了眼睛和信子，再没有不是黑的地方，所以她一开始，并没有引起我的注意。我以为她就是一条树干或者墙上一道水泥缝。我知道她也是寂寞，没话找话。

黑蛇：你是什么颜色？

我看着自己光滑滑的身子，眼泪一直在流。

黑蛇：你别装得很单纯。你以为只有你一个人会流泪吗？我在问你，你是什么颜色的？

我说：我是黄色的。我从生下来，就是黄皮肤，黑眼睛。

黑蛇：那是过去。你一定还恋恋不舍你的过去。我过去还是红色的呢。也许你是对的，也只有自己知道自己到底是什么货色。可是，你要知道你生活在现在！你现在呢？

我走到它的身边，绕开刺鼻的酒精味，望见她也是泪眼婆娑。

我说：你看我是什么颜色？你告诉我吧。

黑蛇：你很在意别人对你的鉴定？

我点头：是的。其实，我也无奈。

黑蛇：你的颜色真漂亮。

我疑惑地问着她：漂亮是什么颜色？

黑蛇：五颜六色。

正说着，我们所住的屋顶打开，卷起一股冷风。一只戴着皮手套的巨手伸进来，掐住了我的脖子。我大张着嘴，无法呼吸，就用信子攻击它。

黑蛇一见，更是悲恸，将酒水搅混，一同攻击这只罪恶之手。

我能够感受到黑蛇的拼命。

7

我是弱者。

无论我怎么抗争，我先天不足，不，是先天无足。我没有手，无法制造和使用工具。我没有腿，逃不出这方天地。那么等待我的，只能是任人宰割。

黑蛇被那只巨手拎起了。

然后，我的屋顶又盖上。但因为黑蛇的搅动，这只手也觉得很棘手，并没有认真地旋紧。

它离开玻璃罐，我才看清这个人的嘴脸。他是个厨师，长着标志性的厨师特有的美食肥脸。

我是弱者，但是我要救黑蛇。

8

我的专业学的就是机械制造，所以我对屋顶的盖儿很熟悉。

我从屋顶溜出，就沿着潮湿的印迹，追踪到厨房。这是在我意料之中的，这个地方我也很熟悉，我经常在厨房里给妹妹做饭。当然我做饭是会牢骚满腹，害得妹妹给我跳舞、唱歌，最后总能逗我开心。当她吃着我做得并不好吃的食物的时候，她就把碗蹾在桌面上，说：喂猪吗？

她一定后悔为我的付出。

我也后悔，当时为什么不好好做饭，把饭做得好吃一点儿呢？

9

黑蛇并没有在食物砧板上，也没在清水里，更没在沸腾的锅里。但是肥厨却在，他在备菜。

我爬到他的鞋边，试探着他的感觉。

他以为土豆、白菜之类的倒了，挤到了他的臭脚。

他的脚因为他摄入太多的脂肪而分泌的汗臭异常强烈。我差点被汗臭熏晕过去……

他在吩咐徒弟做事，有条不紊。他有师父的范儿，但是却是个经过训练的杀人不眨眼的刽子手！

我探头进他的裤筒，向上爬行，他竟然浑然不知。而且他连条短裤也没穿，他的外裤中，他是裸着的。也许他会在工作后，就直接进洗澡间，但在进厨房前，他也一定去了洗澡间，所以他的皮肤泌出的油脂却有一股茉莉清香。

如果不是我的仇恨，我不会从他低垂的阴处开始，钻进去……

第 三 章

1

肥厨抽搐，并没有引起任何人的注意。

他只叫了两嗓子，他的徒弟以为他在咆哮——他经常这样对徒弟咆哮，以吓唬手下为能事。所以他的大叫，徒弟们更加不敢走神，安心地做自己的事儿。

肥厨还要叫，我就没让他叫。因为我知道他那只巨手，可以肢解许多动物，让它们永远失去生命。我还知道他的脂肪是从哪儿来的，没有谁可以让这些贪婪的脂肪消失，只有让它腐烂。我也知道，我无手无足，只是他案板上待宰的羔羊。我能做的，只有吸干他的血……

这个过程并不复杂，我只是将我饥饿的肠胃打开，让毒液先进入他的动脉，快速进入他的心脏，然后让他的身体僵硬，像一具木乃伊。

2

当他的徒儿发现肥厨在案板后消失后，纷纷大惊失色，围拢来，有的拨120，有的在急救。

一个徒弟说：他死了，不用叫120了。

另一个说：那也得让 120 来，不是救，是让它运尸。

大家都知道，师父的死，又会产生一个师父，互相看看，都觉得对方不如自己，于是，就有一个拿起师父的刀说：谁要是抢到这把刀，以后，他就是师父。

说着，他掀开排气道门，将刀扔了出去。

徒弟们就纷纷向外跑。

一忽儿，厨房里就只有肥厨和我。

我发现，我已经迅速地长肥，成了一头猪。

3

黑蛇借机爬走了。

她没认出我来，连看也没看我一眼。

4

一个瘦脸厨子，举着刀冲进来。他直冲我而来，撞翻了案板和盆罐。他踩到地上的菜叶，就滑倒在灶台上。后面的厨子一窝蜂地围上来，将我按住。

一个厨子说：宰了吧。

瘦脸：也不能在师父面前呀。

我被抬着，放在一个麻袋里，口被封上。

瘦脸：把锅烧开。

一些徒弟纷纷忙碌着，也就听从起来。磨刀霍霍，从麻袋外传来。我倒不害怕，因为我已经死了。

于是，我被提起，半拖着扔进了一个角落。

他们聊天，或者抽烟，并没听到他们在忙什么。他们似乎并不喜欢这个瘦脸，他们所能做的，就是拖着，不反对，也不主动，一派当一天和尚撞一天钟的样子，似乎连撞钟也勉强。

5

早晚，我会被宰的，毫无疑问。

有三个理由。一是我肥。二是我非他们同类。不是同类，就无法交流，有的只是互相利用。同类也即圈子，比如社交圈子、娱乐圈子、文学圈子等等，大同小异。而他们的生活，是以结束我的生命为前提。这是什么道理呢？三是我没有背景。如果我有个猪八戒的祖宗，有那把玉帝钦赐的"九齿钉耙"，我也不至于这么容易失败，轻易成了牺牲品。

我是在等待着死亡。

等待着结束生命。

没有忧伤。

6

我的四肢被绳索悬起来，像要五马分尸。然而他们只是在我的腕部，用蓝笔画上标志，那是要放血的选址。

我的血，还是蛇血吗？

我不知道。但我想，至少不是蛇血。

他们似乎对血感兴趣，而对我的猪毛厌恶。他们算什么东西呢？吸血鬼而已。

我眼看着他们忙碌，把我放进一道带电的设备，然后才让他们把我电晕，这时候，我的手腕就被他们割破，对着下面的大铁桶接血。

突然，瘦脸停下手里的活儿，疑惑地问其他人：这猪，咋不淌血？

我也低头看，发现我的四肢被剥开寸八口子，筋都断了，就是没有一滴血。

其他人就耻笑瘦脸，说他这是啥手艺，刚当上头儿，连放血也不会了。

瘦脸尴尬，就又拾起尖刀，扯起我的手腕，将我的筋脉撕开。

然而，仍然没有血流出来。

血肉模糊的场景并没有出现，出现的是皮肉还粘连着猪毛，展示给大家一个吝啬得连一滴血也不肯出的小猪肥肥的可爱形象。

7

唑——

我的身体突然瘦掉了。

我亲吻着我的眼泪，我才发现我没有坚持住。我看到我的脂肪如流沙一般，离开我的身躯。

我在为我的健康而担惊受怕。

8

在场的所有人，都大惊失色。

我从我的躯壳里钻出来，将一个壳儿扔给了他们。我没有悲哀，反而相当兴奋，因为我又回到我的蛇身。

现场大乱。一身盔甲送给他们，算作礼物。他们也不客气，将蛇蜕下的皮收了，然后又四处找我……

第 四 章

1

后厨是屠宰场。也是美味加工场。美味的出处，竟然是屠宰的成果。

我已经有许久没有下厨了，但我家的厨房是那种很现代的温馨的飘溢着香味的场所。我喜欢给女朋友做一锅小鸡炖蘑菇。

直到这时，我还没有想起我的女朋友，似乎她就在我的身边，不需要我去想。

过去的温柔恍若隔世，从每道门口，都可以嗅到氤氲体香。只是现在则不然，这里竟然成了血腥的陈尸地，到处弥漫着杀气腾腾的气息。环顾四周，一切乱糟糟。鱼被打晕，剐去鳞，然后在它还挣扎时，开膛破肚，挖心掏肝，然后无视鱼儿绝望的眼神。

我并不觉得鱼儿有多可怜。他们在水里游的，也并不自由。死亡是迟早的事儿。

我忽然觉得，自己怎么又大模大样地回来了？

当我看到黑蛇的时候，我明白了，我还在挂念她。是她让我忘记了我的女朋友。我看到她逃掉，竟然是逃到这里，这和没有逃有什么区别？一个很愚蠢的女人，没救了。但可爱。

我到她的身边，她才认出我。

黑蛇：你的外衣呢？

我说：被他们拿去了，不知道有什么用。

黑蛇：不会做药去了吧？

我说：还有这用处？

黑蛇：对他们有用。

我明白了：他们在用我的粉身碎骨，来医治他们的疾病。他们为什么不可以不得病呢？

黑蛇：我们没有办法，只有把毒腺做得更加恶毒，才可以让他们对我们敬畏。

我垂头丧气：敬畏，会让他们想出更恶毒的手段，来杀死我们。

黑蛇：现在说，还来得及。我们怎么办？

我说：逃吧。

2

以为是自己的家，却不是。每个人都是旅人，虽然有睡觉的床，但本质仍然是居无定所。

我俩双双爬出酒店，才发现这是个乡村客栈，建在一个岛上。

岛上，草疯长，虫乱飞。四周的水域，亮光闪闪。水域里，就是我们的世界，于是，我们一起潜入水中。潜时还唱起了《两只蝴蝶》，觉得尴尬，不伦不类。

毕竟我们自由了。

3

现在，不得不全面了解我所生活的区域。

渔翁坐在船上，弄着他的网。他的网拉了很长的线，把这个水域都封锁了。除了天上飞舞的鸟儿，从水与陆地通行的道路，都得请他帮忙放行。我一见到他，就想起我的屁股。

我的屁股还隐隐作痛。

我想和他打招呼，就爬上岸。

渔翁鬼鬼祟祟地向我瞅一眼，然后若无其事地望着天。

我知道他看到我了。我高兴地凑到他的跟前，我想要向他表达我对他的敬意，却发现，他的手里有一把柳条！

我心想：他想干什么？

我忽然想起，那天我被蛇咬，他就是这样从我的头上飞过去，将那条毒蛇擒住。难道，他要擒我吗？

我从水面上滑过，把水面划出一条逐渐放开的伞剑。尤其我提醒自己，不能靠他太近，不能上到陆地。只要一到陆地，就是人的天地。

我暗忖：我不是人啦？啥时不是人啦？

我说：你好，老人家。

渔翁突然飞过来，像一朵大黑云，盖下来。

我躲过他的攻击，钻进他的网中。虽然我落入网里，看似被他网住了，却是利用网的防护，躲过了他对我的攻击。在他一怔时，我从水中飞起，将我的信子，伸进他的口腔。我只想和他开个玩笑，却被他一口咬中额头。

我的毒囊被他咬破了。

这不能怪我。

我还记得他的好。

他对我很好。

他是自作自受。

4

他直直地后倒，跌进江中。

整个岛一震。

5

一片江水，宁静。

我觉得我做了一件最不道德的事儿。虽然没有人看到我，也没有人记得一个孤老头子，在一个岛上，突然死了……

153

要知道，他可是我的恩人哪！

好在，风也平静，什么也没发生似的。

树林也肃穆。

骤然，水面一片沸腾！风也卷起，激荡着江面。雷声从天边滚滚而来。

6

倏地，水面直立起来，带起一大片瀑布，水花四溅！

但见，渔翁从水中直立起来，就像录像回放。

我看清那些瀑布，竟然不是瀑布，而是几条彩带。再细看，竟然是几条蛇，摇曳着身躯……

7

救他的，的确是九条蛇。

第 五 章

1

我们坐在一起，庆祝我们的胜利。

我们的胜利，不是因为救了渔翁，而是我们的重逢。我不用解释，大家就主动自我介绍，讲述离别后，各自流离失所的惨状。用简单的话说，就是再生。

我说：已经可以肯定地说，是渔翁将我们的祖宗杀死，造就了我们。

几条蛇都点头。

第一条蛇（按自我介绍的顺序）：我冬眠到现在。

第二条蛇：……

渔翁似乎听得认真，也很起劲，像是一个盛大的派对。渔翁从口袋里掏出一张报纸，读给大家听。

他说：我根据人被蛇生吞后的情景，制作了一套防蛇服，可使他被蛇生吞时不受到伤害。我穿着这身防蛇服，曾经去非洲森林，故意被亚马孙大水蟒活吞。这种蛇最长可达三十英尺（约九米）长。

所有的蛇都发出惊呼，然后垂头丧气，似乎自叹弗如。

渔翁接着说：我在表演过程中，曾经遭到动物保护者的反对。然而我是试图要变成蛇，成为蛇的一种。而不是通过这种行为，故意伤害蛇类。他说：如果你们了解我，就知道我是绝对不会伤害动物的，因为我自己也是个动物爱好者和保护者。我们都知道人吃蛇的情形，那么我觉得有必要，让人们了解人被蛇吞食后会发生什么事情。

蛇们欢呼雀跃。

渔翁继续说：水蟒通常吃野猪、鹿、水豚和凯门鳄。而蟒类会在进食前，先将猎物缠绕，并挤压致死后才开始吞食。虽然有很多未经证实的蛇吃人的报道，但一个成年男人要被蛇生吞也并不是那么容易的事情。

渔翁收起报纸，眼里流露出戏谑的成分，我看出来。因为他这些消息，足以打压蛇们的自傲不凡。

我不喜欢蛇们，因为他们都变成了水蛇。

我也讲述厨房的经历，把他们乐翻了，说我扯淡。我一再信誓旦旦地保证所言的真实性，他们更加不信，仿佛他们被骗怕了。

我说：好吧，我只好缄默。走着瞧吧。

我离开他们，因为他们要庆祝。不知道有什么好庆祝的。

2

在这个岛上，还真不能没有渔翁。因为自从他出现问题，他的渔网在岸边就呆呆地浮漂着，像蜘蛛网，上面布满苔泥。他的几条渔竿摇晃着，陆续被风吹进了江里，无影无踪，只有压桩木或石头还在。一边的残留食物残渣，成了苍蝇的乐园。他的皮筏子，就停在湾里，随着江浪，摇摆着，像条死鱼。

几条蛇盘在岸上，开始讨论下一步计划。

黑蛇向我表达了谢意：如果没有你，我的生命就结束了。

在众目睽睽之下，我们进行了亲吻。

我说：我们都是一样的，何必在意？我为人人，谁都有落难的时候，

155

何必计较得失？

其他几条蛇也爬过来，为我们鼓掌。

白蛇是条老蛇，老奸巨猾，他说：我是你剁断的九段蛇的心胸部位，所以我还是要说了算。你们不要把这场战斗当成是儿戏。现在，还是推举领袖吧。厨师都要选大厨，我们也要选出头蛇。我先表态，我推举彩蛇当蛇头。

几条蛇一同望向我。

我不表态。来到渔翁面前，才发现，他的躯壳正在长出肌肉，像水槽冰冻的凝结过程……

3

那一夜，我和黑蛇进行了平生第一次交媾，我不知道这是不是爱。

这一夜，我走出蛇穴，来到木棚，见渔翁在那里一个人喝酒。风已经住了，似累了，歇了。他用电灯，把自己的面孔照得狰狞，从脸上淌下许多汗水，一排排地滴入酒盅。

他在淌眼泪。

我突然很后悔。他是我的恩人，我怎么能让他绝望呢？

4

他的家乡，在远方。一个小镇，就静静地横在远方。

在一个小院里，渔翁将渔具扔到地上，将鱼虾递给迎上来的老婆。

他老婆拎起袋子，却觉得很重。她并没在意，还继续往屋里走。

忽然，她怪叫起来。

渔翁老婆：怎么还有条蛇？

渔翁：不咬人，是条温和的宠物蛇。

尽管他这么安慰着妻子，他老婆还是恐怖地惨叫一声。

渔翁老婆：所有的鱼都没了！

这是个大问题。如果没有鱼，渔翁近日内的支出就是打水漂儿。渔翁返回身，拎起袋子，也没见到鱼儿，只有一条蛇盘卧着。

渔翁老婆：老于，你逮蛇？

我这才知道渔翁姓于，但还是不清楚他叫什么。虽然他叫什么名字并不重要，可是我却好奇地想知道。无关紧要的事，往往会更有立体感。老于（这么叫有点别扭）皱起布满纹路的眉头，用钳子般的手，抓住我的头，对老婆说：它把鱼都吃了，所以，我今天一条鱼也没钓到。

嘿，老家伙还真能撒谎！我并没吃他的鱼。甚至没见过他的鱼。我申诉，将身体旋起来，击翻室内一些摆设。一个瓷器哗啦啦碎了一地。

渔翁操起长刀，刺入我的腹部，一股恶臭充斥并不宽大的空间。渔翁老婆一闻到这气味，就咳嗽起来，继而摇晃着，跌坐在地上。

5

现在，轮到我的皮囊挂在春阳家阳台挂钩上。

我看到狗，悠闲地在她家的门口溜达，想起她生蛇的时候，那镇定的样子，猜测是她一手制造的这场混乱。但是，我又拿不出证据，对她无能为力。

这时，春阳从房里出来，冲狗喊：把内脏给你吃吧，你有功劳。

春阳将手里的我的内胆，扔给了狗。狗就感谢着主子，用嘴叼着，躲在门后吃去了。

我的心痛……

6

当春阳把鱼再次放在我的面前，我不明白他的意思。

他的老婆跟过来，说：它能吃几块儿，还不是让老鼠糟蹋了？

春阳：胡说什么？没你想的那么坏！人，还是好的多。

春阳老婆：我也没说他坏，我是说，他的心坏了。

春阳：有区别吗？

春阳老婆：当然有区别了。就跟结婚与偷情的区别。要不，怎么都不信任婚姻，而只相信人民币。

春阳：胡诌八扯。你为了钱？

春阳老婆：需要钱。

7

狗，病倒了。

我看着她，一开始摇摇晃晃，后来真坚持不住，就倒在拦柜下面，那里有些阴暗，她在努力让自己的丑恶少曝光。我就暗笑她，死也要讲究。

我不讲究。

8

我被挂在墙上，经常被春阳或者他老婆动一动，防止有风吹不到的地方，时间一长会长毛。一长毛，皮就会生霉菌，不久就会烂掉。我也不希望自己烂掉。即使环境再不好，我也不想自残。我希望这风，能吹遍我的全身，让每一个细胞都能得到充分呼吸。

我呼吸结束，就只有寄希望于未来，我浑身能呼吸。

第 六 章

1

我被送进一个车间，里面充斥着胶皮味。还有福尔马林气味。这是一种标准的死亡气息，无可否认，我的死亡已经来临。

我被放在一个皮匠手里。

他的手像软体动物，在我的身上捋来捋去。

我无法忍受他的猥琐，拼命地挣扎。因为我已经落入他的手心，我越挣扎，又被他猥琐。他不但猥琐，还往我身上喷一种化学药剂，导致我的皮肤光滑，圆润，皱褶化开了，我就年轻了二十岁。

我年轻，是他需要的，也是我想看到的。但是接下来，我就哭都来不及。我被他浸在液体里，经过刷子刷，将我的污垢刷掉，我白白胖胖，他才肯放了我。将我平铺在台案上，然后用剪刀，将我剪成碎片。

我是碎片。

突然，一只大手抓住皮匠的手，大叫道：我就要这个了，不能掉一点残缺！

我看到一个富人，他那胖脸对着我，认真地看了看，点头。

皮匠：不把它的灵魂刷掉，您带着怕不安全。

富人：我喜欢刺激！

2

我浑身被镶嵌了许多玉石，鼻子安了一个铁环。然后，被送进了一个定型车间，被消毒之后，摆在一个盒子里。我倒也觉得轻松，赤裸裸了无牵挂。

不知道过了多久，打开盒子的是一个女人，一股香气喷来，我就看到一双经过修饰的眼睛，满眼是惊诧。

女人：吴庸，春阳老头还真有好东西。真不赖，是给我的吗？

吴庸：小迪，你见什么要什么。我们只是在这里住一次，你就要人家东西，我们又不是没有。

小迪：我们有，那是我们自己的。这个呢，是他的，如果我不要，他能给我吗？

吴庸：你不算太贪。

小迪：你不用管，我就想要占有所有不属于我的一切。

叫小迪的少女，将臀部扭得很夸张。她来到隔壁，来到仍在那里摆弄渔具的渔翁面前。她的手里，就拎着我。

小迪：渔爷爷，真的给我吗？

渔翁：我说过，当然不会变。

小迪：像这种彩色优秀的蛇，你一年能捕到几条？

渔翁：也就这一条。之前，我也没见过。

小迪激动地将吻凑上前。

我实在看不下去，就将头伸进她的乳沟，沿着润滑的皮肤向下滑行。冰凉的感觉一定让这个贪婪的少女有了觉醒，大呼小叫起来，将我扔进了渔网里。这时，渔翁的少妇走出来，渔翁尴尬地说：花蓉，我们没有做什么……

花蓉：那你为什么不把这条真蛇腰带给我，却给了她？

小迪：我买了，不可以吗？

花蓉：不卖！

两个人同时意识到，争议的主角不见了。同时到网堆找，我早溜出了那座老屋。

3

老屋外面，是条街，就在河边，我可以闻到江风清凉的温度。

突然，我被一团黑影捕住，整个世界就昏天黑地了。

4

狗说：你会糜烂掉的，如果就这样走下去。

我抬起头，不明白它在说什么。

狗说：你要想复活，必须得听我的。

我点头。

狗说：但是，你必须将渔翁吃掉。

我大骇，问：你不是渔翁最亲近的人吗？

狗说：我也不想总是听人使唤。

我明白几分。

狗说：如果这个岛上，没有渔翁，我——不就可以称王了吗？

我问：你称王做什么？你能改变你的吃屎本性吗？

狗说：我会让蚂蚁吃我的屎。

5

我从水下，狗从陆地，殊途同归，回到荒岛上。

6

我不知道我怎么感谢狗，她是我的引路人。她引我，来到一个别墅前。

狗敲门：主人，还没醒吗？

她见到狗，欢喜得就要亲她，因为看到我跟在后面，就被吓了一跳。

160

渔翁老婆：哪儿来的蛇？

狗说：他是条好蛇，不害人。

我主动上前，为她晾出我空空如也的毒腺。

我说：我的内脏，也被拿掉了。

狗说：他除了还有个蛇的形状，再也没有什么可以称作蛇的了。

渔翁老婆心有余悸，并不肯放我进去。

她说：防人之心不可无。你还是让他，该上哪就上哪吧。

狗无奈地看我一眼，我示意它不要管我，我有的是地方可去。狗一定看出我的悲伤，就不肯进屋，主人不高兴地敲着门板：你以为是你下的崽儿？

狗还是回头看，在门板合上时，就跳出来，被夹到了尾巴。

狗说：你不要乱跑。

我安慰她：别担心，我会保护自己的。

7

我虚弱地躺在门前，动弹不得。当然，是在整栋别墅沉寂后。

我张着大嘴，喘着粗气。我终于想起了我的过去，也就是我的本性。我不能放弃我的本性，那么，我就放弃了一切。我要让我的过去重新复活。这很重要，我必须从牙牙学语开始，实施我的计划。

于是，我来到水边，将把草放入我的腹中，让自己可以生活下去。我得到了暂时的营养，精神也逐渐在恢复。我开始活了。

我有了咀嚼功能。我可以将我的信子，随心所欲地在塘中飞舞。

我发现，我没有毒腺，食欲却旺盛。我大口地吃着在我权力范围之内的昆虫。因为我除了昆虫，什么也无法吃进。我沿着沟塘边，溜进水塘觅食，只能吃着水旱虫填腹。我所能做的，就是从零开始。

狗突然在我的面前出现，大惊失色地说：不好了，夫人死了！

8

夫人，竟然是遭到毒蛇的袭击，我是第一嫌疑人。

第 七 章

1

毒蛇爬行在草丛中。

他所爬行过的地上，倒了一片草。在草丛中，露出几个昆虫的尸体。

他看到我，傲慢地说：看吧，这些都是该死的穷人！

我发现他非常肥，就好奇地拍他的后背，不承想，一只青蛙的腿骨飞了出来。

我说：你要让穷人也活着才对。

毒蛇：他们穷，还有活着的必要吗？

我说：你怎么会这么说？他们也有生存的权利。

毒蛇：他们的生存，对我们蛇类，构成了威胁。

我说：没有他们，还有我们的未来吗？

毒蛇：一样。一样。

2

整个岛，风生水起。

许多动物和昆虫，纷纷离开了岛域湿地，迁徙到岛外去了。

水蛇耀武扬威，大长了毒蛇的气势，对岛上的昆虫进行了捕杀。他大张着嘴，将许多没来得及逃走的昆虫吞进腹中。

一时间，荒岛笼罩在恐怖的气氛中。

我也受到牵累。我因为没有内脏，总是无法藏匿在水下，就被渔翁再次打捞上来。

渔翁：怎么又是你？

我说：我没做什么。

渔翁：没做什么最好。但是，你们的存在，已经危及到其他生物的存在，这是个大问题。你考虑过这个问题了吗？

我说：我考虑过，可是他们考没考虑过，我不知道。

渔翁：你们的头儿是谁？

我说：青蛇。他已经不可一世，只有你能驯服他。

渔翁：是那个吐着信子的蛇头？

我说：是他，它在水洼深处，恐怕你找不到他。

渔翁放了我。眼里不无失望，有点无可奈何。

3

我回到草下，觉得特别饿。

我大口吃着，就发现自己已经长胖。

黑蛇出现在我身旁，对我亲昵地说：你怎么有这么好的胃口？

我并不清楚她在说什么。因为现在是春天，我经过了一个漫长的冬天，当然身体要消瘦才对。我穿梭于青草火塘，回忆着我的努力，才明白黑蛇一直盯着我，并为我做了记录。

黑蛇：十一月份，你吃了有一吨的昆虫。

我看着她，没有发现她有什么恶意。

我说：我喜欢吃昆虫，但也不至于吃一吨。那么，水塘里还有昆虫了吗？

黑蛇：我要跟你说的，就是这个问题。你看现在，春暖花开，却出现大量的细菌，已经把这个清净的水塘搞得一团糟。你知道，你的贪吃，导致生态失衡。

我说：这怎么能怪我？我这是在按照食物链，在完成我的工作。我不吃它们，自然还会有人吃。他们就是在这个食物链中，扮演着这么个角色。

黑蛇滴下眼泪。她要离开。

我想与其交尾，却被她拒绝。我想爬到她的身体上面，却发现自己已经臃肿的身体，不听使唤了。

我不认为我作恶多端。

4

我跟踪黑蛇，终于发现黑蛇的秘密。

黑蛇生活在一片更辽阔的水域，那里有更加清澈的江水，日夜流淌着。湿地里，总有无名鸟儿飞过，也有昆虫在草间树隙穿行。但是，黑蛇并不理睬他们，她只是在困倦的时候，才会到这里来觅食。

我就是在她觅食的时候，发现她有一窝幼蛇。

我隐藏在草丛中，不知道如何是好。但是，我知道，我不能出现，这样会让她十分尴尬。于是，我就一直隐藏着，终于在第三天，我看到一条眼镜蛇出现了。

眼镜蛇有二尺长，长着一副斯文的样子。他带来了许多食品，送给这些幼蛇。

黑蛇：你为什么每次来都要带给他们食物？难道你要养他们一辈子吗？

眼镜蛇：我倒希望我能够养他们一辈子。我如果能够做到这一点，我今生就无遗憾了。

黑蛇：可是，他们怎么办？他们还会生存吗？

眼镜蛇：到时候，他们就什么都会了。

黑蛇：你指望他们到时候？什么时候是到时候？

眼镜蛇：好了，我不想一见面就吵架。我看你是被彩蛇迷惑了。

黑蛇：胡说什么？但是不管怎么说，我们结束了。

眼镜蛇：小心你被他吃掉。

眼镜蛇说完，就消失在水中。

5

现在，轮到我的皮囊挂在渔翁家阳台挂钩上。渔翁坐在那里，竟然在偷偷地流眼泪。我看得很清楚，他是背着老婆，好像遇到了天大的愁苦事儿。而老太婆一直在厨房里忙碌，熘炒烹炸的油烟汹涌地冲出，被过堂风吹散了。往下看，我可以看到这个小区，没有一棵树，像一片沙漠。只有许多像棺材的汽车，横七竖八地塞满院里。我曾经向政府提过方案，要开放城区免费车位，结果换来的是越来越多的收费停车场，不收费的成了停尸场。

我想起摆满蛇的尸体的厨房。

赫然发现，渔翁的厨房也一样。

我问：树都哪去了？

渔翁抬头，愣怔地望向窗外。

渔翁：老婆，你在说什么？

老太婆伸出头：我没说啥。你神经了吗？

渔翁扭头，失望地摇头，又抬眼看向窗外。我知道他根本没看到我。他的注意力也许只在他的心情上，他现在已经被糟糕的心情碾碎了。

泪水又淌下来。

6

半夜三更，我还在睡觉，就被一阵颠簸弄醒。

虽然颠簸，我仍然什么也看不见。我就后悔，怎么会一觉睡得那么酣，这不是我的性格。一般我的觉很轻，在平时也就睡个五六个小时，多数时候是看电影，躺在床上看大片，把自己当成一个很时尚的年轻人，唯恐漏掉一个精彩的狗血新闻，就 OUT 了。其实也没害怕，只是小小的虚荣心在作怪而已。如果事业无成，再没有个时尚噱头做幌子，那我的前途暗淡无光，未来会成什么样子？我曾经无数次地跟远在他乡的父母说：挺好的，你们放心。

当然，在我没有被毒蛇咬之前，这些都是那么正常。

正常，只是一个自然而然的事情。

而我已经死了，他们还不知道吧？

不知道，正常。

7

一阵颠簸，好像不想停止。

这个世界如果停止，会是什么样子？地球咚地落在一片陆地上。陆地是黑洞，像蜂窝一般整齐地排列着，而蜂窝放在哪呢？蜂窝挂在树上。树，长在哪呢？树要生长，一定要有泥土，离开泥土，什么植物也生长不了。生长就得有种子，种子发芽，然后长出一些最后长成树所需要生长的东西。这些东西是什么东西呢？说不准，不同的植物形状不同，有的像人的大腿，里面有骨头，还有血脉。血脉相连，是人与人、物与物存在并产生依赖的前提，而恰恰在我现在所面临的窘境中，显得无关紧要。

一阵颠簸，还不停止。

我有点要吐，晕车的感觉。上大学时，我就是晕车体质，晕得稀里哗啦，最后随着身体的老化，晕车的现象消失了。

晕车消失，似乎离青春就远了。

一个声音说：哪儿，什么声音在扯淡？

声音引起空气振动。

我能够感觉到身体的温度。这温度来自外界，而且很柔软，柔软得像沙滩。柔软会让人想入非非，并忽略许多黑暗的东西。这样的心情一定要有，尤其在一个人最悲观的时候，想自杀的时候，失恋的时候，垂死的时候，灵魂安息的时候。

这个声音说：还没到吗？

然后，就有敲门的声音，后来又改成门铃的声音。

一个女人冷漠地问：谁呀？

渔翁：我是老于，渔翁。

我才知道渔翁可能真的叫于翁，或者就是渔翁。

女人仍然冷漠地问：渔翁是谁？

一个年轻的声音：渔翁？真是你吗？

渔翁：是我，潘局长。

那个声音显出惊喜：别叫我什么局长，您是我老师。

渔翁：难得你还记得我。

潘局长：当然记得。只是没想到您还这样健壮，伯母精神也是这样好。

渔翁：好什么？你伯母聋了，说什么都听不见。

潘局长：怎么回事？

渔翁：还不是为了我儿子的工作，一股火上来，人就聋了。

这样说着，我被放在一个很硬的东西上面，我猜一定是桌面。他怎么知道我睡觉都要硬板床呢？再看，我才发现我被捆着，所以睡得踏实，这让我想起襁褓时的样子。我当然不记得襁褓时的样子，但我是通过看别的小孩，在襁褓中，想象着自己躺在里面的样子。人总是要有些未知事，然后从零开始，一点点增长愁事，从出生开始，到生命终结，没完没了。如果什么愁事都没有，就不正常了。

渔翁提到了他的儿子，从未见过，或许在市里的什么地方工作。只从他的口吻就可以做出这样的判断，渔翁哭得并非无缘无故。事实上，他们接下来聊的话题，就围绕着他的儿子展开了。为了不听他们啰唆，我就简单说吧。看上去和蔼可亲的潘局长，夸奖着渔翁的儿子很帅，又说只是有点儿书呆子。也不是书呆子，如果全呆也行，思想还算活跃。活跃也没关系，谁还没个仨俩朋友？但是挑逗女清扫员就有问题了。如果真跟清扫工有爱情也行，他只是在逗人家玩，把人家的男友搅黄之后，他又不跟人家清扫工处了，但是——潘局长口气十分重——把人家睡了，是不是借恋爱玩弄女性？

这个疑问，仿佛是一声霹雳，咔嚓一声。

渔翁一声不吭。

渔翁的老太婆在啜泣，像半开不开的水，在文火上烧着。

我想老太婆应该第一个否认他们的儿子的变态行为，但是他俩谁也没反驳，就像是一次宣判，不上诉。宣判的行为，是铡刀落下脖颈。

8

一线光，让我看到黑暗中一个人的面孔一闪。

渔翁的白发好像更白了，闪了又闪。

然后一只眼睛凑近，向口袋里张望，一定什么也看不见。眼睛前是玻璃镜片，也可能是树脂镜片，还透出淡蓝色，防辐射防紫外线，我有过同样一款。什么都没用，啥也看不见。放在我的抽屉里，估计早让人分啦，因为我死了，会让他们很快乐。

潘局长：什么？

渔翁：蛇的毒腺。

潘局长：毒腺？

渔翁：毒，新鲜。你想保存多久，就保存多久。

潘局长：有什么用？

渔翁：治你身上的毒素，喝一点，你全身的毒就会给清除干净。

潘局长：这么有效？

渔翁：如果是你的对手，政敌，或者潜在的对手，你只需要跟他握手，拥抱，或者亲吻，上床……就会置他于死地。

死寂。过了片刻，走动的脚步声。打开的一方天窗，可以看到棚顶，很考究。这一定是潘局长家了。好像他们知道我的好奇心，给我看个够，瞬间打开，就让我全裸在他们的视线里。渔翁老两口我熟悉了，而潘局长的帅却让我大吃一惊。的确，他非但帅，还年轻。

潘局长用手碰碰我的屁股，饶有兴趣。估计他不敢碰我的毒舌。

潘局长：好东西。

渔翁：一般奇巧的，都是好东西。

潘局长皱起眉头，问：我杀谁？没谁是我的敌人。你不要在这里跟我绕圈子，我们开除的决定是不会变的了。

潘局长话虽这样说，对我却爱不释手。

潘局长：不过，我会考虑。考虑考虑。

第 八 章

1

我被挂在窗口，太阳光晒不到的地方。

我的蛇腺很饱满，里面保存着新鲜的毒液，这真是奇怪。一般毒液不会保存这么长时间的，可是我能。我知道这不是我的能力，一定是渔翁的能力，他在操纵我！

而且，我的身体呢？我的彩色的皮呢？我和黑蛇云雨所用的武器呢？

2

终于找到了，我的身体，在腰上。

当我意识到这一点的时候，我都觉得自己神了。因为我已经离开吊袋——那是渔翁专门给潘局长做的，就挂在潘局长家的阳台上，不用再说了。我是说，我离开了吊袋，一个人出现在渔翁的腰上。

这，就是我的身体。

如何描绘我的身体呢？像一条皮袋——事实上，我还不是皮袋，只能算是一段要送进火锅里的食物。但是，我并不惧怕被吃掉。我倒渴望着，有那么一次机会，进入一个圈子里，热气腾腾，听大家侃大山。我经历无数次这样的聚会，为此付出过许多的努力，但最后只记得那段时光消失了，没有一丝儿痕迹。这时候，我才发现，我其实是在渔翁的肚皮里，在他的身体中，我是怎么进来的呢？

我是什么呢？

3

请进吧。

一个声音这样说。冷漠。

我找我儿子。这是渔翁的声音，小心翼翼，我听得清楚，他一定很讨好，像怕得罪人一般。

请进吧。

那个声音又重复一遍。

走路撞到门的声音，接着是渔翁对老太婆的埋怨。

请问，渔翁转成友好地问，于一是住这吗？

那人反问：你是他什么人？

渔翁：我是他父亲。

那人惊讶：他不是说他的父亲死了吗？说完，那人就马上关上门，听到里面一片骚乱动静。

渔翁看一眼我，冲我笑了。他说：其实，儿子是对的，我早已经死了。

4

那个姓什么的局长，连他自己也不记得自己了，更谈不上姓了。反正我知道他姓什么，只是现在，他姓什么已经不重要了。

他跟他的老婆上了床。

他的老婆死了，所以他痛不欲生。是他害死了她的老婆，只是因为贪欲。而我，是没有选择的，只要他跟谁握手，拥抱，或者亲吻，上床……就会置谁于死地。渔翁警告过他的。

他像个刺猬，从床上爬起来，到洗手间洗漱。他从镜中看到了自己，像刺猬一样，觉得很有趣，就放弃了整理自己遗容的想法。

遗容，这个概念令他为之一振，便再次看一眼自己。假设镜中的自己，就是遗容，也是不错的，至少让他改变了以往在人们面前的形容，去掉了伪装——不不不，这才是伪装，像刺猬一样，人们会认为这才是真实的他，惊讶并且会很快忘掉那个在人前装模作样的人，然后让那个装模作样的人永远埋在口诛笔伐之自守案件检讨中。他这样想的时候，有些沮丧，因为他听到了我在说话。

我说：整容师仍然会来给你整理遗容的，这是他的责任。

他抬眼望一眼橱柜，我就在他的视线里，在贴着蛇胆标签的瓶子里。

自从我进入这个清冷的家，就一直待在那里，看着他的一切，一举一动。

他说：真的？

我说：真的。

他说：和原来一样？

我说：比原来还要装模作样。

他不再伸头，从洗漱室出来，整个人像根棍一样。走路也是摇摇晃晃，仿佛丢失了小脑。

他愤愤不平地说：我自己会整容——整理遗容……

他意识到这个命题有些荒唐，不切实际，就拉我从瓶子里爬出来，轻轻托着我，放在他的批阅文件的书桌上。书上摆满文件资料，也有官场小说。这些文件我没看过，小说大多都翻阅过，觉得无聊透顶，只会把人教得更复杂，一无是处。

他见我一动不动，一副不知所措的样子，就趴下来，竟然亲了我一下！

他亲我，像亲他故去的妻子。有点儿壮烈的意思。

我再次疑讶，被他的这一举动吓着了。他那像棍一样的身子打个晃，定住，瞧着我。

　　他问：我在跟谁说话？

　　我说：你在自言自语。

　　他说：嗯，是的，我在自说自话。

　　我不喜欢油墨味，就不安地爬行着，转了一圈儿，才发现现在天还黑着，从墙上快速飞转的表针来看，应该是午夜，灯光显得异常刺眼。我本来就有的风流眼淌下眼泪。但这滴眼泪跟他的性质不一样，因为他开始流眼泪，并且把嘴咧开，像个在烈火中挣扎的蛾子——我怎么会想到蛾子？根本没有可比喻的基本内质——然而我就是这样想的，想他就是一只蛾子，正在飞入火堆——火堆在哪？在秋末的田野，或者是校园广场那一堆堆的篝火，围着青年学生载歌载舞。也可能在机关，在那些安静的办公室，在光鲜背后，在我这样异型虫的身上。

　　开弓没有回头箭。毒液开始发挥作用。

　　我说：现在惭愧还来得及。

　　他说：我为我的罪恶而情愿放弃我的生命。

　　我说：放弃生命是愚蠢的。

　　他听明白了。他是个聪明人，一点就透。他打开包着我的一个布袋，里面就是我，拥有独一无二的一直保存新鲜的毒腺。他一定疑惑，我在这么炎热的天气里，怎么会保持着新鲜。其实人所不知的事儿太多了，他们总是自以为是，完全是在自欺欺人。

5

　　他觉得亲吻不够痛快，死亡才痛快。

　　毫无疑问，他对此无怨无悔。只有他自己知道，他不是心甘情愿的。

　　是的，我也知道。

　　我沿着他的食道，爬进他的食管，一直进入他空荡荡的胃里。我一直想看看他的胃，想知道他如此贪婪，胃口到底有多大，是什么样子？现在才知道，没什么两样。

　　不一样的是下一秒。

　　他的胃泛起一片海水，像海浪，卷走江边那叶像死鱼的渔船。从前是沉船。是的，是从他的腹腔打上来的沉船！因为我同时看到了他的心脏，正在惊慌失措地躲藏着。然而为时已晚，我已经穿透他的腹腔，将一股浊血，从他张开的嘴巴喷出，喷到柚木地板上。

他，轰然倒下。

整座城市摇晃一下。

我站了起来。因为我双脚踏在江边，江风刮起了春风，扑在面上，像要吹掉我的幻梦……江波追打着渔翁的孤船，像一条死鱼，在江心思考着。

我从洞里出来，竟然是黑蛇给我开的车门。黑蛇早在那里等着了，一见我就泣不成声，好像久别重逢。我俩接吻，正忘我，就被一只大手攥住，盘于那个人的脖颈上。我看到苍白的头发和苍老的面孔，就知道他是谁了，不去管他，只管一味地云雨。这时，这个叫渔翁的家伙，将我俩按在砧板上，愤然举起了长刀。

好像他倒先绝望啦。

最后摸一下

　　这个故事在我的心中埋藏了许多年，许多许多年也没烂掉，反倒在清明后，唤起了我的怀旧，自然想起这个故事。这个故事其实很简单，是我少年时，到同学福东家玩，却发现屋子里聚了许多人，面色冷峻，仿佛死了人。我这样想的时候，挤进去，果然发现炕上躺着福东的爷爷。爷爷已经卧床不起好多好多年，好像从打我记事儿，他就没离开过那铺炕。福东爸爸等子孙，还有街坊邻居，那么多人围着爷爷，有坐有站。吊瓶还竖着，里面不知道点的是什么，后来我发现，里面什么也没有，针也没扎到爷爷的血管里，吊瓶就那么挂着，好像吸血鬼的尖嘴。

　　我一眼就看到依在炕角的福东，小名也叫福东，他是我最要好的同学。当时好像我们都是八九岁的样子，玩心正大。我过去扳住他耷拉着的鬼头，悄声说："出去弹溜溜吧。"

　　福东边擦眼泪边小声说："我爷爷要死了。"

　　"你在这就不死了吗？"我这样刚说完，后脖梗子就挨了一巴掌，眼前一黑。因为声音清脆，把所有人的目光都引到我这来。我的脸腾地红起来，想逃之夭夭，被刚才那只恶手拎起，放在炕沿上，我就和要死了的爷爷脸对脸，可把我给吓坏了！

　　我看到一张纸糊的面孔，以及像铃铛一样大而空的眼睛，里面射出要吃了我一般的眼神。

　　"让爷爷最后看你一眼！"爸爸冲我命令，转头对爷爷说，"——这是小虫，我儿子！"

　　我挣脱不开，被爸爸按在爷爷的怀里，屏住呼吸，但仍然闻到阴冷的浊气，听到老猫睡觉时才会发出的呼噜声，从爷爷的喉管传来。

"好——好，孩子……"

我不知道怎么回事儿，一听年老的人衰老的声音就掉眼泪。然后，我身体扭曲，像只大虫一样拼命挣脱开。当时我并不理解，觉得爸爸虚伪，他的这一出戏出卖了儿子，纯粹是做给在场的人看的——他作为外人，能把儿子献出来，与垂死的人见面，足见其仁义。后来，若干年后，爸爸死的时候，做了截然不同的解释。爸爸说："其实，我是练你的胆量，看你会不会被吓破胆。"

我信爸爸的话。因为当时，我的确被他的举动吓坏了，尤其那死亡眼神。当我也逃开偎到福东身边的时候，我才知道福东眼泪的来历，也跟我的一样。

福东的奶奶当时还很健康，是个白净的老太太。我曾经不止一次跟福东说："奶奶真慈祥，年轻时一定很漂亮。"福东告诉我，他奶奶是他爷爷买来的，从哪买来的，一直不清楚，也没人能说得清。只是经常会看到爷爷打奶奶，奶奶就反身进屋，从里面用木杠顶上门。然而，听村里人说，爷爷是最爱奶奶的，只要一眼看不到奶奶，就像丢了魂儿似的。

当时，我们并不知道丢魂儿是咋回事。

爷爷突然坐起来，吓得众人都围拢去。我透过众人的空隙，看到爷爷大口大口地喘息。他指着奶奶，非常利索地说："珍儿，让我——最后摸你一下！"

众人都看向奶奶。显然，爷爷所说的珍儿，就是奶奶。奶奶的花袄后背把我的视线挡住了，只看到爷爷的手抖动着，伸过去。我挤过去，想看看爷爷的手是怎么摸奶奶手的。我记得我当时已经到青春期前，应该是懵懵懂懂阶段，对什么都充满好奇而浮想联翩。

可是，我看到，奶奶却收起手，插进裤兜，后退着就踩到我的脚，踩得我的脚指头钻心地痛。但我忍住了，一声不吭，想起了小英雄雨来。

"珍儿……"爷爷还在叫。奶奶却在退。我很想上去推一把花袄，却只是想想，没动窝儿。

"老爷子叫你，婶。"我爸说，平静得像块木头。

"妈，爸想摸你手。"福东爸也说。已经是哭腔。

"珍儿……"爷爷伸出的手，突然像断了筋的蛇头。

众人都看向奶奶，竟然没有一个人再说一个字。屋里静得只剩下那老式挂钟钟摆咯嗒咯嗒的声音。大家自动自觉给奶奶留出了一条退到屋外的路。那里，装老衣服和棺材，早已经准备好了。

突然一声叫喊："爷爷!"仿佛响雷骤然炸开，把众人惊呆。我看到福东一个高蹦到炕上，抓住爷爷的手，声嘶力竭地喊："爷爷——摸我手吧!"

福东去抓爷爷滑落的手，没抓住，就一起掉到炕沿下。

后来福东一直单身，直到前年才结婚，已经五十岁啦。

塑料花店

　　也就是在二十世纪五十年代吧，老商还没有现在这么老，宽阔的额头上闪着油光，就像刚打过的皮鞋头。那时候，老商那体弱多病的老伴还有年八活头，与他那魁梧的身躯形成鲜明的对照。就有人说，他喝西北风也都长肉，一宿能行四次房事。老商笑笑，不置可否。

　　那个时候，老商就在小镇唯一的烈士广场北角的一个不显眼的地方，开了一爿花店，经营一些塑料花束、花链之类，维持生计。起初，用马口铁做的牌匾，是黑底白字，赶上"破四旧"，生意一落千丈，便改为蓝底红字。由于老商平日里喜好书呀画呀什么的，舞文弄墨的，便定个店名为"文"字，又最是崇敬康有为，便取了店名为"文革塑料花店"。还亏了这个名字奇巧，在之后的"文化大革命"的狂潮中，花店才得以幸存，没有被破旧掉。

　　尽管有这个名字护身，那时候的老商自然也大气儿不敢出。书是看在他脑子里的了，许多历史事件沉淀后，便给了他许多的"智慧"嗅觉。便早早地把店里所有的带文字的，自行处理了一遍，不中意的烧掉，好一点的就送人，叮嘱说，日后我想要，一定要还的。实在舍不得的，包上牛皮纸，埋在了房后的园田里。也有人说，老商有蚂蚁预测地震的天赋。不全言过其实。

　　那个年代，像季候风，想躲也躲不过的。广场上的武斗和震耳欲聋的呐喊，无情地穿透老商的神经，过滤掉了他认为多余的思维，致使他的思维越来越简单，话语越来越少了。他告诉老伴，从此把嘴巴闭紧，许多人已经成了变态狂了。于是，塑料花店白日里几乎是空空荡荡，无一个顾客，晚间便是持久的做爱声。老商乐此不疲。

终于，一阵怯怯的敲门声打断了他的乐事。他穿着大帆布裤衩子，打开门，却见柴油马灯晕暗的灯影里，站着一对夫妇，猴头马面，一看就是南蛮子。男人说，大哥，讨口水呷。

最近，经常有一些陌生人到老商这儿找水喝，找东西吃，并不奇怪，似乎全国的人都在幽灵一样到处游荡。老商让开身，这对夫妇便进来，小学生一样规规矩矩地坐在板凳上。然后，老商见到个很小的女孩儿，站在他们身边，她的大眼睛四处张望着，充满惊奇。

女人说，我们的囡囡，哑巴。

女孩儿被五颜六色的塑料花吸引了，径直走进柜台，摘一枝花，拿在手里把玩着。女人呵斥道，死囡，休动，惹大大白眼！

男人说，我们去兵团，路过。并向老商讨了根旱烟。

老商急着把没干完的房事儿干完，之后倒头便睡。第二天早上，却见门大敞四开着。那个年代，绝对是路不拾遗。所以老商并未在意。扫了扫刮到门口的标语杂屑，望了一会儿街，到房头撒了一大股尿水。那是个很清新的早晨，广播喇叭的声音毫无阻力地穿行于天空之中，语录声震寰宇，让人的神经莫名地产生一阵阵的兴奋。

在老商擦拭柜台的时候，他看到塑料花枝在动。拨开，是一个菜色的面孔，吓了他一大跳。定睛看，却见是那个女孩儿。女孩儿的牙齿咬着塑料叶片，贪婪地吞食着。

老商问，你怎么在这里？

女孩儿摇摇头，手指着嘴巴。这时，老商看到舌头仅剩了一截儿。

女孩儿爬上柜台，搂着老商的脖子，在他的脸上亲了一口，隐约发出爸音。老商的泪水就流了下来，心里说，老天有眼，我有后了。

那个年代，收养就是老母鸡咕咕着领回的鸡仔儿。

老商便给她起名叫翠翠。

那段日子，塑料花店面临着随时可能被捣毁的危险。口号传进花店，让老商焦躁得像个热锅上的蚂蚁。于是，他把精力全部用在了做爱上，不知疲倦。老伴就把剪子藏在枕头下面，然而在一场场的自卫战中，总是败下阵来。老商永远是胜利者，并能很快把她送上刑场。就这样，持续了一段时间，老伴发现了翠翠的小光身子在老商的怀里。她便像个卫士一样，夜夜守着炕上的激荡。终于有一天，喝了敌敌畏，故去了。

老伴的故去让革委会的亓主任格外关注，对老商多了许多的宽容。老商对亓主任说，她死了，咱俩人的恩怨还没结呢。

亓主任说，算了。人都死了，还恩怨什么？算我做错了。往后，我继续补偿你不就得了？

老商说，说话算数？

亓主任说，算数。不就是保着你的店吗？

老商说，还有翠翠。

亓主任说，肯定保。

老商说，留个念想。

亓主任说，都行。

然后，老商给翠翠落了户，送翠翠上了小学三年级。就在那一年，学校一群娃娃学生闯进塑料花店，把老商反绑着，推上学校操场的批斗台。台上的学生喝问，你是老流氓！台下的学生齐吼，批斗老流氓！无数的粉笔、墨水、鞋袜之类，就雨点般砸向他。那天批斗完，说了恐怕你不信，他跌跌撞撞的，是被亓主任扶回花店的。他看到的，是被捣烂的店铺，翠翠正在收拾。好在都是塑料花，整理一下，就基本恢复了。

亓主任说，你也是，想那个，看东头胡寡妇怎样？

亓主任见老商满脸的愁云，说，不会再找你了。

老商阴着脸，一语不发。待亓主任一走，就把店门狠狠地扣上了。

老商把翠翠叫到跟前，狠狠地揍了她一顿。这是第一次，也是最后一次。翠翠始终没叫喊，也不哭。她菜色的脸上，留下老商清晰的手指印。但是翠翠就是不哭，咋打也不哭，一滴泪水也没有。翠翠不停地嚅动着嘴唇。老商扳过脸，撬开，却见几瓣塑料花瓣儿滑出来，掉到了地上。

老商吼道，啥好花都让你给糟践了！

翠翠什么也不顾地扑在地上，用袖筒擦去尘土，然后又放在嘴里，有滋有味地嚼起来。后来，没事的时候，就把鼻子凑到塑料花前，做出陶醉的样子，像个见到圣母的修女。

老商也只有摇头叹气的分儿。

翠翠在纸上写道，我等我的爹妈来接我回家。

178

然后用纸折个信封，装起来，放在书包里，天天背着。老商也盼着能有一天，那对夫妇来接走她，但是，提心吊胆的几年过去了，翠翠的脸色由青灰变成了红润，身体也开始鼓起"疤疖"，但仍然没有人来领她。在等待中，眼看着翠翠就长大了。

　　老商搂着她说，翠翠，你该嫁人了。

　　翠翠摇着头，写道，我在等我爹妈来接我。

　　一晃儿，武斗与语录退潮一样，在人们的生活中淡去了，只留下一些记忆在人生的沙滩上晾晒着。小镇上又涌起商潮，多了几家鲜花店。对于鲜花，人们似乎一下子就亢奋得不得了，生意自然火爆。于是，老商决定也进一些鲜花儿。

　　经营鲜花的中年人老焦的老婆，据说早就死了，他一眼就相中了翠翠，下了聘礼。

　　翠翠搂着老商的脖子，写道，我在等我爹妈。

　　老商说，你爹妈不可能来了，十多年啦，要来早来了。

　　翠翠就哭了，很伤心，写道，我离不开你离不开花店。

　　老商说，男大当婚，女大当嫁。

　　翠翠写道，你没有破我的身子这是谁都知道的。

　　老商说，我对不起你，孩子……

　　翠翠写道，那我认命了，但是我要带一些塑料花过去。

　　老商听了。在翠翠的嫁妆中，便有了许多的塑料花。尽管那些塑料花也早陈旧了，卖也卖不掉。

　　自此，老商的鳏夫生活就这样暂时平静了。他的体态开始发胖，随之性功能一落千丈，竟然不再想。整天忙着原来翠翠的活计，修剪，分枝，也不失为一种恬淡与闲适。

　　忽然有一天，翠翠被老焦送了回来，老焦对老商说，翠翠纯粹是个骡子，不能产崽。然后扔下二百元钱，就再没了影儿。翠翠显得异常憔悴，似乎生命中的精华部分给针头抽走了。老商心如针砭，诅咒无数次之后，也就懈怠了，而且翠翠回来，倒也合了他的心。他心里明白，这几年，翠翠肯定被折磨摧残了，他想象得出一个男人对一个女人所做的一切。这让他很怀念老伴，怀念那个不堪回首的岁月。

翠翠又开始忙碌着店里的一应事务，倒显得有些惬意。嘴里仍然吞食着塑料花瓣儿，面孔散溢着抑制不住的喜悦。老商看在眼里，心里也是喜悦异常。这种日子持续了也就半年，老焦突然来了，又送来一些鲜花新品种。然后，把翠翠抱进柜台里，花簇随着做爱声而摇荡。老商坐在花堆旁，边剪边听边乐，才感觉自己的活力也醒了过来，开始膨胀起来，久违的性欲又降临了。

老焦出来后，扔给他一块外国手表，然后，头也没回就走了。翠翠头发散乱，拄着柜台，木呆呆地望着老商。老商忙扶翠翠坐下，问，孩子，怎么了？

翠翠突然哑哭起来。然后，把鲜花踏得粉碎，把摆放鲜花的拦柜推翻了，手表也扔到了街上，被一个行人拾起，撒腿跑掉了。从此以后，文革塑料花店是小镇上唯一一家不卖鲜花的花店。

人们说，看，一对真不幸的父女。

有一天，翠翠钻进老商的被窝儿，搂着老商，幸福地睡着了。

又不知过了多久，翠翠看什么东西总是定定的。老商明明坐在她的对面，她也看不见。还有其他的东西和景物，一下子都从她的视线里淡化了，远去了，也就是说，翠翠的视力急剧下降，几乎成了当时全球股市的缩影，连一臂之遥的景物都看不大清楚了。在许多地方，得老商手拉着手领着，才能转一转。倒也其乐融融。这是没有办法的。

在后来那个商潮席卷的年代，文革塑料花店那锈迹斑斑，几乎看不清字形的马口铁皮牌匾，逐渐被不安分的众多霓虹灯湮没了。但是，人们经常能看到小店门口，总是坐着一位魁梧但很衰弱的老汉，老汉的面前一个中年女人，口中唠叨着什么，不停地走来走去，像等待着什么或寻找着什么。女人的手里拿着一枝塑料花，时不时地送到嘴里，甜甜地吞食着，贪相十足。老汉告诉过往的行人说，这是我的闺女。最喜欢塑料花啦，叫商翠翠。

过了不久，在一次爆竹声中，整个塑料花店及其邻近建筑，轰然倒塌了。不久，耸起一座十八层大楼，叫世纪大厦。这让老商忽然想起什么，兴奋地叫道，翠翠，跟爸爸挖宝去。翠翠也兴高采烈，提着铁锹，来到楼后的原来园田的位置，挖了足足有一周，终于起出几个牛皮纸包。打开，是一堆纸状物的泥坯儿，尚有书形，这倒让老商失了算计。老商自嘲地说，翠翠，这书倒也没用。你看不了啦，我也看不了啦。咳，终归是没招灾惹祸，已经很感激了。

翠翠边吞食着塑料花脉，边哧哧地乐了。

爷的村庄

　　我的爷是村里有名的老蔫，用奶奶红柳的话说，一杠子压不出一个屁来。当然这些话儿，我都是从父亲那听来的，因为我出生的时候，他们已经谢世。几年前搬家，我发现了一个本子，里面是回忆录，我以为是父亲的。那年，父亲也仙逝了，所以我格外珍惜。可打开来一看才知道，满篇都是繁体字。好在我识些古文，这是爷爷的，第一页就一行字，小楷隽永，内容却扎眼——

　　　　爷的村庄

一

　　龟田送给我委任状，还是见到了红柳，只能怪姨夫太犟。如果姨夫施大个子如实交代罗锅先生藏身的地点，也就不会连累这一大家子的人。我没有表示出太多的恭敬，只是点下头，算给龟田面子了。

　　"我知道罗锅在哪，但你们还是不要杀他，他连鸡都不敢杀。"

　　我这样说，观察着龟田的表情，由高傲变成恼怒又喜出望外。

　　"你的，大大的良民。"

　　我是良民。从父亲那代逃荒到东北，见到黑油油的土地，家族中就没再出过一个歹民。我的性格更是蔫得很，不说话则已，说话就像隆冬天吐唾沫，一口落地一个钉。

　　我往出走，是要将他们引出自己的草房。而龟田似乎不想走，但见我出了门，在门口候他，他不得不带着翻译和两个伪军，出了房门。

182

我反身将门关死，将红柳关在屋里。红柳是我的媳妇，远近闻名的俏媳妇。

二

姨夫施大个子是村里最大的地主，家里藏书就有一个屋子。那屋子是用青砖砌的，在穷人连住都找不到不漏风草棚的情况下，他让书住在青砖灰瓦里，足见其是个饱学之士，深得远近乡绅的尊敬，也招来一些人的嫉妒。教书先生罗锅就在这里教施大个子造出的一个个儿子和孙子，偶有施姓亲戚借光学上一年二年，算优待了，那得这崽儿入他的法眼，瞧得上。

施大个子喜欢好学英俊的后生，更喜欢俏女人。他都是从外乡娶，先后娶了四房，相隔刚好五年，各生了两个娃娃，无论男女，都入家谱，这和村东的王大户不一样。王大户不将女娃入家谱，甚至嫁人也是随意，给钱就嫁。

施大个子属毛驴脾气，经不得哓荗儿，对仅一个鬼子的日伪部队没放在眼里，刚愎自用，招了灾。施大个子是被押在那间青砖灰瓦的私塾里，衣装一如既往地整洁，但腰似乎断了，坐不起来，只能依靠着木架子见我。木架子上的书已经少了一多半，是被龟田"借阅"去了，然后用施大个子这大砣儿填补。

"姨夫，你的一大家子身家性命，还是要要的。"

我说的话，他向来是听的。但这次，他却藐视我，目光阴森森的。

"你在我这学的书，算是白念啦。我告诉你，我的腰杆，没有弯过。"

"姨夫，来日方长。"

"屁话！你不会是文天祥，永远不会是。别看你写得一手好字，会写几句歪诗。"

我伸手去给姨夫擦红肿的小臂，被他挪开了。我知道，他挪一下，会皱一下眉头，因为他的身子也是肉长的。

183

三

地窖里很阴冷，尤其在这个无雪的夜晚，风呼呼地刮着，房梁都在响，要断的样子。

地窖上的草房，是王大户家的长工屋棚。之所以叫作房，因为房上有梁，梁上有红灯笼，一年换一盏，一挂就是一年，直到仅剩下灯笼的竹骨架子撑着。

今年的灯笼还没换新的。但今年恐怕换不成了，因为长工死了。他是一个拎锄头站在房梁上拒绝挂膏药旗的汉子，顶天立地，远近没有第二个。然后就爆出几声枪响，长工像个麻袋，从梁上折下来，摔在黄豆秸上，闷闷的一声响，像雷滚在云端。他的媳妇还穿着红棉袄，被刺刀挑开前襟，露出白花花的奶子。几个日本兵将她拖进草房，再拖出来时，就只是一具尸体了。

王大户被吓破了胆，趴在炕上嘴歪眼斜，哈喇子一摊摊地洇湿棉袄前大襟儿，只有一口气还能上得来，却下不去。他的大小老婆纷纷跑走了，他的屎就在裤裆里沤着，满屋的臭气倒帮了他的忙，没有一个人肯进去，鬼子更不肯，伪军也是例行公事。但现在，我得进来，并穿过弄堂，进到地窖里。

地窖里没有一点亮光，但我知道罗锅在里面。我手端着油灯，火焰一下子缩小了许多，却亮得刺眼。

"二大爷，出来吧。"

我的话里，带着无奈和可怜。

"老蔫，你出卖我！你这个王八犊子！"

一把刀就冲我刺来。

我无处可躲，也没防备，索性不躲，就闭上眼睛。

刀尖很钝地扎到我的大腿根儿，险些要了我的命根子。棉裤撕开一道口子，但没有刺破肉皮，就停住了。

"你怎么不躲？"罗锅问。

"躲过了初一，躲不过十五。"

184

四

龟田将罗锅劝上铁皮车的时候，罗锅还在不住嘴地骂着倭寇，一直骂到唐朝，替祖宗出口恶气。

龟田并不恼怒，向其他人说："先生的学识，大日本帝国十分器重，应该到大学教授更多的学生，在这个村子太白瞎啦，大材小用。"

铁皮车咳嗽着，一直出了村子，一袋烟的工夫后，才在这个静谧的村庄上空消失。

龟田对我说："还是要找你姨夫谈谈。如果这个村长还是由他来当，就将他的这些家丁都收作治安队，他还是当他的大财主，如何？"

我说："不要动手，交给我吧。"

我再次走进私塾，姨夫腰还是直着，尽管脸部肌肉抽搐不止。

我上前抚慰着："让给龟田吧。"

施大个子叫喊："我的地界，凭啥给一个倭寇？"

我用手指故意抓他的伤臂，问："疼吧？"

同时手摸裤兜，掏出事先准备好的王麻子膏药。这是龟田在哈尔滨驻扎时买的，他为了收买人心，亲手送上被拒，所以我也不敢保证姨夫他不拒绝我。

施大个子瞪我一眼，说："你的卵子被捏碎了？"

我说："我的卵子没问题。我是男人，我要保护女人，也要保护我的孩子和邻里乡亲。"

施大个子大骂："你别巧舌诡辩，要知道你今天这样，当年就该让我老泰山阉了你！"

我说："王大户已经不能动了。"

施大个子叫骂："我不能动，也决不当狗！"

我伸手抽他一个嘴巴子，同时我的眼泪飞到他的脸上。姨夫愣住了，他绝对不会想到我会如此绝情。

五

我当上课长，只因为这一个嘴巴子。龟田监视到我的这一举动，就认可我了。

我将姨的一大家子圈到他家的大马棚中，马们还在马槽里自由自在地吃着草料。它们似乎也显得不安，大概也是因为没见过这么多人一下子集中到这里来。马灯放出的白光里有苍蝇飞虫，也有尘埃被阳光砌成一方游动的生物，显得恐怖。

我一指家丁头头，伪军就端枪将他揪出来，绑到马架上。

我说："狠狠抽，让他造反！"

翻译说："杀一儆百。"

我说："杀一百个，还不是为了驯服？和这马一样。"

我一刀，将一匹马砍倒，一架子的马惊起，转眼间槽倾架松，四散奔逃。

被绑在架子上的头头被甩进草棚，我知道他想逃却不可能逃得掉，就一把按住他，说："按马息！"

这小子叫六子，是外省来投亲的，没寻到亲，就留了下来，机灵得很，大家都喜欢他。此时，我也不知道我说的是什么意思，但他似乎明白了，翻身起来，接过一个长工的鞭子一甩，啪啪啪三声脆响，立刻，马们都喷着鼻息，不服气地踢踏着土地面，卷起一团团尘土。

六子吆喝一声，马们才安静下来。

六

六子还是被带走了，我不知道他会被带到哪里去。

我是目送着他被绑上一驾马车，由两个伪军押着，离开大门的。马车没多大动静，我竖起耳朵也没听到他走向哪里，在哪儿消失。但是，我回头看到姨夫带着家丁收拾庭院，觉得心有余悸，腿肚子还在抖着，比当时还厉害，却添些宽慰。

186

我的脸色一定惨白，说话声音一定会有颤音，所以我不能说话。

可是龟田却偏和我搭讪，说："孙桑，全看在您的面子上。这些人如果稍有反抗，格杀勿论。"

我点头。

龟田说："但是，我们不到万不得已，不会采取极端行动，你要跟他们讲明白。"

我说："好。"

我走向姨夫，发现姨夫的腰已经无力支撑，却还不允许姨扶。见我走近，他厌恶地转身，却一屁股坐在地上。

我的眼里已经有泪水，但我不能哈腰扶他。

我的背后，龟田的目光在发酵。

我抬起腿，从姨夫的身上迈过去……

七

统计完全村的人口，仅少了三十二口人。这三十二口人，仅有十八人是抗日反满分子，连累他的家族人逃的逃，死的死，亡的亡。我让人把他们的草房点火烧了，的确是我让人点的。我希望杀戮到此为止。

我带人在村头张贴了告示，算安定下来了。我将老榆树的铜钟敲响的时候，六子竟然被押回来，做了良民，整天敲着木桶，从村东走到村西，再从村西走到村东，一更敲一次。我这才放心地睡了一个大觉，一个没有噩梦的囫囵觉。

八

红柳摇醒我，欲言又止。

我坐起来，问："啥事？"

红柳不说话。自从鬼子进村，她就不开心，不太爱说话，更不打扮，只是纳鞋底儿。用锥子在头皮上划一下，然后再刺刺地扯麻绳，在鞋底上留下好看的两小瓣儿麻粒儿，分布成花瓣状。她的手巧着哩，没有哪个女人比得上她。

我问："咋啦？"

红柳说："我惦记着我爹妈，不知道他们会怎么样。"

我说："我打听了，东村虽然乱得很，没太大的事儿，已经托龟田关照了。"

红柳并没有如我期望的那样高兴，反而蹙起眉头，面孔掩在刘海里，似乎她没有和我说过任何一句话，默默地忙着她的事儿。

红柳说："春天怎么没见喜鹊来？"

九

村公所占了姨夫大院，我给了他二十块大洋，还送给他一把西洋扇子，上面有红嘴白眼穿和服的女子，他并没有拒绝。

他说："魔鬼。"

我不喜欢在这里办公，因为我在这里度过了我无忧无虑的少年时光。但是现在，光景不同了，我知道我的头上骑着的是谁，我骑着的又是谁，这和我在私塾学到的完全不一样。还有一个不一样，就是我要当爸爸了。

施大个子施村长，在去了一趟哈尔滨之后，竟然带回个"魔鬼"。这是他的伤腰稍好后，做的最春风得意的一件事。他带回的这个女子，丑而矮，一看就是标准的日本种。但是这个日本女子凶狠，直接将六子打倒在地，那拳脚利索得没人见过。六子也是个走南闯北的人，因为会那么两下子，才在村里立足，当上了个头头。这时我才知道，六子通匪。

几个月前在这里的那队日伪队，就是在老丈人的东村外被伏击的，据被俘的土匪讲，通风报信的人，就是六子。

六子没有否认，就再次被押上马车，送出了村子。

六子的东西，被施大个子派人扔到村北沟埋了。六子的影子消失得了无痕迹，在这个村子似乎就没有存在过。

十

天大旱，村子里多数人家绝产。日伪运来救济粮，排放在村头榆树下。

我在榆树喇叭里喊话："各家出一个劳力，能搬动多少，就可以搬走多少。"

陆续有村民向村头走来。红柳也在其中，她看上去已经快生产了，但她还是挺着肚子来了。

龟田说："让你媳妇回去吧，我早已经给你备好一份，特供的，送到你家。"

这时，一个伪军匆匆走过来。

龟田问："送到了？"

伪军看一眼我，说："被狗咬出来了。"

龟田对我微笑着说："你的老婆，很有骨气。但是再有骨气，也得来领我们大日本帝国的救济，这有什么区别吗？"

我的脸热得如火烫。我走向红柳，尽量面无表情。

红柳说："我只要一个粒，看一看是不是我家村子生的。"

我走到米仓前，抓一把，放在红柳手里。

红柳只捻出一粒儿，放在口中一嚼，泪水就夺眶而出，扭身跑了，像头母猪，但有力。

十一

午夜，村北枪声大作，我一跃而起。

我吃惊地发现，红柳并没有在我的身边，她的被还热乎着，呈一个喇叭状。

我四处找，到处是鸡鸣狗吠之声，而枪声就像一阵骤雨，再无一响。各家各户，早关门闭户，紧紧的。从远处可以听到有人马的声音，忽而急，忽而缓。

我跑到村公所，施大个子正提枪进来，后面跟着的人也是一脸的轻松。

我问："村长，怎么回事？"

施大个子说："一伙路过的土匪，还没用我们动手，就给龟田队长打散了，活捉了一个。"

我问："在哪儿？"

施大个子说："在王大户家院子里，有好戏看了。"

我往出走，觉得我的几个手下看我的眼神有些异样。他们也没有拦我，似乎在他们意料之中。

我一进院子，就看到红柳躺在院子里，身下是一摊血……

十二

红柳上当了。给她当上的，不是别人，就是姨夫施大个子。

剿匪的消息是姨告诉红柳的，而红柳真就相信了，她大着肚子，到达村北的时候，果然见六子带着一些抗联队员，正在伏击押运救济粮的日伪军。六子一见红柳，就知道出事儿，骑上马就要逃。但玉米地里，已经响起人跑动的声音。

六子指挥队员："向树林里去。"

此时，枪声大作。

六子等人被困在一处沟里。六子问明原委，将红柳掩在草丛里，然后弃马钻庄稼地逃出包围圈。他受伤已经不能动弹，就此与队员失去了联系。

我的儿子，就是在这片枪声中出生的。他的哭声起了掩护的作用，把伪军引了过来。这是红柳并不引以为豪的事儿，一直不肯再提起。

十三

我举着枪，对着红柳，来证明我的清白。

红柳说："你别忘了，把借东院任婶家的一斗小米、三个鸡蛋还了。

米是平斗。"

我点头。

这盒子枪，真他妈的重。

红柳说："还有，你找个奶妈，给儿子喂奶。这个奶妈，要干净，健康，不能有痨病。"

我点头，我觉得我的头要炸开了，脑浆迸裂。

红柳说："儿子长大后，要告诉他，你是个汉奸。"

我点头，扣动扳机。

十四

施大个子这次算还了我一个人情。他在我扣动扳机的时候，先开了一枪，六子就中弹倒在地上，一动不动。血喷到拴马的木桩上，星星点点，像枯木上开的梅花。

这样，我的子弹没有发出去。施大个子走上前，对龟田说："红柳娘家，是唯一一家不肯并村的大户。让她去说和她爹妈，如果还不通，再处决也不迟。"

合屯并村，导致三个村公所勤务员被打死。洗劫在所难免，而这一招，或许是唯一一招免遭洗劫。

我看着施大个子，带着感激。但他却并不看我，继续说："由我亲自出马吧。我还会像在北沟一样，让皇军您满意。"

我突然对他非常憎恶，甚至超过了憎恶我自己。

十五

村庄上空，升起的不再是炊烟，而是夹杂着火光的狼烟。是的，我想这才是狼烟。

我看到从村庄流过的无名河，弯弯曲曲，一直流向我的村庄。它像一条脐带，将两个村庄连起来，让我心里流血。

在这条河流中，此时，就有一些推车担孩儿的村民，发出悲怆的呜咽之声，引起老榆树上盘旋的乌鸦无语地跟随。我端着枪，向空无一人的茅草屋打着，任门窗破损掉。我接过一支火把，将它扔进老丈人的大院子中。火焰在柴棚先燃起，然后爬上房梁，在乌云滚滚的天空下舞蹈。

红柳说："你满意了。这是你的伤心地。"

我说："我不再记恨老爷子了。他是对的，我不配当他的姑爷。"

红柳说："三年才回来一趟，回来就把他的老窝烧了。"

我说："不是我烧的，是日本人烧的。"

十六

六子的头，就挂在村头榆树上，和大铜钟并列挂着。奇怪的是，没有秃鹫光顾，没有腐烂。

这一天，我儿子百天，红柳在这一天，逃走了。她给我留下一张字条，上面是个用木炭画的画。一张白纸中，悬一个张着血盆大口的骷髅头，上面插着一把锋利的簪子。

红柳不认字儿，更没写过字儿。

我被吓得腿直抖，不知道该如何向龟田解释。我让奶娘抱儿子去他姥爷家，腰里缠了一颗手雷，做了赴死的准备。走到村公所，被施大个子拦在门外，枪和手雷都被缴了。

施大个子说："三个村子，都已经合并完了。龟田也死了。"

我惊讶地问："你说什么？"

施大个子说："龟田死了。被一支簪子穿透喉咙。"

我疾步走进去。里面一个人的日兵营房，就设在青砖灰瓦的私塾里，所以我很快就看到里面木板上，停放着龟田的尸体。但我还不相信龟田死了，所以还是上前，掀起盖在他头上的白皂巾。

我看到一支簪子就放在一侧，上面还血迹斑斑，血已经凝固。

我看到龟田的喉咙上，像一个破损的狗屁股眼儿，长着痔疮。

我这才发现，柔弱的老婆竟然会将这一支富贵的簪子给了这个狗东西。然而我又很失望，因为她把另一支簪子，给了我。

我突然恶心，就干呕起来，将胆汁都吐出来。我知道，这只是开始，

192

还会呕下去，直到我把糜烂的心肝吐出来。但至少现在不能。

　　后来，后来没有日记记载，到此为止，只有这些。而且这些，也是我杜撰出来的。原稿其实只有几个字，用狼毫小楷写在郎中一张中药方诸如黄芪、党参、生地黄各十五等的黄麻纸背面上——

　　我不是汉奸。
　　署名：孙老蔫。

一地雨水

一

闭店之前，唐春晓最后看了一眼空空如也的小店。收拾得挺干净，她一直是这样，在一个个的生意倒掉时，都离开得干干净净，不想给任何人留下不好的印象。然后她打男友王元的电话，问他回不回来了，口气满是火气。王元当然知道她此时的心情，解释说他已经踩好点，还是分别行动吧，这样也许少了些联系。他的口气倒小心翼翼，唯恐哪个调高出一点，伤着他的宝贝春晓。她埋怨说，你就这样对我放心？王元说他担心得就差咽气了，然后恰如其分地带出淡淡的哀伤说：

"毕竟我们在那里三年，离开总是不舍。"

"习惯就好啦。"

唐春晓虽然这样说，面部有些木，像得了面瘫。她所能做的，只有把一些最后的遗弃物捡起攥在手中，等待出门时扔进门市前的垃圾箱中。那个垃圾箱在那里已经陪着她度过了三个年头，终于在第四个年头开始的这个季度末，就不得不说再见了。

春晓锁上门，然后把钥匙扔进路边地漏中，里面喷出的臭气差点把她熏晕。她忙离开，抬腕看一眼手表，钻进停在路边的跑车，发现一张罚单。她又解开安全带，下车把罚单拿下来，看了看，用手机拍下，微微笑了笑，随手扔掉。那单薄的罚单被身边驶过的车轮带起来，竟然飞到了半空，蝴蝶一般飘到马路对面去了。那里等着一位女清洁工，眼睛盯着罚单落下，很专业地一下子逮住。

春晓再次坐回车里，发现忘了一件事，就是没有换衣裳。尤其她看到王元的东西还在，就骂王元三心二意。她换上一件平素的休闲外套，将王元的衣物塞进一个包装袋里，下车拎着，扔到垃圾箱，发现那里面已经满了，几乎都是他们的东西。比如短裙、领带或者手纸什么的。也许还有用过的避孕套（他俩习惯于反锁上店门，在里面办完事再回出租屋，然后在各自房间里打游戏或看电影，偶尔也参与直播，赚得小钱）。她懒得理会，要随便丢弃，却被刚才那个眼光毒辣的清洁工呵斥住，说：

　　"直接给我就行。"

　　她还念着她的敬业，并不生气。"车里还有，还要吗？"

　　"怎么，干不下去了？"

　　清洁工见她不回答，就跟在她后面，说："我们在招工，你来吗？"

　　春晓此时无法不生气，本来已经把王元的东西（多是假名牌）拿出来，要递给她，却在最后一刻改变了主意，扔回到后排脚底，说：

　　"记得我们见过面吗？如果有人问起，你就告诉他们，我是三月二十七号下午三点关的店，明白吗？"

　　"为啥？"清洁工不信任地撇嘴。

　　她摘下琥珀坠、假睫毛，然后递给她，不屑地说："我要去大城市，做大生意。"

　　她开车到达环城路口，是一个小时之后。在行驶过程中，她打过几个电话，后来在她的手机记录中都有保存，没什么可怀疑的。所有的证言，在女清洁工那也得到了印证，而且清洁工一直因为发现在她扔的衣物口袋中有用过的避孕套而耿耿于怀，并因此挨了同样做清洁工的准丈夫的胖揍，当然找不到这个失业的女老板，所以特意跟警察说：

　　"当时我就看出来了，她就是去找死。"

　　警察当然不可能信她的一面之词。但据后来春晓回忆，当时她在环城路口下车，似乎要找个地方解手，因为如果上了高速路就得到服务区才可以停车。所以她要穿过马路，因为她看到马路对面刚好有个公共厕所，尽管后来被证实是一个烂尾厕所，从来没启用过，根本不具备厕所最起码的功能。许多人如厕就在厕所四周，那里有成排的柳毛子和荒草，刚好没膝，人蹲下只可以看到个头，刚刚好。她也没有马上穿过马路，而是在路

195

边等，直到几股车流过后，她才试图穿过道路到路对面去。后来她一再否认她曾经在这段马路来回走过几趟，直到被这辆别克车撞倒在地。

关于她来回走了几趟的事实，是肇事司机袁东衣通过交警提供的录像发现的，质问已经奄奄一息躺在重病监护抢救室的唐春晓，唐春晓还能够眨动眼睛，但目光是散着的，好像看到了天堂。而当时现场，血迹呈一个烂桃状，这没有什么诗意。但一摊水渍，像给这个烂桃衬了片叶子，证明是枚鲜桃。对于这个调侃，赶来跟肇事者东衣理论的王元对于东衣在如此悲切的情形下还如此轻松调侃，大为光火。他狂叫：

"你是杀手！"

其实他的本意是说他是杀人凶手。他也意识到，转念一想，杀手跟杀人凶手或许没有什么区别，也就不斤斤计较啦。

东衣也意识到什么，就承认春晓过道要解手是真的，从她失禁程度来看，是这样的。当时水汪汪的一片，从她的身下淌出来，他还以为她砸中了沉睡的泉眼。也怀疑她是水做的，但没好再行调侃出来，也怕这个愣小子升级为武把操。

之后的一段时间里，一直都在抢救。东衣被王元看得死死的，无法离开医院半步。而且身份证早被王元揣在兜里，直到东衣的老婆来了，情景才发生了戏剧性变化。东衣老婆什么情况也不问，直接把钱甩在王元面前，然后拉着东衣就走，撂下一句：

"不够，再打我电话，我立马给你转，不需要看收据。"

王元没有理由再扣留袁东衣，像个奴仆一般，点头哈腰，一直送他们出了院门。剩下的事情倒简单，医生帮春晓与死神搏斗。王元作壁上观，他每天上午八点，准时到一楼在查询机上找到唐春晓的名字，只要里面欠费就往里续。血浆或特效药，只要能用得上的，就悉数用上。他试着故意给袁东衣打电话，说费用不够，袁东衣还没吱声，电话就被他老婆抢过去，问他还需要多少。他随便说了一个数，告诉了她卡号，不出五分钟，钱就到账了。他望着在死亡线上挣扎着的女友，他深爱着的唐春晓，流下了心痛的眼泪。

王元把新买的双开门冰箱送进出租屋的时候，已经是三周后，搬运工问他旧冰箱还要不，坐在轮椅里的春晓说抬走吧，算是小费。春晓坐在轮椅里好像被摧残了的花枝，脸色苍白，气息也似弱了许多。她问王元：

"你不用管，他们跑了和尚还能跑了庙？"

送走搬运工，王元扶春晓到屋里待着静养。春晓要他只需把她放在轮椅车里就行，自动的东西解放劳动力，其他的不用他管。王元哪里肯听，坚持要通过法律手段来解决，毕竟人家做到了仁至义尽，房贷的压力没有了。春晓反对他的说法，问他有什么怕见面的。王元梗着脖子说没什么可怕的，找他个王八蛋，让我的宝贝受这些罪！春晓说不是要钱，而是要命。王元没明白，春晓骂他蠢，一字一顿地说：

"我要让他坐牢！"

王元想不出让那小子坐牢的理由。春晓口头禅似的告诉他不用他管，她自有办法，只需把她放进驾驶室。王元这回不得不听春晓的，将她抱下楼，送在驾驶室里，然后把轮椅放进后备厢，刚关上，车子就像长腿了一般，跑掉了，他在后面撵也撵不上。

王元一直给肇事司机袁东衣打电话，仍然关机。已经有几天了，说实话，在关机前，他们达成过口头协议，已经把这次车祸的事了结了。而后是春晓出尔反尔，提出要补偿她的精神损失费，主要指的就是青春。当时袁东衣终于忍无可忍，冲着春晓喊：

"要钱没有，要命一条。"蛮江湖。

"好！"春晓不甘示弱，"我就要你命！"

本来和平的局面被打破，王元当然站在女友一边，跟东衣谈补偿。已经成了好朋友的袁东衣的老婆刁丽新怒目横眉，质问王元想找死吗，王元说是的，宁死不屈的样子。而独处的时候，王元却跟刁丽新说：

"我有确切的消息证明，当时袁东衣车上拉着一个女孩儿，就坐在副驾驶的位置上，比你年轻漂亮。"又补充，"新上的公安街区监控高清。"

当时王元说的时候，根本没有底气。因为春晓跟他一起密谋的时候，就按这个路子编，黑他，所以他王元只能这样说，必须的，死也要一块儿死。何况，她唐春晓是付出生命随时丢失的代价的。刁丽新是个生意人，保养得好，能够把王元装下，还可以逛荡逛荡。她一眼就看出他的慌张，就耻笑他撒谎也不先培训一下。王元挨了数落，没再敢争辩，哪怕是平平常常多说一句，好像撞人的是他。回家跟春晓一说，春晓就骂他废物，就要亲自行动。

现在王元想躲开刁丽新，刁丽新却找上他，冲他要人，因为她也找不到老公了。刁丽新约他见面，他答应了，在一座豪华酒店一楼的咖啡屋。他还从来没进过这里，进去的时候，就有些心打鼓。特意给春晓打了个电话，问清她安全，而后才把情况汇报了一下，形势险峻，问她自己与那个富婆，见还是不见。春晓反问：

"你有什么短处在人家手里吗？"

王元当然否认得坚决，理直气壮地赶到咖啡屋。老朋友一般，互相客套一番，刁丽新就问他是不是以前认识袁东衣。王元觉得好笑，就撒谎说认识，他到自己的店来过。刁丽新问他他的店呢，他说黄了，被网店挤黄了。刁丽新问他为什么不开网店，他说没钱，再者说也不适合开网店。刁丽新问他开什么店，他说是夫妻趣味店。

"纯粹是开玩笑，别当真。"王元憋不住地解释。真话得假说。

三

王元对刁丽新的印象发生了一百八十度大转弯，因为她的咄咄逼人变成了干瘪后的充气娃娃。本来王元眼睛一直混沌，加之紧张，他的心理防线其实早破掉了，无非是强撑着，皆是因其男人有短在他手里。不是拿人家的，而是讹人家的。好在春晓真伤，虽然没瘫痪，但跛脚的毛病可能坐下来。这也是他一直反复要和她交换意见的原因之一。

"我也在找他。几乎全找遍了，就差报警了。还没到二十四小时。"

刁丽新是个首饰店的老板，可是她浑身上下没有一件像样的首饰。不像王元他俩，浑身名牌，兜里瘪瘪。后来她带他去了她的首饰店，让他想起自己的趣味店，就说算了。刁丽新问他什么算了，算了是什么意思。他说他觉得自己的女友确实得寸进尺。他自贬得相当淋漓尽致，连他自己都信了。没想到刁丽新突然又是一百八十度大转弯，不肯放他离开，说像他这种渣滓，讹人还要搭上女人，二尾子，她最瞧不起。突然，一个保安出现，膀大腰圆，他早有所防备，但仍然径直被揪住肩膀，直接推倒到柜台上。于是，一面玻璃碎掉，首饰散落。他顺势滚在里面，透过红色视线，从碎玻璃里挑首饰，然后寻找刁丽新。边寻找边喊：

"不能糟蹋这好东西呀⋯⋯"

话音没落，警笛大作。此时王元才意识到什么，想夺路而逃，却发现门已紧闭，店里只有他和唾手可得的首饰。他试图撞开门，却见角门开了，他就冲外面喊救命。他喊了一声觉得不合适，就喊老总，因为他一时想不起刁丽新姓什么了，大脑一片空白。他被问明姓名职业等一系列情况，就被押上警车，这是他不想坐的，却只能顺从地坐上。一路上，警员并没搭话，似乎大家是互不相识的乘客，去参加一个葬礼，闷头不语，各自想着心事。他想解释一下，后来觉得没必要，还是等到派出所，待到问询室里再解释也不晚。

王元跟着警察进到一个房间，惊喜地见到春晓在那里坐着，幽会一般。她还在开心地玩她的《天天爱消除》，伸头看，怎么还是在闯"最后一步通关第 298 关"？他盯着她好看的永远盯着手机屏幕的凤眼，吃惊地问她怎么知道的。春晓说找到袁东衣啦，他老婆就是他抢的那家首饰店的老板。王元否认抢劫，春晓才改口，说只是随便猜的，也是听他们说的，新闻不靠谱。她似乎跟警察很熟，背地里一定在一起说过许多话。这样闪烁其词地聊上几句，也可以说是交谈了一会儿，因为断断续续，也似乎持续了许久，尽管事实上没几分钟。然后他就开始被问询。他如实交代。当然警察不允许有春晓陪伴。然后他在一份记录单上签了字，就被带出来，在人来人往的人流中穿过，感觉像在逛晚市。警察前面可能是报案人，也可能是犯罪嫌疑人，也可能是无辜者。王元想。出了繁荣的街市，外面的阳光格外足，晃得他睁不开眼睛。适应了好一会儿，他才看清春晓早坐在车里，等在外面，一起跟警察说再见，就走了。仿佛是跟经销商一起从咖啡店或茶室出来，因为完成一笔交易而客气地离开，并深情地握了手。

春晓也握着他的手。

王元说："天气真不错。"

春晓说："是的。我们分手吧。"

四

王元早就知道春晓要跟自己分手。只是他像一个袋鼠，把自己的头深埋进自己的生活中，希望生活的沸水泡茶，能够分解春晓的去意。他一直奋斗着，也是为了能够挽留住这片云，尽管他知道云是留不下的，最终一定是一地雨水。

他下了春晓的车，因为春晓分手的理由只是她残疾了，并不想拖累他。他不怕拖累，这让春晓很愤怒。她愤怒时，世界是死寂的荒漠，不生长一点植物。他知道她的愤怒是真的，理由是假的，所以他只能无语地下车，站在路边，一直在抽烟，一根接一根。后来他想开了，觉得这很无聊，干吗要跟自己过不去？所以他就进了一家酒吧，要了些啤酒，就一杯杯地喝，很有秩序，每喝光一个，沿桌角摆一溜儿。他发现没人跟自己过不去，是自己跟自己过不去。后来他发现自己喝得够多的了，就起身离开，被服务生叫住，要他埋单，他才想起自己的信用卡及一切的一切，都给了春晓，就把兜底掏出来，说：

"我没钱。"

服务生就叫过保安，保安就把他浑身搜了一遍，只搜出那张警察问询记录，他不知道这个单子在什么时候怎么会揣在了自己兜里。这无用，他们似乎并不害怕坏人，并对这类东西早熟视无睹。他声明，如他们所见，的确身无分文。他一遍遍地重复着说没钱，酒气就喷到保安的脸上，其中可能还有酒滴，估计雾气的酒精含量也会超过九度，惹得保安很恼火，一拳打在他的脸上，他就成了熊猫。他嘴仍不服，要告保安，保安就又一拳，打得他岔了气，蜷在角落里像头病猪。但，他仍然要告发他。保安继续对他进行殴打，直打得他终于不告发，而是告饶，他才被扔到街上。

值。他想。

王元从地面爬起来，才觉得浑身疼痛。但他努力表现得很镇定，出租车纷纷停在他身边，然后又开走了。后来来了一辆车不走了，就停在他眼

200

前，大灯冲着他扫射。他用手挡住强光，才看到车里坐着的是春晓。

"你来干什么？"他问。一点不惊讶，她总喜欢看他的狼狈相。

他没用春晓回答，就坐上车，好像尾骨碎了，发出一声惨叫。

"回家吗？"春晓问。

王元点头。

"你有家吗？"春晓问。

王元点头。他长叹口气。那气叹得像畅快无比。他也觉得从未这样轻松面对着春晓。他说："不瞒你说，我跟你这三年，我已经负债三十万。所以，你看着办。"

五

王元通过小手段，找到了袁东衣的单位。他所采取的小人手段并不卑鄙，对于一个穷途末路之人，怎么做都是合理的。他这样安慰着自己，可怜着自己，按照电话中约定的时间，来到了指定的地点。可是等待着他的，不是袁东衣，而是几个打手，却他妈妈的一个个长得俊朗，像小鲜肉。只是他们的表情似用泔水浸过，生着锈。或许他们并不是什么打手，只是某个公司的职员，他们在工作。但怎么看，还是打手，而且称作打手，好区分。而且给他的感觉，就是打手，因为他们站在车库门口，让他一见就让还在定痂的伤口剧烈疼痛起来，走路开始一瘸一拐。

"是袁局长请我来的。"他说，声音嘶哑。

在这之前，他已经知道了袁东衣的身份，并不是司机，而是某个机关的小领导，权力还挺不小，可以呼风唤雨。人都争权夺利，有权即得利，所以官职吸引人，与级别无关——他想到其谐音就不合时宜地暗笑一下。打手立刻竖直眉头，一定以为他是在嘲笑他们。他忙收起笑意。

如果无利，谁肯起早？他想。

"你把证据带来了吗？"

其中一个瘦子问。他们似乎在车祸现场见过，跑前跑后，当时瘦子半阴着脸，与现在不同。现在有讨好的成分。

"没带。"王元说，"我带来，会全军覆没。"

瘦子冷笑一下，向里做手势。他一迈进门，肩膀就遭到一击。他早有防范，一缩头，就蹲在地上，做出告饶动作。但绝对不求饶。他觉得求饶是出卖灵魂，告饶顶多算策略性投降，保存实力，好汉不吃眼前亏。在敌我实力不对等的情况下，军人可以选择放下武器，以人为本，活命不丢人。哭的时候，谁都会咧嘴，或许倒下，但要给自己一个尊严。当人到了走投无路的时候，尊严还是很重要的，或许可以用软刀子击溃对手，唤起冷酷的人心最善良的成分。至少不至于赤裸而死。

"你带与不带，都是死。"

威胁一般都用死。

瘦子冷笑着，就抓住了他的腰带，一下子塞进车里。这样，他就看到袁东衣坐在里面，示意他不用怕。怕不怕不是他说了算的，也不是我自己说了算的。他心想。他可以控制住害怕，却无法控制住浑身在抖。

"你去跟谁偷情，跟我无关。"王元说，口气是哀求。

"你都知道了些什么？"东衣紧张起来。

"电话中已经说过了的，不重复。如果重复，只有三个字——我全知道……应该是四个字吧，我都让你给气糊涂啦。"

"你怎么会知道？"

"不告诉你。没必要说出来，说出来就不神秘。对于你来说，你也不希望知道的人多。所以我还是不说的好。保密，给你保密。这不是你所希望的吗？我努力做到，保密。"

王元尽量把话说得多一些，这样好让自己的面部肌肉和声带放松下来，呼吸平复下来。

瘦子在王元身后，将一个什么东西甩在他腿上，觉得凉哇哇的。这感觉很爽，跟在春晓身上一样。他低头，就看到一条墨汁，沿裤筒淌出，像条草蛇。草蛇也并不全无毒，个别的咬一口，轻者发烧，重者要血命。他发出一声末日叫唤，声音断断续续，但绝对只是一口气迸发，像一条五线谱，音符标准。他原本做过音乐老师，孩子王，仅一年就下海，做创作歌手，酒吧里混迹一年就宣告结束，因为一年之后再无邀请，还不够一个充气娃娃的盈余。

这会儿，似乎东衣倒和善，拽下领带，给他大腿绑上，埋怨说："你怎么这么不小心？"

王元并没有找到刀子之类的凶器，甚至没有看到溅出的血滴。他就觉得奇怪，一般所说的溅一身血，看来并不全成立。他还看到东衣把手指放在鼻孔嗅嗅，然后双手对捏，关节发出喳喳的声响，好像很享受。眼神也满是迷离恍惚。

"杀了我……杀了我，也会溅你一身血。"王元说，就跌坐在自己的鞋跟上。车子空间有限，他可以闻到瘦子的口臭，趴在下水道口一般。如果肉体腐烂，也会在数日后散发出这样的恶臭。人的身体，有时候与人的品行和灵魂相关联，一荣俱荣，一损俱损。

"我喜欢血。"东衣说，竟然还嘿嘿干笑两声。是带着官气的奸笑，看上去世故。

"我也喜欢。"王元说，故意把食指伸到伤口处，蘸上血浆，抻出黏条，像巧克力棒，放进嘴里吸吮。

东衣突然做恶心状，开始呕吐。似乎他也是因为车内辛辣的气味浓烈，无法忍受，就一伸腿，用膝盖把瘦子顶出车外，回头对王元说："我和你交换老婆吧。"

王元没听清他说什么。片刻之后才反应过来，又开始怀疑自己可能听错了，只是哈哈两声。看东衣盯视自己的面孔，没发现他还能有其他意思。见东衣的厚嘴唇翕动，几下后才听清他在说："……反正你跟我老婆，也发生了关系。"

这句话说得恶狠狠，所以王元想听不到都不可能。他露出讪笑，口吃地说："开玩笑……我还是独身——"话音未落，刀子从天而降，就冲王元的裆部扫来，逼得他后背贴在车门上，狂叫着："别介，有话好说……"

哀求是本能的服输妥协信号。

六

这一刻之前，他还一直不知道自己在这个城市是如此无足轻重。他在三年前刚一踏上这城市站台的时候，后来站在龙塔三百六十九米的舷窗瞭望，再后来坐在马迭尔餐厅吃着西餐，听着音乐，而后徜徉在中央大街，还一直认为这个城市是自己的。现在来看，都是脑热惹的祸。脑一热，对女人就把持不住，是自己的硬伤。他以为。

此时，他蜷缩在吉普开放式后备厢的一角，乖得像个小猫咪。他听从所有人的摆布，因为他没有任何选择的权利，尽管春晓出现得非常及时。

是春晓，她出现在车窗外，坐着轮椅，后面还有人推着。他一直没弄清晰，刚才不是还光着吗，怎么突然就正人君子了？后边那人似乎像个影子，他一直想看清他的面孔却始终看不清，似乎他原本就是个影子。他之所以要看清楚，是妒忌，或觉得那个位置应该是自己。春晓示意东衣摇下车窗，但遭到东衣的拒绝，他们就把两只手隔着玻璃黏在一处，却冰冷。

"为什么？"春晓哭唧唧地问，手指在玻璃上像海洋生物似的有节率地划动。

"我哪里知道！"王元说。

"我不要了。"东衣说。王元倒清醒地知道，他所指的，还是王元手中的证据。说明晕眩没留下后遗症。

"我保持沉默。"王元说。

"说吧，你消失后会说得更好听，全世界都知道。"东衣说，仍然微笑。他似乎比任何时候都有耐心。他推开车门，一股阴风进来，一大块亮光也进来，才看到自己在与一些礼品盒为伍。他发现自己的腿部并没有血迹，似乎凝固了，伤口愈合了，只有记忆在恐惧里。就像从前的伤口，也叫伤疤，所以一想起来还会产生阵阵剧痛。东衣抓他的脖领子，提得极轻松。他也极配合，抬头找春晓，却被误以为要逃走，被强行塞进另一个更狭窄的空间。头颅砸在车壳上，咚的一响，光亮完全消失。

"放了他，身败名裂。"说这话的，是春晓。王元不相信自己的耳朵。细听，再无动静，就怀疑是自己产生的错觉，因为他的耳鼓一直在嗡嗡响。他将自己脖子捋直，骨骼发出咯吱一响，仿佛又活过来，因为有了剧痛的感觉。他努力找窗口，却黑咕隆咚，什么也看不见，也看不见春晓。他想喊，似乎也没有找到嘴巴，呼吸也没了。他心里合计着，是应该给他点颜色看看，如果自己逃出的话。

"老虎不发威，以为是病猫。"王元想。

七

平生第一次被击晕。待醒来时，他完全成了服服帖帖的俘虏。不知道过了多久，他张开酸涩的眼睛，发现自己躺在自己的车后座椅里。车还打着火，这很奇怪，清爽的空气与外面的车水马龙所产生的雾霾形成鲜明的对比。他一直喜欢把一切东西都与某个参照物比较一番，尽管多数不合情理。他发现自己醒来，只是长长地睡了一大觉，只是这个觉没有梦。他不觉得有什么意外，因为他认识这条街道，像八杂市，哈尔滨百年前的老街，今再现，是他的趣味店附近的一条商业街。他再次确认，他是躺在停在停车位中的自己的车里，四门还落着锁，门帘紧闭，自己很安全。

天色暗得似乎突然，在他巡视时已经华灯初上。他伸手努力打开车顶灯，橘色光马上填满视线，仿佛泡沫，是填充物，把他僵硬在那里，连思想都麻木了。因为他此时才发现自己的怀里蜷缩着一裸女，睡得正酣。立马呼吸困难，车外的景象无影无踪。他听到均匀的呼吸声，熟悉得像鲜红的西红柿。他想起东衣那平静的眼神中深邃的东西，就知道自己无论如何是在无意识中，与这个女人发生了关系。这样的感觉逐渐出现，散落全身。那么最狂野的，并不是春晓，她还算小家碧玉，虽然是第一次，却只有那个刁丽新，才算得上让他刻骨铭心。他从来没有像她那样，一寸一寸地量着他的身体，并让身体中的神秘痉挛，还通过表皮释放出热度，仿佛身体的撞击只是形式的热闹。只是灵魂却像个多余的气味，冷却后成了钢板一块，与肉体画地为牢。

"怎么中止了?"裸女说，翻了个身。

王元惊讶地站起来，因为她是春晓。继而王元直接扑上去，轻车熟路地狂吻她的脸、颈、耳和眼。她没有拒绝，但整个人是僵硬的，像一具尸体。当他这样想的时候，的确吓了一跳。他看到车窗后是那几个打手，还是那副酷表情。他们曾经打过自己，这笔账记着，他记得他们，变成骨头渣子也认得。这时他才感觉到春晓在颤抖，也看到汗珠从她的脖颈流下一滴。跟她的泪一样，缓慢而犹豫。

"她骗得我好惨，你让她自己说。"

袁东衣突然开车门坐进来，回头把脸伸到眼前，这样恶狠狠地说。还是那种冷峻的眼神盯着他们。王元抱紧春晓，终于让她不再抖动。也许只是一个频率，共振，他想。他不知道东衣在说什么，试图用讨好的眼神示好，却见到春晓一条胳膊耷拉着，一惊，忙扶她起来察看，引起春晓一声号叫。那叫声用惨烈形容，一点都不为过。他及时罢手，不敢轻举妄动，仿佛她是雪人，急得他哭着问：

"怎么回事？"

春晓摇头。她的头发也似乎有些时日没洗了，散发着酸涩的气味。她说："跟你没关系。可是他们不相信。的确跟你没关系。你对此，一无所知。"

"一无所知，分手就可以毫无关系？"

"是的，我是这样想的。"

"那你就应该去楼顶，纵身跳下。那样你这个贱女人，就会成为舍生取义的英雄。可现在，你什么也不是，是一堆垃圾……"

王元说完，就试图坐起来，并推开车门，却遭到守门男子的野蛮阻拦。东衣反对并默许。他站到地面，才知道这里原来是个车库，不远处有看守者，从衣着上看是制服，虽然模糊，但也能判断是管理员。王元眼前就被一根烟替代。他接过烟，叼在嘴里，见东衣客气地打开火机，那橙色火苗跳动得勉强，就要凑上去，不远处的管理员突然发出一声喝：

"库里不许抽烟！"

火苗立刻消失。能够听到不知哪里的脚步声，咚咚地响，不知道向哪里移动。王元冲东衣笑笑，是试探式的，讨好的，或者是观察着的。

"这里管理还挺严格的。"

王元这样说，回头找裸体的春晓，却发现车里像个水桶，什么也看不见。他突然紧张，不知道这是幻觉还是阴谋，所以他就挪动脚步要离开，也是试探式的。可是他发现自己的腿麻了，好像不存在一般。继而麻疼袭来，他一下子手撑住地面，才勉强不至于摔倒。

"你可以走掉，一走了之，这样你所欠下的债务，就可以一笔勾销。"一个声音这样说，带着回响。

王元一愣，反问："我欠债务？开玩笑！"然后冷笑着。笑声沉闷。

"不用装。你的一切都在我的掌控之中。我提示你，你所养的小女孩，她并没有离开这个城市。只是她还没有到找你的时候。到时候，自然找。还有些事，我先不跟你说，你这回该知道我都已经知道了些什么。"

王元瞪着东衣，手插进兜里。兜里的手机不见了，就四个兜摸索。也未见。抬头却见东衣的手一直抬着，上面就是他的手机。东衣冷笑着盯着他，说：

"给你吧。"

一道黑线射过来……

八

店里还是趣味顶级那原来的样子。只是王元经常想起春晓站在收银台后低头的样子，像一颗定心丸。而现在她没在那里，所以他就有些心神不定。他不知道此时要做什么，除了想起春晓，并开始心神不定，他觉得一秒钟都等不下去。他后悔，也许应该听春晓的话，把东衣送进监狱，才是唯一解脱的办法。可是他并没有那么做，虽然决心下得挺大，好像要征服世界一般。后悔晚喽。

一切如初。

他掏出钥匙，打开后门。那里是放一匣一匣产品盒的地方，此时却滑出春晓。她被约束在一把简易椅背上，她的双手并没有离开那里，因为她一直双臂倒剪，规规矩矩。如果她动一下，就会抽出手来，把所有的束缚就都打开了，但是她没有。于是，王元面无表情地说：

"你还好吗？"

春晓的嘴也含着东西。之所以叫"含"，是因为他并没有强迫把她的嘴堵上，所以放的是可以咬断，甚至可以直接吃掉的海带。显然那东西很咸，看得出春晓有些吃不消，脸色苍白。所以他忙帮她清理出嘴巴里的东西，拍她的背，让她把喉咙里的东西全呕出来。春晓也听话，就呕得厉害，跟她有一次发现怀孕时一样。

"你好吗？"他又问了一句。

春晓手扶着他的肩膀，抓过角落里的一个瓶子就要喝，被王元打掉。

瓶里的脏水溅了一地。王元推开她还要坚持伸出的手，并没理会她像只病猫一般，蜷缩进角落里。王元将瓶子抓在手里，打开窗口掷向垃圾箱。瓶子在垃圾箱前就暴怒地跳几下，溅到从那里路过的车子，发出一声急刹车。

"我也许会死掉。"春晓说，沙哑却还算有底气。

王元回头看一眼她，转身从包里掏出只有半瓶的矿泉水，递给她，看着她一口气喝干。然后说："我不同意分手，否则你就是我永远也揭不开的秘密。"

"我说过，与你无关。"

"与我有关。"

"真的他妈的与你一毛钱关系都没有他妈的这算什么无非是一场游戏人生不是吗干吗跟自己过不去无非是没有感情了到此为止还要什么他妈的你真是个驴脑子……"

王元不听下去，转身出了门去捡那个废瓶子。春晓伸脖子够着他的背影，在一片白亮的天光中像棵松树，又细成根针，然后在门嘭地关上一刹那，她从地上爬起来。她的腿还残着，但是她在努力让自己走路保持平衡。她看到窗外一片混乱，一惊，然后就看到人影晃动，一摊血喷到窗上。

她确认是一摊血，在玻璃上呈柳条状，然后像开春一般，长出毛毛狗，又生出细条枝杈，好像风只从一个方向来，从天上来，向下吹……

九

东衣从户外进屋，发现春晓仍然蜷缩在角落里，很是奇怪地问身后的人：

"她从哪来的?"

随从就是那个守在车门口的小伙子，他脸上还带着些稚气，终于通过窗外的天光可以看得清楚。春晓动了一下身子，像是畏缩地一抖。

"她就是唐春晓。"

"是吗?"

东衣疑惑地反问着，就哈腰，脖子就突然被搂住。春晓说："一切结束吧。"

东衣没动，任她吻上了他的脸，留下一片污垢。在随从出去后，他才搂她进怀里说："一切还没结束。"

他把她抱出小屋，就见屋子里已经有几个人在等着了。春晓并不认识。他们穿着制服，一见春晓马上把春晓围住。其中一个女警察接过春晓，扶坐在椅子里，问："是谁绑架了你？"春晓哽咽着说："是，是王元……"

一个领导模样的人示意几个人扶春晓上警车，然后去医院。在上警车的过程中，春晓看了一眼窗玻璃，那上面还有那条已经凝固的血渍，延伸到地面，一直到人行道上，像画上去的一般。她回头还没看下去，就被推进了车里，车门温柔地关上。春晓说："等一下。"车里坐着警察说："人死了。"

车子开走，春晓就那样隔着车窗往店上看，因为全是围观的人，所以她没有看到她想看到的情景。她觉得呼吸倒顺畅了，用袖口擦一下额头的汗。司机利索地抽两张纸巾递给她说："不用怕了，坏人已死。"

车子开得很平稳，像摇篮。春晓又接过司机递过来的水，一口气喝掉半瓶。她这才发现司机并不是警察，而且也没有警察跟着进来。车上只有她自己，坐在司机后面。车子也豪华，并不是警车，这让她有些意外，开始不安起来。她从后视镜中看到了一张似曾相识的面孔，但她一时想不起来。她就回想着这个城市里与自己有关或没关的熟人、陌生人，一茬茬，没一个长得跟他相似。这让她对自己的记忆产生怀疑，好像那么长时间的囚禁真的将时光沤锈了。她整理一下自己的装扮，问：

"我们这是去哪？"

司机看她一眼，好像有许多层意思。似乎他要回答她，这样气氛会很和谐，不至于尴尬。但是出乎意料，他只是透过后视镜看了她一眼，然后继续开车，仿佛没有听到她的问话。

不知道什么时候，夜色已经降临，街上都是车子，像一个个铁虫子、屎壳郎，在缓行。人像屎球，在车龙中、人行道上穿行。她想起第一次来到这个城市时的情景，就是在这人群中，她与王元相遇了。他们站在站台上，就那么望了一眼，四目相对，竟然看到了对方眼里的爱恋。王元主动问她："是坐 23 路吗？"路牌上有许多路，她当然不是 23 路，就想摇头。王元却接着说："我是 23 路。"所以她就说："是。"这时候一辆 23 路恰好呼啸着进站，停在身旁。王元挤在门边，给她让出个空，对她说："请吧。"那次，她在他那站下了车，然后到小区旁的串店撸了一顿串，喝了扎啤酒，彼此马上就成了哥们儿。然后跟在他后面，到他的住处住了一宿，就开始了长达三年的合伙。其间他们也分开过，因为分歧，但基本上都是她胜利，后来她发现他对她更加谦让，到最后竟然无法了解他的一切，甚至他到底有没有过家庭，有没有过孩子。她问过，但他总是闪烁其词地说：

"有没有，有什么关系呢？"

司机问："到哪？"

这时候，她才发现车子已经停在路边，就是刚才拉她离开的地方。她看到店面还在，上面那个标志还在。行人匆匆，似乎没人理会那个门店，因为跟其他门店一样，上面贴着几张白纸，是出租的信息。这条街已经黄掉几家门店了，他们的那个还算能够坚持的。直到关系发生微妙变化后，闭店就成了现实。他们也曾经选择过网店什么的，但似乎彼此都像心长了草，魂也飞了一般。这就是她越来越想要证明的一件事情。这不能说叫考验，应该叫了解，或者赌博。他们彼此已经了解，但又不完全了解。彼此都怀揣着一个小心，就彼此容纳着对方的小心，这是公平的。

"不是这儿。"她说。她的声音好像从来没有这么有底气过，"还是去我家吧。——再往前走一道街，在那停下就行。我想问一下，您是警察吗？"

"不是。"

"那他们为什么要让我上你的车？"

"我是网约车。"

十

春晓进到一个大杂院，里面有一伙小区居民在挂起来的白炽灯下打麻将。他们向进院的这一对男女望一眼，回头继续打牌。

"对不起，进房间就干净了。老小区都这样。"

司机解释着。听上去小心谨慎。

"我可相信你了。"春晓说。

"没错，我会保证你的安全。"

"你用什么保证？"

"没什么保证。我能用什么保证？是你得感谢我才对。"

司机并不像看上去的随和，甚至有点匪气。春晓就停下脚步，向那些麻友看一眼，继续跟着他走进杂乱破旧的走廊，再次停下脚步。

"后悔了？现在走还来得及。"

"你确信是东衣支付的？"

"我给你看过的啦。电话你该认识吧？还用再看一遍吗？"

走廊灯"啪"地灭了。

司机的手机射出蓝光，把司机的面孔照得狰狞，让春晓一抖。不知道什么东西倒了，轰隆一声，灯复亮。她就看到司机手机上的屏幕，里面的号码的确是东衣的。她记得东衣的号，甚至写在医院的诊断上。

"他怎么可能住在这个鬼地方？"

"你如果不认识他，我倒劝你不要去为好。"

"为什么？"

"没有为什么，我只是旁观者，觉得你这个人单纯，多嘴了，劝你还是小心点。现在，我知道，我这样提醒你，是不对的。现在，我收回。"

"为什么收回？"

"因为我不认识你。而我的主顾都是我的常客。"

"他是叫袁东衣吗？"

"不是。"

"你可别唬我……"

"你说不唬就不唬了？我劝你不要相信任何人，包括我。"

话说到这，司机就不走了。春晓也不走了。二人都向上看，只看到破旧的楼梯上堆积挂靠着一些东西，有自行车、管线、木条等，都蒙着一层灰尘，显得破旧的东西更加破旧。墙上到处是蜘蛛网，后来看清是网线，像中学课本上的磁力线。春晓沉吟一下，就往出走，却被司机拦住了。司机说：

"你从楼梯下的窗口爬出去，外面是花坛，有个人家在那里支着花架，你从那里溜掉。"

春晓突然非常生气，叫道："我为什么要听你的？"说完，她上楼，补充一句，"几楼？"

楼上门锁响，人语就传来。

"七楼。"是一个老头的声音，还伴着一声咳嗽。

春晓还没反应过来，就被司机一把抱住，夹在腰间，直冲出门。后面传来杂乱的脚步声，有人喊叫。院子里打牌的人停下手，都看向这边，春晓向他们伸手喊"救命"，就有人站起来，叫道"住手"，然而司机已经夹着春晓出了院门，钻进车里。车子还没启动，司机已经被副驾驶的人用刀子逼住了。

那人就是那会儿那个车门旁的看守。

看守说："小子，找死吗？"

司机说："祥子，别这样，咱俩是哥们儿。"

祥子并没因为司机套近乎而放松警惕，他让春晓下车。春晓打开车门，见有人从小区里跑过来，也就三两个的样子。院子里竟然有小狗受了惊，狂吠不止。祥子说："你真的找死啦！"话音未落，几个人已经把车子围住，司机被拽了下去。春晓被撞了个趔趄，双手被箍住，那边打斗已经无声地开始，沉重的击打声一过，但见司机倒到地上，躲过了一道白光。刀尖就划过车身，发出刺的一声。其他人围上去，拳打脚踢，发出几声极其正常的号叫，不奇怪。这时候，突然许多麻将铺天盖地地从天而降。春晓被一枚击中，只觉得头嗡的一声，用手一抹，发现是血。其他人也中了招。正待准备冲上面喊，却发现黑乎乎的楼上一排排阳台，有个人影在暗蓝的天宇中一闪，又下起了麻将雨。

这些人竟然一时愣了，都只是躲避而没人吱声。

春晓也没吱声，用眼睛找司机没见，却被祥子一把推进车里，才发现车窗风挡碎了个大洞。祥子骂了一句，启动车，出了小区，上了街市。

"你怕什么？自己人，谁还能把你卖喽？"祥子这样说。

"你怎么知道我到这里?"春晓问。

"这有什么奇怪的,你不是要嫁给东衣吗?"

"胡说八道!"

"东衣说的,你就知道我不是胡说八道。我们是最安全的。"

祥子这样说,冲她露出和善的笑,还用手轻拍一下她的衣袖。这个小动作让她安静下来,坐到来时的位置。向车外望,却是开往城外的方向。她又紧张起来,问他去哪,祥子说东衣在别墅等着你。她说这事跟那个司机没关系,他是没事找事,她并不认识他。祥子说知道,司机是个歹徒,要不是东衣料事如神,可能她早被他睡了。祥子说的时候,递给她一支烟。她接过来,又接过他递过来的点烟器,深吸了一口,觉得舒服,且有点飘飘欲仙的感觉。然后就觉得眼前的光和影,出现旋涡,进入一个点,像太阳黑子。

十一

春晓像个正在蜕皮的虫子,一丝不挂,鲜嫩地躺在床上。阳光从匆匆关上但并不严密的空隙中照射进来,在地上形成一条尖刀一般的光痕。她开始觉得有些冷,就蜷缩一下身子,然后又觉得躺在尖刀上,身子被分割了。这时她才终于醒了,第一眼看到的是自己的乳房。

门帘一响,进来个男人。他走进来,从地毯上拾起衣物,扔到她的身上。丝绸的光滑带着凉意,让她一激灵,完全精神了。她张开漂亮的双眼,看到自己心爱的人,一下子战栗起来,抽泣着说:

"东衣,真的是你吗?"

东衣用手轻轻抚摩着她的身子,像蛇蠕动,令春晓再次呻吟起来。这样有那么一忽儿,突然停止,他问:"相信你知道该怎么做了。"

"让我做什么?"

"你该记得你该做什么。"

"我记得……不记得了,我的头为什么这么疼,还是我的头了吗?"

"是你的头,只是你要答应我,去做你该做的。"

东衣替她穿上衣服,细心得像给婴儿穿着衣服,连衣服上的褶皱都用

213

指肚抚平。手指传导出的爱意，令春晓战栗不止。

"我是你的了，是这样吗？"春晓问，抽泣着，并不顾脸上的乱妆狼藉。

"别这样，这样让我很难办。"

"为什么难办……难道你觉得我没当初那样年轻漂亮？我可一直在等你，等你到今天。我找你找得好苦哇！"

春晓说着，用手去抚摩她那已经变形的小腿，才意识到什么，忙用裙子掩饰着，擦了下眼睑，捋了下凌乱的长发，说："我知道了，你放心，我只是想让你到我身边来，并不会送你进监狱，我知道怎么做……"

东衣搂着春晓的肩膀，帮她穿好衣服。他在她的唇上轻吻一下。然后深吻起来，直到她差点昏倒，才让她呼吸一下空气。她又抽泣起来，在他的腋下，走向房门。她试图自己站立起来。但一离开他的肩膀，就摇晃着摔向地面，被东衣一把扶起。

这时候，房门开了，门口站着几个穿制服的人。春晓觉得惊讶，好像那天在地下停车场见过。条件反射，她畏缩地躲到东衣身后，轻声说："怎么回事？"

几个人进来，对东衣说："主任，这回你还有什么话可说？"

春晓盯着东衣问："怎么回事？"

东衣说："我不知道你们在说什么。"

来人之一，是个方脸膛、黄眼白、五短身材的警察（春晓才看清楚），他对东衣说："与组织对抗，你会知道后果。至于其他的话，就不多说了，毕竟我们是同学，已经无法替你做什么了，还是伏法吧。"

"扯淡！我所从事的，都是正当的行为，没有贪赃枉法。如果说隐瞒，我只是与初恋重温旧梦，还有什么？"

"重温旧梦？并不会那么简单吧。你的事情已经败露，无论你多么聪明也无法掩盖，这就是我要告诉你的。"

"告诉我，事实呢？"

那人一指春晓："她已经举报了。"

春晓瞪大眼睛，指着自己，嘴唇刚做出"我"的形状，头就遭到重击。轰的一声，像晴天霹雳，她没有防备。即便防备，她也难逃这一劫。

后来她不止一次地这样想，并把这个想法告诉许多人，得到了大家的认可。

怪了，她不知道自己举报他什么了。

"没事的，我告诉你举报什么。"领导说，就带她离开了用力在擦拭镜片的东衣。他的哈气很大，雾气在镜片上形成了一片乳白色的膜。但他还嫌不够，他因此没有理会她伸过来的手，任手在肩膀上抚摩一下。离开时是垂下的，无力的。

"东衣……"春晓这样唤一句。

"我不认识你。"东衣这样回一句。

春晓站住脚要解释，胳膊却被领导握住，像把钳子。好像她是风筝，必须得用线牵着。她知道自己的处境，乖乖地举起手说：

"我在这个城市，一无所有。"

没有人回答她的话。大家都毕恭毕敬地做着各自的事，似乎都是事先安排好的，都在看领导的脸色行事。所以春晓也不再言语，顺从地从几个人中间走过，他们形成的人沟就是让她走向那辆她曾经被关押的面包车，她觉得没什么，也不是没去过。她能够在这个城市继续待下去的可能，就是那里能够给她个出路。而出路，不是每个路口都会有的。领导的步子比所有的人都快，喳喳鞋底的声音告诉她，领导是个办事利索之人，一步一个响声。而且一只手就抚在她的腰际，像她的一个舞伴。她记不得在二十五岁前后跳过多少次舞蹈，而唯独没有这样的场景，让她战栗。

"我的包呢？那可是我的全部。"她说，侧脸看向领导。他是个胡子很重因而显得脸色铁青的俊男，如果不是在这样的险恶形势下，她一定会多看他两眼，而且也要是色眯眯的。她不止一次跟王元探讨过这个问题，就是床上为什么要女人是弱者，因为王元从来都受虐地号叫，以此来博得她的开心。一度她乐此不疲，专心地享受着这样的快乐时光。如果不是生意萧条，也许这样的快乐时光还会延续下去。

"你的包？"领导重复问，看一眼跟在身后的家伙。那家伙回答得倒小心，听声音就是那个看守。他说："她哪里有什么包？""是名包，里面有我的全部家当……"春晓说，显得急切而无助，含着哭声。

领导站住，也拉住春晓，被几个跟从围上。他问："为了能够让她不

215

再提什么包，去给她买一个，要最好的。"有人答应一声，迅速地跑走了。然后大家继续走，只是没有刚才那么紧张，像散步。大家还是沉默，在阴冷的地下车库中，只有喳喳的脚步声，并不杂乱，像个仪仗队。

终于来到面包车前，车门早已打开，里面黑咕隆咚，像个无底洞。春晓不想进去，却被领导托着肘部向里推，无法拒绝。她因为看不到车地板，所以不敢伸腿迈上去，就双手把住门梁，冲领导模样的小伙子喊：

"放我出去！"

一只手从黑暗中伸出来，捂住了她的嘴巴。

十二

春晓醒来是在一片灯光中，睁开眼显得异常困难。她好一会儿才看清室内的一切。这是一间办公室，因为只有办公室才会由办公桌、椅及办公沙发与铁卷柜组成，窗台放着一些可以吸纳甲醛的花草。她看一眼就熟悉，她都认识，却突然想不出一个名字。脑子似乎被人掏空了，啥也没剩下。只剩下呆呆的目光，终于看见坐在那里的几个人。他们西装革履，脸上都有着明显的冷峻表情，区别只是五官不整。

"公务员。"她冲口说。

春晓只听到自己的声音回音，四下看，那些人就重叠在一起，成了一个，坐到办公桌后面。他说："一会儿就好了。不是吗？每个人都在受苦，而你受的算最少的。"

"怎么讲？"

"关了店，你还操什么心？轻手利脚，多干净，这就是自由。如果像我，整天忙忙碌碌，不知道为什么忙碌，反正就是忙碌，心都快操碎了！"

"可是，我失业了。"

"不，那是给你选择的机会。是重生。也可以叫生存方式调整。会出现因时空随之改变的契机，有人想找还找不到呢。"

她这才看清那人竟然是东衣。他并没有任何损害，看上去还那么高傲，不可一世。似乎他俩是论坛的辩手，在探讨着一个十分高深的命题。

"那些人呢？"

"哪些人？"

"那些把我带进面包车里的人。"

东衣呼地坐直身子，右手拿笔在桌面上敲击着问："你被强暴了？"

春晓没听清楚，愣愣地盯视着他，只是张了下嘴。东衣继续问："你觉得下体痛吗？"春晓蹙起眉头。"去厕所痛吗？"春晓摇头。"没有撕裂伤？"春晓坐起身，果然发现身下有一片血污，留在了沙发套上，令她一惊。

"你走不掉。还是听我的，像告我一样告他们。"东衣说。

春晓摇头。

"你告我倒来劲！"

"我谁也没告。"

"我记得你从来不撒谎。"

"现在也不撒谎。"

"可是你在撒谎。"

"我没撒谎。"

"好，你的确是个不撒谎的人。那么就要这样，去告他们！"

"他们是谁？"

"我不认识，不是你的人吗？不是你认识的人，你怎么告他们？"

"我不认识，是你说'他们'，我哪里知道'他们'是谁？"

"哈哈，"东衣终于慈祥地笑出声说，"果然你不知道这事——但你必须要提出这事！"

"什么事？"

"你被洗劫一空。难道连这事你也不记得？"

"我没有被洗劫一空，我只是把店干黄了，这很正常。每天都有店开张，也每天都有店关门。我现在是失业老板，可能明天就是上市集团公司的 CEO。"

东衣再次乐了，憨厚地递给她一个包，问："给你，这是你的包？"

春晓接过来。这是一款很陈旧的名包，这一点她认得出来。可是它并不是她那款坤包。所以她小心地放回到桌面说："不是我的，我不要。"东衣很不快，说："你拿着吧，算我送你的。"春晓问："为什么你要送我呢？"东衣说："因为我要利用你的爱，来打击我的对手。"春晓问："谁是你的对手?"东衣说:"每个人都是我的对手,包括你!"

春晓不甚明白,她无助地环视,像一个走失的孩子。

"一切都是我的。"

东衣说,把春晓抱在怀里。灯熄了。

春晓听到衣服窸窸窣窣之声,像黑暗拥护的声音。她嗅到烟草的声息,还带着狐臭。一点点擦拭什么东西,才发现是一个野兽。无论怎么抚摩,都让她产生一种从未有过的恐惧。她说:"对不起,我好像有了心理障碍。"

"什么?"

"你是野兽吗?"

"你说什么?"

"你是个由野兽构成的家伙,我觉得。"

"你是跟从前不一样。"

"你也这么认为?"

"是的。"

"你看上去十分害怕。"

"没有。我觉得我只是紧张……你说过的话,还算数吗?"

"当然。要不,我怎么在官场混。"

"那你把借据撕掉吧。"

"小心眼儿。你真是个小心眼儿。"

"不是我小心眼,我只是做生意久了,知道要有契约精神。"

"你是说我没有契约精神?"

"我不是这个意思。"

"那你是什么意思?"

"我要看到借据……"

春晓的话还没说完,脸上就重重地一响,觉得头嗡的一声,倒向床头。她觉得这个巴掌虽然没想到这么重,但仍后悔没有防备充分。她坐起身,整理了一下衣服,什么也没说。就伸脚找自己的鞋。脚掌触到的也只是冰冷的地板或铸铁。她就用眼睛去找,发现有液体流下嘴角,就伸舌头舔食着,就撞到一个肥大的肚皮。

"还认识我吗?"

那人问。她是女人,这是她第一印象,接着认出是刁丽新。

"我要离开这个城市。"她说。

"你怕了?"

"是……"

"想走就走,说得挺轻松啊。"

"我在这里,没有什么了。都是这个城市欠我的,我不欠它什么。"

春晓这样说,推搡着,却没有能够推开一条路。她要找东衣,是这个小子诱惑了她。如今只想问他,你的诺言还兑现不。如果兑现,她马上离开。然而刚才还热乎乎的身体,瞬间就蒸发了,像光一样消失得无声无息。她并不想伤害他什么,无非是要达到自己的目的。这有错吗?每个人都在为了自己的目的而活着,要么被伤害,要么伤害他人。动物世界,弱肉强食,适者生存。

"把欠的钱,连本带利,都还了,就可以滚出这个城市。"

刁丽新说的"滚"字,刺激了春晓的神经。她突然歇斯底里,抓住刁丽新厚厚的胸脯,让她发出更加惨烈的叫声,进而狼狈而逃。因为她把指甲抓进了她的皮肉,在她逃出的门打开的一瞬照射进的阳光中,她看到自己的手指尖在往下淌血……

经过一个黑暗的夜晚,春晓已经伤痕累累。后来很长一段时间,她都努力忘掉那个夜晚,这是她一生中永远不想再提起的夜晚。好在让她没有结束生命的一个原因,就是那个叫黄金的警察,后来她知道他并不是什么警察,只是穿着那身衣服,像模像样。当时她已经一丝不挂,残疾还让她像个小矮人。她不断地问警察说:"你是要把我推下楼吗?或者把我从楼上抛下去吗?"

警察是个铁石一般的人,还是像守在车门口一样,用双手箍着她,令她呼吸困难。当时很匆忙,她也不知道为什么会匆忙,就想尽快离开这里,离开危险地带,好像背后有把枪指着,随时都会枪响。她想到了王元,想这小子也许早死了,在这个城市是两堆垃圾。城市里有太多的垃圾,不断地被运到垃圾焚烧场。后来春晓还时常想起那个该死的王元,再没有在她的生活中出现过,她就料定他真的死了。

至少,心死了。

大吼一声

柳毛泛油的季节，白勇突然大吼了一声。

那时，他的身边放着把大板锨，与同是杵大岗的同乡古钱、文艺就靠坐在花园路与青云街的交叉口的人行道上。几个工人正在给人行道铺装彩色道板，显得乱而有序。尤其是浅黄色的盲人道，铺设在柳树之间，让他忍不住地窃笑，但他就是不说，期待着有个盲人在某一天沿着盲人道走过来，那会是什么情形呢？走一段撞一棵树！或许这个城市没有盲人，所以，他空等待了许久。

这之前，白勇一直半闭着眼睛似睡非睡，但只要刹车声音一响，他会猴子一样地呼地坐起来。倘若车窗摇下来露出一张严肃的面孔，或者有一只随便什么鞋从门口伸出来，踏在水泥路面上，八成生意来了，他会第一个蹿上去，挤在别人的前面，冲来人过分亲热地叫着让人听了顺耳的称呼，说：

"做活吗？要几个人？我们啥都做……"

但多数时候，在马路车水马龙的大背景下，三个人总是能够在懒洋洋的阳光下，享受到香甜的瞌睡。

那个时辰，柳树受了习习轻风的抚弄，将斑驳的绿荫和星星点点的柳蜜滴在他们满是污垢的脸上、身上和松软的等待铺装的沙石地上。几乎连个完整的湿痕都没有留下，便马上消失了，独留下柳蜜的馨香。

也有许多行人从他们的身边走过，偶尔也有主顾，但多是一些狡猾的人，没有多少便宜好占。他们总是拿木然的目光望一眼他们的睡相，总是要发出城市管理越来越低下的喟叹，并把他们的意见带上各个阶层的各种会议上。好在他们并不知道，因此依旧睡得安稳。就是在这个时候，白勇的一声大吼，惊动了半条街，远比空洞的提案、建议有效力。

其实白勇的这一声吼，无非是无意识的生理上的排气运动，也可以认为是个恶作剧。

正在铺装彩色道板的几个工人首先向这里望过来，切割锯从彩砖上滑下来，刺耳的嚣声消失了，能听到呜呜空转的电机声。坐在不远树下水果摊前下象棋的一堆人，除了两个臭棋篓和一个执着的观棋非君子，其余的人直起腰，也向白勇这边张望。受到惊动的当然还有几个行人，但是行人一般会采取漠不关心的态度，看形势不好的话，远离危险是最安全的。

白勇用余光扫了一圈儿，目光就在行人身上逡巡。行人中一个穿着入时的女孩儿闯入他的眼帘，在灰白的街面和绿草茵茵的隔离带大背景下，确实是个亮点。但同时，女孩儿也发出尖叫声，因为她的声音很小，并没有被很多人听到，随后从她的身边擦肩而过的一个四十多岁的男人奔跑起来，就像个大猩猩，所以他的举动比白勇的大吼还要引人注目。

但白勇听得真切。那个女孩儿喊道："我的手机……他抢了我的……"

白勇也就一愣神，马上像猴子一样蹿起来，用他抢主顾时练就的敏捷的本领，向那个男人追去。他倒没有考虑追他干吗，只觉得闲着也是闲着，再把敏捷的动作复习一遍也好，免得荒废了。一般的规律，抢匪见自己的行迹败露，会马上把赃物扔掉，就像壁虎果断甩掉尾巴一样。这个男人也不例外。他把小巧玲珑的康佳手机丢到了铺道板的沙土上，电池和机身分了家。好在没有落在水泥地上，还算他做贼的品德。

白勇把战利品送还女孩儿的时候，许多人都在望着他，让他有了许多自豪感。古钱和文艺抬着脏胡楂，一直在起哄。古钱少不了说：

"大姐，给我们哥们儿多少好处？这年头没有好处谁干？"

白勇并没有想到他闲极无聊的一声吼，救了少女的一部手机。这让他有了一种除了女儿毕业工作无着落十分烦恼之外的成就感，并让他很有面子，便推开嬉皮笑脸的文艺，说："滚开。"

女孩儿受到突如其来的惊吓，似乎还在发怵。她勉强说道：

"晚上请你们……吃饭吧。"

白勇心跳起来，古铜色的猿猴面孔立刻泛起紫来。他怎么能容忍别人分享自己的快乐呢？

文艺调侃道："真的带我们吧？"

古钱说："就你们俩？我看不大好吧。去哪儿，该我们说了算。"

白勇白了俩人一眼，对女孩儿说：

"不用不用。这算什么，和抢劫有什么区别？其实真的无所谓的。那么你说你上哪儿吧，我可以送一下你。"

女孩儿没有拒绝。就这样，在那个并不算得上美丽的季节，其貌不扬的白勇送了一个美女，从花园路大摇大摆地走过，在杵大岗的队伍中引起了不小的震动。之后，在没有了白勇的几天里，古钱心里开始长草，第一次提出最近要回家一次的想法。自己的老婆闲在家里，尽管有老父亲在身边，但是他还是不放心，右眼皮总在跳。钱越来越难赚，赚不到钱，老婆自然不会高兴。有钱人搂着别人的媳妇，没钱的人搂自己的老婆也难。而文艺早离了婚，和个没有生育能力的女人干了一个多月，恰逢儿子高中肄业，儿子二话没说，从柴棚抽出个木棒把女人打跑了。后来女人到这个偏远的城市来找他，还没来得及和他上床，就上一个洗浴中心做小姐去了。看得出，女人还是恋着他，但怨他太软弱，让她越来越瞧不起。

离家在外的男人，眼里除了钱，就是女人。

白勇泡沫一样蒸发了一周后，待古钱和文艺刷完五户内墙，又给两家往楼上扛地板之后，就看见白勇还是坐在刚铺的道牙上，身上多了香水味。破旧的汗衫还是张国荣，褪了颜色，像赵丽蓉，但却干干净净。没有了旧了的红腰带，代之的是条崭新的皮带。古钱悄悄从身后将白勇按倒，要验明正身。白勇却急了眼，显得十分不耐烦。文艺分开他俩说：

"算了算了，说着玩，何必当真？"

于是三个人坐在那里，显得很无聊。各种车辆还是那么不紧不慢也不停下来，仿佛失了刹车，在他们的背景下，形成一种支离破碎的动画板块。彩砖早铺完了，残土碎石还在路角散落着，许多人安安稳稳地在上面踏过，显得很冷漠。草丛里有蚂蚁忙碌着，似乎对新居不十分满意。倒是几只麻雀，以为增加了几片绿地，落在上面，叽叽喳喳议论一番，不无抱怨地飞走了。

这个时候，白勇似乎觉得喉痒，似乎带有泄愤的成分，又大吼了一声。

当时他的脑海都是女儿毕业分配的事儿。一个名牌大学的高才生，竟然如路边的碎沙石一般，无人问津。还不如杵大岗的他。要说这年头，有钱没人不行，有人没钱不行，有钱有人没有路子不行。在这之前，他把揣在怀里的决定女儿命运的那个美丽的商厦副总经理写的条子，忍了又忍，还是拿出来给古钱和文艺显摆。这也许是他在这个城市里最高密级的文件，终于可以让大家知道他老白路子也野，他的女儿终于找到了一个很好的工作，女儿很快就会从乡下来到这个城市了。尽管只是试用，但至少给足了他的面子。

是谁，都不会不兴奋。兴奋起来，就可能忘乎所以。这很自然。

他眼盯着路旁寂寞中的公用磁卡电话，说不出的愤怒。那是他们这些异乡人共同的财产——只要铃声一响，就准是他们帮中之一的乡音。每个人收工回来，都要先问一下同伴：

"有我的电话吗？"

可是电话已经十几天没有响过了，不知被哪个坏种捣毁了。那么他怀中的喜悦就只有到别处去寻电话通知家人，或者就这样，留些喜儿在后面。但也担心这会打掉个把好生意。

他喊的时候，手插在怀里，类似于抱膀，并隔着破旧的张国荣，摩挲着裤兜中，那个有薄荷味的牛皮纸信封。

那是柳毛儿绒嘟嘟如小孩手的季节，柳絮正在柳秋千上做着准备。人行彩色道板上，许多人的脚步慢了下来，似乎想领略路面从未有过的美丽的平坦。在他的一吼之时，恰好一对小夫妻或者情人从身边经过。经过是很平常的，但是他也不知道当时这两位心情正糟糕着。表面上却平静，男的很魁梧，女的很娇小，浓烈的香水比路过垃圾箱还浓烈。他俩的脚步戛然而止。

女的用红指甲一指白勇，说：

"是他叫唤的！"

男的松开她的腰肢，说："就你！"

然后，男的把白勇扯脖领子拎了起来。

白勇一时间呆了，手还在兜里，肩膀衣服已经给扯脱到一边，张国荣成了变脸痩三。女的抬起高跟鞋，重重地踢在他的裆部，嘴里骂道：

"你妈妈的，耍流氓，就你小样！"

白勇用手捂着裆，痛苦地叫了一声。攥着信纸的手同时抓到了平时他用来防身的弹簧刀。在对方的推搡中，弹簧刀从兜里滑落地上。

文艺小心地凑过来，赔着笑脸说：

"大哥，原谅他吧，他半傻。"

白勇脸涨红起来，说：

"你才半傻。——我没做什么！"

男的把他扳手摁在道牙上，下巴磕在石角上，血染红了一片。白勇还很干干净净的手，摊开自己的血，惊恐地喊道：

"出血了！出血了！"

古钱暗暗扯一下文艺，对男的说：

"不关我们的事儿。——我们只是在一块儿，认识。"

女的拎起弹簧刀，递给男的，用脚踢一下白勇的腰，说：

"带着家伙呢，不能小瞧喽。——无非是个打工站大岗的，还不如一条狗。"

这话让白勇失去理智。他挣脱开男的手，一脚踢在女人的小腹上。女人妈呀一声给甩出一米远，坐在柏油路上，差点给个自行车撞上。但同时他也把整个控制权给了男的。男的像拎小鸡一样把他摁在胯下，两脚把他的眼眶踢得乌青，口里的血水飞溅到彩色的道板上。

之后，他的血大量地溅在彩色道板上。在熙熙攘攘的花园街上，没有急刹车的动静，也没有杵大岗的向放慢车速的轿车奔去的热闹，一切显得很无聊。

下象棋的两位正在连将。一个半身不遂的老男人，抖着手，半分钟一步地向这边挪来。三五个农民工围着文艺和古钱询问着事情的经过。下班的家长和放学的学生，轻松地在彩色道板上缓骑着，用疑惑的目光望着神色异常的围观的人们。一位从棋摊上直起身，拎起股下的折叠木凳，啪地合起来，向这里望一下，自言自语地说：

"怕是打坏了吗？怎么没有人管一管？"

同时，一位拎菜经过白勇身旁的老妇女，停下脚步，疑惑地看着血葫芦似的白勇，说：

"真的很可怜。要饭也挨打。——无非多一把菜加一把米，何必要打呢?"

这个声音让白勇有了一丝知觉。他把手从兜里抽出来，眯起仅能半睁的左眼，说：

"大……嫂子……我的……孩子……上……班……"

一阵风，从柳荫里生出来，抵着地皮儿，卷到他的跟前，将那张带有薄荷味的血迹未干的推荐信函吹了起来，打了一个旋儿，落到了路旁的草丛里。第二天，一队小学生从这里路过，其中一个小男孩儿看到美丽的草地里有一张碎纸，便小跑着，跷着脚跟儿，把纸扔到了不远处的熊猫垃圾箱。喧哗的花园街旁，那块美丽的青草地又恢复了从前的清洁和秀丽。

水　怪

很久很久以前，孩提的我经常在暴风雨来临之际，站上自家的窗台，踮起脚尖，向乌云滚滚的天际寻找龙，觉得神圣。

"你看，龙出现了，所以大雨要来了。"父亲孙福指着云间，郑重其事地说。

我使劲寻找，觉得从乌云中衍生出的薄霭，像龙的胡须；觉得孤立的云树结，就是龙的犄角……我左看右看，却越看越觉得不像，就怀疑自己的智商，垂头丧气。

做小学校长的父亲便哈哈笑道："你看得太慢了，这么做事怎么能跟上趟儿？龙已经在云端，兴完雨，作完妖，找地方歇着了。你看到那道雨幕了没有？龙已经顺着雨幕瀑布，潜入到松花江了。"

我傻傻地问父亲："龙入江中，就成了无所不能的蛟龙？"

"也可能是水怪。"父亲说得很认真。

水怪的概念，第一次出现在我的脑际，就根深蒂固，一直诱发我的创作欲，在幼小的心灵中，多了重探险。

于是，我背着父亲，经常到江边去暗暗地找水怪。

江水对于人的吸引，和对其他生物是一样的。父亲发现我真的去了江边，就吓唬我："江里的水怪比蛇还能缠人，把人能拖死。"

受过龙的骗，这次并不全信，半信半疑也称不上。但由来已久的好奇心，驱使我经常逃学到江边，呆呆地望着滔滔江水，像羊群一样冒出无数的棱角，一波波地汹涌而过，觉得真有水怪，天马行空，无拘无束，在水面下，兴风作浪。尤其每到洪水泛滥，那混浊的江水，就犹如无骨的野兽，无情地把江堤淹没，吞噬屋舍，连江北的湿地也淹没大半，只有些灌

226

木、芦苇、蒿草之类的土地之精灵，倔强地标识着洪水下的地势……

那时还没有湿地的概念，只有涝洼塘子、河泡子、江汊子什么的。

龙不在天上待着，跑到水里，犹如被玉皇大帝贬入凡尘，本身就不会舒心，能不嚣张跋扈吗？这次，我还真相信了——水里确实有水怪。

然后，我就像个小斗士一样，带着木头枪和弹弓子，学着小兵张嘎儿的样子，雄赳赳地要到水里去捉水怪。

我跟着汹涌的波涛，在岸上跑，希望追上最大的那个浪头。可回头，还有更多的更大的更猛的浊浪，汹涌而至。便捡石头，向江里打，希望一击就敲碎水怪的脑袋，从水下浮出绿色尸体，终止灾难……

所有的这些努力，其实只是预演，还明显掺杂着我内心的畏惧。当我抛出的石头被水怪吞进肚里，无声无息，一切宣告无效后，我鼓足勇气，脱得赤条条，跳进江水，决心与水怪进行肉搏……

我家同院的邻居老李，经常到江边钓鱼，就把我逃学洗澡的情景"报告"给父亲。父亲打了我，继续吓唬我说：

"江里有水怪，迟早吃了你！"

我不明白父亲为什么这么愤怒，是他告诉我江中有水怪，却不让我去捉。可我偏要探个究竟，就偷偷地钻到江北浅水滩里去。

我喜欢一个人在草丛中耍，可以轻易找到鸟蛋，敲开就喝了充饥。那时的浅滩，灌木簇簇，水草青青；江清如镜，鱼虾怡然；鸟栖其间，啁鸣低啭，盘旋嬉戏。我突然大叫起来，因为当真找到一条水蛇，在宁静的水面上，快速地游过来，划出一道可怕的刀痕！

我认定它就是水怪！

我抽出柳条子，一顿扑打，蒿苇倒伏一片，惊起鸟鹳，吓走鹅鹤，险些掉进沼泽里。我的农田鞋被扎破，伤了脚掌，龇牙咧嘴，苦不堪言。不承想，水声把附近的钓鱼者引了来，一见，竟然"不是冤家不对头"。老李虎着脸，拿出长辈的威风，训斥我：

"不让你洗澡，你偏转磨磨洗，溜到这旮旯儿，不怕淹死！"

我这才知道，父亲编排了水怪的故事，无非是吓唬我，把我吓破胆，好断了我到江里玩的念头。我也后怕，自己降伏不了水怪，就容易做了水鬼。但我还是怀恨在心，偷偷将老李下的网挂用刀子割破，或者把他的鱼放掉，竟然一时未被发现……

他见我顽皮，水性也好，赤条条地往水里钻，就吓唬我："你爸说得对呀，你就是水怪！"

当他发现我的恶作剧，也不找我，却直接状告到我父亲那，得了道歉和赔偿，还看着我被敲打。是的，父亲打我从来都是不痛不痒的敲打。而我再见到老李在水边洗澡，我就把他的渔竿上压的砖块儿之类，一脚踢开，任渔竿被水冲走，我就特意告诉他：

"你的渔竿，被水怪牵走了。"

他报复我："不用你总光腚洗澡！——水怪专抓小小子，水怪最喜欢吃小小子的小雀雀儿！让你尿不了尿，打不了种！"

经他这一吓，我还真有了心理障碍。再在水里，就觉得脚趾痒，疑有水怪撕扯。看着大人们赤条条地下水，觉得下身紧张，便把小裤衩裹得紧紧的，唯恐水怪会钻进来，把小雀雀儿叼了去。打那时起，我开始晕水。

一晃三十年过去了，我又回到松花江边工作，像鱼洄游，猛然就想起了孩童时的水怪。

江边还是那么幽静，只是跟高楼大厦比肩长起来的文明，拉大了人与自然的距离，挤压掉太多湿地的宁静，却难掠夺去童年的记忆，愈显珍贵和清晰。江水还是那样，匆匆忙忙，不断地被水里的怪兽驱赶着，不知要流向哪里。

而九站还在，江桥还在，偷偷洗澡的滩头洼汊还在，只是空间场地小了许多，显得猥琐。令我惊讶的是，那个让我不悦的老李还在，和九曲十八弯的航道一样，我们都苍老了许多。

老李早不认识我了，但他精神矍铄，面膛红润，额头上的疤也在。我向他提起我的童年，提起水怪，他却一脸茫然，根本不记得，更不记得我这个顽皮的小小子。他谈起钓鱼，倒口若悬河，而说起水怪，却面露忧郁的神色。

"这个水怪呀，就躲在鱼腹中。"他说。

见我不甚明了，又问："你会钓鱼吗？"

我当然钓过鱼，在鱼塘里不费劲的那种，算起来也钓过几条，便说：

"会钓。"

他马上露出师父的神情，问："你有渔竿吗？"

我比画一下租来的渔竿："这不是吗？"

他摇头，满脸坏笑，和三十年前没两样儿："有专门的渔竿吗？"

轮到我摇头。

他开心地笑着问："懂得什么样的渔竿钓什么鱼吗？"

"不懂。"我的信心在下降。

"知道什么钩钓什么鱼下什么食儿吗？"

"不懂……"

"看水面目测水深，什么地方下面有什么鱼，什么鱼在什么时辰聚集到什么位置，知道不？"

我老老实实地回答："一概不知。"

"那你怎么能说会钓鱼呢？"他这尖刻的反问，令我很是难堪。他似乎看出来了，不再理睬我。

我臣服于他。或许他就是想要这个结果。

我递给他烟，为他点火，他才勉强地搭理我，好像我耽搁了他宝贵的时间。好久，他才勉强站起来，用毛巾擦额头上的汗珠，用太阳帽扇着风，笨笨磕磕地来到一旁水边，扯起一条尼龙绳，带起一大网兜儿，里面真就有几条活鱼，配合着他的炫耀，跳跃起来。

"瞧，都是野生的。"说着，露出鄙夷神色。

我也架起渔竿，模仿他的样子，在江边一上午，颗粒无收。我不无自嘲地对他说：

"老哥，许这鱼呀，都被水里怪物给叼走了。"

我的这句话，自我觉得很幽默。再看他，却暗下脸，不再理我，给他烟也不接。

我以为，他一定是对我这个不速之客的热情充满戒备。换位想想，也是，无功不受禄，哪有没有目的的付出？现在的人都务实，以友谊掩盖了自私，以热情掩饰了功利。所以他的戒备，也很自然。

第二天，我又早早地来到湿地的汊口，向早来的他打了招呼。他又恢复了开朗，我便借递烟之机，提起了我童年被他告状一事。他更是矢口否认，眼神里有些浑浊，但不陌生。他的防备是很明显的，又加了一重。

我不再提逃学的事儿，就唠家常。他说他从小就逃学，用麻绳做鱼线，用别针做鱼钩，用蚯蚓做鱼饵。老师把他的渔具扔了，他就把老师的教鞭折了。还说他打小就过继给姑父，只听姑父的，但要是姑父也不允许他钓鱼，那就谁也不听。

"看得出，你是个犟老头。"

"天下我最犟。"他自豪地哈哈笑起来。焗黑的头发，浓密而闪亮。

我们原来住的地儿，早已拆迁，建起了板楼。楼道里阴暗陈旧，还不比原来的大院宽敞明亮。我帮他把渔具送到家，参观他的用具系列，陈列了大半个屋子。他老伴无奈地说他：

"老李天天长在了湿地。离开湿地，就活不成了。"

他瞪眼说："离开，我就得死！"

老年人间说话，总是有一种杀气。

我请他吃饭，他仍然不肯。我以为他还是处处戒备着，便也罢了。想起童年时他告自己状的事儿，倒觉得有趣。他现在的慈祥相，怎么会让人相信他年轻时，做过那么多不地道的事儿呢？其实生活中，许多道理也确实如此，表面现象既能迷惑过去，也能迷惑现在和将来。

第三天，他主动约我去钓鱼，要收我做徒弟。我求之不得，就拉他去了湿地。当时下了阵雨，但很快就停了。雨后的湿地，湿润鲜亮，好像刚出生的娃娃，连虫鸣鸟飞，都显得慵懒却兴奋，像名成熟的女人……

我望着天空还在翻滚的乌云，想起三十多年前的那个找龙的下午，忽然来了兴致，指着天边的云霞，说："老李大爷，我看到龙王了！"

"长得什么样？"他也有兴致。

"长髯麟角，张牙舞爪。"

"像我一样？"他做出凶神恶煞的样子。

"差不多。"

我见他高兴，就提起水怪一事，说："我父亲怕我到河里游泳，就编出水怪来，说这水里有水怪。您说有水怪吗？"

老李闻听，脸色阴郁下来。我再问他啥，他只是打哈哈，情绪显然受了大影响。我不再敢说太多，唯恐哪句话惹他不满。我带的吃的，他一样不动，只说不饿。又说此处江汉子没鱼，就移到另外一个汉口垂钓。

不久，我觉得汉口那边有些不对劲儿，隐约有人在呻吟，就跑过去，果然见他委着身子，涨红着脸，汗流满面，却咬紧牙关，不肯大声呻吟。我连忙把他背上车，紧急送往医院。大家夸我做得好，要不是我送得及时，他可能就扔在湿地了。他却说：

"我倒希望扔在湿地……"

"你并不感谢我？"我调侃道。

"当然感谢你。但为什么要说出来呢？"

他见我不解，又莫名其妙地说："爱一人，可能会害一个人。"

我更是摸不着头脑，以为他真是病了。

他稍好一些，才告诉我，他有哮喘病。童年时，姑父领养了他，给他一个充满爱的童年，却把自己的哮喘，传染给了他。姑父爱他如掌上明珠，却不经意伤害到他，到死也在后悔。那时的人并不懂，但现在懂了，这也是他一直拒绝和我同餐的一个原因。

"你怨姑父吗？"我问他。

我以为他会说不怨，不承想他却说："当然怨。怨那时的人只知道爱，却不知道怎么爱。只知道恨，却不会恨……"

我想不太透。我越是这样，他越是得意，症状也缓解不少。

他一好，在家只待了几天，就又急着去钓鱼。他老伴不让，又管不了他，就打电话给我。作为交换条件，他告诉我一个秘密：

"我记得你！"

我惊得瞪大眼睛："那你为什么佯装不记得？"

他露出憨态："你没记恨我？"

"记恨什么？"

"我做了回小人，告了你的状。"

"如果没有你告状，我可能早被水怪拉到江里，现在没人和你在这儿聊天了。"

我的这句随便说的话，却又引起他的不快。都说天气是娃娃的脸，说变就变，我觉得老年人的脸，也是如此。

我们还在很正常地交往，但绝口不提水怪的事儿。只要一提，他就会有变化，至少不理睬我。我忽然有个感觉，觉得他就是一个水怪……

在钓鱼之余，我突发奇想，就把我在湿地钓鱼的相片，发到微博上，竟然与北京一老总一拍即合，初步达成了投资开发湿地旅游项目的意向。

因为忙，许久没有和老李联系。这天，老李突然来到我的办公室，令我惊讶不已。因为他按我送给他的我写的长篇小说上有关我的介绍，按图索骥，竟然找到我单位，尽管花了他一小天的时间。他远道而来，却只为了告诉我一件小事：

"我也记得你父亲。"

"我也记得，只是他走得早。"

"你父亲是爱你的。对你那么严，那么狠，是怕你学坏，怕你有危险。"

"我知道。"

"当初就知道?"

"当初不懂。"

"这就对了。当初不懂现在懂，一样，不晚。"

"可是他老人家早成仙了，连让我孝顺的机会都没给。"

"可是，你还继续活下去，享受着生活的美好，这就是你父亲最希望看到的。"

"我知道。"

"你当真知道他的严厉是一种爱吗?"

"知道。"

"那么，你真理解了我告你状，没有恶意?"

绕了一圈儿，我才听明白他的意思。我真诚地说，对他没有意见。他便高兴了，对我表示感谢的同时，邀请我和他一起到野外湿地夜钓。

我虽有兴趣，但不专业，没想去。但一想到他的身体，一个人在野外会有危险，就同意了。

我们早早就来到湿地，扎下营池。下好渔竿，支好灯盏，做好相关准备，就开始驱蚊蝇。夜晚的湿地格外活跃，夜莺、蛙鸣及不知名的动物行动频繁，好不热闹。老李说一个人来夜钓的话，也从来不觉得寂寞，野外朋友多。我问他：

"水里呢？"

他显然被我泼了凉水："什么水里？"

显然我俩都知道我指的是水怪。

午夜是鱼上钩的高峰期，他钓得开心，便忽然问我："你的项目，真要干吗？"

我对他提起过湿地旅游项目的事儿，没想到他还真记下了，还当回事儿地思索，眉毛好像要拧断了。他从鱼袋里掏出一打纸，替我打着手电筒，让我浏览。

我一看，是绘制的旅游项目图，竟然有那么点专业，却是他自己绘制的，湿地的犄角旮旯都标得一清二楚。我不得不佩服他，因为他退休前是个国有公司的车队队长，没上过大学，也不会什么绘图制作。

"你搞的项目，我可以给你当参谋。"

"当然可以。"

"这里的每一寸水域，每一块湿地，都在我的心里呢。"

我相信他，充分相信他，就在合作伙伴来考察的时候，请他作陪。他一直听着我们的设想，却越听越皱眉，后来就一声不吭了。

我们的设想很宏大，是要将整个湿地进行重新规划，进行整理，然后上五个组合配套项目，年利润要达上千万，利用五年时间，打造成全国知名项目。

规划开始做了，项目也开始申请了，没有时间再陪老李钓鱼。这天，老李却提着瓶酒，要请我喝酒。

我知道他自从得了哮喘病，就把酒戒了，今天主动要喝酒，说明有了冒死的雅兴。我们找了家小酒馆，第一次端杯，都很高兴。但是他的眼神告诉我，他有事儿要和我谈，但我就是不问，佯装不知。酒到酣处，他就忍不住了，问我：

"你的这个项目，能不能不建？"

我愕然。他一开始是那么热心，现在却一百八十度大转弯。

"你放心，项目上了，你不但可以免费钓鱼，还可以帮助管理……"

他摇着头，打断我的话："我不是这个意思。你不用我，我不会求你。

233

你这里变成经营场所，我就再换个地方，离远点呗，没什么。"

"你觉得哪不妥吗？"

"我觉得这个项目，会对这里的环境造成危害。"

"放心，我们已经请专家，对这里进行了综合评估……"

一听说专家，他的脸色骤变："你那么相信狗屁专家？什么专家？就是考了个文凭，晋了个职称，就成了狗屁专家？对实际情况的了解，还不如我呢！谁对这里有感情？我们江边人才有！"

我点头："我承认，您才是专家。所以我想听听您的意思。"

"我的意见不是说了吗？这个项目会对环境产生影响。"

"为什么？"

"不为什么！"

老李说完，把酒喝光，又加了瓶啤酒。他七十了，担心他的毛病犯，我就抢下来喝了。

老李酒上八成，突然老泪纵横，告诉我又一件秘密事儿，已经在他心里压了几十年。他说在"大跃进"期间，全国上下，人心浮躁，这里开山造梯田，那里毁林造农田，他就带着个小队，面对着湿地，提出"向沼泽地里要良田"。他带领青年突击队，日夜奋战，把湿地里的塔头甸子统统翻过来，晒干些，挑土铺在上面，硬是在湿地涝洼塘，建成了一个江边涝洼塘庄稼实验田，上了报纸广播，得到了上级表扬。可是没多久，一场雨水就把河堤冲垮，所谓涝洼塘塔头甸上的奇迹，变成了洪水泛滥的悲剧，几十户农户被淹，死亡……

老李讲述的时候，口气里充满着自责和懊悔，仿佛是剐了他的肉。

第二天，我请他把他的这段故事，对我的合作伙伴讲了，我们都觉得这是个很沉重而关键的问题，便将项目暂时搁浅了。

面对这个结果，老李向我道歉，也向我道谢。他说他是这湿地上的一棵芦苇，随风摇摆，根却不会离开。

"你是水怪。"我说。

以为他会生气。不承想他憨笑道：

"对，我就是这里的水怪。"

我从来没有见过水怪，也相信松花江不曾存在过什么水怪，但至少父亲的水怪存在过，不是在天上，也不是在江里，而在我的心灵深处……

老李照例还会让我拉他到湿地汊口钓鱼，除了他光彩的好手气，野生鱼争着上他的钩，小曲秧歌调悠扬，也时不时地从他的嘴里出来，哼哼呀呀，像掉牙似的。但那沙哑的嗓音里所传达出的愉悦，是不言而喻的。

"老李大爷，你怎么对水怪那么敏感？"我问。混熟了才这样直白地问。

"你这臭小子，知道我不喜欢提，你却偏偏提！"

他这么说，说明他此时是高兴的。否则，他会一言不发。

"一定有故事吧？"

他叹了口气，望着茫茫湿地，眼里闪过一丝阴霾。

"怎么说呢？你还记得我告你状的事吧？"

"当然记得。"我钓上一条小鱼，这是我钓上来的有数的几条鱼。

"也记得你父亲揍你的事儿吧？"

"记得。这有什么关系？"

"说有关系，就有关系。说没关系，就没关系。这样说来，你不应该恨我，而是应该感谢我。"

"我从来不恨你。"

"扯淡，不可能。"

"恨也是一时的。"

"这我信。"他望着鱼漂儿，悠悠地说，"我的二儿子，在你挨揍之前，就是在那江里死了，被淹死了……"

我愣了，不知道自己犯了什么错误，把这个话题提起，会对一个老人造成什么伤害，心里没数，便干咳道："对不起……"

"我的老二水性好着呢——"他的口吻不无自豪，"总逃课，跟我一小一个样儿。中了那句话，淹死会水的。他带着他的表哥去江边摸蛤蜊，一去就是一天。傍晚，有人发现江汊子浮上来两具尸体，我跑去一看，我儿子就抱着他哥哥，做着游的动作。而他哥哥根本就不会游泳——想必是救他哥哥一同死的。"

我缄默，因无法安慰他而难过。只是靠近他，抱一下他，说："谢谢你，谢谢你的告状。否则，我可能也沉在这江里，做了水鬼……"

"没事儿，我已经习惯了。"

"把我当你的老二吧。"

他苦笑道："扯淡，他已经变成了水怪……"

我还经常去看望老李。他还是那么执着地坐在江边、坐在汉口垂钓，聚精会神。自从我知道了他的全部故事，他也不避讳了，指着水面说：

"你看着吧，一会儿我就把那些水怪钓上来。"

一条鱼就在水面上跳跃着，在他温柔的牵引下，进入他的网兜儿。

"有那么多水怪呀，你能钓光吗?"

他认真地说："一定能。我相信一定有那么一天，我能把水里所有的怪兽钓光。到了那一天，我就可以把我的儿子钓回来。"

此语一出，他的眼睛湿润了。

我也哽咽了。

我盼望着可以有一天，他将他的儿子钓回来。

死亡之夜

雪后的墙头村浸在玫瑰色的暮霭中，看上去像匍匐在石灰堆的十几个臭虫。朔风刚刚住了，似乎寒冷也倏地离开了村庄。远远的，可以看到炊烟有那么三五柱，静得像裱在画里。

几乎家家门前都有个用小径木做的灯笼杆，挂的灯笼没几家亮着。有人还觉得年味不够，就将彩纸裁成条，用白面糨糊粘在上面。也有的拴上几架纸叠的小风车，迎着风哗哗啦啦地响，吵得全村都听得到，村子立马有了活气。

村西一户红砖青瓦的房里，一条大黄狗用左爪推开虚掩的房门，扭的一响，跳到雪地里，立即矮了许多。大黄狗抖一抖身上的金色皮毛，鼻子抵着雪面，循着一趟儿脚印，一路闻着什么，它那掸子一样呼扇呼扇的尾巴不安地摇着，从木柴栏豁口处钻出，绕一棵碗口粗的旱柳颠颠地跑一圈儿，在一泡骚尿窝处打个喷嚏，跑向村东方向。它码着这行脚印，又发现歪歪斜斜多了一行，只是稍小了一点，又认真地闻到河畔，向白皑皑的河套里望了望。那里有凿冰沉闷的声音，偶有人语。

"汪汪——"大黄狗叫两声。

突然一个黑影飞过雪岗，噗地摔在大黄狗跟前，吓得大黄狗跳到一边。它看到在雪地上一条活蹦乱跳的鲤鱼打了一个滑，僵硬如木疙瘩，从雪坑里露出一个灰不溜秋的狗皮帽脑袋，胡子拉碴，上面早结着冰霜，冲大黄狗喊道：

"犒劳你的！"

那人一说话就暴露了他的三瓣嘴。他看到大黄狗并不理那条鱼，就对身后在凿冰窟窿的人说："小五，大黄狗来，等于长松告诉咱，内（那）

个城里人好像要瘪骨啦。"

小五说："这冰窟窿不够大呀，肯定放不进一个死人。"

"活人呢？"

"活人也够呛。"

那三瓣嘴叫二柱儿，嫌小五蘑菇（方言，意思是磨蹭——编者注），拎起洋镐，乒乒地刨起来。这里是个深坑，大概是村民盖房取土时形成的，越开越大，最后成了河外之河，沟外大沟。夏天的时候是个水洼，许多死猫癞狗、臭鱼烂虾，都会扔到这里。每年入冬前，小五经常到水井挑水，然后从高岗上向下泼，形成坡度很大的冰道，小五就当孩子头，在这里溜爬犁，打出溜滑。

小五无聊，就上到雪包顶，把铁锹倒放在雪地上，骑锹把坐上，冲二柱儿喊："火箭上天喽。"

二柱儿骂道："三十找不到老婆，还天天穷开心！"

突然小五惊叫起来呼救。二柱儿抬头一看，吓了一跳，只见小五冲下冰坡，直冲沟底雪深坑而去。他知道那坑底进入非死即伤。惊恐的小五突然挂在那里，而铁锹却钻进雪里，无影无踪。

"作死！"二柱儿骂。

小五被铺在沟底的破渔网救了，见把二柱儿吓着了，扬扬得意。

二柱儿见天已黑透了，他召唤小五回家。他若有所思，没有听到小五问的话，小五问了两遍行不行，他才说行啦，就往坡上爬。爬到半路，他见小五还在找铁锹，就骂他没用，也滑下去，险些掉深坑里，被小五拉住，惊出他一身冷汗。

"怎么没发现这么危险！"

他说着，就把破渔网拆了。小五拦他，他说他要给换个新的。这时候，大黄狗站在岗上"汪"了一声，嘴中的就掉下来，向一处深坑滑去。大黄狗就追，蹄下一滑，直冲下坑底，滚了一身雪。深坑也刚掘过，里面现出一具尸体。尸体裹在一床花被面里。花被埋在雪中，只露出一个被头。被头处，有一缕花白头发，像草芥。

小五看到这一切，前仰后合，指点着大黄狗对还在拆网的二柱儿喊："真是个笨狗。"

二柱儿叫过大黄狗，抱在怀里，稀罕地搂搂脖子，用手闷子拍拍。大黄狗喷了两下鼻子，抖落掉身上的雪粉，沿着岸堤跑远。

大黄狗跳进一户低矮茅屋的院子，几件简陋的农活工具一半埋在雪里。一条从院门到屋门的道清扫得利索，积雪堆到墙根或树下。土坯砌的外墙掉了几块，露出上一层的墙皮，隐约可见稻秸纵横。房椽挂着猩红的辣椒，像生葡萄的样子。院子一角是四根木杆支起的粮垛，里面是半下子黄澄澄的苞米棒子。除了这些，其他都已经埋在雪里，使这个茅屋看上去，更像一座坟墓。

房门是用一条破棉絮外罩着，黄狗狺狺地无奈地吼着，用爪扒两下屋门没开，就蹿到窗前，跳起来，抓着木窗框，发出吱喳吱喳的声音。

此时，屋里昏暗的灯光下，几张蜡黄的面孔笼罩在浓重的烟雾中，炕上一个泥火盆，里面是发红的柴灰，一变暗就有人翻动，红光晃得围烤的人眼睛发亮。其中一个叫长松的黑脸汉子把烟袋插进棉裤腰里，对身边满是灰白胡子的老者说："是大黄来了，老村长，我先回，你们先唠着。就这么着，再饿他一天。"

"别饿死喽。多给他水喝。"

坐在炕沿边的不十分胖的女人高翘着手指，捏着烟屁股，接过茬儿说："给他灌，这个该死的城里人，让他也吃水里他说的病毒！"

长松出去，灌进来一股新鲜的空气，像浪头一样翻卷着，向屋内滚动，渐渐被混浊的空气吞噬了。老村长蹲在地中间的铁火炉前，将报纸条伸进炉门，遇红火炭立即燃起，将"蛤蟆头"点上。吧嗒吧嗒两口，烟丝发出撕心裂肺的挣扎，一团灰暗的烟缕从胡须间喷冒出来。他很响地咳了一声嗽，搓两下手，伸到炉前烤火。他慢条斯理地说："这个年轻人，八成说得对。"

在土炕头，一条旧被瓢子盖着的主人家根儿，撑起骨瘦如柴的上身，因为急，话还没到嘴边，就已经气喘吁吁。但说的话却生硬而尖刻，他说："打死他也不解恨。……清蓉到镇里，大豆腐一块卖不出去，干豆腐……咳——"

叫清蓉的并不十分胖的女人挑起浓重的眉头，眼里平添了几分怒色："半个月干豆腐卖不出去。人家一看是墙头村的，像什么似的躲。也说咱

239

村有瘟疫，连小孩都知道，我跟他们干仗，他们就说是这个城里人到处宣扬的。"

清蓉转而用手背擦眼泪，声音里掺入了哭腔："我孩子被他姥姥送回来了，他一去他姥姥就要死，说是我孩子瘟的，听上去是骂人，实际是说他从咱村带去了瘟疫。你说这不是瞪两眼说瞎话吗？哪个村子一到冬天不一批批地死人？早不带晚不带，偏偏村里死起人来，他们才说是瘟疫！"她边说边用手摩挲着腿边的那个黑脑袋。

坐在门边小板凳上的板爷，瓮声瓮气地说："咱村从父辈逃荒到这儿，就看好了这片水塘，当时一个过路的阴阳先生说这是块宝地，风水好，就在这水塘边搭起了木刻楞房子，几十年无论外面怎么乱，咱村平平安安。可怎么经济一搞活，倒跟咱们过不去了？"

"他说我豆腐里有病毒！还说水塘也有病毒！还说我们都得了一种……"清蓉牙齿咬得咯吱响。她心里除了她的豆腐，就是那个从地底下冒出来的瘟神——城里人。

这话让背靠着一袋黄豆的年轻人说了："俺看他就是瘟神。什么污染水源地！他懂个屁，他算老几呀！比比画画，他再懂，还能有老村长懂得多，对不？哪个河套里没有鸭鹅？它们不在水里拉粑粑？"他家的白菜土豆堆了满屋，他只能让老父亲和三个娃睡在臭气熏天的烂菜堆里。

"也是，近来咱村人丁不旺，四畜不旺……"

"肯定是这小子方的。"这个叫方舟的年轻人恶狠狠地说。

话音未落，屋后传来由远而近的脚步声，踩得雪地吱嘎吱嘎响，节奏很急。坐着的人马上站起来。因为他们听脚步声，就怕急促，准保有事儿。

果然，声音在后窗根儿停下，传来瓮声瓮气的哭喊："老村长，在吗？我老婆死了……"

坐着的都站了起来。老村长把铁钩子从炉膛底下抽出来，闯到墙角。因为耳背，没听真切。清蓉说："八成是二柱儿。他不是上河套子里挖大坑去了吗？"

"是他。估计挖完了。再不好挖的冰窟窿，他也有办法。"方舟说。

板爷说："他媳妇不是好好的吗？白天还看她铲雪呢。"

240

"是谁在房后叫魂?" 清蓉一声吼, 炸雷般。

"老婶, 是我, 二柱儿。我媳妇死了, 快去看看吧。"

众人除了家根儿和他两个孩崽儿, 都出了屋。二柱儿已经来到窗前, 抄着手, 缩着脖子, 在那里抹眼泪。

"咋的啦?" 老村长问。

"我回家, 干活干累了, 就想睡觉, 谁知道她突然就抽了。——我回去了。"

说的时候, 众人跟着, 往二柱儿家走。二柱儿家里到处贮着秋菜, 秋菜堆里还夹杂着一种酸臭味。顶数今年二柱儿勤快, 不招灾不惹祸, 种的秋菜收成好, 可卖不出去, 全烂在家里了。

女人枯黄的脸没有什么表情, 就像睡着时一个样。老村长掀开被, 往下看, 女人一丝不挂, 他看见腰下有一摊未抹干的血迹。他把手放在女人鼻孔前, 没有感觉到一丝儿气息。

"真的死了?" 老村长自言自语。用手背拭一下被冷出的眼泪, 告诉二柱儿: "听听心脏还跳不。"

"早听过了, 不跳了。"

"再听听。"

二柱儿将耳朵贴在女人的乳房上听了一下, 抬脸摇摇头。老村长也伸头听一下, 然后拉上被头, 一点点上盖, 直到盖上头。

"死的时候, 你干啥了?" 老村长严肃起来。

"嗯哪。"

"我问干啥了!"

"没忍住……"

"杂种操的。" 老村长胡须直抖, 陡然训斥着, "什么没忍住? 不该干的时候就是不能干! 我怎么教训你们的? 现在提倡市场经济, 整天窝在家里, 天上能掉馅饼? 不学人家到处吆喝, 谁会来这偏旮旯儿子买咱这破菜?"

清蓉手扶着老村长的胳膊, 意思让他消消气, 被老村长甩到一边。他继续数落: "干事儿干事儿, 就不能干点正经事儿? 再者说了, 年纪轻轻的急什么? 该有多少好时候可以干, 谁拦着你了? 这回可倒好, 成了一个烂桃子, 我看你还咋干! ——还愣着干吗? 快准备后事!"

老村长看着这个村里数得上清秀的女人死了，脸沉得像外面的天空。尤其看到两个还不谙事的孩子，钻在炕梢被里，越人多越显脸，互相打闹着，哀从心起。

板爷面冲着老村长说："这是第十三个了。她是从外乡流浪来的，没谁知道她娘家，搁车运到水塘的后坡埋了算了。"

二柱儿叹道："我挖的坑，看来得自己埋了。"

"那不又要有人说我们污染水源？"方舟反对。

板爷说："听蝲蝲蛄叫唤还不种黄豆啦！"

老村长往出走，被二柱儿的小女儿英子一把扯住，两根羊角辫颤颤的，对老村长说："袁爷爷，这是我妈妈给我梳的，好看吗？"老村长手攥英子那只有块冻疮的小胖乎手，点头说："不但好看，还漂亮。"老村长继续往出走，却又被英子拉住，她说："袁爷爷袁爷爷，你别走。妈妈告诉我，你是我爸爸。"

屋子空气一下子僵死了。二柱儿停止了哭号。突然，他的巴掌重重地打在英子的脸上，英子躲闪不及，一骨碌滚到炕里。白净的左脸蛋红肿起来，惊愕的眼睛睁得大大的，滚出一颗一颗泪珠。

二柱儿呵斥道："不许胡说八道！"

清蓉甩掉棉鞋，连忙盘腿爬上炕，边抱起英子边说："孩子别胡说，妈妈死了，快哭你妈妈。"英儿从清蓉臂弯里昂起小脑袋，冲二柱儿说："他总打我，还掐我脖子，他不是我爸爸。"

谁也没有拦低着头走出去的老村长。

满夜空的星斗。月亮三扁四不圆的，像个沾满草叶的鸭蛋，可不知能孵出什么鸡儿出来。四周有风晕，看来不会有雪，会起风。可没走几步道，清亮亮的蓝瓦瓦的天空竟然下起雪来，稀稀落落的雪星儿从夜幕里钻出来，像夏天的飞蛾。老村长想不明白这天气，仰头望了一会儿，叹口气，摇摇头，趔回家根儿的豆腐房。那条大黄狗守在门口，长松已在那等他了。

"怎么样，那个学生？"

板爷跟在身后进来，边跺着鞋上的雪边说："他像个死狗，堆缩在墙角，一动不动，装死。"

老村长吁口气："长松，你走的地方多，见识广，这病毒有这么厉害吗？"

"好像有毛病。"

"能不能是去年阎老爷的坟给涝洼塘泡了，只胡乱挪到清流河那个乱搁闹沟，破了风水？"

"袁叔，您是老共产党员，也信刘半仙的话？"

"共产党员咋的？也得吃也得喝，死了也得发送。"家根儿在炕上说。因为气短，便干咳起来，愈加气不够用，额头的青筋暴突出来。

老村长看一眼家根儿，说："全村五十六号人，已走了十三个，还有几个……"他没再往下说，用铁铲从煤槽里搓一下水煤，填进炉膛。"今年各家的炉子倒都挺好烧。"老村长放好铲子，"长松，去看看永常回来没有。"

永常是镇上干部，回家过年就赶上这事，没想到事态比掌握的要严重得多，紧急报告打上去，还没得到指示，急得团团转。永常是村里考出去的大学生，毕业后进了镇里机关，老村长谁都不服，就服他。

永常老婆还在村里种地伺候瘫痪在床八年的老父亲，一起住在一户青砖铁皮房里，也守着道边，打老远就看到灯光从窗户闸板缝隙泻到雪堆上，形成一些亮道道，像炉箅子。里面有咯喽咯喽说话声。

"永常回来了没有？"长松趴着闸板缝喊。

屋里女的应声："是长松哥吧？啥子事儿？"

"老村长来看看。"

老村长来是想从永常嘴里了解一下镇里的精神。虽然早沟通过，但谁也没想到大冬天的，情况突然紧急。他已经几天睡不着觉，心里总觉得那个城里人像跟永常合计好了似的，忙忙活活，总要整点事出来。这点事儿就可以把墙头村这块天捅露。

房间里很阴森，像进入冰窖。永常像是刚从外面回来，皮鞋沿还挂着未融化的雪泥。他和他媳妇巧儿正在翻箱倒柜，炕上炕下满是衣物。

"这是干……要搬家？"老村长边说，边掏出烟末。巧儿忙到处找烟笸箩，话像连珠炮："袁叔抽我们的。永常，烟呢？瞧这些破烂儿，下不去脚啦！刚才烟还放在这，一转身咋就找不到了呢？"手推永常找，忙抢过

243

长松的火柴给老村长点上。

永常伸胳膊把东西划拉开一堆儿，腾出地儿让二人坐了。永常从包里掏出烟卷，故意只给自己点上，被长松一把抢了去，他俩是光腚娃娃，一见面就闹。老村长拒绝换烟卷，说烟卷抽了咳嗽。永常拿过老村长的烟叶袋，扯下一张烟纸，边卷边说："是要搬。镇里已给我们村在三道牙儿选了个村址，但要开春才会迁那去。我先响应组织号召，先搬走。"

"镇多个啥？咱这地是老村长用半辈子建的，不能迁。"长松说。

老村长嘴角咧一下，似笑非笑："是政府定的？"

"是的。现在由咱村发源的清流河水受到了严重污染。河里的鱼经鉴定也带有病毒。"

"你也相信这派鬼话？"长松平时谦谦君子，一谈到拆迁就火冒三丈，让永常感到惊讶，不觉也怒上心头，生硬地说："你这脑筋，从小就愚蠢不开窍，长大了也不好使。不但我，政府也正因为替村民着想，替下游几十万人着想，才决定迁村。政府将派医生专门给我们村民体检和治疗。每个村民都可能感染了这种病毒，随时都可能发作。"

"什么病毒？你说，什么病毒？你是大学生，你说说。"

"我是大学生不假，可也不是学这个的！什么病毒，据说还无法确定，这几天专家就来咱村实地勘察，到时候就知道了。"

"说不清，就是造谣。"长松还不肯服气。老村长摆摆手，不让他犟下去，把烟袋锅慢慢地有节奏地敲打在鞋底上，他听明白了，往出走。屋地上，还燃着的烟丝，噼噼啪啪地闪着火星。

他淡淡地说了一句："政府要搬就搬吧。"

永常没有想到老村长会这么通情达理。送走他俩，回到屋里正要接着收拾东西，就听静静的村西传来两声哭号。开始他没当回事，后来巧儿觉出不对劲儿，催促他去看看。永常坐不住了，告诉巧儿锁好门，披上大衣就出了家门。

此次回来，他就像回到了坟墓间，到处感觉到一种死亡的气息。望着简陋的一户户村落，熟悉的伙伴竟然也溘然暴亡，令他恐惧。他能做的，就是要知道这里到底发生了什么。

他走到二柱儿家门前，又碰到小五匆匆往院里跑。

"小五，跑什么？"

"哦，是永常舅……二柱儿老婆没了。"

他半信半疑，随小五进了屋，刘半仙正在那里指挥着给二柱儿媳妇穿戴。二柱儿倒坚强的样子，反过来安慰大家："早进城晚进城，早晚都进城。"他那两个孩子早扎了白孝带，英子跪在哥哥身后，困得发呆。

"不是三天出吗？"永常问。刘半仙不语。板爷瞪了他一眼，说："那两天放你家！"永常不觉愠怒："你这是怎么说话？"

"咋的，嫌不好听，我还给你唱一个呗？"板爷是有名的二混子，顺毛摩挲行，戗茬儿不中，就不怕横的。他双手掐腰："你看着好端端的个村子出事儿，高兴了？我发现，你一回来，准保有人死。"

长松一脚门里一脚门外听了个大概，埋怨说："别吵了，没永常啥事儿。那小子也上西天了。瘟神走了，以后就太平了。"

"哪个小子？"永常问长松。

"就是那个找过你的学生。他自己把自己饿死了。"

永常想起了不久前来村调研的那个大学生，在镇里还碰见过，他所反映的情况有些夸大其词，所以一直没怎么当回事。他问："是那个眼镜学生？"

没有人回答他。所有的人都露出轻松的神色，只有永常在那里发怔。

小五说："这半仙真是神算，看看这是几更。——未时，正是半仙说的时辰，神了。"

永常从家根儿家里出来，找到眼镜学生时，眼镜学生是躺在去河套的狗爬犁上。静静的月光把雪花闪得晶亮，像无数的萤火虫。他掀开盖在眼镜学生面部的雪，看见了那个好多旋儿的眼镜，心里打了个冷战。他手抓他的手腕，感到一丝儿温度。

"他还活着！"他兴奋地叫起来。

没有人理睬他。

那条大黄狗绕着他转了一圈后，又坐在爬犁边，东张西望。长松走过来，劝他少管闲事。长松继续赶着狗爬犁，被永常拦住，永常说："你这是作孽！从今往后，我们不认识！"长松推开他，继续往前走："你是永常，其实是精神失常。我去镇里。"

永常道着谢，把外套脱下，盖在眼镜学生身上。长松推开他，与大黄狗道别。这时，村里出现一队火把，人影绰绰，一个个黑人影向这边蜈蚣一般爬来。在火光中，一扇门板抬着尸体，头里是二柱儿，向那个雪包后的冰窟窿走去。

永常从队伍前，走到队伍后，挨个问同样一句话："为什么不火化？"最后老村长说："只有咱村可以土葬。"板爷用话磕他："我帮你占个地儿？"永常不理他，跟着老村长身后说："为什么不埋在山上？"老村长说："埋在山上，就不污染大山了？"继续向前河套走。雪花无声地飘着。火把噼噼啪啪的声音显得很沉闷。

永常举着火把，站到雪包顶上，显得魁梧。他脱掉毡帽，面孔冷峻，按住拉门板。人们终于停了下来。"父老乡亲们，"永常喊，"二柱儿媳妇死，我觉得不可思议。大家想一想，二柱儿媳妇身体多好，却死了！大家问过没有，这是为什么？"

"为什么？"二柱儿问，充满敌意。

"不验尸，怎么会知道？"

"你又要说是病菌？你可拉倒吧！"小五说，在永常没防备时，侧身看似无意地撞了永常一下，永常滑倒，沿着冰坡滚下。大黄狗机灵，嗖地蹿上去，把他拖了一下，使他得以站住。

老村长走到永常跟前："孩子，我们把二柱儿媳妇葬了吧，活人不挡死人道儿。"老村长的话很低，却落地有声。永常拉着老村长的袖子说："老村长，咱们都是屯威儿，又是邻里，咱们可不能再错下去！一种瘟疫正威胁着我们，我们村会一个个死去……"

"别听他白话。"板爷在火把下面嚷道。"别听他……"二柱儿也低低地喊。但后半句好像被风吹得零零碎碎，谁也听不清。再没有人吱声。的确起风了。难堪的片刻沉默，夹在噼噼啪啪的火把动静中。

永常继续说："长松已经去县城，法医明天就可能来，做一下尸检，看她是不是因为病毒而死。如果不是，你们就用火把把我烧死。""我看现在就可以把他烧死！"二柱儿叫道。刘半仙阴阳怪气地说："十点不下葬，鬼魂儿游荡。"二柱儿在那里伏着死人又哭作一团儿。

老村长一挥手，陈尸门板又抬起，向河套雪包上爬去。这时，从村那边跑过一个黑影，边跑边喊："永常——"大家认出是巧儿。巧儿已滚得浑身是雪末，上气不接下气："永常，家根儿死了，快去！孩子们到咱家，在屋里哭呢！"

清蓉哇的一声，瘫在雪地上。众人乱作一团。

"大家不要乱。"永常说，"把尸体抬回去，这天坏不了。我们村死了这么多人，不是偶然的。只有查明了病因，才能不让更多的人死去。"

没有人动。人们的目光都看向老村长。老村长从后腰里抽出烟袋，叼在嘴里，凑到火把上点着，然后抬起满是皱褶的眼皮。他说："照永常说的做吧。"转向二柱儿，问："行吗？"二柱儿点头，说："我带您去看一下那个冰窟窿。或许下的网，有大鱼。"

老村长站着，看着永常带着人群往回去，就爬上高岗雪包。他显得吃力，就叫二柱儿扶他。二柱儿说："袁叔，你小心。"老村长刚说没事儿，脚下就一滑，被二柱儿一把抱住。老村长喘着粗气说："谢谢二柱儿。对不起啊。"大黄狗跟在身后，摇着尾巴，围着他俩不安地绕着圈儿。

"这狗真通人气。"二柱儿说，抓着老村长的手抓得更紧了。老村长手抓着三瓣嘴的大襟，他看到村民们陆续穿过河道，机动车辆消失。他说："长松说得对，永常真是精神失常。嘿嘿。"二柱儿也嘿嘿笑了两声，三瓣嘴露出黄牙垢。老村长突然感到喘不上来气。他说："放手三瓣嘴，我喘不上来气啦！"

手劲越来越大。老村长感觉到整个身子都悬起来了。他的头已经扎在雪面，看到眼前一堆深坑，露出一床花面被头。被头处，有一缕头发显得黑乎乎的。十尺下就是一个大雪坑，埋死人时，冰不够用，就取来雪，浇上水，形成了一个天然游乐场。夏天的时候是个水洼，许多死猫烂狗臭鱼烂虾，都会扔到这里。许多村民也不在乎，盖房什么的，还到这里来取土，管也管不住。近阶段，这里成了掩埋场，丧葬瘟疫的坟墓。

老村长说："二柱儿啊，这个坑，你还记得吗？每年夏天都会淹死人。否则，咱们村现在，就不是五十六口人。"

"现在应该是四十人。"

"四十一口。"

"是四十口，老村长。已经死了十五个，即将还要死一个。"

二柱儿说着，就松开了手。老村长像个爬犁一般，滑进深坑，瞬间消失在雪里。

一把铁锹从雪里支出来，上面鲜血倏忽凝固。

大黄狗本来是追下去的，估计它要救人。但是它滑倒了，向沟底摔去，四蹄拼命撑着，也无济于事。它在自己要到达沟底的时候，猛然侧向一蹿，就扒住一处沟沿，挣扎了几次，终于上到岸，摇摇晃晃爬上雪包。

"汪——"大黄狗冲村庄长吠了一声。

灵魂 E – mail

  我一直怀疑我那天来到这个古朴的小镇并进入到那个危险的下午，是受清月毛子的邮件招引。我不知道这种招引是如何让她以灵魂游逸的方式与我沟通，但我确是在那个下午，真切地感受到了危险。

  那时的我，心情其实很好，远离忙着生儿育女的儿子，租住在这个充斥着小桥流水风情的一隅，专心写于这里无关紧要的长篇小说《泥巷》，就像一个脱离了圈养的兔子，闻着枯草也觉得新鲜、快乐。我知道我是在以一种与众不同的方式，延续我的生命，这很重要。

  而那个危险，最初来自于我随身携带的笔记本电脑专用插座，它出了问题。问题其实也不大，就是插座所有金属部件都带上了二百二十伏电荷，在我修理的时候，电了我一下，差一点儿要了我的老命。我把插座及时地扔掉，才避免了一场悲剧的发生。这让我刻骨铭心地意识到，一个死亡时刻已经时刻在等着我啦。

  明白了这一点之后，我就从那个下午开始，彻底抛开名利纠缠的所谓创作，尽情地享受着与死神擦肩而过后生的快乐，畅快地呼吸着阳光粼粼的空气，穿街走巷逛市场，体味着我这把年纪还活着的欢乐与幸福。我这才发现，没有人知道我刚刚经过了人生的一次磨难，等于说一个人的生死，其实只跟自己有关，其他的人既不能说漠然无关，也不能事先预约。但是我要珍惜我自己，所以我自由迈出的每一步，眼球不经意的每一个转动，以及游人每一次有意无意的擦肩，都是那么愉悦而充满韵味。我能感觉到风儿在脸上痒痒地蠕动，能听到花丛里昆虫的奔跑和儿童稚气的笑声，看到广场推销搅起的商潮的涌动和鸽子在教堂尖顶自由飞旋，还有草坪上的恋人，在亲昵，像雕塑，像陈年旧事，像我的老相片……

就这样，在这么酣畅的仅因活着而任性跋扈的下午，我回到"家庭旅馆"，手里多了件新插排，却仍然没有预料到接下来可能会发生什么。天色已晚，粗糙的街道传进来嘈杂的声音，让人感到温暖。这是创作的最佳时机，可以给予作家更多的灵感，慢慢地品味小说里一个个人物的命运，这是我的世界。

我就是在这种轻松的情绪中，重新启动电脑。上网。连接。打开博客。有新电子邮件进来。打印。因为屏幕荧光刺激，我的眼底静脉曾经流过血，我只能看打印稿。打印是在街边的一个打字社，一个像瓷娃娃的年轻女子，配着台老式打印机。打印针在纸上行走的声音，像大夫用手术刀割开病人的肚皮。这种想象令我毛骨悚然，所以不忍细端详窗外的风景，跟她聊起了生意和生活，女子很防备地看我几眼，然后就弄她的手机。她的手机很漂亮，里面有许多企鹅在闪动，我就问她玩微博吗。她没理我，然后她的打印机坏了，卡纸，她就放下手机，打开打印机修理。她弄了一会儿，也没弄好，我看不下去，就帮她弄了一下，就弄好了。我告诉她，这台打印机跟我在老家的一个样。针式打印机，哪都好，就是经常出问题。现在开始流行喷墨式打印。她点头，看了一眼我的邮件，当得知我是作家，就不要我的打印费。可是我不能占小姑娘便宜，就多给了些钱，她也没反对，也没说再见。

小姑娘长着一张像瓷娃娃一样的喜庆的脸，说实话，除此之外，没给我什么印象。回到房间看邮件，就像旧时收到邮件一样，满怀期待，只是少了拆开撕掉一角时的快感。好在其中一封倒有趣，好像是个少女写来的，挺神秘（似乎投我所好），我能感觉得到：

> 作家。
> 我是你的网友。
> 我是你在这个城市的唯一网友。
> 我是你可能要找的这个城市的唯一网友。
> 十七岁。
> 处女。
> 我相信人是有灵魂的。尽管我不是什么信徒，我只信我

自己。

　　人的灵魂可以分解吗？

　　它在肉体的哪个部位？

　　有多少穴位？

　　会飞吗？

　　据说，不同人的不同部位栖息着不同种类的灵魂。

　　我猜。

　　你的灵魂是膏质。

　　你的欲望是水质。

　　你是绅士。

　　你的清月毛子。缄。

　　1998 年 5 月 4 日。

　　这种事谁都经常遇到，总有一些莫名其妙的网友来博客、QQ 访问。有推销化妆品的，有推销磁卡、发票的，也有推销自己的。在这个城市，我确实没有一个朋友，哪怕是一个熟人，一个陌生的网友。我曾用了半个月的工夫寻找长篇小说中试图演绎的人物，都失望了，才知道这里未必是我想象的那个民风淳朴的城市，生活着我想象的一些善良憨厚的人们。闲暇时，偶尔我会想起我的一些朋友及他们曾经给予我的那么多帮助。最初我以为我的写作会引起他们极大的关注，便把我的创作进展分阶段展示，后来从留言看出来了，他们总是弄不清楚我在哪里，在做什么，写的是什么，要达到什么目的。我知道他们都生活在那个生我的城市，整天忙碌着各自的事情，开会、吃饭、走私、幽会……我理解，是我在自作多情、多愁善感而已。现在，我暂时放下与朋友联系的念头，也放下稿纸上犹犹豫豫的蘸水钢笔（用的人都是老古董），继续读这些莫名其妙的邮件——

　　清月毛子就是我，也是你，作家。

　　那天，我倚在你的床头读你的小说，心就被电触了一下，流出血来。我崇拜你，但是无法与你沟通。我是个幻想狂。做过你的妻子，与你生活了一段时间。你却总是疏远我，像个旧式老夫

251

子。事实上你很健壮，只是你的心理问题，总像要长出昙花似的东西，叫你执迷又摇摆不定。你是典型的孤独者，就像在岩石中冒出来的一根草。你的价值总是能站在别人的肩膀瞭望世界，所以，你的麻烦多于你的幸福。

你肯定相信灵魂！但我实在跟你活得太累，不想与你有任何灵魂沟通、转移或拼凑。但是我喜欢你。我就要到外面去，到街上行走，然后站在天桥旁，或公园一角，或出租车里，或手机线路上，出售我的灵魂。然后，我把灵魂的所得寄给你。盼复。

无聊。因无聊而无视，所以我一直没有回复，但也没有删除她的邮件。每每要删除，眼前总会出现一个纯洁的少女给一个跟自己长得一模一样的老者按摩。继续读下去，稍有兴趣——

玫瑰色晚霞蹲在我的阳台上。从窗棂上淌下夕阳，染红了我的视网膜。我以少女所特有的姿态坐在席梦思床垫上。可以想见，逆光中的我的剪影有多么美！细腻的有弹性的肌肤散开金黄色的羽翼，在关节点上，衍生出环环紫光，在房间里漫弋。我的臀部光滑而圆润，夸张地卧着，像一块被海水浸蚀冲刷得日益成熟的礁石。乳房花蕊一样娇嫩，带着水珠似的，散发着馨香，美丽地挺立着，发射着某种信息。那种鼓胀的感觉，是一种惬意的、麻醉的、失重的感觉，在空气中水鸟一样飞翔。

它说：我是处女，或者处男，真的要放我走吗，清月毛子？

我张开我美丽的眼睛，看见一个女人坐在我的对面，同样的一个清月毛子，同样的美丽的赤裸，同样地以少女的特有的姿态卧着。我吃惊地问：你是谁？

它说：我就是你，没看见吗？准确地说，我是你的灵魂，你正在准备出售的灵魂。这到底是为什么？我的纯洁不足以让你珍惜，不足以让你快乐和幸福吗？

我说：我不得不。你知道社会吗？——噢，我知道你不知道。我也同样不知道。"但是社会是个大染缸。"母亲总是这么哀叹。不知道她的这个嗟叹，是来自于她自己，还是来自于不忠诚但还厮守在一起的父亲？我就要成人了，换句话说，我将是社会人了，却对社会一无所知，这多可怕，多可悲，多可怜。因此，我要了解，要知道，要通晓社会的形式，要成为社会人。你去吧——尽量用我们的美丽去美丽社会，能做到吗？别对我说什么美丽是错误的。没有美丽，哪有山川河流？或许这个结论下得太早。但终究你会明白的，你是我的，我也是你的，我爱你，记住——我爱你。

又一封——

床头的氛围是氤氲的。——你一定要问：为什么还是床？因为你一直就讨厌床。你不想睡觉，你只想写作。你甚至希望没有黑夜，只有你的小说。——因为壁灯橘黄的光线在蓝红花纹壁纸上形成一个圆环，像双眼睛。我坐在床头，把自己的漂亮放在光线里，以便让那个阔佬看得真切。用阔佬的话说，是逗起他的性欲。这种情形我还是第一次见，但并不发抖，因为这个外国称为应召女郎的好姑娘，已经想不起青春为何物。我在她站在花园街与梨树街的交叉口处时钻进了她的体内，因而事实上，我在从事一种体验吧，姑且这么说。因为当时她的超短裙在昏黄的路灯下异常显眼。在这个极其宁静的街道上，只有偶尔的几辆车匆匆而过，卷起一股尘土飞扬起来，在槐树叶上涂上一层厚厚的釉彩。

我把她的灵魂就这样撵走了。进到一块芝麻大点儿的地方，心还在紧张地跳跃，也许是激动，也许是恐惧，也许是慌乱。第一次的灵魂的粘接如此顺利，叫我亢奋不已。——事实上，后来的粘接也十分顺利，事先的担心都是多余的。而且，凡是灵魂，都是不安分的。

这个老头来了。起先还像等公共汽车，继而站在我的身后，目光落在我隆起的胸上，像猪猡望着主人送进槽里的食物。于是，我慢慢地沿着街走，让习习的晚风钻进我的裙带。走到一处静谧处，停住脚步，故意把嘴巴嚼得已经无味的泡泡糖吹得很响。

老头挨过来，手便搭在我的臀部。我发觉他特别老，黑暗中还看得见他的皱纹以及皱纹里流淌着的死亡的气息。我便感觉有一股冷气吞没了下身，鸡皮疙瘩生长出来，像草地上疯长的蒲公英。我推开他的手，正要转身离去，却被他的手臂再次揽住。他低声说：我有钱。有的是钱。

这是在交易。很有诱惑的交易。我不是没钱，而是没有更多的钱，更多更多的钱。他见我还要挣脱，又说：我不老，不信你等着瞧。

然后我挎上他的胳膊，走进一个小区，上到十二层三号居室。房子显然刚刚装饰一新，却到处流淌着腐臭的气息。这是我无法祛除的感觉。一个老人守着一套近四百平方米的楼中楼，想象得出老人在想着什么。门侧有一幅流动的风景画，把客厅的气氛渲染得还算有了些许生机，暂时掩盖了衰败的迹象。在我收回目光，望向阔佬的时候，大吃一惊。阔佬手里挂着一串蓝宝石项链，一步步向我走来。我想那项链一定是真的。在流光溢彩的珠宝柜台前，我曾无数次地浏览过。那是一种巨大的无法拒绝的诱惑。我便不由自主地扑上去。

阔佬让我坐在床上别动。然后，他趴下去，开始亲吻我的指甲，他说他喜欢指甲上鲜红的指甲油，就像血。然后，亲我的膝盖和脖颈。而我用指甲点着钻石，在心里数着，一只虫子，两只虫子，三只虫子……

事实上，在我闭上眼睛的时候，我分明看见了一团灰雾升腾起来。我知道那是老人的灵魂。我便问：你怎么起来了？他说：你是个纯情的女孩儿，还是个处女，这不是自然规律，是罪恶。要是人生与孽海只有一步，我情愿返回人生，让他在孽海里沉没吧。

他的灰雾团丝丝缕缕地变成灰挂儿，沾满了美丽的嵌着水钻的豪华顶灯，像葡萄架。就在这个时候，我张开了眼睛，阔佬就从喉管里发出咕的一声脆响，便从我的身上掀了下去，重重地跌在松软的实木地板上。

我心里说：这不可能。我是妓女，怎么可能是处女？

这封邮件是半个月前发来的，没有标点。标点是我加的——

我需要痛苦的感受。但是当我是一个在这条街远近闻名的邋遢女人，如何能承受得住那份痛苦呢？

你应该记得的，作家。那天，你在台阶上徒步走下去的时候，我的精神病就犯了。你的魁梧的身躯，像座城堡。里面有皇室，有被禁锢的王子和王子与乡村少女的恋情。我非常清楚我很了解男人，包括男人的符号。

看你的眼神，迷茫而虚无，那是成熟男性的标志。你走到我的跟前，迟疑地停住脚步。因为你看到我这个四十多岁看上去像七老八十的女人，在手舞足蹈地唱样板戏，脚步便有些迟疑。你是个善良的男人，但不等于说你没做过坏事，只是你的善良暂时湮没了你的罪恶。对吧？你的手插在风衣兜里，显示着你那个年龄的男人所特有的风度。你的嘴角赭紫色，轮廓像文上的，粗犷的线条流动着，有一种说不清的诱惑。我这一辈子，咳，最大的失败就是抵抗不住男人的诱惑。这是命啊。

那年秋天，树叶还在树梢上摇动。我就坐着一辆慢得像老牛的汽车，颠簸了二十多个小时之后，来到这个边境小镇。——当时这里确实是个小镇，一下子沸腾了，因为来了两个大学生。两个大学生是小镇一年中唯一的新闻。女的就是我，二十一岁。小镇很穷，没有闲房间供我们住，愁坏了镇长。当得知我是撕了到大城市的大工厂里当技术员的前途而随另一个来小镇扎根边疆的情况后，激动不已，连忙派人帮我们购置了新被褥，在一群淌着鼻涕的娃娃们的闹声中，往门窗上贴两个巴掌大的红双喜字，事就办了。那是个好时光。我们除了颠鸾倒凤，就是喝当地产的一种有点苦的白酒。几次领导和同事来看我们，我们都是在床上。

那真是个好时光。好时光。

但是，人的基本需求除了性欲，还有粮食。他的脸整天黑着，像看不清楚的魔影。是的，比魔影还叫人琢磨不透。可以说，我除了了解他的身体每个部位的每个细节之外，对他一无所知。他的心，就像秋天的天空一样遥远。

清晰地记得，那天没有柴了，我说，你去山上拾点树毛子吧。他闷着头，一声没吭，甚至没看我一眼，就拎起门后的绳子，走出了家门。

那时的门裂着大缝子，关不严。关上也跟没关上一样。我就坐在煤油灯下，一直苦等了半个月，他也没回来。油没了，粮没了。我就坐在冰凉的炕上，围着被，等着等着等着。

以下的文字是乱码，也许是病毒作乱。

现在是春天，但没有春寒的料峭，外面到处是阳光恩惠的温暖。我记起来了。那是个中午，我去吃早点。刚步下小区的台阶，就见到了这个被几个男人抛弃的疯女人。

疯女人就在楼道处的一个旧栏杆上坐着，口若悬河地背诵着语录，唱着样板戏，还能大段大段朗诵英语。她身后树上的鸟儿早被吓跑了。几个顽童在几米开外的地方徘徊，不时地扔石子过去，打在她的身上，溅出一堆散发着恶臭的脏话。我大喝一声，把顽童唬得一闪，都缩进了楼道里不见了。我走过去，看到了她脏兮兮的脸上，是一双清澈如水的双眸。她便忸怩起来，故作媚态冲我嘻嘻傻笑着。我分明看到一个十七岁的少女在痛苦中挣扎着，一条条泪痕突现出来。

我说：你回家吧。

她说：我是该回家了。说的时候，手指就嚼在嘴里，一条口水淌下来。

我一晕眩，忙扶住额头。我说：对，回去吧。

她嘀嘀咕咕地说：快回去，好亲热，嗯……

说的时候，就冲我过来，险些扑到我。在我闪到一边的时候，她一头扎在地上，一动不动。我忙过去，扶起她的肩膀，她却猛地抬起已是血糊

256

糊的面孔，说：好爽爽噢，出血了，好爽爽噢。

我说：你，清月毛子呀，回去吧，别在疯女人的灵魂里掺和了，她够痛苦的了。你忍心给一个已经饱经沧桑的女人再增添痛苦吗？人不能太自私了。太自私，你就会永远痛苦的，无法自拔。

她惊愕在那里。

我语重心长地说：清月毛子，回去吧。你的青春美丽，多么好的年华呀！你该坐在公园里和同学们喝 Beer，或者去郊游参加 Party，享受人间的快乐。干吗非要体验这痛苦呢？

疯女人松开抓我的手，嘴里喊着：恶魔！恶魔！吸血的恶魔！男人都是恶魔！然后就跑掉了。

四分五裂的号叫铺满初春萌动的甬道。

我能记起的，大概就这些。

茶几上，某品牌矿泉水瓶嘴朝天。因为有光，瓶影便衍成一片儿，模糊在茶几玻璃面上。钢笔放在一旁，还有一沓稿纸，上面印着作家协会字样，很有几分神秘。不是方格神秘，而是方格中的空白神秘。即将有许多的人和事钻进去，再也出不来了。作家创造的世界，是凝固的死气沉沉的世界，可以想象，便不可更改。

茶几下面放着茶叶桶，桶上面是幅仿明清图，很有点古典味道，跟客厅墙壁上的字画很相称，可惜我不认识草书。我是背了一箱子的书籍进来的，被你"热情"地让进了你的布艺沙发里。别看我这样狼狈，在搞推销生意之前，也像你一样，曾经是个很体面的某研究所的副高职研究员，坐在一把开榫的破椅子上，面对着一张报纸一杯茶水，无所事事。当然你不是无所事事，你是有名望的作家。大作家。当你知道我只是个推销员后，你便很冷漠，就仿佛在床上凭空爬出一只潮虫。厌恶的眼神赤裸裸的，没有隐藏。

这是一场很拙劣的推销。但是，我至少满足了一点，那就是见到了你，并和你面对面，还看到了你的另一面：冷漠，烦躁和

257

不安。最终，当你听到我要走了的时候，你还是跟我握了握手。你的手尽管只是象征性的一触，就缩回去了，但我却抓你抓得很紧，握得很实，充满了激情。你的眼神告诉我，你准以为我是个同性恋者，否则，你不会把手在裤筒上蹭了蹭。确实，来自你的崇拜者中，有众多的男性，我只是其中的一个。男性对你的过度热情，很容易成为你的同性恋小说题材的主人公。当你深知我的造访会给予你新的提示之后，又追到楼道里，说：这次，就很抱歉了，下次吧。其实，另一箱书就在外面，是关于性方面的学术、小说、札记、常识等。我只是在外面的树荫下望了半天，便又去敲你的门。

　　如果我没猜错的话，你准是对我流露出的女人味产生了兴趣，或者你猜出我就是清月毛子，或者你也有点性倒错。我从你的书房里那幅男人裸画就想象得出来。因为那个男人隆起的肌肉是那样强健，把我深深地吸引了。坐在你对面的这个男孩子你绝对没有想到是我，但是，即使我没有占据他的灵魂穴，他也会这样像女人一样地笑，在坐下之前轻甩一下手，坐下之后左右摆一下腰，然后把两腿紧紧夹住，像有东西会从裤裆中间漏下来。

　　你仍然冷漠和厌恶，但却没有那种带有排斥性的敌意。没有把我撵出去的意思，就是我的胜利。在你翻看这些书的时候，显得漫不经心。在我的嘴喋喋不休的推销过程中，你的头只是微颔着，没有任何表示。这时候，有电话来。是个自称大姐的人打来的，说今晚见面。你的脸有了喜色，但随即又消失了。你说：我并不急，已经独身惯了。再说，六十好几了，都不中用了。留下剩余的精力，多写些书给后人，就行了。那边也说：也该留个后人了。你笑笑说：读者就是我的后人，不好吗？这样我就知道了你确实在单身，这令我大出所料，大吃一惊，大惑不解。那天我在灵魂的天堂里与你睡了一觉，很舒服地躺在你的宽肩膀上。

我翻开抽屉，果然见到那个令人肉麻的推销员的名片。名片背景是本书的封面，令我震惊。分明是我的长篇小说《泥巷》的封面。我竟然没有注意到，该死。我无法回忆与这个小子见面的每个细节，因为他太叫我恶心，一个地道的性变态者。没有一点让我能够看到清月毛子的影子，有多可恶。但是，的确清月毛子到我的房间来过，以她十七岁的眼睛看过我的接近古稀的生活，叫我不安起来。

那小子的名字就在背景上面，我从没瞧过一眼。现在看了，也看不出有一点清新的意象。这是十分尴尬的事！我依上面的电话拨过去。通了。一个女人接的，把我的并不太好的心胸撞出几个兔子。好在我还控制得了自己，毕竟年龄叫我清醒。

女人说：喂，找谁？

我告诉她我找那个推销员。

女人口气生硬起来，问：你是他什么人？

我说：我是他的朋友。

女人说：那你现在应该在医院才对。

我愕然，随口问：你是清月毛子吧？……不要和我搞哑迷了，我是作家。

女人不耐烦地说：什么毛蛋？——我这里不是烧烤，是电话亭。别人都叫我刘大妈。

我释然，哦了一声。

女人接着说：他昨天在推销的路上，遇到车祸，面包车翻到路边沟里。全车二十三个人，只有他一个死了，死得好惨。他没结婚，没尝过女人的滋味呢，太可惜了。听说，脑浆直流，还能说话。在医院抢救室里，心跳都没了，血也凝了，可还坐起来，说了一句"想妈妈"，就死了。多孝顺的孩子，真叫人感动……

我的心很堵，像横着一块石头。我依着"刘大妈"的提示，来到某医院太平间，却是空的。看守的老汉说：医院里已经好久没有死人了，我都快下岗了。你想想，不死人的医院还叫什么医院？

他继续抱怨说：你说现在生活水平高了有什么好处，只生人，不死人。所以交通事故也挤，排队买哈尔滨红肠也挤，公园里看猴也挤，学校桌椅也挤，厕所茅坑也挤，连搞传销挨骗也是一溜一溜的唯恐挤不上。

我在他一连串的唉声叹气中走出太平间，就感觉，太平间和人间，没有什么两样，一步之遥，并不是两个世界……

　　这是无法控制的，作家。

　　灵魂飞进了一个残忍的空穴，里面填满着变态的残暴。作家，相信我。

　　灵魂的粘接是没办法的事。事实上，还有个卑鄙的穴位，在等着我，那情形就像坐在爬山车上，线路在铁轨上，出轨就是死亡，这是灵魂出售的法则。明白吗？眼看的陷阱，还要跳下去，那种感受是惬意还是罪恶？

　　我的老婆进来了。满眼是过新年一样的喜悦。这女人已经无法生育，就是说，只剩了一个功能，供我玩弄。她陪的第一个男人是个小白脸，在他们上大学的时候就发生了关系，一定是那小子玩够了，然后把她抛弃了。然后，这个傻女人等呀等呀，又被一个男人强暴了。这事小镇人都知道。遭强暴的那天晚上，她的叫声在小镇上方滚动着，惊呆了月亮。据说那晚各家的灯头都在晃荡，地震一般。而后，那个强奸犯给送进了劳改队，不久就给放了出来。强奸犯回家一看，媳妇孩子都跑了，就直接把铺盖卷儿搬进了她家，还是夜夜叫喊和震荡，直到有一天，她的孩子死在她的肚子里，强奸犯就把她从窗台上踢下去，摔在院子里。她像狗一样地爬进了狗窝里，整整半个月。然后一个中午，许多人看到的，她像个乞丐，爬到门前，从强奸犯男人的裆下爬进了屋。那个男人哈哈狂笑着叫喊道：

　　"你们看哪，你们都来看哪，大学生，名牌大学的大学生，是什么？呵！我一个大老粗，只念了半年书，放了十年猪，大字不识一筐，浑身都是这娘们儿说的——猪屎！咋啦？我要让你们看看我这个二百五，是怎么玩大学生的，怎样把一个大学生驯服成一只猪，一只温顺的母猪的。"

　　但是小镇上的人都说她有个克夫相。看相的也这么说。果然那个强奸犯后来就死了。而我，打小就抹着鼻涕跟在强奸犯后面捡他的漏儿，瓶盖呀木头枪呀什么的，长大了还是。但是之前我

260

没沾过女人，就是说，我后来要了她我是吃了大亏。她已经让几个男人弄过了，轮到我，已经是泡稀屎，稀屎！

疯女人嘴里絮絮叨叨着：哇哇，我今天终于看到了作家了。他长得又高又大，英俊潇洒。他人真好，打跑了欺负我的一群可爱的孩子。他还跟我说话，好温柔哟。我在疯女人还在陶醉的时候，狠狠地掴了她一个响亮的耳光，在她还愣着的时候，跨到她身上，砸出一串响亮的哭叫。

我说：你不许哭。她说：我不哭。但是她还在哭。我说：再哭捏死你。她说：再哭捏死你。我说：你死吧。她说：你死吧。我把她重新掀到炕上。然后，剥光她的衣服，把她的双手绑起来。然后让她趴在木箱上，疯狂地糟践着。血流下来，我喊：快死吧！她也喊：快死吧……

这样阅读了几天，觉得无聊。

奇怪的是，在邮件所留的地址，竟然随着我的流动而发生着变化。从年初的北京短暂的会期到长沙的论坛，再到哈尔滨太阳岛之夏活动，然后就是来到这个城市，地址更新显示的竟然是在跟家庭宾馆一个区的某个社区里。里面也留了电话。我好奇地打过去，接电话的是个女孩儿，气息微弱，只说了一句：我要死啦。死前，只想见作家您一面。我问她见我有什么作用。她说：您看着办。见不到您，我就不想活啦。说完，就好像咽气了，传来更急促的喘息声，就像被电话线勒住了脖颈。

这样的想象让我坐立不安，无法进入写作状态，最后下了很大决心，才快速下楼，打到一辆出租车，在二十分钟后来到一个普通的楼区，杂乱得像进入了非洲难民居住区。没费什么劲儿，我就找到一片门市，是个图文社。门牌眼熟，却未做多想，就闯进去。里面黑咕隆咚，没营业的样子。我问：有人吗？

有。有人回答。我这才看到一个少女背坐在我面前，转过脸来，露出瓷娃娃一般的笑。她问：您是……

我是作家。我说。

少女说：我知道，您是作家先生。我记得。我喜欢你的小说，正在读你的小说《泥巷》。

我高兴，是因为随处都可以遇到我的读者，这说明小说具有小草的生命力和婊子的坏名声。更为高兴的是，我熟悉她那双会说话的眼睛，扑闪着，像缤纷的花雨。只是疑惑，我还没写出来，她如何读到我的《泥巷》呢？

我问：你就是清月毛子吧？她摇头说：不是，我是淡月，云云淡月。我说：你在撒谎。电话不是你接的吗？她扑哧笑了，说：你也在撒谎。大家都在撒谎。谁不撒谎，你说呢？她自顾自地站起身。她原来一丝不挂！

她的笑容便消失了。像凝固的冰。

目光盯视着远方。

失神。

木。

我走过去。叫道：清月毛子，我说清月毛子呀，你回来吧。还是清月毛子多好！清月毛子是无忧无虑的花朵，是春天自由的清风。在你的眼里，外界的残酷与温柔，只是季节的表象而已，谁人也不能把握。杞人死了。你是清月毛子。就是。

她什么反应也没有。

我感到有些怪异。用手轻轻碰一下她的胳膊，手感却是硬硬的。抓她的手，也是硬硬的。由于力量稍稍大了点，她的手指碎了。接着，她的身体龟裂开来，缓缓倒塌下去，哗啦啦一片响，堆于地板上，成为若干陶瓷塑像的碎片。

我吐口口水。这是打小母亲教的，避邪。又掐掐大腿，痛感爬上我的神经末梢，说明我还在现实中，清醒。我环视这个简陋的营业室，并未感到阴森恐怖的气息。那台针式打印机就摆在电脑旁，像一把竖琴，我能够听到它那刺开肚皮的乐曲。茶几上的热水还在袅袅升着乳状的水蒸气（室内突然冷如严冬）。一本《女友》画报开着，几幅"十二坊"的舞台照很醒目。地砖是厕所里都会铺的白瓷砖，给人一种恬适宁静的感觉。涂抹各种卡通画的墙上，挂着一副羽毛球拍，边上贴着某个明星运动照。休息间的门敞开着，阳光充沛地照进来，把门切掉一块，晃得我眼睛刺痛。我心想坏了，我的眼疾又要犯了。这时候，我看到电脑的保护屏更迭着出现一张一张图片。那是我的小说《泥巷》的封页和我的相片。我触一下鼠标，电脑出现一封还未发出的信，静静地躺着——

> 作家是想象的动物；会撒谎、骗人的动物；风流却故作君子状的动物。但是我喜欢上了你。我知道你会找到我的，但没想到你会这么快。我的灵魂还都在外面游荡。你让我给你看到了一个怎样的社会的清月毛子呢？你需要的是肉体——从你的脚步声就听出来了。你或许还需要灵魂，但是灵魂是什么？
>
> 你不说，我也知道。你想对我说：孩子，够苦的了，回来吧。可是，已经不可能了。你会走近我，你的那个即将进行的情色之触，将使我的身体碎了。心也碎了。

我的手指突然僵硬，几乎不能动。

我把手指分放在键盘上，看上去像八爪墨鱼。我的头脑在飞速地旋转着，但没有任何智慧的火花飞出瞳孔，溅到荧屏上。视力障碍。

打开网页。失败。打开她的网页。失败。

连接显示断开。

刷新。出现一个博客，输入名称"清月毛子"和密码"泥巷"，竟然打开了清月毛子的博客的私密空间，首先进入我眼帘的，是段录像画面：

> 一个老年绅士走近她，用手一碰，她就身体龟裂开来，缓缓倒塌下去，哗啦啦地一片响，堆于地板上，成为若干陶瓷塑像的碎片。一个老年绅士走近她，用手一碰，她就身体龟裂开来，缓缓倒塌下去，哗啦啦地一片响，堆于地板上，成为若干陶瓷塑像的碎片。一个老年绅士……

我在电脑上发现了摄像头。还有一帧清月毛子的博士照。可能还会有其他的秘密，但我不想让自己在来日无多的生活中，时刻受到良知的谴责。所以放弃探秘，返回方厅。碎片尚在，无声无息。

我蹲下身，一片一片地对着，拼着。

此时，阳光成了夕阳，挂在窗口，像张着血盆大口的猛兽。血腥之象乱窜，仿佛世界进入了白垩纪。

　　而声音、空气、颜色、线条，却统统渐渐地消失了。

　　我打开房灯。

　　碎片在灯光下一点点复原。而复原的部件中，自动生成的衣物却像冰一样融化了。一个少女丰满的胴体在一块一块地奇妙地拼合着。但是，太美了。尽管手感生硬，依旧冰冷，却引起我一股莫名的燥热。这燥热不是我这个年龄人的事情，却奇迹般地回到我的身体里。我说着：清月毛子，回来吧。你知道了世界，知道了人情世故，知道了苦乐哀愁，就足够了。我，爱你，孩子。

　　我鬼使神差地，慢慢脱去上衣，将强壮的胸肌裸在空气中，已近的黄昏在我身上涂上古铜色，显得健壮如牛。我走向她。她仍然在呆望着远方。我靠上去，感觉到在 X 光机前做胸透时的冰冷感觉。大夫说：再靠紧些。我就再靠紧些。大夫说：再靠紧些。我就再靠紧些。然后，我感到有点战栗。那是久违了的战栗。就感觉身体在舒展，在溶化，在收集，在快乐。

　　她亲吻着我，说：我爱你，作家。

　　我说：我爱你，傻孩子。爱你。

　　手机里，企鹅在叫，好像又有邮件进来。

　　那时是法兰西之夜，是我的午夜，有足球的弧线，却没有人去理睬那狗日的——E－mail。

　　Go on！继续……

小市民的自豪

那天去洗澡，见池塘里拥挤不堪，我就找个角落，独自淋浴。这时，一个声音把我吸引过去。

"我是老哈尔滨人，你看不出吗？"

说话的是个老头，长得算周正，头发花白，布满皱纹的脸膛闪着油光，想是热度的作用。他的声音像撕布又撕得不利索，断断续续，又有些杂音。但是这声音很有影响力，吸引了好几个人围坐在池子周围，听他说话。

"看得出。您这腔调，您这口气，就是地道的哈尔滨人。"

恭维他的，是个小伙子，白白胖胖，肚子把他的下身都占了，仿佛只带着上身来的。他的双手杵着池沿，汗珠滚滚，像冲锋陷阵的士兵。

"我享受国家特殊津贴，看不出来吧？"

老头继续说，嘴角翘起，顺白发淌下的汗珠形成一股山泉，向侧向喷射。

小伙子故作吃惊："这，这可看不出。"小伙子替老头擦拭肚皮上的残发，能看到干瘪的肚囊有一道很重的疤痕。"受过伤？您是将军吗？"

老头摇头。他诚实地说："抗美援朝，我还是个孩子。"

小伙子惊讶地问："那，您今年高寿？"

老头卖关子："你猜。"

"您，您也就有七十，多说。"

老头不高兴地说："我才六十，怎么七十？"

小伙子更加惊讶："呀，您长得太成熟了，有些着急。"指伤疤，"不是枪伤？"

265

老头突然对小伙子失去兴趣，冲我微笑说，"我这是做的阑尾手术留下的。在十几年前，我在当时哈尔滨最高档的医院做的。你猜我花多少钱？"

我微笑，说："没花钱？"

他惊讶，向我这边挪一挪，我这才看到他的腿，一条强壮，一条干瘦，动作也有些不协调，对他产生些怜悯。本来不想继续搭讪下去，此时只好迎着他站着，让淋头水柱喷在后背上，给他充足的面子。

"说起来话长了。你别看我现在的样子——一个瘸子，老婆早离我而去，跟别人跑了；子女三个，一个也不见我——但是他们还算有良心，只要我往他们家门口一站，他们就麻溜儿地把钱塞到我的口袋里，怕我不高兴——"

"怕您进去吃饭？"小伙子接过话茬儿说，仍然微笑着，将肥胖的上身向老头跟前挪挪。

老头不快地瞅他一眼，继续跟我说："我根本不稀罕他们管我。你知道他们为什么不招我稀罕吗？他们跟他妈穿一条裤子。我不就是作风有点问题吗？那也不是我主动的，是人家看上我，见我高贵——"

"享受国家津贴，满哈尔滨街道划拉划拉，也找不出第二个！"小伙子抢话说。

"算你说着了。"老头说，"当年，我帅极了，你见过演员达式常吗？我没他长得帅！"

我微笑了，觉得这个老头倒有趣儿，肤浅但风流。

小伙子还很乐意接他的话把儿："现在看，您也帅。"

老头终于爱听，用手抹一把脸上的汗水。

"我在安字片，过去叫偏脸子，你知道不？这里曾经住过许多白俄罗斯人、犹太人，你知道不？你再细看看我，我脸上的器官，有没有混血的痕迹？"

小伙子扳过老头的头，上下打量，点头："经您这么一说，有那么点意思。但再一看，也还真像。是咱爷爷睡过外国人，还是外国人睡过咱姥姥？"

老头呼地瞪起眼，转而嗔怪："当然是我爷爷了！要不我怎么会有这

266

么直挺的鼻子?"

我看他的鼻子,的确挺直,但还没小伙子的大呢。

小伙子倒会恭维他:"所以您才享受津贴。"

老头不爱理睬小伙子,见我低头弄头发,就不得不转脸对小伙子耐心地说:"政府给了我三十年津贴,你说我厉害不?"

"三十岁开始?"

"是的。我从三十岁起,就不上班,天天跑医院。"

"您有病?"

"三十岁有什么病?棒着呢,没病。但是,我找医院,托关系,让他给我开病历,上面写,我腿脚不好。"

"您腿脚的确不好——"

"那时腿脚利索着呢,不瘸不拐,活蹦乱跳,欢实着呢。"

"那您开什么病历?"

"请假呀,照开工资呀,不用上班,工资照拿,不比干活的少一分,少一分我告他们去。"

"烈士后代,当然有这待遇。"小伙子赞同。

"谁是烈士后代?"老头反诘,"哈——我就这么牛,从三十岁起,加起来就没上过一个月的班。"

我冲掉泡沫,抬头问:"不上班,你干什么呀?做买卖?"

老头一见我搭理他,凑近我说:"做买卖干吗?那是投机倒把。投机倒把的事,我不干。"

"那你干什么?"

"钓鱼,喝酒,打麻将,遛狗。"

小伙子恍然大悟:"原来您那时就是高富帅呀!"

"整个安字片,过去叫偏脸子,我是独一份,牛不牛?"

小伙子问:"那您这腿?"

"喝酒多,掉沟里,摔的。"老头突然大笑,"你猜怎么着?我找厂长,今天找,明天找,厂里找,家里找,最后——你猜怎么着?工伤!"他拍拍自己的细腿,"我现在就靠它活着了。"

那边,响起啪啪声,是搓澡师傅给客人搓后背按摩。

267

几个人散去，或进入池里闭眼泡着，享受温暖的拥抱，或站在淋头下，让水从头顶灌下。我离开，想早结束洗浴，却被老头儿一把拉住，他说："你不洗了？我看你有搓澡牌，不搓了？不搓，给我吧，我好久没搓了。"

小伙子边上代他说："谢谢您。"

我摘下搓澡牌给他："我正不想搓呢。"走向换衣间。

身后又传来老头的声音："三十年，没上过一个月班，却享受三十年的津贴，在安字片这儿，过去叫偏脸子，能找出第二个吗？我爷爷当年……

我掀开帘出去，刚到门边，才发现自己竟然忘了穿衣服，还光着。

不停生长的人

掐着时间节点，在免费的第一时刻，我开车进入高速公路，扬扬得意，并不在乎彼时已是除夕。之前跟老婆告别，装模作样地邀其同往，她也心知肚明，只是假以肚子没动静为由婉拒，好像对不起我的列祖列宗，当然更无颜见我那不招人待见的父亲，少有的默契配合。我一个人也好，于五个小时后顺利来到伊春北端的小镇乌伊岭。车子一拐进父亲家的小毛道，大雪突至，铺天盖地地砸下来。

本来已见晨曦的天，复入黑暗，只是黑得白亮，散发着昏黄的光。我想象的地狱样子无非如此。我在木板栅栏院外按了几次门铃，都没有人应，后来打电话找远在三亚的姐姐，她说父亲已经带着他的后老伴到那里当候鸟，把她的鸟巢搞得血雨腥风。我不相信她一贯的胡言乱语，因为临行前还通过电话，父亲还说他孤单，怎么会突然去了三亚？又不是伊春，抬腿就到了。姐姐见我一如既往地不信任，就像仇人似的说不管你，把电话交给父亲，以证此言不虚。父亲也理直气壮，第一句就问：

"你还真回去了？真的假的？"

我对这老无赖无语不算，气在肚子里早打了八个滚。我说："对不起，您说对了，大年初一一早跟你撒谎啦。我还在哈尔滨，你不在家，别怪我不孝，是你先骗了我。这回，你可别漫天跟天下人说我这个独生子是犊子……"

我还没说完，父亲不耐烦地抢白说："五年啦，哪年你陪我过过年？"

我的气已经沸腾，但仍然按着性子说："您的记性真好，我以为昨天刚陪完你，没想到一晃儿五年……"

那头，电话早挂断，留下一片忙音。

我握门锁的手有点抖。除此之外，我能做的，只有从汽车后备厢找出锤子，没用第二下，就把院门锁打掉。然后进院十一米，又把房门锁打烂，却突然被站在门后屋角里的一个鬼影吓了一跳。

　　"谁?"我问，同时用锤子指向那里。

　　果然是个人。他看上去长毛邋遢，像个流浪汉。如果是歹徒，他不会先在我之前就颤抖不止。我再问："谁?"他这才回答，可声音含糊，听不清楚，或许我的头热，走了神。我冷冷地呵斥他："滚!"

　　我不知道我为什么不报警。我在那人溜出门后，才想起报警。追到门口，发现大雪又大了，好像有人在天庭往下卸冬天。门前一个人影也没有，路灯还亮着，雪花在天光中直线下落，连弯也不拐。我甚至在雪地上没有发现一行脚印。我回屋，发现一切都变了，简直就是个新房。父亲搂个女人的相片就挂在墙上，怎么看怎么像爷孙俩。我的气再次沸腾，就打姐姐电话要老爷子接听，可是老爷子在边上好像故意让我听到，这样喊了一句：

　　"我不爱跟他犯话。"

　　姐姐好像口吃起来，要编瞎话，我就善解人意地挂了。我收拾东西要离开，一刻钟也待不下去，别说住。可是开门却撞到一杆枪口，吓得我魂儿差点飞喽。我看到枪口后还有枪口，那个警察后还有警察。我不认识他们，但有一个例外，就是那个流浪汉站在他们身后。

　　"就是他。"流浪汉指证，并不硬气。

　　"是我什么?"我反问。我发现以为他是流浪汉是个错误，他就是个入室匪徒。那我是什么? 我问自己。

　　"把手举起来。"警察七嘴八舌地说。

　　"我犯什么罪了?"我问。

　　一个警察说："快带走吧，晚一会儿，恐怕我们就得被大雪拍这儿，回不了所里啦。"

　　我推开这个警察的手说："这是我的家。"

　　"撒谎。"流浪汉说，"他破门而入，罪不可赦。我有手机录像。"

　　大家气氛热烈地传看流浪汉的录像，我也跟着够着头看，我也没想到自己干得如此利索，怎么看怎么不像自己干的。那个警察看后对我冷冷地说："你的身份证。"

我把身份证给他，解释说我是来探亲的，只是没想到父亲跑到三亚去过冬了。警察不信，另一警察信，他说："也许有可能，八成是误会。"他给我的感觉，我许是借了大家急着过年回家团圆的光，不会有事儿。

乌伊岭也就万把人，并不算是我老家，因为我没有出生在这里，无非是父母生活在这里，才时常会想起它。其实我一直试图忘掉它，有一个秘不可宣的原因，就是我于十年前在小镇之西失去了童贞。想想我自己都笑话自己，因为不知道怎么就稀里糊涂成了过来人。我在派出所顺利翻出她的电话，没想到十年前留给我的电话，她还在用，说明她有诚信。她马上让我把电话交给警察，警察接了，又送给领导。好像他们聊了好久，也不全是关于我的，最后告诉我可以走了，但希望我尽快离开乌伊岭。我问为什么，他们说大雪已经成暴雪。

我理解，这就是变相的驱逐出境。我发现这儿的警察跟哈尔滨警察有一个显著不同，就是他们不急眼，说话总是乐呵呵，让你觉得想犯罪都不好意思。所以我没跟他们理论，出门时少不了一再感谢，过年唠过年嗑。我本想直接开车冒雪离开乌伊岭，趁高速尚未封闭，好像还来得及，但我发现我的车内物品似乎被翻动过，刚搜查过的样子。我开车返向派出所，早没了刚才的好印象。可是突然路上全是试图逃离的汽车，我就安慰自己，大过年的算了，权当被人摸了一把，没损失啥，若是警察因打砸继续调查起其他什么来，我可能真的离不开乌伊岭了。何况乌伊岭唯一一条大街多是坡路，基本已经被雪盖了有一尺厚，雪还在下，过一会儿是什么样子，谁也说不清。我好不容易钻车空儿上了出岭的路，又是寸步难行。排成长龙的车辆把这条唯一的出岭公路堵得水泄不通。后来从前面传来消息说前方雪崩，警察出动也没用，而且好像山石也凑热闹地滚下来，火车线也给埋了。于是车队陆续往回去，就有车辆不慎掉进山沟，还有一辆神奇地挂到树上，像鸟笼，里面的人惊慌失措地跳进雪沟里，不知生死。沟上有人放下牵引绳，一头拴在车头牵引柱上，沟里的人一个个钻出雪壳，抓住牵引绳，就跟抓到救命稻草似的，争先恐后往沟上爬，多成了雪人。没死人，但有摔伤的。

我再次给女生打电话，说明了我要找警察问询车中行李被翻的事，她说算了，倘若给你个执行公务的答复，你也没办法，因为倒卖野生动物和贩毒，是这条公路的两大顽疾。她告诉我她给我开个房，只管住上几日，等雪停了再走，这样安全。她补充说，天气红色警报，未来三天都是暴雪。我感觉到温暖，在路上停停走走，并不觉得无聊。

两个小时后，我可算跋山涉水找到所订的酒店，竟然是十年前的局招待所，熟悉着哩。墙体颜色什么的（铅灰色）都没变，唯一变的是招牌，叫林都酒店，就像大姑娘头不梳脸不洗。招待所里（觉得叫客栈更合适）全是躲雪的客人，除了新奇，尚未觉得有多危险。他们大多是来看雪的，遇到暴雪，一派新奇且心满意足的样子。

我只向吧台那个长得像葫芦的女服务员出示了身份证后就完事了，钱都没要，就进到房间睡觉，我实在太累了，觉得浑身快散架子了。可一进房间，却见一女人坐在我的床上。我说："我走错了吗？"那女人说："没错，需要按摩吗？"竟然目送秋波。她打扮得花枝招展，很有视觉冲击力。我说："还是请你出去。我从哈尔滨来，什么都缺，就不缺少小姐。"那女人大瞪着眼睛，像看个怪物，突然绷不住，笑得前仰后合。我才猛然指着她，叫道："陶今——果然是你！"

我的女生叫陶今，整过容，所以看上去比上学时还年轻。她还叫陶今，没改名，可是她却说她连银（人）也没淘到，瞎了她父亲的一片苦心。她说她一见我，一眼就认出了，还是原来的样子，鬼鬼祟祟，只是头发好像被风吹走了。我说自然灾害，保护环境不利，沙漠化太严重。然后自然而然就提起中学时一起到乌伊岭西采山丁子的那个下午她主动打开我的腰带时的情景。说的时候，她打开了我的腰带，然后我们就滚倒到床上。当我把她整个放在我的视线里的时候，我才发现她的肚皮是隆起的，里面似乎还在动哩。我好奇地凑上耳朵，果然可以听到胎音。

"你怀孕了？"

"二胎。"

"祝贺你！"我说。

之后我要起身离开，却被她一把抓住，按我在她的身下。

不久，陶今匆匆离开，是因为她接了一个电话，神色就变了，说是一家人一直在等她回家好开饭，初一晚饭做了一桌子菜，主食是饺子。她向我道歉，不能陪我过节，补偿超前赔付，我认账。她看上去又好像很阳光，在离开时吻了我，告诉我她好像要生了，我这才发现床单上有血，吓得我俩脸都青了。我把她送到楼下，虽然只是三楼，却觉得她走起路来有些吃力，摇摇晃晃，还没到长长的走廊尽头的大门口，她似乎有些走不动了。她掏出手机，给什么人打电话，请求马上去医院。我跟她道歉，她却推我上楼，不让我跟着。我当然理解她的意思，就上到二楼餐厅，一直盯着她被一个穿貂皮的男人扶上车，然后消失在风雪中。那个男人面孔藏在立起的衣领里，他竟然一直在楼外等她，难以置信。

"她可是我们这儿的名人。"

邻座也是一个人在喝酒，他这样对我说。我没注意到他，因为我试图看清女生陶今的丈夫是谁。尽管这个命题无意义，我还是想看到。我突然觉得很没意思，为什么不跟老同学喝酒去呢？除了陶今，这里还有至少三位。可是大过年的，折腾谁也不好，大家都在跟家人团圆。只有我捡了个艳遇，却不知道为什么反倒失落得要死。

"道路全封，无处可去。"那人又说，"你是外地人？"

我本不想回答，但觉得大过年的，不该不要别人的微笑红包，就点头。

"来旅游？"

我又点头。

酒店里，客人没几个。我想出去，惧外面风雪。寒风从并不严实的门窗往里灌，体觉寒，就要了二两小烧，泡鹿鞭的，五元一杯，杯是二两口杯。见鹿鞭泡得泛白，想必成木乃伊了，就安慰自己，管它呢，都说吃啥补啥。喝酒的时候，得到了邻座这位看上去热情的山民的敬酒，理由很单纯，就是过年，遇到就是缘分，共同度过，约都约不来。我跟他喝了一盅，没想到他并没马上离开，又找理由喝了许多盅，后来干脆把他的两个菜端过来，合在一起。他的头发蓬乱，好像刚从炉灶里爬出来。他自称孤身一人，但情人无数，口气自得。他说叫他老工就行，解释说是工人的工。并郑重地说明，他的头发一直在长。

我并没搭理他的话，因为谁的头发都在长。喝了两个小时后，他再次说他的头发在长，我细看，果然他的头发长了一些，确实明显。我猜他是魔术师，而他却说，他正在找个巫师看他的病。

他说他的病就是生长。这样的病我倒听说过，但没见过，所以跟他聊了许多，知道他曾经有过不快乐的童年，后来遇到一个他喜欢的女孩，同居了几年，因为他一无是处，人家务实地分手了。他就破罐子破摔，一口气结了三次婚，相隔不到一年，然后又成了孤家寡人。

"结婚有瘾。"他说，得意得很。

我知道他在竭力想要取得我的同情，事实上我的确对他产生了同情。我们喝了许多，直到夜半才散。我回去睡了，但一直没睡好，像有个东西在身边支着，梦了许多事。但这些事又不真实，跟现实离得很远。一早醒来，才知道自己的确醉了，到餐厅吃早餐，只喝了一些米粥。米粥有点稀，好像只有几个米粒。米粒在米汤里打着转，像许多浮游生物。

这时候，那个酒伴回来，告诉我铁路停运，大雪把山区的铁路都封了，他也只能退了票，回到宾馆，说明我们真有缘分。他说他遇到了大麻烦。我觉得他没什么麻烦，看上去挺好的。我觉得我的麻烦比他的还大。这时候，我才发现他有点不对劲儿，眉毛像须子一般快速长出来。

"那个人是你什么人？"他问。

我没明白他的意思。因为我并不想跟他继续喝酒，我要离开这里，否则我好像是来跟他这个素昧平生的男人幽会。我就装糊涂，反问他什么人。他就冷笑说："我只是想告诉你，如果你认识她，最好救救她。"

我的心一紧，问她怎么了，他说他也是听说，好像那个女人正在接受组织调查。然后神秘地告诉我："我要救她。"

我更惊讶，便问他跟她什么关系，他说他曾经跟她上过床。这句话说完，我的茶杯就碰在他的头发上。我发现他的头发特别厚，只听到石头相撞的声音，却没有见到血流下来。大堂的人都过来拉架，好像战争一触即发。可是，他却淡定地说："大过年的，就不跟你计较了。"轮到我不好意思，向他道歉，请他喝酒，他拒绝了，显得心情大坏。而且，我看到他的鼻子掉了下来。我忙帮他用手托住，才不至于鼻头掉到嘴巴下面。

"怎么回事？"我问。

"也许我该吃药了。"他说，匆匆地离开。

我更加觉得过意不去，就跟着他出门，但大雪已经封门。可无论怎么阻拦，他仍然要离开，他说他要救那个了不起的女人。他竟然说出了陶今的名字，我就不得不站住了。我有了想逃离的想法。看着这漫天大雪，我觉得我还是离开的好。于是，我回身退房，招待所服务员却说我不可以退房。我问她为什么，她的回答让我啼笑皆非。她说，因为交了三天的房费。我说我不住了，马上要走还不行吗？她说走行，但房费不能退。我说房费本来也不是我的，我不要了还不行吗？她一开始说行，后来又说不行，因为订房的人有话。我问她有什么话，她又不告诉我，说反正不能退房。我说这不成囚禁了吗，她说我说话不好听，大过年的不说好听的。

我正跟她理论，她的经理来了，解释说没有别的意思，怕你离开，掉山沟里出车祸死了。这句话虽然不吉利，但却能说得过去，至少有点人情味。算通过了我的原谅，就冥冥中觉得不是命运的安排，是陶今的安排，就后悔当初打陶今的电话。于是打父亲电话，老爷子一接就问："拜年，也没有压岁钱。"我说不拜年，我只想告诉你，我把你家砸了，就挂了，觉得特解恨。

听新闻，果然所有的道路都封死了，似乎只有雪，没有其他的。我像头困兽，在楼四周走，最后终于决定找陶今去。我想我在人家订的房间里，还知道人家遇难，怎么能待得下去？我回房间，把自己武装得严严实实，临出门又被那个负责任的招待所服务员拦住说：

"你在身上贴个标签。"

我还没明白怎么回事，她已经将一张椭圆形不干胶贴在我的大襟上。我气愤地撕下，问她经我允许没有，她也理直气壮地说，如果救援人员在雪里发现你被僵了，不知道你血型和身份，耽误救命你可别怨我。我被气乐了，我说我死跟你没关系。那个姑娘竟然被我这样给骂哭了。围观的人纷纷说我不明事理。我说我并没有想去死。

我气呼呼地出来，不知道应该向哪走，才能找到陶今，因为我还真就没问过她。我也觉察到，陶今的确跟十年前不一样。只有跟人上两次床，才能发现世事变化，这算不得一个真理。我打陶今电话，一直是忙音，这让我松了一口气，仿佛背着十字架的心放下的重负。人家对我好，我也关心了，算扯平了。

乌伊岭还保留着十年前的许多平房，看上去比十年前的感觉，就是窄小而清冷。屋子已经被雪戴上厚厚的壳，像乌龟一样。人走的道，被友善的人打扫过，清出一条只能够一人通过的路，不过一会儿就填满了。雪堆在一边，有齐腰高，随时要塌下来的样子。我用手套一推，没推倒，才知道呼呼的风吹起雪粉的同时，也把雪墙打牢靠了。当时我就是这样毫无目的地在雪里走，就跟一个人碰了个对面。当时我以为他在撒尿，后来才发现不对劲，那人靠在那里，并不走。他不走，我也过不去。我便说：

"哎，借个光。"

那人这才停止打鼾，站起了身子，转过帽子来吓我一跳。但见他的头发长得全遮住了面孔。他说："你好哇，我一直跟着你，你没发现？"

我听声音，再加上他那从头发间露出的眼神，认出是老工，跟昨夜并无二样。我说："你为什么跟着我？"他笑说："老天不让我俩走，大概就是希望我们哥儿俩再见面。"我问他不是找陶今去了吗，他说他找不到她，让他很伤心。也许她已经被押到外地，可这天不可能，反正他听到了一个更不好的消息，就是陶今不仅仅是贪污那么简单，有可能涉黑。我装作与己无关的样子，对他说为什么一再提这个问题。他说他也不想跟我提，但他觉得我关心陶今。他很大度地说，他喜欢跟别人共用感情。他见我不理睬他，要离开，他又告诉我，他无家可归了。对于他的言语，我并没觉得奇怪，因为昨夜他说他的家不是这里，孤身一人到这里来旅游，却新结识了一个女人。他在女人家住的，女人在他住的第十天，也就是昨夜，把他赶了出来，原因就是因为他在生长。我觉得他没一句实话，说的今天跟昨天都不一样，说变就变。

我故意问他生长有什么，也许你是年轻人了，老的器官又重新有了分裂的生机。他说不知道，但口气却是认可的。他说他在这个十天里，一直在跟这个女人床上滚，从床头滚到床脚，昏天黑地。这个过程中，头发生长倒正常，关键是，他俩一直在没日没夜地缠绵，一开始女人还嫌他的功夫差，后来觉得他的小，再后来发现他的器官在一寸一寸地长长啦！

"你见过蛇吗？"他问我。

我点头，他说他的，越来越像条蛇。

我觉得他在编故事骗我。这有什么稀奇，本来器官的口语就是老祖宗编出来的，大家一直在用，觉得惟妙惟肖，那么有道理，不但像蛇，还像蛇头。可是他听后，却急着争辩说，他的确为此苦恼。

"我遇到了一个贪婪的女人。"他说，"女人要我砸银行，我不同意，她就不让我回家。"

又是一派胡言。跟昨天的不一样，怎么会这么没边没沿？我这才发现自己遇到了一个精神病，就要躲开他。可是他跟着我，一直在身边，甩也甩不掉。他告诉我，他想救他的陶今。

我回到房间，发现地上有双鞋，再看沙发上，是沾着雪末的裤子，一双比凳子还长的脚裸露着，伸在外面。一阵鼾声如雷。我冲出房间，质问闻声跑过来的那个女服务员：

"他怎么在我房间？"

她理直气壮地说："你们是一起的，他要进，我当然给他开喽！"

我说我根本不认识他，她说我在撒谎，明明看到你们在喝酒，出来进去的，怎么又说不认识了？她经理小心地跟过来，向我出示了一张订单，上面果然写着两个人的名字，一个是我，一个就是这个老工。经理问我没错吗，我点头，女服务员却说：

"谁跟那个女人上床，谁都有病。"转身离开。

我被经理拉住，跟我说，这个女孩才有精神病史，最好不要惹她。他用她，纯粹是为了对付那些无赖之人。他补充说，我不是。我算有了一个台阶下。我又反复核实，确信陶今订的确实是我们两人。我问他，他到底是谁，他说他就是陶今的丈夫。

我的后背起了一层冷汗。

我想要换房间，经理说连加床都没了，这大雪，没有人能进来，可也没人能出去。现在房间一床难求。我不信，就要到附近找家庭旅馆，走了两家，连走廊都住着人，像医院紧张的走廊。我放弃了离开的想法，回到房间，怎么可能睡得着？但我努力睡，和衣而卧，倒头就睡，果然睡着了，好像有许多年没睡过了。等我醒来，发现他醒了，正在用手机看电影，好像什么事也没发生似的。他见我醒了，对我说，本来大雪已经停了，却又开始下，而且越下越大。他说他也不知道这雪要来这世间做什么，好像就是要把我们两人拴在一起。说的时候，露出冷笑。

我不理睬他，也翻看微信，全是暴雪的消息。我听着窗外飞雪打着屋顶铁皮咔咔响，才发现我真的倒霉，竟然会被困在这里。新年变成了坐牢。

他不知什么工夫睡了，反正醒来的时候，是初二的下午。他醒来后被自己茂盛的头发激怒了，他把他自己按在床上，用拳头打自己的脸，然后用烟头烫，又抓起茶杯，打在自己的额头上。血流呈蛇状，从头缝底爬下来。

"倒霉的为什么总是我？"

他这样冲窗口喊。那时候，外面还在下雪，整个世界都是白色的。只有他像棵黑树一样站在那里。我走过去，再次被他吓着了。只见他的头发像少女的长发，几乎看不到他的面孔。他的眉毛也长出来，比他的头发还要坚硬，所以他能够从眉毛下面看到我。他的眼神满是绝望，我理解，他一定绝望得要自杀。

我突然产生了怜悯之心。

"倒霉的不仅是你，还有我。"我说，"我不是也被困在这里吗？"

"你不一样。"他说，"你的头发还是那么长。"

我觉得他挺有趣，这也跟我比。我的头发也在长，只是没有他长得快。他虽然还不到三十岁，却已经像老寿星一样，须髯爆蓬。我突然感到恐惧，问他："你得病了吗？"

他并没搭理我，给他的女友打电话，冲手机里喊陶今。显然他在做徒劳的事，这大概是他已经第十次打电话给陶今了，陶今并不接他的电话。他自语道："真是被我的长度给吓着了？"

他悲痛欲绝的样子，就摔摔打打地收拾东西，好像要自杀去。其实他要去医院，等待着末日宣判。我不放心，就陪着他，表示我很重情谊，其实是自己好奇心已起，闲着也是闲着，无聊捡事做。可是大雪仍然还在下，已经没膝，好在还有出租车斗胆出现在雪中，但里面永远有人。我们打了许久车，才打到一辆，他坐到里面，把出租车司机也吓坏了，问他是树吗。

这个问题让我觉得新鲜，仔细看了一下司机，他是个黑而瘦的老年人，他说他从未见过这么长的头发和胡子。

老工笑了笑。这一笑不要紧，我都看到他露出了獠牙。就是说，他的

278

獠牙已经从嘴角伸出来。这让我很害怕，我问："你感觉怎么样？"他摇摇头，意思是根本没什么，就把棉服帽扣住自己蓬乱的头，缩在车角里，看向车外。侧影看，他就是一个女人，如果不看脸的话。

我们先到了理发店。理发师是三两个年轻人，他们围过来，像欣赏作品一样不肯给他理，劝他留下来，说的意思是，在十公里远的深山老林里，新建了一座雪堡电影城，主人叫王二小，跟被鬼子杀的小英雄一个名。二小是个地产大亨，如果他大工往那里一站，准保有生意，兴许能成为影星影帝。

这个主意倒不赖。可是他不认识，我也不认识。其中一个小哥，长得像小鲜肉，说王二小是他二舅，就给他二舅打电话，然后给他整理一番，发了个相片过去。不一会儿，他二舅二小来电话，要他们稍等，不出一支烟的工夫，一辆米色越野车把个门堵死了，车身上的图案和标识，说明那里的确是个很吸引人的影视城，有几个大咖在那里拍过电影，电影名和影人名一样响当当，有时候一不留神，就会在电视里看到。王二小也像他的车一样，肥胖得像要挣开，皮衣努力捆着，才不至于让他的肥肉掉出来。他一见老工，如获至宝，搂着一个劲儿说好，好像没学过第二个汉字。经我们提醒，他二小老总才想起打听老工的身世，我也才知道，他竟然是个银行职员，具有超凡的记忆力。只是他总是在人生的几个关节点上，会遇到桃花运，就把什么事都耽搁了。他不往下说下去，引得我想问又不好问。王二小似乎感兴趣，劝他辞职吧，他要聘请他做形象大使。他说的时候，一只手摸上他的须发，爱不释手。他突然看到我，问我是谁。老工看了我一眼，他说：

"我的兄弟。"

王二小跟我握手，问我也是银行的吗，我说我是自由职业者，就是无业，没有说出我的真实身份。因为两天工夫，这个老工也是一会儿干这个，一会儿是那个，让我迷惑。王二小就露出无视的神色，拉走了老工。

终于摆脱了老工的纠缠，松了口气。我没事了，就又到车站，那里似乎发生了雪崩，竟然整个铁路线被大雪埋了，只有站长领着一些职工在雪里抄手站着，好像并不冷。我站在那里看了一会儿，有许多旅客在埋怨，我觉得埋怨有什么用，就劝了几句，差点被旅客给打了。不久，有警察来，劝退了一些人，然后大家都发现在雪里支起一个摊子，是铁路人在发放补贴，虽然不多，却很温暖。我也排队去领，他们却没给我，理由是我并没有车票，无法证明我是旅客，而且我的身份证还是这里的。我觉得这应该怨自己的老婆，她不同意把我的户口落到哈尔滨，她说放在这里，可以得两份医保。现在我才知道，我的损失不是领不到二百元钱的问题，是老婆结婚时，就想到了离婚，而我恰恰没有想到这个现实的结果。

雪已经把大街小巷都堵满了，显然政府发出了红色警报，要求市民待在家里。我也被要求返回酒店。我离开车站，发现警察也早已离开，车站的工作人员守着候车室的大门口，不允许旅客进入，因为在米色楼体上出现了一条巨大的蛇纹。大家都看到了，所以旅客中有人还想要继续闹下去，要求车站不仅解决补偿问题，还要补偿多出来的吃饭和住宿费用。然后当他们看到那被雪压得摇摇欲坠的候车室时，终于放弃了这个想法。他们被眼前这巨大的雪山吸引了，转而用手机拍照，在朋友圈晒图，竟然把这一次的经历，当作比看到北极光还要稀罕的事情。大家开始跟车站人员商量解决的办法。大雪还像雨一样在下，整个世界就看不大清晰了。车站的人员不耐烦地请他们哪凉快就哪待着去。然后把大门砰地锁上，也躲在一处安全的小屋子里，看着那蛇纹继续裂开，像张开的小孩儿嘴。

警察在街道上拉起了警戒线，镇子仅有的一条主干道路被雪封的同时，连唯一的环路也被警察封了起来，这是连那年发生山火也没有发生过的事情。

这个事态的恶化程度让我始料不及。我跋涉了许久，才回到酒店，竟然发现老工就坐在大厅里等着我。他哭着说，出车祸了。然后就哭起来。我看不到他的眼泪，只看到他的手捂着脸。这时，我才发现他的头发和眉毛全剃过了，一开始我根本没认出来，以为又多了一个陪睡的。

"我们的车，掉进了山沟。"他说。

我看得出，他的脸上，已经有了一块新起的冻疮。

"死人了吗？"

"死了。"

"谁？"

"我的老总王二小。"

他说到这儿，又哭起来。他哭了一会儿，见我没再继续问，就只好告诉我，他不是因为老总死了而哭，而是因为失去了一次人生的机会。我突然因为他生长的器官而理解了他的烦躁，轻轻地拍拍他的肩膀说：

"我给你压压惊。你没发现吧，只要跟你的人，都会倒霉。我不知道我会不会倒霉。不过，我不怕，反正已经倒霉了。"

"你是说我老婆吗？我允许她在外面跟任何人幽会。"

他说着站起来，我发现他比我高了一截。我看他的脚下，还是原来的那双旧式黑绒白色毡底大棉鞋。我并没在意，觉得他并没有受伤，也许老总死是他编的瞎话。他似乎又恢复了原来的样子，并不多说话，总是微笑着看着我，说我对他的安慰让他心里亮堂了许多，他的确觉得大难不死，他总是大难不死，后福却迟迟未到。我就问他，他经历了多少大难不死，他说很多。这时候，我才想起他的牙齿，他说他到医院，已经把獠牙拔掉了。他说他原来做什么不想说，怕说出来我就不会理他了。我问他不是银行职员吗，他只哈哈，不正面回答，但神色缓和了许多。我估计他是在找地儿发泄，估计他是那种没涵养的人。我被他吊足了胃口，问他干吗不利索地说话，他就告诉我说，他以骗人为生，所以他说的话，有真有假。我脸上的笑容一下子就僵硬了，跟外面的水结冰一样。想必他看出了我的感觉，就说反正他想大难不死之后，好好活着，就想把实话告诉我。

"可是——"他苦恼地说，"可是，我实话实说，就会遭到嫌弃。人生一直就是这样。"

我问他："你的老婆到底是谁？"

他说："是谁有那么重要吗？你也不认识。"

他又在胡说八道，我觉得。我就问他，是陶今吗？他说他想娶陶今，但人家不搭理他。他就一直追她，给她制造了无数的文章，直到有一天，她跟她的同学在招待所睡觉，被他抓住了，他才终于得逞了。

他说的时候，十分得意。

我的脸上却木着，像有什么东西支着我的脸皮。我突然发现，我可能成了东郭。我问他，有什么感觉吗？因为没有主语，他以为我在说他对陶今的感觉，就说陶今的美，是所有女人都无法比的。我纠正说是问他器官生长的感觉，他才恍然大悟，说正常，没什么两样儿。反问我年轻时没长过身体吗，他就是这样的感觉，只是没有停止的迹象，连青春期的骚动都一点也不弱小。他嘿嘿地说："怎么说呢，也许是新婚宴尔才有的疯狂。"

"她，像水，不——是水做的，香水做的。"他补充说，口气满是享受。

我突然抓住他的衣领，逼问他："你一直跟她在一起？"

他推开我，我才发现，我俩就像大人跟孩子。我问他，你的老婆到底是谁？他说他有过好几个老婆，连他都不记得了，怎么告诉你？告诉你，你还认识咋的？不过，他说，陶今你认识，你们上过床。你知道这一个，也就足够了。

我遭到羞辱，仍然气愤。可是他却反而说，他是在跟我开玩笑，编瞎话。他说这么大的雪天，哪也去不了，又是过年，不唠点过年嗑，两个大男人面对着坐着，有什么意思？我手拿着烟缸，只想再砸他一次。

"你真不实在，难怪没一个老婆肯跟你过下去。"

他嘿嘿笑着告诉我，并不是他不实在，而是我实在。他已经告诉我了，他说的一半是真一半是假，有时候他说的谎话多了，分不清真伪，也就不能告诉我什么是真的假的。有时候，他自己也会把真的当成假的，把假的当成真的。他说他不骗我，并向我发毒誓。我不相信他的毒誓，因为也许他的毒誓本身就无毒，亦未可知。

我不想继续跟他浪费时光，即便我要消磨时光的话，也不该是他，我想到了那个让我免费受用的陶今，觉得幸福了一回，却可能承担着被恶人中伤的后果，我就打陶今的电话，陶今竟然接了，她说她有事，就挂掉了，显得不安。我当然也不安，找借口离开了座位，回到房间，一个人躺着生闷气，故意把门反锁上。后来他回来，怎么敲门我也不开，那个女服务员用备用钥匙打开门，却打不开保险锁。无论女服务员怎么说我不近人情，我也不开，后来她也没辙，说这是你们人民内部矛盾，自己解决吧，走了，好像她是玉皇大帝。他在门外待了一会儿，好像抽了两根烟，竟然没求我一句，一声不吭就走了。

等我想起请他进来，满走廊找，已经没有了他的身影。只有女服务员白了我一眼。我想大年初三是"老鼠娶亲"的大日子，就不跟这些鼠辈计较了。那个晚上的风似乎格外狂，后来女服务员敲开我的房间，给我送来

282

毯子，仍然携带着白眼，我终于明白她一直跟我劲劲儿的，可能因为与陶今的幽会，啥事也逃不过服务员的眼。似乎她忘了我拒绝室友的事，并警告我最好不要离开房间，已经发现有车子埋在雪里。我说这正常，这么大的雪，别说车子，连树都只露着树头在风雪中摇晃。她说问题是发现雪中车子里有人，而且已经僵硬而死。

这让我倒吸一口本来就冰凉的空气。我在想，车子为什么不打着火取暖呢？后来警察来了，就是那个爱笑的警察，细看却并没笑，但冷眼看就是在微笑执法。他说他发现车子是我的，我要承担责任。我就问他，我的车子被盗，盗贼死我干吗要承担责任。他说你怎么证明他们是盗贼，我说我的车子丢了就是证明。他说你怎么证明车子不是你借给他们，或送给他们，或租给他们的呢？我说我有病吗，他问怎么证明你有病，或你没病？

我无语。

好在他们也觉得哪里不对劲，不再纠缠我，好像他们特别忙。死人的事件还在发生，所以他们匆匆离开，留下了电话。我不知道留下电话，跟案件有什么因果关系。第二天一早，我就被走廊杂沓的脚步声惊醒，一打听才知，铁路通车了。我走出酒店，发现雪早停了。我匆匆赶到车站，发现那里已经聚焦了许多人，好像整个城镇的人都出来了。大家都面面相觑，因为眼前的车站标志性的建筑消失了。大家沉默，是因为在雪山中，竖起了一个巨大的花圈。我往前凑了凑，才看到人们围着的空地里，摆着个供桌，有几个人在那里披麻戴孝，哭号着，好像在为雪默哀。

"车，开通了吗？"我问身边的人。

"是你说车开通吗？"那人问。他是个中年人，戴着一副眼镜，文质彬彬。"不能造谣，瞎乱讲，已经有人被抓了。"

"为什么？"

"因为火车开通了，不信你可以问警察。"

那人说得我糊涂。我顺着他手指的方向，继续往前挤，就来到警察面前，问："火车开通了，干吗不上车？"那警察看上去像中学生，说话也是细声细气，扯住我就往前走，一直走到一辆警车面前，对一穿便服的当官的说："又一个造谣者。"我觉得情况不妙，想挣脱却来不及，就解释说："我听说火车开通了。"那当官的一挥手："带下去继续调查，要查出是谁在谣言惑众。"

从我面前的警车下来两个懒散的警察，一边一个，架我上了另一辆车。警车往前开，我才看到倒塌的候车室和被大雪埋到路基下的车厢，像一条条干死的秋虫。

"是谁在瞎白话，说火车开通了？"我问，故作懵懂不知。

"这正是我要问你的。"其中一个警察冷冷地说。声音冰冷，但他看我的眼神，竟然是笑。我忽然记起初一来到父亲家的那个警察，细看却不是。但冷眼看，就是。再细看，还不是，我就糊涂了。我解释，可是他们并不听，各自摆弄手机，那里好像全是有关雪崩的消息。他们好像很有成就感，而且还对着我拍照，然后又低下头去弄手机。我知道这无疑是把我当成了雪崩的罪人，或者受害者。

我一进大礼堂，见屋子里的人也不少。警察放开我，并没有人问我怎么获得开通的假消息，如果问，我就解释一下，听来的，跟网传没什么区别。可是我走了一圈，发现他们也无所事事，似乎都来这里避雪的，都很休闲，或者聊天，或者继续摆弄手机。也有人在找开水，可是没有开水可喝，这里不提供这项服务，因为这里是警察局，不是车站。

突然，我被人一把拉住。我一看，吓了我一跳。一个乞丐在墙角伸手拉住我，叫我"哎"。我看到的是披头散发，马上想到了老工。这不足为怪，我有思想准备，只是让人不解的是，他的头发，竟然如此茂盛！我蹲下来，看着他问："你怎么又成这个样子？"

"救我……"他仍然抓住我的裤腿不放，似乎浑身都在颤抖。

许多人也看到了，都被眼前的情形惊呆了，仿佛见到了个怪物，边摆手边后退。我想起老工在走廊尽头消失时的情景，还想试图摆脱他，却听到他虚弱的声音在说："你怎么能见死不救？"

他的无助让我犹豫起来。好在他没有被冻死，我想。我看到他的棉袄袖子很长，棉手套里已经长出寸八长的指甲，长得像海螺一样地盘卷着，看上去像个熊掌（我也没见过，好像很锋利），参差不齐。那指甲呈乳白色，像白象牙，弯弯的，让我想起魔鬼。我被自己的这个想法吓着了，疑惑地望着他，几乎磕巴着说："我认识你吗？"他身后走来一个年轻女子，穿着洁白的羽绒服，小脸在什么毛的头帽里面，伸手扯着老工的脖领说：

284

"你跑什么？又不吃了你！"

女子的出现，让这场骚动更像骚乱。有人感兴趣的不是那个怪人，而是他的前妻。许多人一眼就认出这个女子来，通过他们窃窃私语我隐约知道，她曾经是小镇上最风流的女子，可是谁也没想到她嫁了个外乡人，还是这样不靠谱。女子显然也并不忌讳她的原老公的怪样，对大家说："如果谁收垃圾的时候，不小心见到他，想着筛出来，跟我言语一声。"

和她熟的、不熟的人，都夸张地大笑起来。这时候，那个领导模样的人再次出现，他挤过人群，来到女子面前说："枫（或者凤、峰什么的），别沾手上。"老工抬眼争辩道："我跟她说了，蛇头还在长。"

人群一下子鸦雀无声。

"走吧。"女子说。

"好吧。"老工说。他把双手抱在怀里，头压在胸前，只看到他的脸是一团毛发。他走过我身边的时候，停了一下。听到他说："永别了。"像呓语。

女子突然冲周围的人喊："你们都回家去吧——谣言散布者找到了！"

人群哄的一声，像炸了锅一般，大家向门口涌去，见着敞开的大门，却一个也没冲出去，最后发现有人被卡在门板里，还有被踩在脚底下，呼救着。可是没人理会，继续挤拥，更加使劲。这时候有人喊："反了反了。"有个别人听明白了，反应过来，努力抽出身子，向反方向冲。

可是，这些人突然站在那扇门前不动了。

门口站着一个警察，应该就是刚才那个态度好的警察，在那里像在看热闹，因为笑得灿烂，大家误以为有什么好消息了。也许他想喊却没喊得出来，或者喊了，没人听到。他只是向奔来的人做手势，好像捡到个天大的笑话，让他忍俊不禁。我没有动，看着大家蜂拥而至，把半扇门挤掉了，砸在一个老者头上。老头戴着狗皮帽子，哈的一声，就倒下了。我认出他就是那个出租车司机，态度和蔼、可亲的老头，跟警察差不多，给我好感。可是除了我，没有人注意到他，甚至绊到脚，也只是抬腿，纷纷跨过去，仿佛迈过门槛。最后，屋子里只剩下一片狼藉和三个人，一个是女人枫（或凤），一个是老工，还一个就是我。老头好像爬出去的，没留意到就消失了，地上没有留下半点血痕。我很担心地向门口张望，发现那里也并没有被踩死的人。这时候，女人走向我，问："你怎么不走？"

我指着老工说："他怎么没走？"

女人说："他马上走。"

老工说："你能送我一程吗？"

我点头。我走在前面，快到门口，才听到老工在叫我"哎——"，我回头，见他俩站在刚才关着的、现在却大敞四开的门里，向我招手。他俩身后还有个警察，严峻地盯着我，好像正在犹豫是不是要我过去。可是大工很急切，他向我招手的时候，我已经迈出了大门。

我想起陶今，佯装什么都没看见。

我来到街上，那里已经没有一个人逗留，好像怕再被人抓进来。我沿着大街走，觉得后背发凉，心里说，好悬哪，要不是自己吃一堑，恐怕又惹麻烦了。只是大工的指甲让我无法平静下心思，就踩着别人踏出的雪沟，向招待所方向走。我不敢回头，觉得这个小镇的人都在拿眼睛看我，一定知道我曾经就是这里的人，还装模作样，像个客人。我路过汽车站，那里也滞留了一些客人，他们在和出租车司机商量，想要坐出租离开这里。但多数人会垂头丧气地回宾馆，因为这样逃难并不划算，何况已经有人把车开进了雪里，出不来，成了天然棺材。那条新闻就贴在汽车站的墙上。

"这里，怎么没有被压塌？"这句问话，是出自一个旅客嘴里，他就走在我必经的路上，绕不过的，看表情，他似乎也在幸灾乐祸。他走过我的身边，我特意看了他一眼，就认出他是我的一个小学同学，因为他的鼻孔是向上开着，俗称通天鼻，我当时就叫他无鼻浑蛋，叫得熟练，打架斗殴，名噪一时。

但是，我记不起他的名字。他似乎比我聪明，一下子就叫出了我的名字，尽管有点儿犹豫。可是无论我怎么犹豫，连他的姓也不记得了。只记得他当时学习极差，一年四季就穿一件蓝布衣服，袖口和前襟飞边，在腰部内侧，永远有两坨黑色污块，后来我知道那是他用手抹大鼻涕后嫁祸的结果。一想这事，我更想不起他来。

"小微子，估计你想不起我来了，这让我很难过。"他自作多情地说。我的小名小学后再没人知道，他竟然没打奔儿就叫出来，说明他应该是我的童年伙伴。可是我无论如何也想不起他来，这样的尴尬倒不至于让我难堪。我说我的确想不起来了，年头太久了，有十好几年了。他忙善解人意地自报家门，说他叫万开荒，大家都叫他开荒。我点头，说想起来了，一直记得。我们一起想起了许多事，有了共同的记忆中的少年。其实我一件也不记得，全是他在回忆，他说发生过没发生过，时间地点人物，三要素齐全，可对于我就是听书。他说请我喝酒，问我需要找上谁吗，原来的同学有几十人，但还联系的也就七八个，有身份的只三两个，不牛的没有。我说既然这样，叫他们干吗？冲你能叫上我的名字这一点，我也该请你，算向你赔礼道歉。我们找了一家小酒馆，里面竟然挤满了人，一问并不全是滞留的旅客，而是刚才看热闹的镇民，他们像赶庙会一样，有了一次热闹看，当然要凑一起喝点。毕竟大家憋在屋里太久，容易得抑郁症。

开荒的熟人不少，互相打招呼，他就凑上去抓过一个口杯喝下去，向大家介绍着我这个他的外地同学，偶尔称为发小。他说我是处长，连我都不知道，他就直接给我任命了。我俩坐在一个角落里，寒风从窗口吹进来，我打了几个喷嚏，开荒就对老板娘说不好意思，还是到家里喝酒吧。他拉着极力反对的我，出了酒馆，路过一家医院，他告诉他，这还是他出生的地方，可自从少年时离家外出，见过外面的世界，就一直觉得这里一片陌生。我们站在一处山冈上，向倒塌的车站张望，发现那里仍然灯火通明，开荒告诉我，公告说明天一早就会通车，来了一个部队。

"这回不是谣传。"他保证。

我因为得到这个好消息而高兴。我询问他家里情况，他说家里有父母，没有老婆。他说他想单身一辈子，直到把瘫痪在床的老人送走再说。我因为知道他家里有病人而后悔起来，正思考着如何拒绝他的热情，突然山下一片尖叫，然后见一座木板小楼轰然倒塌，卷起冲天雪幕。那声巨响地动山摇，我都觉得雪地都在晃。我俩伸头向下张望，就见刚才的小酒馆也被雪埋了起来。

"好悬没被拍里。"我说。

"多亏离开，还是我英明。"开荒说，"只是从今以后，在那个小酒馆喝不成了。"他又补充，"现在也喝不成了，我得去看看，我的情人是不是平安无事。"

我当然也跟他去，踅回到小酒馆，发现只是虚惊一场。门口是给雪埋了，可还有后门，客人从后门都跑出来，站在那里不知所措。后来又都陆续进屋去了，因为雪后起风，刮得人脸皮火辣辣地痛，进屋就是躲避寒流，只是有点冒险不要命而已。我跟开荒道别，开荒就消失在被埋的雪屋子门里。

　　这段时间，人们开始越来越恐慌。许多人打听到的说法不一，原来明天开通也是个假消息，这回听说又抓了一批人，但没有我。我正惶恐不安，开荒突然出现在招待所，一再道歉，自黑自己重色轻友，希望我谅解。本来的确有点想法，经他这么一化解就没什么了，觉得他倒真诚。他似乎对老工（他还偶尔称其为大工）非常熟悉，他告诉我，老工也是同学。无论我怎么回忆，他帮助我怎么回忆，都没有用，在我的同窗记忆里就是没有老工的影子。政府再次发布公告，说由于铁路线整个被埋，开通后发现铁轨不翼而飞，长达数千米，重新铺装至少要半个月。此公告一出，恐慌加剧。我也坐立不安，准备走公路，这倒是不得不选择的办法。可惜，我的车被人从山沟里雪中掘出来，保险公司说另派辆车接我，但要半个月以后。我因为车里死了人而忍下这口气，跟他们说他们的服务很不好，我要投诉，事实上，他们求我投诉我也不会，只是嘴上功夫而已，借此泻火。

　　这时候，雪似乎更加大了，好像雪地又长高了有一米，有许多平房整个看不到了。顶多能够看到房脊，像一个个马架。我到交警队去取我的车，被告知我的车似乎是辆盗抢车。我说不可能，因为车是在4S店提的，手续齐全。还是那个态度挺好的警察向我出示了我的车辆信息，果然涉案。我说这车本来就是受害者，被歹人抢了，坚决抵抗到底，应该是个英雄！你想想，在被抢的过程中，主动冲进山沟雪中，是何等英烈！就是这么辆英雄车，你们怎么还要扣它呢？那是变相的惩罚正义。并质问他们："你们不能让英雄既流血又流泪吧？"

　　我觉得我的麻烦还不只是车辆这么简单。从警察看我的眼神，我已经觉得事情不妙。果然，我还在房间里查询路况时，被请到了警察局，因为我被人告了，私闯民宅。我解释说那是我自己的房子，我是我父亲的儿子，他们让父亲出面证明，我就跟远在三亚的父亲通话，父亲却说你没事净扯些没用的，你哪里在乌伊岭？不信。再不接我电话。那个总像微笑着的警察也无可奈何，向我开了正式的拘留证。拘留还有个理由，就是我车里死的不是别人，而是我的同学陶今。我觉得这肯定是个阴谋，有人栽赃陷害，警察说我耍滑头，他告诉我，他们已经跟我父亲联系上了，我父亲说我说的都是谎话。

我被带到出事现场，我的车就露了一个后屁股在外面，整个头就扎在雪里，像一个醉汉。无论我怎么辩白，警察仍认为我有谋杀情妇的嫌疑。他们在问询室，在车里，在我的招待所的房间里，都在跟我谈论我的预谋。我说我没有预谋，他们就向我出示录像，我才看到那时的自己，怎么好像换了个人似的。

"你的伪装，骗不了我们。"警察说。

我发现在警察打开车门的时候，他们忽略了一个细节，就是陶今的后背，插着一把刀。

这么大的情况，似乎警察也才发现，他们互相证明这可能是有人在她死后扎上去的。又找出当初的相片，的确没有这把刀。几个人组成的专案组商量着什么，气氛凝重。我想我的转机来了，就走上前，发现车下还有个什么东西，向警察喊："雪里好像有人。"几个警察又围上去，果然发现车下有个人，被车撞得面目全非。

我认出，他就是老工。

在我待在拘留所里的几天时间里，不但公路开通了，铁路也开通了，整个小镇又恢复了正常的秩序。在那几天里，清雪车日日夜夜地劳作，把成山的雪运往山沟。我也经历了许多，最难忘的，是我被带到解剖室，看到了被鉴定后的陶今，她的死让所有的人疑惑。我还来到老工的停尸房，可是忽然发现，他那庞大的身躯不见了，停尸台上只有一些杂乱的头发，那是我见过的老工的头发，我认识。因为火车开通，已经有科学家从省城来，来到停尸间也是一头谜团，他们本来要对老工进行科学研究的，没想到会扑了个空，说这些警察也撒谎，拂袖而去。

我帮不上警察的忙，偶尔帮助回忆一下这个老工的情况，但回忆与否，已毫无意义。我的确记不得那个在初一跟我喝酒的家伙，他完全不是一个人，警察就是这样说的，警察还说，可以排除我的嫌疑。他们又补充说，但不排除这是一起谋杀案。

"结论呢?"我问。

没有回答我。

这个案件好像扩大到我的汽车销售商，他们向我隐瞒了一个不一定是事实的事实，就是他们明知道这是辆盗抢车，还给车出具了手续，并卖给了糊涂的我。他们看我老实巴交，估计到死都不会犯在警察手里，那样他们也会没事。但是他们估计错了。

一周后，我恢复了自由身。只是没想到的是，抓起来的是开荒。我没问为什么是开荒，也没有到监狱里去看他，好像他跟陶今有染，还涉及巨额债务，一直要杀了她，更细的情节不明。

我从警察局出来，遇到了一个怪人。他一直跟着我，保持着一定的距离，不远不近，鬼鬼祟祟。我快速进到候车室，见他仍然跟着我，我就报警。警察过来，问他怎么回事，他对警察和我说，他只是要离开这里，到哈尔滨办事，他说他是个作家，要跟着我采访，把我的故事写下来。

我不相信他的话。因为他也就十七八的样子，根本没有在我所在的这几天里出现过。他的脸蛋各有一圈红润，像是冻疮，也像是胎记。他的声音也像羊羔在叫，似乎还没离开母乳。他的个子也没想象的那么高，也就到我的胸部。我冲他笑笑问:"你认识我吗?"他见我跟他说话，高兴起来，说:"当然认识。你不是那个一长就长成大树的人吗? 我就要写你。"

我这才明白，他把我当成那个被撞进山沟里的老工了。我说我不是，他说怎么可能，看你的头发不是在长吗? 我惊讶，找一处镜子一看，果然自己长高了许多，连一向光秃的额头也长出密密的新发。

"你真是个传奇。"他说。

我浑身起了一层鸡皮疙瘩。我想起老工那浑身生长着的器官，恐怖地说:"你离我远点!"

我安检的时候，遭到了拒绝，我无法证明我跟自己的身份证哪一个是真的。我垂头丧气地站在临时车站外面，看着火车离开，垂头丧气。我只好听从安检员的建议，到派出所开具证明。小伙子也没上车，他一直在我身边等着我，他说他可以带我去派出所，他可以找人，他有熟人。跟我熟悉的人都死了，他要跟我熟悉，不知道他会不会也会死掉。但至少在他死之前，帮我证明也是不错的事情。

我们到派出所，那个爱笑的警察认出我来，建议我赶紧去哈尔滨就医，否则我也会不断生长成一棵大树，最后被人杀死。我问他开荒怎么样了，他说哪一个开荒，一脸懵懂的样子。我不敢再多问，怕再惹火烧身。

出来后，小伙子要请我喝酒，我说我需要吃饭。他说他知道我不但需要吃饭，还需要睡觉，他可以提供住的地方。我为在故乡遇到个知己而高兴，就答应了。他说他是他父亲雇的经理，他必须得制作出一部卖座的作品，这样才可以扭转影视城的颓势。我仿佛明白了什么，有了兴致。跟着他来到那天那个跟开荒喝酒前险些被雪埋掉的酒馆，它还在营业，似乎更火。我们好不容易找了个拼桌，要了两个小菜，然后他跟我讲起他父亲的故事。他父亲的滑雪场被霸占，霸占的人就是陶今。她曾经是他父亲的情人，把父亲迷得神魂颠倒。我这才觉醒，问他父亲的名字，他说他的父亲曾经开过工厂，后来因为女人建了影视城，把女人捧成女主角。我不相信，问他那个影视城老总不是刚刚死了吗，他说是的，他就是他的父亲。显然，他不胜酒力，舌头已经大了，不能打卷儿，吐字不清，然而泛红的脸膛却放着光。他说他父亲罪有应得，说的意思竟然跟开始时相反，满眼的鄙视。再后来，他说他父亲没死，他还活着，因为说死，只是为了逃债，有人要他的命。

我笑自己，在跟一个醉汉在扯什么呢？但是我明白这一点后，我也喝多了，他扶着我，从酒馆里出来，就一起跌进雪地里。我们都没爬起来，不过，我还是很清醒，只是腿不听使唤。也不是腿不听使唤，是雪地下有冰，总是让我的身子站不住。后来我扶着一棵树，终于甩掉了那个小子，沿着清出的一条路向前走，一直走向一片灯光，才发现是一户人家。那人家的灯光照着满院子的雪都闪着金光，好像事先约好似的，有个人影走出来，冲我喊：

"还来，不是让你别来了吗？"

我知道他认错人了。我说我要回酒店，他问我是什么酒店，我想了半天没想起来。他对我这样客气，是因为他发现我并不是他以为来的那个讨债的人。他说他这个冬天特别倒霉，赶上这场大雪，更是倒霉透顶。他的年龄跟我相仿，自然说话也不忌讳什么，扶我进屋，我才知道自己快被冻僵了。他让他的老婆给我全身用雪搓，又泡姜水，随着体温的升高，我开始一次次地颤抖。我知道我是个病猪，他们也这样认为的，就让我钻进他们的土炕上。让我特别感动的是，他老婆也住在炕头，只是中间隔着这个憨厚的同龄人。

第二天一早醒来，我除了头痛，什么也想不起来了。我发现我躺在父亲的家里，我的床前坐着那个流浪汉，我问他在这里干什么，他把一把钥匙递给我，是我的钥匙，他说他已经把我的车取回来了。

我到院子一看，果然是我的车，我对他表达了谢意。他说是我父亲找人帮我要出的，要谢就谢他。还好，我的车除了前脸没了，其他的还完好。我开上路，许多人都在看我。我也瘆得慌，总觉得陶今在我的身边坐着，胎音从外面传进来。路上都是车，走走停停。流浪汉强行坐上我的车，是我父亲交代给他的任务，必须护送我出岭，他再坐火车回来。雪又下起来，路似乎又不通了，前方有人说出交通事故，又有车掉到山沟里，有人正在从沟下往上爬。前面果然有人匆匆往回跑，让车辆往边上靠。可是边上就是山沟，哪里敢靠，不知道雪里的沟有多深。后面听到有救护车的声音，大家都没办法。就有人跑来，满身是血，喊着："走不了啦！死人啦！"

他脸上也是血，好像并不全是他自己的。车龙开始移动，有车子掉头，就一下子滑进了沟里。人们惊呼后，就纷纷下车营救。车里只有一个人，无能为力。这时，从客车里跳下一个高挑个，大长腿像圆规一样，跨进沟里，把车子天窗打碎，拎出一个孩子，又拎出一个年轻妈妈。那年轻妈妈直哭。可这时，人们都惊呆了。因为大家看到这个腿插入雪里的人，竟然高得有松树那么高。他的胡子扎在一起，缠在脑后。在他抬起身的时候，把整个天空都遮挡住了。

"鬼——"年轻妈妈大叫一声，晕过去了。

我钻出车，望着老工，也说不出来，想必我的脸色也被吓成菜色。老工也看到我，眼神是悲哀的。他收回他的长手，我发现他的袖筒里还有一只胳膊，在那里动着。我的头一下子大了，脑子一片空白。

"我不认识你。"他说，"你把我骗了。"

我不知道他在说什么，愣愣地盯着天空中的他："你在说什么？难道真的是你吗？"

"你总是虚伪地以为我什么都不知道，难道你真的不知道我是个有尊严的人吗？在这个远得不能再远的小镇，你知道你不知道的事情有多少吗？"

老工说的话，就是响雷。人们纷纷出了车，看这个庞然大物。他们以为是好莱坞大片的拍摄现场，因为不远处就是那个声名远播的影视城。有人急着掏出手机，以老工为背景自拍。当大家看到他不能撑得住自己的身体，挣扎着要爬到路面上来时，仍然没觉得有什么不同。我却觉得情况不妙，拉他的手，发现他的手抓住树身，树身断裂；掘块石岩，雪末飞溅；他可以抓住我的手，他却松开了。我向山下的深沟望去，深不见底。老工也看到了，说：

"没事儿，我摔不死的话，我们还会见面。"

他说着，就滑了下去，巨大的身躯压得皮肉咯吱咯吱响。

我在那条路上，又足足堵了五个小时，才缓慢地驶离了那个雪城。实话说，我不知道老工会不会死。只看到有人往沟底下去，没见上来。突然听到一声闷响，山摇地动，却不知道来自何方。

后来我跟父亲打听老工，父亲说知道这个人，他是个极贪婪的人。我说不是他，他是个很可怜的人。父亲看了我拍的老工的相片，说就是他，没错。我说父亲老糊涂了，健忘不说，还张冠李戴。父亲不高兴，借机把对我五年没回家看他的气愤也发泄了，他一直不相信我真的回乌伊岭去看他了却没看到。父亲说我在撒谎，也许目的在别人，揶揄之意明显，他说我从小就撒谎，并问我是不是见到了一个女生。我惊诧得不亚于见到一直在生长的老工。父亲还不依不饶，问我是不是姓陶，叫陶今。我只好问他，你怎么知道的，父亲说怎么样，我说你不是去看你老子去的吧？我见问不出，就猜他有了顺风耳、千里眼，肯定是老婆舌头长。我转移话题，说第一次见到一个过了生长的年龄还在生长的人。父亲说我真能白话，他说那个老工一度成为乌伊岭的首富，只要他想要的财富，没有得不到的；只要想搞的女人，没有他搞不到手的；只要想巴结谁，谁都跑不了。我说我们说的不是一个人，父亲索性不说了，说我和当年的我也不是一个人，然后就挂了，再打不接。不久年轻的继母来电话，劝我不要当真，父亲老了。可是，年轻的继母说，你父亲虽然老了，但记性好，他说的老工是真的，一国企老总，他在五年前就掉沟里意外摔死了。

我无语。我一直听年轻的继母说了一些无关紧要的事，没想到她竟然如此温柔，竟然打动了我，我暗向母亲抱歉。想着老工，弄不明白，怎么就不是一个人呢？

图书在版编目（CIP）数据

指之恋 / 孙彦良著. — 北京：中国文史出版社，
2018.7

（跨度小说文库）

ISBN 978 – 7 – 5205 – 0256 – 6

Ⅰ. ①指… Ⅱ. ①孙… Ⅲ. ①中篇小说 – 小说集 – 中
国 – 当代②短篇小说 – 小说集 – 中国 – 当代 Ⅳ.
①I247.7

中国版本图书馆 CIP 数据核字（2018）第 095772 号

责任编辑：牟国煜

出版发行：**中国文史出版社**

社　　址：北京市西城区太平桥大街 23 号　　邮编：100811

电　　话：010 – 66173572　66168268　66192736（发行部）

传　　真：010 – 66192703

印　　装：廊坊市海涛印刷有限公司

经　　销：全国新华书店

开　　本：720 × 1020　1/16

印　　张：19　　　　　字数：292 千字

版　　次：2018 年 8 月第 1 版

印　　次：2018 年 8 月第 1 次印刷

定　　价：58.00 元